Lea Melcher

Aber vielleicht wird auch alles gut

LEA MELCHER

Aber vielleicht wird auch alles gut

Roman

Mit 46 Schwarz-Weiß-Abbildungen

PIPER

Mehr über unsere Autoren und Bücher:
www.piper.de

Wenn Ihnen dieser Roman gefallen hat, schreiben Sie uns unter Nennung des Titels »Aber vielleicht wird auch alles gut« an *empfehlungen@piper.de,* und wir empfehlen Ihnen gerne vergleichbare Bücher.

Unser Versprechen für mehr Nachhaltigkeit
Klimaneutrales Produkt
FSC®-zertifiziertes Papier
Hergestellt in Europa

FSC
www.fsc.org
MIX
Papier aus verantwortungsvollen Quellen
FSC® C083411

ISBN 978-3-492-06257-2
2. Auflage 2021

Dieses Werk wurde vermittelt durch die
Literarische Agentur Thomas Schlück GmbH, 30161 Hannover.
Redaktion: Monika Kempf
Illustrationen: Lea Melcher
Satz: Satz für Satz, Wangen im Allgäu
Gesetzt aus der Perpetua
Druck und Bindung: CPI Books GmbH, Leck
Printed in the EU

Für Jonas & Nena

JETZT

Ich darf nicht stehen bleiben, also laufe ich in Schlangenlinien vor der Praxis auf und ab. Denn wenn ich stehen bleibe, werde ich hier festfrieren, ich weiß es genau. Ich drehe die Visitenkarte in meinen Fingern, mir ist kalt, ich habe nicht mitbekommen, dass es auf einmal Herbst ist. Das sieht man durch die Fenster meiner Wohnung nämlich nicht, dazu müsste ich das Haus verlassen.

Ich frage mich, wie lange das noch weitergehen wird, ich noch so weitergehen werde, während ich hier meine Kreise ziehe. Auch eine Bewegung kann zum Stillstand werden, wenn man sie oft genug wiederholt. Das ist so beim Atmen, beim Schreiben und beim Sex. Und dann stehe ich plötzlich im Treppenhaus des Altbaus, auf den wunderschönen Mosaikfliesen, die völlig verschwendet sind, weil es hier neben der Praxis nur Anwälte und Steuerberater gibt. Wie immer kann ich nicht sagen, warum ich es geschafft habe, mich loszureißen, was mir den letztendlichen Kick gegeben hat. Wenn ich wüsste, was es ist und wie ich es reproduzieren kann, wäre mein Leben um einiges leichter. Meine Nase beginnt wieder zu laufen, und ich widerstehe dem Drang, direkt das Nasenspray hervorzuziehen. Zum Glück vibriert in diesem Moment mein Handy in der Manteltasche. Ich stoße alle Luft auf einmal aus, mein Atem bildet Wölkchen, und ich bekomme wieder Lust auf Zigaretten. Ich habe mit dem Rauchen aufgehört, weil ich regelmäßig meine Wohnung verlassen müsste, um Zigaretten zu kaufen. Zumindest habe ich bisher noch keinen Supermarkt gefunden, dessen Lieferdienst neben Milch, Toast und Tiefkühlgemüse auch eine Stange Lucky Strike im Angebot hätte. An meiner Situation ist also nicht alles schlecht – immerhin bin ich jetzt Nichtraucherin, tabaklos seit vier Jahren. Ich krame hektisch in den Jackentaschen nach meinem Smartphone und drücke mit den Fingern anschließend wild auf allen Tasten herum, bis auf dem zerkratzten Display endlich eine Nachricht aufblinkt.

Wo steckst du, Liebes? Ich habe schon fünfmal bei dir angerufen. Großartige Neuigkeiten: Melde dich sofort bei mir, ich habe vielleicht einen Job für dich gefunden. Mama.

Alles in mir zieht sich zusammen. Ich habe eine andere Nachricht erwartet. Die ganze Nacht lag ich wach und habe mein Handy angestarrt in der Hoffnung, dass Lara sich endlich meldet. Mit einem Seufzen lasse ich mich auf eine Treppenstufe fallen, die unter meinem Gewicht ächzt, als wäre sie genauso überfordert wie ich. Die Praxis liegt im zweiten Stock, aber ich kann mir gerade nicht vorstellen, wie ich es dorthin schaffen soll.

Wie ferngesteuert tippen meine Finger sich den Weg zu Laras letzter Sprachnachricht. Ich presse das Smartphone an mein Ohr und halte die Luft an.

»Das hätte ich wirklich nie von dir erwartet, Emmi! Du hast mich komplett im Stich gelassen! Was soll ich denn jetzt machen?!« Darauf folgt eine kurze Pause, im Hintergrund spielt jemand Orgel. »Ich kann einfach nicht glauben, dass du nicht zu meiner Hochzeit gekommen bist. Entweder du machst eine Therapie, oder ich rede nie wieder mit dir, ganz egal ob wir Schwestern sind oder nicht.«

Schnell drücke ich den Pausenknopf, als die Wiedergabe zu meinen eigenen Sprachnachrichten an Lara springt, mein Gestammele und Geheule. Die Enttäuschung in ihrer Stimme sticht noch genauso wie beim ersten Mal. Als sie mich gefragt hat, ob ich ihre Trauzeugin sein will, habe ich einfach reflexartig Ja gesagt. Dabei hätte mir klar sein müssen, dass jemand, der im letzten Monat kein einziges Mal vor die Tür gegangen ist, nicht einfach so auf einer riesigen Hochzeitsparty antanzen kann. Eigentlich wusste ich schon in dem Moment, als ich ihr zusagte, dass das alles in einer Katastrophe enden würde. Aber sie sah in diesem Moment so glücklich aus … und schließlich bin ich ihre Schwester! Das war die perfekte Gelegenheit, um wieder mehr Zeit miteinander zu verbringen, nachdem es in den letzten Jahren immer weniger geworden war. Bis kurz vor der Hochzeit redete ich mir ein, dass schon alles reibungslos über die Bühne gehen würde. Lara bestellte die Eheringe direkt zu meiner Wohnung, weil ich ja immer zu Hause war und das Paket auf jeden Fall annehmen konnte. So weit, so gut. Ich hatte wirklich vor, zu ihrer Hochzeit zu gehen, und hatte auch alles vorbereitet. Nur für den Fall (der ja dann auch eintrat), dass ich mich nicht aus der Wohnung trauen würde, hatte ich die Ringe vorsichtshalber per Päckchen vorausgeschickt. Was kann ich denn dafür, dass das Päckchen das Brautpaar nie erreichte? Meine zögerlichen Nachfragen an die Info-Mailadresse des Versandunternehmens ergaben folgenden Tathergang: *Unsere Sendungsverfolgung hat das Paket leider nicht ausfindig machen können. Bitte melden Sie sich telefonisch bei unserer Zentrale.*

Ab diesem Punkt war nichts mehr zu retten. *Telefonisch?*

Ich hatte mich eine halbe Stunde durch die Kontaktformulare des Paketdienstes gekämpft, bis ich schließlich diese E-Mail-Adresse gefunden hatte. Hätte ich anrufen wollen, hätte ich das doch bereits getan.

Te-le-fo-nisch. Allein bei dem Gedanken daran wird mir übel.

Stattdessen verkroch ich mich im Schlafzimmer und warf alle Pläne, zu Laras Hochzeit zu fahren, über den Haufen. Zumindest redete ich mir rückblickend ein, dass ich mich bewusst dazu entschieden hatte, nicht in der Kirche aufzutauchen. In Wahrheit tigerte ich tagelang in meiner Wohnung auf und ab, unfähig, das Haus zu verlassen. Mehrfach wählte ich Laras Nummer, um sie wenigstens vorzuwarnen, aber ich brachte es einfach nicht übers Herz. Irgendwann fror ich in meiner Wohnung regelrecht ein, lag im Bett und konnte mich nicht mehr bewegen, bis Oskar auf mich kletterte und mir direkt ins Gesicht maunzte. Es tat weh, dass niemand außer Lara von meinem Fortbleiben überrascht sein würde. Für alle anderen war ich ohnehin schon das schwarze Schaf der Familie.

Dass die Ringe als verschollen galten, war das eine. Aber leider endet die Geschichte nicht an dieser Stelle. Es wäre vielleicht alles nicht dermaßen eskaliert, wenn der Abholdienst meines Pakets nicht darauf bestanden hätte, die Ware selbst zu frankieren. Vielleicht hätten sie dann nicht meine Zieladresse mit der eines anderen Kunden verwechselt. Dass genau das geschehen ist, habe ich mir aus Laras Sprachnachrichten und den darauffolgenden Screenshots von Zeitungsartikeln zusammengereimt. Denn tatsächlich wurde ein Paket an sie ausgeliefert, gerade noch rechtzeitig, mit Schatulle und allem Drum und Dran. Das einzige Problem war, dass sich darin keine Ringe, sondern ein Minivibrator befand. Diese Verwechslung wurde allerdings erst bemerkt, als unsere Nichte Cassandra die Schatulle auf einem Samtkissen in die Kirche getragen hatte. So ähnlich berichteten es zumindest die Klatschpresse und diverse Online-Magazine. Meine Schwester ist schließlich ein Internet-Star. Sie spricht zwar nicht mehr mit mir, aber auf Instagram sehen ich – und ihre 456 753 Follower –, wie glücklich sie mit ihrem Ehemann auf Bali ist.

Kopfschüttelnd ziehe ich mich am Treppengeländer hoch. Es hilft doch alles nichts. Ich muss zu diesem Therapeuten, wenn ich nicht auch noch meine Schwester verlieren will. Sie ist neben meinen Eltern so ziemlich der einzige Mensch, den ich noch habe.

Die Tür der Praxis öffnet sich automatisch, sobald ich den Klingelknopf drücke. In das Holz ist ein goldenes Schild eingelassen, auf dem in geschwungenen Lettern steht: Dr. Eberhard Struwe, *Psychotherapeut & Paartherapeut.*

Ich finde mich in einem hellen Flur wieder, dessen linke Wand mit Postkarten vollgeklebt ist:

Mein Therapeut hält dich für eine gute Idee.

Es gibt drei Blickwinkel auf alles: deinen, meinen und die Wahrheit.

Eifersucht ist Trennungsangst, die das erzeugt, was sie befürchtet: die Trennung.

Durch eine geschlossene Tür zu meiner Rechten höre ich mehrere gedämpfte Stimmen. Ich frage mich, wer je auf die Idee käme, eine Paartherapie zu machen. Mit einem Fremden über Gefühle zu sprechen bereitet mir Übelkeit – ist aber nichts im Vergleich zu der Vorstellung, mit jemandem, den man *kennt,* über Gefühle zu reden. Ich schüttele mich. Es würde schon reichen, wenn ich Dr. Struwe vor Jahren mal bedient hätte, als ich noch als Kellnerin gearbeitet habe. Oder wenn ich ihm als Kassiererin Kondome verkauft hätte. Sollte sein Gesicht mir auch nur irgendwie bekannt vorkommen, würde ich auf dem Absatz umdrehen und nie wieder einen Fuß in diese Praxis setzen. Auch wenn die Emilia von damals ein komplett anderer Mensch ist als der, der soeben diese Praxis betreten hat.

Ich bemerke, dass es wirken könnte, als würde ich das Gespräch hinter verschlossenen Türen belauschen, und husche schnell weiter.

Die Tür zum nächsten Raum steht offen. *Wartezimmer,* lässt mich das Schild wissen, das darüber angebracht ist. Eine Anmeldung gibt es offenbar nicht, nur noch eine Toilette und eine Skulptur auf einem Steinblock, die bestimmt gemeinschaftlich im Rahmen einer Paartherapie zusammengegipst wurde. So etwas Hässliches habe ich noch nie gesehen, aber ich habe auch schon länger nicht mehr in den Spiegel geguckt. Ich muss ein bisschen über mich selbst kichern – das lernt man, wenn man so viel Zeit allein verbringt. Ich bin mein eigenes Unterhaltungsprogramm. Mit den Jahren habe ich mir angewöhnt, in meinem Kopf Selbstgespräche zu führen. Peinlich ist es nur, wenn ich so laut lache, dass die alte Frau unter mir mit dem Besen gegen die Decke klopft. In solchen Moment merke ich dann, wie lange ich schon allein bin.

Ich halte den Blick auf mein Handy gesenkt, bis ich sichergehen kann, dass das Wartezimmer tatsächlich leer ist. Ein runder, mit Zeitschriften überladener Couchtisch, ein Regal auf der rechten Seite, in dem Bücher über Feng-Shui und *Gefühle* stehen. Ich setze mich an den Platz, der am weitesten von der Tür entfernt ist, und strecke meine Nase in die Herbstsonne, die durch die hohen Fenster fällt, bis ich niesen muss.

Mein Blick gleitet über die Magazine auf dem Tisch und bleibt an *Die besten Jahre* hängen, *Das Wohlfühlblatt für die Frau ab dreißig.*

Ich rolle die Augen. Als hätte meine Mutter die Zeitschrift extra dort für mich platziert. *Kinder & Karriere. Warum die 30er so viel besser als die 20er sind. Der Sieben-Punkte-Plan zum Heiratsantrag.*

Ich starre die lachende Frau auf dem Cover böse an, aber sie lacht einfach weiter, also drehe ich die Zeitschrift kurzerhand um. Auf der Rückseite erwartet mich eine Antifaltencreme: *Ab dreißig nimmt die Elastizität Ihrer Haut stetig ab.*

Am liebsten würde ich die Zeit an dieser Stelle anhalten. Emilia Vierling, gerade noch neunundzwanzig, allein im Wartezimmer, bevor sie einem wildfremden Menschen erklären muss, warum sie nicht mehr vor die Tür geht und ziemlich viele Dinge nicht auf die Reihe kriegt, die für andere Menschen selbstverständlich sind.

In diesem Moment höre ich das Geräusch eines Wasserhahns hinter der Tür direkt gegenüber dem Wartezimmer. *Stilles Örtchen*, prangt dort in silbernen Lettern. Ich frage mich immer mehr, ob Dr. Struwe und ich kompatibel sein werden. Er ist bestimmt aktiv in diversen Facebook-Gruppen, in denen kitschige Bilder mit schlauen Sprüchen geteilt werden, und bestimmt hat er diese Sprüche auch als Wandtattoo über seinem Sofa verewigt.

Die Toilettentür öffnet sich. Ein Mann mit strubbeligen rostbraunen Haaren und einer gebirgsähnlichen Nase steht in der Tür und wischt sich die nassen Finger an der Hose ab, an deren Enden seine Köchel hervorgucken. Dann streicht er seine zer-

zausten Haare zurück und offenbart zwei formvollendete Absteh-Ohren. Ich würde diese Ohren überall erkennen.

Er räuspert sich und betritt das Wartezimmer. »Hallo.«

Automatisch greifen meine Finger nach der Zeitschrift vor mir auf dem Tisch. Auch diese Stimme kommt mir schrecklich bekannt vor. Ich öffne das Magazin an einer beliebigen Stelle und versenke mein Gesicht darin. Trotzdem registriere ich, wie der Typ das Wartezimmer durchquert und sich direkt neben mich auf den Stuhl fallen lässt. Für einen Moment herrscht eine Stille, die fast so tief ist, dass ich durch die Wand das Gespräch im Nachbarzimmer belauschen kann.

Ich fühle mich wie ein Rehkitz im Scheinwerferlicht eines Autos, das sich nicht von der Stelle rühren kann, obwohl es gleich überfahren wird. *Schockstarre* nennt man das.

»Der Sieben-Punkte-Plan zum Heiratsantrag«, liest er leise vor. »Ich wusste gar nicht, dass du der Typ für so was bist.«

Ich umklammere die Seiten fester. Ich spüre, dass er mich anstarrt.

»Kennen wir uns?«, frage ich, ohne hinter der Zeitschrift aufzutauchen. Ich bin froh, dass ich meine Sonnenbrille noch nicht abgenommen habe, mein persönlicher Schutzschild. Ich verschwinde in einem Artikel über Endometriose, der mit Zeichnungen von quietschpinken Wärmflaschen garniert ist. Ich kann nicht glauben, was hier gerade passiert. Ich gehe zum ersten Mal seit Wochen vor die Tür und begegne im Wartezimmer eines Therapeuten dann ausgerechnet … *ihm.* Gehört das zu Dr. Strues berühmter Variante der Konfrontationstherapie? Mir fällt beim besten Willen kein Grund ein, warum *er* sonst hier sein sollte.

Ich bin so sehr damit beschäftigt, mir eine Erklärung für diese absurde Situation zurechtzuzimmern, dass ich überhöre, wie sich die Tür des Behandlungszimmers öffnet.

»Em«, setzt der Typ neben mir an.

»Ach, wie schön, Sie sind schon da!« Ein hochgewachsener grauhaariger Mann mit buschigen Augenbrauen, schulterlangen grauen Haaren und einem riesigen Schnurrbart steht im Türrahmen, als ich vorsichtig hinüberlinse. Er trägt einen Pullunder über dem karierten Hemd und sieht damit aus wie ein klischeehaft dargestellter Psychiatriepatient, der manchmal versucht, sich als Arzt auszugeben.

»Sie sind hier für die Paartherapie, richtig?«

***

Versteinert sitze ich Dr. Struwe gegenüber. Ich halte meinen Blick starr nach vorne gerichtet und gebe mein Bestes, die Person auszublenden, die gerade neben mir sitzt. Stattdessen zähle ich die Härchen an Dr. Struwes Bart. Ich könnte so bis in alle Ewigkeit ausharren, ich habe es lang genug geübt.

Hundertdreiundzwanzig, hundertvierundzwanzig, ...

»Was führt Sie heute zu mir?«, fragt Dr. Struwe mit einem ermutigenden Lächeln und legt die Fingerspitzen vor dem Gesicht zusammen, sodass ich den direkten Blick auf seinen Schnurrbart verliere.

Hektisch gehe ich meine Optionen durch. Soll ich ihm einfach sagen, dass es ein Irrtum war? Wortlos aus dem Raum stürmen?

Mein Inneres ist damit beschäftigt, sich zwischen Wut und Angst zu entscheiden, weswegen ich viel zu langsam realisiere, was um mich herum passiert. Wir wissen doch alle, wie dieser Kampf endet.

»Genau so ist es«, hatte der Typ neben mir im Wartezimmer auf Dr. Struwes Frage hin geantwortet, ob wir für die Paartherapie angemeldet seien. Das hatte mich so sehr überrumpelt, dass ich nicht widersprach. Und jetzt sitze ich hier. Ich bin völlig am Ende. Steht es wirklich schon so schlimm um mich, dass ich mich völlig wehrlos in meinen eigenen Albtraum begebe? Warum habe ich nicht protestiert? Und was führt Jack im Schilde? Meine Finger tasten in der Manteltasche nach dem Nasenspray. Ich könnte Jack eine Ladung davon ins Gesicht sprühen und fliehen, oder? Vielleicht könnte ich auch mitspielen, unsere Scheidung verkünden und einfach aus dem Raum stürmen. Aber ich bleibe wie festgefroren auf meinem Platz sitzen, typisch Emmi eben.

Mein Inneres findet es zunehmend unmöglich, mir vorzugaukeln, dass es vielleicht doch nicht *er*, sondern jemand anderes sein könnte. Vor allem, als er mich ansieht und ich aus Reflex den Kopf zu ihm drehe. Unsere Blicke treffen sich, und ich bin mir sicher, dass das mein Ende ist. Ein Lächeln umspielt seine Lippen, er hebt eine Augenbraue, seine perfekten, wunderbaren Absteh-Ohren zucken. Ich ertappe mich selbst, wie meine Gedanken die Linien seines Gesichts nachzeichnen: die schiefe Nase, die zuckenden Mundwinkel und die dunklen Augen, die ich nie vergessen könnte. Reiß dich zusammen, Emmi! Aber Jack erwidert meinen Blick, und eine Ewigkeit vergeht, bevor er sich an Dr. Struwe wendet. »Wir sind hier, um an unserer Beziehung zu arbeiten.«

Dr. Struwe kritzelt etwas in seine Akten und wirft eine lange silbrige Strähne hinter die Schulter zurück. »Diese Stunde dient einem entspannten Kennenlernen. Deswegen möchte ich, dass Sie sich zum Einstieg gegenseitig beschreiben.«

Ich starre ihn an.

»Sie wirken von dieser Aufgabe ein bisschen irritiert, vielleicht möchten Sie gleich einmal damit anfangen?« Er blickt mich auffordernd an. »Dann können wir in diesem Kontext auch direkt über Ihre Gefühlshemmungen sprechen.«

»Ich …« Ich versuche, in meinem Kopf die Chancen zu errechnen, dass Jack mich mit Absicht in diese Falle gelockt hat, weil ich vor vier Jahren einfach aus seinem Leben verschwunden bin und mich nie wieder bei ihm gemeldet habe.

Dr. Struwe lächelt gütig. »Beginnen Sie doch einfach mal damit, Ihren Partner persönlich anzusprechen.«

»Jack …« Weiter komme ich nicht.

»Sie nennt mich immer Jack. Sonst macht das niemand.« Ich fahre zu ihm herum und funkele ihn finster an. Meine Angst ist mit einem Mal verpufft. Ich spüre Wut in mir aufkochen. Ein einziger Satz von ihm reicht, und ich gehe an die Decke. Wie kann er es wagen, nach all den Jahren in mein Leben zu platzen, mich in diese Situation zu bringen und dann auch noch so süffisant dabei zu grinsen? Ist das seine späte süße Rache? Früher mochte ich genau das an ihm: dass er die Wut aus mir herauskitzelte, wo sonst immer nur Angst war.

Ich gebe mir Mühe, ruhig zu atmen, damit meine Stimme vor Zorn nicht zittert. Aus dem Augenwinkel sehe ich, wie Dr. Struwe sich mit flinker Hand etwas notiert, aber das ist mir egal.

»Jack ist …«, setze ich noch einmal an. Ich fixiere ihn weiter. Wieder zieht er eine Augenbraue in die Höhe. »*Jakob* ist das Schlimmste, was mir je passiert ist.«

»Moment, Moment«, fährt Dr. Struwe dazwischen. »Ich spüre bei Ihnen unterschwellige Aggression.«

»Unterschwellig?«, rutscht es mir heraus, ein trockenes Lachen springt gleich noch hinterher.

»Und dieser Sarkasmus, muss das wirklich sein?« Ich verschränke die Arme vor der Brust. »Wie wäre es, wenn Sie stattdessen beginnen?«, wendet er sich an Jack. »Also, am besten fassen Sie einfach mal Ihre Gedanken und Gefühle zu Ihrer Partnerin in Worte, und vielleicht können Sie anschließend sogar noch hinzufügen, warum Sie hierherkommen wollten – ich nehme an, dass das Ganze Ihre Idee war?«

Jack nickt und räuspert sich. Schon früher hatte er immer einen rauen Hals, dieses Angekratzte gefiel mir an seiner Stimme besonders. Jetzt klingt es für mich nur noch so, als hätte er die letzte Nacht durchgemacht und sich zum Frühstück ein Scherbenmüsli genehmigt.

»Es wäre sehr hilfreich, wenn Sie Ihren Partner dabei ansehen könnten.«

»Ist das … wirklich notwendig?«

Dr. Struwe blinzelt in Zeitlupe. »Dadurch bauen wir die Wertschätzung wieder auf, nach der wir uns alle insgeheim doch so sehr sehnen.«

Ich weiß nicht, was ich schlimmer finde: Die Art, wie Dr. Struwe die Wörter *Ihr Partner* und *Ihre Partnerin* betont, oder den Ring, den ich an Jacks Hand entdecke, als ich versuche, ihn anzusehen, ohne ihn direkt anzusehen. Etwas in mir zieht sich zusammen, aber ich bin entschlossen, mir nichts anmerken zu lassen. Mit einer fließenden Bewegung schiebt Jack die rechte über die linke Hand und lässt den Ring darunter verschwinden. Was hier vor sich geht, kommt mir immer rätselhafter vor.

»Bitte.« Dr. Struwe nickt wohlwollend.

Ich höre, wie Jack Luft holt. »Ich habe heute wirklich nicht damit gerechnet, dass Emilia hier auftauchen würde«, setzt er an. Ich presse die Kiefer aufeinander und wappne mich gegen das, was nun kommen würde.

»Sie dachten, Ihre Frau würde heute nicht kommen?«, fragt Dr. Struwe nach.

»Em ist …«, setzt Jack noch einmal an. Wenn er meinen Spitznamen ausspricht, bekomme ich eine Gänsehaut. Niemand sonst hat mich je *Em* genannt. Emilia, Emmi, Mila – aber nie *Em*.

Es klingt ein bisschen ulkig, zu kurz und gleichzeitig nach einem gedehnten »Ähm«. Genauso planlos, wie ich bin. Passt also.

Jack dreht sich zu mir herum. Ich kann seinen Blick nicht lesen, wie auch, ich habe ihn vier Jahre nicht gesehen. Sein Gesicht ist eine Maske, vollgestopft mit meinen Erinnerungen, sodass ich den Menschen darunter gar nicht sehen kann. Auf einmal bereue ich es, dass ich mich heute nicht geschminkt habe, und ich hasse es, dass er diesen Gedanken in mir hervorruft.

»Ich dachte, sie wäre vielleicht gestorben.«

Dr. Struwe räuspert sich. Mein Herz beginnt schneller zu schlagen, die Wände kriechen näher an mich heran. Durch die Nase einatmen, durch den Mund ausatmen, ganz langsam.

»Also machen Sie sich Sorgen um Ihre Partnerin?«

Jack legt den Kopf schief und studiert mich wie einen besonderen Vogel, den er noch nie gesehen hat. Einen Vogel, der dennoch bereits Krähenfüße um seine Augen hinterlassen hat. Es war mir zunächst nicht aufgefallen, aber jetzt sehe ich, dass er merklich älter aussieht. Hier und da durchziehen silbrige Haare das Rostbraun seines Schopfs, die Augenringe sind etwas tiefer geworden, die Grübchen auch. Dennoch – die vier Jahre stehen ihm, und das scheint mir die wahre Härte des Lebens. Er reift wie ein guter Wein, und ich verfaule wie eine vom Stock gefallene Traube.

»Ich mache mir keine Sorgen um sie«, sagt er langsam, »um Em muss man sich keine Sorgen machen.« Seine Worte stechen mich, als wären die Konsonanten messerscharf. Wenn er nur wüsste. »Sie ist ziemlich widerstandsfähig. Und eigensinnig.« Ich spüre, wie mir Tränen in die Augen steigen. Nicht jetzt, Emmi, lass ihm doch wenigstens ein paar Sekunden die Illusion, bevor du demonstrierst, dass widerstandsfähig so ungefähr das Letzte ist, was du bist. »Em ist ...«

Dr. Struwe notiert etwas, dann hält er plötzlich inne, runzelt die Stirn und hebt eine Hand. »Bitte entschuldigen Sie die Unterbrechung, aber ich muss eine kurze Zwischenfrage stellen.« Er fährt mit gezücktem Stift eine Zeile auf einem ausgedruckten Anmeldeformular entlang. »Ich sehe gerade, dass hier in meinen Unterlagen steht, Ihre Namen sei Bernhard und Sabine Arnold …?«

Jack reagiert, ohne zu zögern. »Da müssen Ihnen wohl die Anmeldeformulare durcheinandergeraten sein.« Selbstsicher streckt er die Hand über den Schreibtisch aus. »Hätten Sie noch einmal eins von diesen Formularen für uns?«

Während Jack Kästchen um Kästchen ausfüllt, breitet sich auf Dr. Struwes Gesicht ein mildes Lächeln aus. Er hat uns durchschaut, da bin ich mir sicher. Er weiß, dass wir nicht das Paar sind, das eigentlich diesen Termin ausgemacht hat. Und wo waren die beiden überhaupt? Würden sie endlich auftauchen, hätte diese absurde Szene hier ein Ende. Aber Herr und Frau Arnold bewarfen einander wahrscheinlich in genau diesem Moment lieber mit ihrem Hochzeitsgeschirr. Ich sehe aus dem Augenwinkel, dass Jack sein Smartphone aus der Tasche zieht und seine Handynummer abschreibt.

Als er fertig ist, studiert Dr. Struwe das Formular kurz und wendet sich dann wieder mir zu. »So, Frau *Vierling*. Wie wäre es, wenn Sie einmal ganz vorne anfangen?«

»In meiner Kindheit?«, frage ich. »Oder als ich diesen einen Film gesehen habe, der mich jahrelang in unglückliche Beziehungen gestürzt hat?«

»Twilight?«, fragt er direkt und nun ohne den Anflug eines Lächelns.

»Woher wissen Sie das?«

»Das ist die Bibel Ihrer Generation und mindestens genauso schädlich für das psychische Wohlbefinden wie die Heilige Schrift. Erzählen Sie mir doch einmal, wie Sie sich kennengelernt haben.«

Ich seufze.

DAMALS

Als ich Jack zum ersten Mal traf, heulte ich auf den Stufen hinter einer Bar, bis meine Zigarette unter einer dicken Träne zischend erlosch. Das mag jetzt vielleicht überraschen, aber ich war nicht immer so eine bemitleidenswerte Gestalt wie heute. Damals war ich sogar die mit dem breitesten Lächeln, das den Gästen im Café das Trinkgeld aus der Tasche zog, sobald sie meine *zauberhafte* Zahnlücke entdeckten. Aber nicht an diesem Abend. Die Grillen zirpten in die warme Nachtluft, während ich die Seiten meines Manuskripts zerrupfte, bis alle Wörter einzeln zu Boden segelten.

Jack öffnete die Hintertür der Bar mit einem solchen Schwung, dass mein Wortfetzenhäuflein aufgewirbelt wurde.

»Hey!« Ich vergaß für einen Moment die dunklen Mascaraspuren unter meinen Augen und fuhr zu ihm herum.

Jack starrte mich überrascht an, aber vielleicht konnte er mich auch gar nicht recht erkennen, weil seine Brillengläser von der feuchten Luft in der Bar immer noch beschlagen waren. Obwohl es ein warmer Sommerabend war, trug er einen Strickpullover.

»Du bist doch die mit der Kurzgeschichte über die Sängerin, die ihr komplettes Vermögen dafür ausgibt, die eigenen Platten zu kaufen, oder?« Er grinste mich an, und ich sah, dass seine Eckzähne spitz zuliefen, er sah ein bisschen aus wie ein Raubtier … oder ein Vampir?

Ich schnaubte und zog an meiner erloschenen Zigarette, bis ich husten musste. »Und du bist der Typ, der sich vor allen über Poetry Slams lustig gemacht hat.«

Um ihn nicht ansehen zu müssen, klaube ich die einzelnen Zettelüberbleibsel auf den Pflastersteinen wieder zusammen. Er war direkt vor mir aufgetreten und hatte die Nerven gehabt, diese komplette Veranstaltung ins Lächerliche zu ziehen. Danach bebte der Laden, teils vor Empörung, teils vor Begeisterung – keine besonders gute Voraussetzung, um anschließend mit einer herzzerreißenden Geschichte wie meiner an den Start zu gehen.

Ich seufzte. »Dieser Buchvertrag heute Abend wäre meine große Chance gewesen«, sagte ich so leise, dass ich hoffte, er hätte mich gar nicht verstanden, aber dann ließ er sich neben mir auf die Stufen fallen und sah mich an. Ich hielt meinen Blick starr nach vorne ins Nichts gerichtet. Zwar winkte dem Gewinner des Poetry Slams nur die Veröffentlichung in einem kleinen Verlag. Aber das hatte in der Vergangenheit schon mehrmals zu etwas Größerem geführt. Außerdem saß mein absolutes Schreibidol, die Autorin Margarete Leopold, in der Jury!

»Also, ich mochte deine Geschichte«, sagte er leise.

Ich sah ihn ungläubig an. »Ist das dein Ernst? Du hast dich über uns alle lustig gemacht …«

Allmählich klarten seine Brillengläser auf, und ich konnte die dunklen Augen dahinter erkennen. Von dem Spott, den er eben noch von der Bühne aus ins Publikum gesprüht hatte, war nichts mehr übrig geblieben. »Kann etwas Lächerliches nicht trotzdem auch Bedeutung haben?«

Ich verengte meine Augen zu Schlitzen. »Willst du es jetzt so darstellen, als hättest du mir mit deinem genialen Beitrag eine neue Perspektive eröffnet?«

Er hob die Schultern. »Immerhin bin ich auch in der ersten Runde rausgeflogen, falls das hilft.«

»Überrascht dich das?«

Er beugte sich nach vorn, sammelte ein paar Wörterfetzen vom Boden auf, legte sie auf die Treppenstufe zwischen seinen Füßen und schob sie kreuz und quer durcheinander. Für einen Moment schwiegen wir. Die Pausenmusik aus der Bar hinter uns verstummte, aber er machte keine Anstalten, wieder nach drinnen zu gehen.

Wortlos rutschte Jack zur Seite und gab den Blick auf seine Zettelanordnung frei.

Verzeihen mir
Einladung zu Milch weit weg von hier?

Unwillkürlich verzogen sich meine Lippen zu einem Lächeln. *»Milch?«*

Er hob die Augenbrauen. »Was kann ich denn dafür, dass in deiner Kurzgeschichte weder Gin noch Rhabarberlimo vorkommt?«

»Da ich mir nicht vorstellen kann, dass ich mich jemals von selbst hier wegbewege, werde ich das Angebot annehmen.«

»Zu gütig«, erwiderte er und streckte mir eine Hand hin, um mich hochzuziehen. Ich wischte mir mit dem Ärmel die Schminke von den Wangen.

»Gut so?«, fragte ich ihn.

»Perfekt«, entgegnete er mit einem schiefen Lächeln.

Als ich Stunden später mit Herzklopfen nach Hause lief, sah ich mein Gesicht im ersten Licht des Morgens in einer spiegelnden Fassade. Anders als Jack behauptet hatte, war die Schminke unter meinen Augen immer noch da, ich hatte sie wohl nur noch mehr verschmiert. Aber das war nicht die erste Lüge, die mir Jack an diesem Abend erzählt hatte.

Erst viel später fand ich heraus, dass er es sehr wohl in die nächste Runde des Poetry Slams geschafft hatte und dass die Veranstalter die ganze Bar nach ihm absuchten, während wir den Rhein entlangschlenderten, als hätten wir alle Zeit der Welt. Als ich in den frühen Morgenstunden nach Hause torkelte, betrunken von dieser Begegnung und unserer Nacht in dieser Stadt, war ich mir sicher, dass mein Leben sich grundlegend verändern würde. Ich hatte *ihn* gefunden. Mit dieser Einschätzung sollte ich recht behalten. Aber nicht so, wie ich es mir erhofft hatte.

JETZT

»Ich weiß nicht einmal mehr, wer Jakob ist«, sage ich leise, nachdem die Stille im Raum den kompletten Sauerstoff verdrängt hat und ich mich fühle, als würde ich keine Luft mehr bekommen.

Dr. Struwe sieht mich lange an, ohne etwas zu sagen. Dann faltet er die Hände und blickt zwischen mir und Jack hin und her. »Sie sollten auf jeden Fall mindestens einmal die Woche kommen«, sagt er nachdenklich. »Ich kann Ihnen jetzt schon sagen, dass hier Dinge zum Vorschein kommen werden, von denen Sie noch nicht einmal geträumt haben – so tief steckt das im Unterbewusstsein fest.« Er zieht seinen Terminplaner zu sich heran. »Okay, wann würde es Ihnen denn passen? Vorausgesetzt natürlich, dass Sie damit einverstanden sind, mit mir auf diese Reise zu gehen.«

Bei dieser Formulierung zieht sich in mir alles zusammen. Dr. Struwe hat es wahrscheinlich nicht verdient, aber ich hasse ihn in diesem Moment. So richtig. Wer meinen Ärger aber sehr wohl verdient hat, ist Jack. Was sollte das alles? Ich wüsste nicht, was ich mir Schrecklicheres vorstellen könnte, als in einer Paartherapie mit Jack mein Unterbewusstsein aufzuräumen. Ich spüre, wie sich immer größere Wut in mir zusammenbraut. Jack rechnet ganz bestimmt damit, dass ich mich aus der Affäre ziehe, dass ich einknicke. Aber das kann er sich abschminken. Ich laufe nicht mehr weg – zumindest nicht vor ihm. Ich balle die Fäuste, so stark ich kann.

Jack dreht sich mir zu und hebt fragend die Augenbrauen. Ich weiß, was er von mir erwartet: empört aus dem Raum stürmen, Türen knallen, ihn anschreien. Aber diesmal gebe ich nicht klein bei. Stattdessen ziehe ich meinen Kalender aus der Tasche und wende den Blick Dr. Struwe zu. Challenge accepted. »Sehr gern, wann passt es Ihnen denn?«

»Gut, gut, gut.« Dr. Struwe blättert in seinem Terminplaner hin und her. »Heute ist Freitag … Wie wäre es bei Ihnen gleich kommende Woche am Montagvormittag, um elf?« Er wirft noch einmal einen Blick auf das Formular, das Jack ihm über den Tisch geschoben hat. »Frau … Vierling und Herr Mersfeld?«

»Aber sehr gerne«, sage ich mit dem zuckersüßesten Lächeln, das ich zusammenbasteln kann. Ich kann selbst kaum glauben, was ich hier gerade tue. Aber wäre doch gelacht, wenn ich ihn einfach so gewinnen lassen würde.

»Das sollte klappen«, sagt Jack. Unter dem Tisch wirft er einen Blick auf sein Smartphone, aber ich kann die Nachricht, die er liest, von hier aus nicht entziffern. Mir fällt nur wieder der Ring an seiner linken Hand ins Auge.

Dr. Struwe erhebt sich. »Gut, dann gibt es für mich nichts mehr zu sagen, außer: Seien Sie gütig zueinander. Und wir sehen uns nächste Woche.«

Er lächelt uns wohlwollend an. Ich reiche ihm meine Hand über den Tisch. »Danke, Dr. Struwe, vielen herzlichen Dank.«

Sobald er die Tür zur Praxis hinter uns geschlossen hat, lasse ich meine Fassade fallen. So schnell ich kann, springe ich nach unten, immer zwei Treppenstufen auf einmal. Ich muss mich am

Geländer festhalten, um nicht über meine eigenen Füße zu stolpern. »Unfassbar!« Meine Stimme hallt von den hohen Decken wider, aber das ist mir egal. Bevor ich die Knöpfe meines Mantels geschlossen habe, stürme ich bereits in die Herbstsonne hinaus. Durch eine Gruppe laut schnatternder Grundschülerinnen hindurch, marschiere ich geradeaus auf mein Fahrrad zu.

»Also wirst du am Montag wiederkommen?«, ruft Jack mir hinterher. Ich reagiere nicht, blicke starr nach vorn und stürme weiter zu der Laterne an der Straßenecke, wo ich mein Fahrrad angeschlossen habe. »Em!« Seine Stimme kommt näher.

»Nenn mich nicht so!«, brülle ich über die Schulter und sehe dabei, dass das Fenster zu Dr. Struwes Behandlungszimmer offen steht und dahinter seine Silhouette erkennbar ist. *Na super.* Ich bin mir sicher, dass er eifrig mitschreibt, was hier gerade auf der Straße passiert. Fast hätte ich ein älteres Ehepaar angerempelt, das daraufhin direkt kehrtmacht. Wollten sie auch in Dr. Struwes Praxis und haben dank unseres Gebrülls nun alle Hoffnung aufgegeben?

Mein verrostetes Fahrrad steht immer noch genau dort, wo ich es zurückgelassen habe. Kein geklauter Sattel, keine zerstochenen Reifen – und die Straßenlaterne hat auch niemand aus dem Boden gerissen, wie ich es auf der Suche nach Gründen, das Haus besser nicht zu verlassen, befürchtet hatte. Ich krame in meiner Handtasche nach dem Schlüssel für das Fahrradschloss. Jack hat mich mittlerweile eingeholt und stellt sich auf die andere Seite der Straßenlaterne, sodass ich ihn automatisch ansehen muss, wenn ich aufblicke.

»Wie geht's dir?«, fragt er nun.

Ich funkele ihn an, während ich meine Hosentaschen immer hektischer nach dem Schlüssel abtaste. »Weißt du eigentlich, wie verdammt schwer es ist, einen Therapieplatz zu bekommen?«

Er hebt die Schultern, sagt aber nichts.

»Wofür brauchst *du* denn bitte eine Therapie?«, frage ich weiter.

Er weicht meinem Blick aus, als wäre es ihm unangenehm, darüber zu sprechen.

»Jedenfalls habe ich das alles nicht gemacht, um dich zu quälen. Es kam spontan über mich, als Scherz. Ich habe mir nicht viel dabei gedacht, und ich hätte erst recht nicht erwartet, dass du mitspielst.« Ich schnaube vor Wut. »Emmi. Du traust mir viel mehr Bösewichtpotenzial zu, als ich tatsächlich besitze.«

»Das habe ich aber anders in Erinnerung.« Und wo war mein verdammter Fahrradschlüssel?

Für einen Moment sehen wir uns wortlos an, dann hocke ich mich auf den Boden und wühle das Notfallkit aus meiner Handtasche. Wenn ich schon mal das Haus verlasse, muss ich auf alle Eventualitäten vorbereitet sein – Zahnbürste, fünfzig Euro, eine Kneifzange. Man weiß ja nie, was einem in der gefährlichen Außenwelt zustoßen könnte. Für Jack habe ich leider kein Gegenmittel.

Ich muss so schnell wie möglich weg von hier. Die Zange habe ich erst ein einziges Mal eingesetzt, um eine widerspenstige Walnuss zu knacken – sie sollte also noch messerscharf sein.

Jack fährt sich mit beiden Händen durch die Haare und übers Gesicht.

»Dir scheint es in den letzten Jahren ja ganz gut ergangen zu sein«, murmele ich und deute mit der Zange auf den Ring an seinem Finger.

Er will gerade etwas erwidern, da hält er inne und lacht. »Moment mal, klaust du gerade dein eigenes Fahrrad?«

»Ich finde meinen Schlüssel nicht.«

Nur kurz blicke ich auf. Seine Augen leuchten.

»Sieh mich nicht so an«, zische ich durch zusammengepresste Zähne.

»Wie sehe ich dich denn an?«

Mit einem Ruck reiße ich das Schloss vollends entzwei. »So wie *früher.*«

»Was machen Sie da?« Jack und ich fahren herum, nur um zwei Verkehrspolizisten auf uns zukommen zu sehen.

»Scheiße«, zische ich. »Ich muss hier weg.«

»Warte, Em!«

Aber ich habe mich schon auf das Fahrrad geschwungen und düse die Straße runter. Als ich mich noch einmal umdrehe, sehe ich, wie Jack mit den Polizisten diskutiert. Wenn sich jemand aus einer solchen Situation herausreden kann, dann ja wohl er.

***

Sobald ich die Wohnungstür aufgeschlossen und mich auf einen Stuhl habe fallen lassen, springt Oskar auf meinen Schoß und miaut mir laut ins Gesicht. »Ist ja gut, du fetter Kater«, murmele ich, aber er lässt sich von dieser Beleidigung nicht beirren und quengelt weiter. »Ich weiß schon, was du willst.« Ich kraule ihn kurz unter dem Kinn und stehe dann mühsam auf, um ihn zu füttern. Oskar folgt mir schnurrend. Das Regal im Vorratsschrank, auf dem normalerweise seine Katzenfutterdosen lagern, ist leer. Also öffne ich den Kühlschrank, um zu sehen, ob nicht noch eine angebrochene Dose darin ist. Fehlanzeige. Panik braut sich in mir zusammen.

Wie die Panik sich anfühlt?

Sie fühlt sich ein bisschen an wie Verliebtsein: Bauchkribbeln, Gänsehaut, nur dass man die Befürchtung hat, der rasende Herzschlag, der sich sonst so lebendig anfühlt, wird einen umbringen. Meine Finger werden feucht, und ich schwitze.

Wie die Angst aussieht?

Ich habe schon mehrfach versucht, sie mit einer Videokamera festzuhalten, wenn sie mich überkommt, oder sie im Spiegel zu finden, doch sie entgleitet mir immer wieder. Als wäre die Panik eine geheime Materie, die nur Magier sehen könnten.

Wie die Angst sich anhört?

Wie eine Eisenbahn auf ihrer letzten Fahrt.

Ruhig atmen, ganz ruhig atmen.

Ich stecke mein Gesicht in den Kühlschrank, bis die Kälte mich frösteln lässt, dann sinke ich neben der geöffneten Tür zu Boden.

Ich habe vergessen, Katzenfutter zu bestellen.

Das Drama mit Lara hat mich so durcheinandergebracht, dass ich meine wichtigsten Vorkehrungen vergessen habe, um nicht das Haus verlassen zu müssen. Oskar jault aus vollen Lungen und kratzt mit seiner Pfote im leeren Futternapf herum.

»Manchmal bereue ich den Tag, an dem ich mir eine Katze zugelegt habe«, flüstere ich ihm zu. Er hält inne und sieht mich mit großen orangefarbenen Augen an. »Ja, ich weiß, das ist nicht *dein* Problem. Warum brauche ich eigentlich einen Therapeuten, wenn ich dich habe?« Er drückt die kleine rosafarbene Schnauze gegen mein Knie und schnurrt munter weiter.

Ich schließe die Augen. *Orgelmusik, Laras entsetzte Stimme.* Ich reiße die Augen wieder auf. Ich habe Scheiße gebaut und eine der gerade einmal zwei Personen in meinem Leben, die immer für mich da waren, zutiefst verletzt. Ich werfe einen Blick auf mein Smartphone. Keine Nachricht von Lara – und um Katzenfutter zu bestellen, das heute noch geliefert wird, ist es schon viel zu spät. Ich werde nicht auch noch die zweite Person im Stich lassen.

Ich knöpfe meinen Mantel wieder zu. Oskar miaut mir hinterher, als ich zur Tür gehe. »Ja, damit meine ich dich, du Idiot. Du bist die zweite Person.« Ich gebe ihm noch einen Kuss zwischen die Ohren. Ja, ich weiß, eine Katze ist keine Person im eigentlichen Sinne, aber wenn man so wenige Sozialkontakte hat wie ich, darf man nicht wählerisch sein. Dann verlasse ich zum zweiten Mal an diesem Tag die Wohnung. Das letzte Mal, dass ich öfter als einmal in vierundzwanzig Stunden das Haus verlassen habe, liegt ungefähr vier Jahre zurück.

***

Was soll schon passieren?, wiederhole ich in Gedanken immer wieder, als ich vor den Glastüren des Supermarkts stehe und misstrauisch durch meine dunkle Sonnenbrille ins Ladeninnere blinzele. Es ist kurz nach Feierabend, an der Kasse hat sich eine lange Schlange gebildet. Ich trage meinen Wintermantel wie eine Rüstung um mich herum. Ich schwitze, aber das ist immer noch besser, als von irgendeinem Fremden auf der Suche nach Tomaten an der Schulter berührt zu werden. »Was soll schon passieren?«, presse ich zwischen meinen Zähnen hervor. Seit ich hier stehe, sind schon ein Dutzend Menschen an mir vorbei in den Laden gegangen und sieben wieder herausgekommen – keiner von ihnen wirkte, als hätte er da drinnen Schreckliches erlebt. Aber mir könnte die Milch herunterfallen und über den Boden schwappen – Glassplitter könnten die alte Frau im Auge treffen, die sich gerade ächzend zum Schnittkäse hinunterbeugt. Ich könnte vergessen zu bezahlen und vor allen Leuten festgenommen werden.

NEUNUNDZWANZIGJÄHRIGE LIEFERT SICH MIT POLIZEI ABENTEUERLICHE VERFOLGUNGSJAGD WEGEN GESTOHLENER MILCH

Ich spüre, wie mein Herzschlag sich beschleunigt. Ich könnte mitten im Laden eine Panikattacke bekommen. Das ist das, wovor ich eigentlich Angst habe, und es tut besonders weh, dass ich es weiß. Nicht vor der Milch, die in alle Richtungen davonläuft, fürchte ich mich, nicht vor der Person, gegen die ich aus Versehen stolpern könnte.

Sondern vor mir selbst.

Es ist ein beschissenes Gefühl, wenn man sich nicht auf sich selbst verlassen kann. Manchmal fühlt es sich so an, als würde ich ohne Führerschein Auto fahren, und dieses Auto ist mein Körper, ein etwas missglücktes Modell, das zu schnell aus der Zeit gefallen ist.

Ich drehe mich um und will wieder nach Hause gehen, da bugsiert eine Mutter mit drei quengelnden Kindern ihren leeren Einkaufswagen direkt auf mich zu. Ich kann gerade noch aus dem Weg springen – durch die sich öffnenden Glastüren in den Laden hinein. Neonlicht, Piepsen und Schnattern, es liegt ein metallischer Geruch in der Luft. Das alles überwältigt mich, ich halte den Atem an, um wenigstens ein paar der Reize auszuschließen. Ich gebe seit Jahren mein Bestes, damit mir die Menschen um mich herum egal werden, aber trotzdem fühle ich mich jetzt angestarrt. Während ich überlege, welches der kürzeste Weg zum Katzenfutter ist, das natürlich in der hintersten Ecke des Ladens steht, weiß ich auf einmal nicht mehr, wie Laufen funktioniert. Ich muss vorbei an der Gemüsetheke, wo jemand mich fragen könnte, wie diese eine Frucht heißt, die in manchen Restaurants auf dem Essen liegt. »Physalis«, flüstere ich vor mich hin, als eine Art Übung für den Ernstfall. Dann geht es weiter zu den Konserven, wo ich schon mehrfach von kleineren Menschen gefragt wurde, ob ich ihnen etwas aus dem oberen Regal holen könnte. Ich weiß nicht mehr, was ich noch tun kann, um zu einer Person zu werden, die man lieber nicht anspricht. Mein Gesicht halb im Schal, halb unter der Sonnenbrille zu verstecken, reicht offensichtlich nicht. Ich stelle mir den Supermarkt vor wie ein Labyrinth – wenn ich mich einmal reinbewege, ist nicht sicher, dass ich heil wieder rauskomme.

Ich denke an Oskar. »Reiß dich zusammen.« Das Bild meiner Mutter taucht vor meinem inneren Auge auf, und das wirkt – ich stolpere durch die Eingangsschleuse hindurch und halte nicht mehr an, bis ich die Tierfutterabteilung erreicht habe. Zwar musste ich einen kleinen Umweg am Tiefkühlobst vorbei machen, um einer Gruppe nervöser Teenager aus dem Weg zu gehen, aber das ist auch alles. Ich fülle meine Umhängetasche bis zum Rand mit Katzenfutterdosen – ich muss sicherstellen, dass so ein spontaner Trip in nächster Zeit nicht noch einmal nötig wird. Dann will ich nichts wie raus aus den hellen Lichtern und irritierenden Geräuschen und am liebsten eine Woche lang das Bett nicht verlassen, statt einer Wärmflasche eine sich selbst nachfüllende Weinflasche im Arm. Ich halte meinen Jutebeutel wie ein Neugeborenes vor meiner Brust und schlängele mich dicht an den Regalen bis zur Kasse durch. Ich habe Glück: Es steht nur eine junge Frau vor mir, die sich mit Sellerie und Mandelmilch eindeckt und so aussieht, als würde sie gerade vom Sport kommen. Ich versinke tiefer in meiner Jacke und weiche ihrem Blick aus, als sie sich umdreht und den Trenner zwischen uns auf das Kassenband stellt. Ich lächele unverbindlich ins Nichts und stapele meine Futterdosen auf das Band. Die junge Frau vor mir bezahlt, klemmt ihren Sellerie unter den Arm und ist drauf und dran, den Laden zu verlassen, da dreht sie sich noch einmal um und mustert mich. »Sind Sie nicht Emilia Vierling?«

Ich starre sie an, das scheint ihr als Bestätigung zu genügen. Aber ich habe keine Ahnung, wer zur Hölle sie ist.

»Kann ich vielleicht ein Autogramm haben?«, fragt sie und lächelt breit.

»Ist das ein Trick, um mir eine Versicherung zu verkaufen?«

Zu meiner Überraschung lehnt sich die junge Frau mit einem schallenden Lachen zurück und schüttelt dabei ihren Sellerie wie eine Trophäe. »Sie sind ja im echten Leben auch so witzig.« Sie kramt einen Stift und ihren Kalender aus der Tasche hervor und streckt mir beides hin. Ich überlege, ob ich noch einmal fragen soll, aber ich bin zu perplex. Also nehme ich den Stift einfach und setze meine krakelige Unterschrift auf die vorderste Seite in ihrem Kalender. Emilia Vierling, das bin ich – oder? Auf einmal stehe ich neben mir und bin mir des grundlegendsten Fakts in meinem Leben gar nicht mehr so sicher, meine eigene Handschrift kommt mir fremd vor. Ich kann mir selbst nicht mehr vertrauen.

»Vielen, vielen Dank, ich bin mir sicher, dass das mal ein kleines Vermögen wert sein wird.« Mit einem freudigen Kichern drückt sie den Kalender an sich. »Ich studiere nämlich Kunstwissenschaften. Wir haben letzte Woche über Ihre Performance-Aktion gesprochen.«

»P-performance-Aktion?«

Die junge Frau nickt eifrig. »Ja, ich hatte das Interview mit Ihrer Schwester auf *Instazoom* aber natürlich schon gelesen.«

Ich starre sie schockiert an. Meine Schwester hat die Aktion mit den vertauschten Eheringen in einem Interview als »Performance-Aktion« verkauft?

»Haben wir hohen Besuch?«, mischt sich der Kassierer von der Seite ein. Er mustert mich interessiert, sein blonder Schnurrbart zuckt.

»Nein, das ist eine Verwechslung.« Ich würde am liebsten aus dem Laden stürmen, aber ich habe Oskars Futter noch nicht bezahlt.

»Ach, Sie sind aber bescheiden!«, lächelt die junge Frau vor mir. »Sie ist eine Künstlerin, die sich kritisch mit dem Leben der Frau zwischen Tradition und Moderne auseinandersetzt.« Jetzt zieht die junge Frau ihr Smartphone aus der Hosentasche und hält es dem Kassierer hin. Die Sekunde, in der das Bild auf dem Display an mir vorüberschwebt, reicht völlig aus, damit ich kapiere, was hier vor sich geht. Es ist ein Artikel über Laras Hochzeit. Irgendwo haben sie ein Bild von mir aufgetrieben, umrahmt von ein paar neonfarbenen Sextoys. »Das Sexspielzeug als Ausdruck für die Erfüllung einer Frau in einer progressiveren Form der Ehe«, erklärt die Kunststudentin, »das ist einfach genial.«

Mir wird übel, ich spüre, wie sich in meinem Kiefer alles zusammenzieht, als würde ich im nächsten Moment Gift spucken. Dunkle Flecken tanzen vor meinen Augen, ich spüre, wie mein Herzschlag sich rasant beschleunigt. Mit schwitzenden Fingern zerre ich einen Geldschein aus meiner Tasche und werfe ihn dem Kassierer hin, dann greife ich blind ein paar Dosen Katzenfutter und renne aus dem Laden, bevor ein weiteres Wort gesagt werden kann.

Ich schaffe es gerade noch um die nächste Ecke, bevor ich an der Hauswand zu Boden sinke, der raue Stein scheuert an meinem Rücken. Durch die Nase einatmen, durch den Mund ausatmen. Ich versuche, meinen Puls zu beruhigen, aber ich habe immer mehr das Gefühl, keine Luft zu bekommen.

Was ist da gerade passiert? Weiß jetzt die ganze Welt, was für eine miese Schwester ich bin und dass ich Laras Hochzeit zerstört habe? Ich stecke meinen Kopf zwischen die Knie und versuche mich auf einen Käfer zu konzentrieren, der über das unregelmäßige Pflaster das Weite sucht.

Im nächsten Moment trifft mich etwas Kleines, Hartes am Kopf, und ich werde aus meiner Gedankenspirale gerissen. Eine Frau mittleren Alters entfernt sich von mir. Ich reibe mir die schmerzende Stelle. Vor mir glänzt ein Zweieurostück auf dem Boden.

»Hey, was soll das!«, rufe ich der Frau hinterher, aber sie dreht nur kurz ihren Kopf und sieht mich mitleidig an, bevor sie schnell weitergeht. »Ich bin nicht …«, setze ich an, aber mein Satz verliert sich in der dunklen Hausecke. Ich schlucke meinen Stolz herunter und stopfe das Geldstück in meine Jackentasche. Wer weiß, wozu ich das noch gebrauchen kann.

***

Sowie ich die Wohnung betreten habe, stehe ich im gelblichen Licht meines winzigen Badezimmers, Oskar turnt vor mir auf dem Waschbecken herum. Ich öffne ihm den Wasserhahn, damit er daraus trinken kann.

»Du bist seltsam«, murmele ich, aber in diesem Moment blicke ich hoch und sehe mich selbst. »Ja, du auch.« Ich kneife mir mit den Fingern in die Wangen. Ich bin nicht mehr in dem Alter, in dem man alles auf eine süße Weise machen kann, erst recht nicht in dunklen Hausecken rumlungern. Feine Fältchen haben sich um meine Augen gebildet, dabei habe ich in den letzten Jahren erstaunlich wenig gelacht. Aber nicht mal das hat mich davor bewahrt. Jetzt sieht mein Gesicht noch kritischer aus. Meine Augenbrauen sitzen zu weit oben auf meiner Stirn, und meine Augenlider sind so präsent, dass es immer aussieht, als würde ich jedem und allem skeptisch gegenüberstehen. Das zumindest stimmt. Meine Wangen sind voller als früher, weil ich mich kaum noch bewege, ich sehe aus wie ein faltiges, kritisches Baby.

Oskar miaut mich an und beginnt direkt zu schnurren, als meine Finger sein Näschen berühren. Ich suche meine Manteltaschen nach dem Nasenspray ab.

Dann lege ich mich komplett angezogen auf mein Bett und strecke alle viere von mir. Ich fühle mich, als hätte ich einen Stromschlag bekommen, als wäre heute endgültig die Sicherung rausgeflogen. Ich kann nicht glauben, was in den letzten vier Stunden alles passiert ist. Erst die Paartherapie mit Jack und dann auch noch der Vorfall im Supermarkt eben. Wieder einmal war es keine gute Idee gewesen, meine Wohnung zu verlassen.

Oskar schmiegt sich an meine Wange. »Womit habe ich dich verdient?«, seufze ich. Er wetzt seine Krallen an meinem Schlüsselbein. Wir beide wissen, dass ich ihn nicht verdient habe.

***

Das Klingeln meines Smartphones weckt mich, aber ich bleibe genauso liegen, wie ich am Abend eingeschlafen bin, in meinem Wintermantel auf dem Bett. Als es nicht aufhört, setze ich mich ächzend auf und krame es mit noch geschlossenen Augen aus der Tasche hervor. Das grelle Licht eines wunderschönen Herbsttags sticht mir durch die geschlossenen Lider.

»Hallo?«, krächze ich in den Hörer.

»Emilia!« Die Stimme meiner Mutter schneidet in mein Ohr, ich lasse mich zurück aufs Bett fallen, das Smartphone neben mir auf der zerknautschten Bettdecke. Im Hintergrund höre ich Geplapper und das Geräusch des neuen Rasenmähers, der der ganze Stolz meines Stiefvaters ist. »Bis ich Enkel habe, muss ich mich ja wohl irgendwie beschäftigen«, sagt er immer, mit einem schelmischen Grinsen, das dazu führt, dass ich bei jedem Besuch mehr trinke, als ich möchte, und anfange zu heulen, sobald ich ihr Grundstück wieder verlassen habe. Wie ein faltiges, kritisches Baby eben.

»Hast du noch Eier zu Hause, die du mitbringen kannst?«

Wie eine Migräneattacke fährt die Erinnerung in meinen Kopf. Ich strecke den Arm mit dem Smartphone von mir weg, öffne die Augen einen Spaltbreit, und die Datumsanzeige bestätigt mir, dass heute tatsächlich der zweite Samstag im September ist.

»Fuck.«

»Wie bitte?«

»F-fünf«, sage ich schnell.

»Perfekt, fünf Eier brauche ich. Bis in zwei Stunden, mein Schatz. Lara freut sich auch schon auf dich!«

Bis auf den Rasenmäher ist es für einige Sekunden vollkommen still in der Leitung.

»Bis dann«, stoße ich hervor, lege auf und vergrabe mein Gesicht im Kissen.

»Fuck«, wiederhole ich. Natürlich habe ich keine Eier zu Hause, meinte meine Mutter das ernst? Ich bin immer wieder überrascht, wie wenig sie mich kennt. Wer fünf Eier zu Hause übrig hat, hat sein Leben wahrscheinlich im Griff. Aber mir ist klar, dass sie mich vermutlich nur gefragt hat, weil Lara schon bei ihr ist und nicht auf dem Weg schnell noch Eier mitbringen kann. Sie ist zurück aus den Flitterwochen.

An jedem zweiten Samstag findet ein Familienessen zu Hause bei unseren Eltern statt, und ich weiß nicht, warum ich überhaupt noch dorthin gehe. Es ist meist keine sonderlich harmonische Angelegenheit, aber vielleicht empfindet meine Mutter das anders. Sie empfindet so ziemlich alles anders als ich. Vielleicht liegt es an dem Geld, das ich noch immer von ihnen bekomme und für das ich irgendeine Gegenleistung bringen will, auch wenn ich alles andere lieber gemacht hätte, als zu ihnen zum Essen zu kommen. Also alles andere, bei dem ich nicht das Haus verlassen muss. Als Autorin bin ich schon gescheitert, als Kellnerin ziemlich unbrauchbar, und leider auch nicht sonderlich gut darin, anderen Uhren oder überteuertes Shampoo anzudrehen.

Da meine Schwester seit mehreren Wochen nicht auf meine Nachrichten reagiert, ist das Mittagessen jetzt, wo sie aus den Flitterwochen zurück ist, meine einzige Chance, Kontakt zu ihr aufzubauen. Es ist kurz vor elf, in zwei Stunden muss ich da sein.

Ich stöhne und schäle mich aus meinem Wintermantel, schleppe mich ins Bad und stelle mich unter die heiße Dusche, bis meine Wangen rot glühen. Ein unordentlicher Dutt ist alles, was ich gebacken kriege, dazu die kleinen goldenen Ohrringe, die Larissa mir zu meinem letzten Geburtstag geschenkt hat. Vielleicht stimmt es sie milde, wenn ich sie trage. Kein Make-up, ich rechne schließlich damit, dass ich wieder heulen muss, also stopfe ich stattdessen Taschentücher in meinen Jutebeutel.

Immer, wenn ich zu meinen Eltern fahre, trage ich mein weites dunkelrotes Leinenkleid, das mir fast bis zu den Knöcheln fällt. Ich habe festgestellt, dass so weniger über meine Figur gesprochen wird. »Wir machen uns doch nur Sorgen um dich«, höre ich meine Mutter. Als wären ein paar Kilo mehr oder weniger das einzige Maß meiner mentalen oder körperlichen Gesundheit. Wären die tiefen bläulichen Augenringe nicht schon Hinweis genug? Als ich daran denke, kehre ich noch einmal um und tupfe mir ein bisschen Concealer unter die Augen. Jetzt sehe ich aus wie eine Eule mit hellen Kreisen um die Augen.

In den letzten Jahren habe ich mir ein paar Tricks angeeignet, die es mir erleichtern, das Haus zu verlassen. Der erste ist, dass ich mir einrede, nur kurz den Müll rauszubringen. Der andere ist, dass ich Musik durch meine Kopfhörer dröhnen lasse und so tue, als wäre ich ein anderer Mensch. Ein Mensch, der einfach so das Haus verlässt, und nicht nur, wenn es absolut sein muss. Ein Mensch, der fünf überflüssige Eier zu Hause in seinem Kühlschrank lagert, und zwar nicht in der Pappschachtel, sondern in der extra dafür eingebauten Eierhalterung in der Kühlschranktür. Eine Frau, die entspannt ihren Dreißigern entgegenblickt, weil sie sich in ihren Zwanzigern zur Genüge verwirklicht hat. Ich nenne diese Persönlichkeit *Mia*. Eine Mia kann alles schaffen. Mia ist eine Version meiner selbst, die manchmal durch meine Wohnung geistert wie der Schatten eines alternativen Lebens. Mia lacht laut, Mia tanzt auf Partys und trinkt morgens drei Kaffee, bevor sie beschwingt zur Arbeit geht, wo sie Menschen trifft und mit spielerischer Leichtigkeit Konflikte löst. Mia lächelt andere Leute an, bis sie zurücklächeln, bucht spontan Urlaube und weiß, was sie vom Leben will.

Ich runzele die Stirn. Mia klingt verdammt nach meiner Schwester Lara. Das raubt meiner Vorstellung direkt wieder die Magie, aber die Musik schalte ich trotzdem an, die Playlist von vor vier Jahren, als diese Stadt noch mir gehörte.

Ich starre auf den Boden vor mir, ein Schritt nach dem anderen auf dem Weg zu einer Schachtel Eier. Ich kann nicht mehr zu dem Supermarkt gehen, wo ich gestern war, stelle ich mit Bedauern fest. Das war der zweitnächste zu mir – im anderen ist mir das mit der zerbrochenen Milch passiert, der ist auch Sperrgebiet. Also muss ich durch die halbe Stadt zum nächsten Rewe marschieren, durch diesen zerbrechlich schönen Herbsttag. Er fühlt sich an, wie ich mich fühle. Noch habe ich mich einigermaßen im Griff, aber jeden Moment kann Wind aufkommen, und der Regen würde wohl auch die letzten gelblichen Blätter zu Boden reißen und die Gullys damit verstopfen. Kurz vor dem Laden vibriert mein Handy.

Eier nicht vergessen, mein Schatz.
Wir freuen uns so auf dich! Grüße von Lara!

Lara muss mich wirklich hassen, wenn meine Mutter so oft betont, dass alles in Ordnung sei. Aber daran, wie viele Kuchen sie gebacken hat, werde ich ziemlich genau ablesen können, wie schlimm es wirklich ist. Je schiefer der Haussegen hängt, desto mehr Puderzucker muss alles zusammenhalten. Der Rhythmus der Musik in meinen Ohren trägt mich über die Schwelle in den Supermarkt und nur zwei Minuten später mit einem Karton Eier wieder nach draußen. Der Tag läuft überraschend gut. In solchen Momenten frage ich mich immer, was eigentlich mein verdammtes Problem ist. War doch gar nicht so schwer, Emmi, sich wie eine normale erwachsene Person zu verhalten. Zu lächeln, den Karten-PIN richtig einzutippen und Danke zu sagen, ohne die Eier fallen zu lassen. Sogar »Einen schönen Tag noch« war drin. Ich würde

mich gerne mit einer Zigarette belohnen, aber diese Zeiten sind ja vorbei.

Ich wickle den Eierkarton in meinen Schal und verstaue ihn vorsichtig im Jutebeutel. Ich bin gut in der Zeit, wenn ich den nächsten Zug nehme, komme ich sogar früher an als notwendig. Na, das wäre mal eine Überraschung, besonders für mich.

Auf dem Weg zum Bahnhof stülpe ich mir wieder meine großen schwarzen Kopfhörer über, eine Mischung aus Schutzhelm und Sonnenbrille für die Ohren. Ich springe über die Halteinseln, bevor eine Straßenbahn mich erwischt, und will gerade den Bahnhof betreten, da sehe ich sie. Durch meine Sonnenbrille, die keine Stärke hat, obwohl ich sie bräuchte, kann ich in ihrem Gesicht nicht lesen, aber trotzdem bin ich mir sicher, dass sie es ist. Die hellblonden glatten Haare, die braun gebrannte Haut, die fließenden Bewegungen, die immer ein bisschen aussehen, als würde sie tanzen. Wirkt sie glücklich, gestresst, müde?

Merle senkt den Kopf und kramt in ihrer Tasche nach etwas. Ich erinnere mich an diese Handtasche. Wir haben sie gemeinsam gekauft, auf einem Markt bei unserem Trip nach Marrakesch vor ein paar Jahren. Das war der Tag, an dem Merle mich gefragt hat, ob ich mit ihr und ihrem damaligen Freund Haziem einen Dreier haben möchte, und als ich abgelehnt habe, hat Haziem stattdessen eine Freundin von sich mitgebracht. Ich hörte sie durch die dünnen Wände unseres Airbnbs und fühlte mich so ausgeschlossen, dass ich irgendwann anfing zu masturbieren, einfach nur, um dabei zu sein. Das ist eine dieser unangenehmen Erinnerungen, die mich dazu bringen, meine Fingernägel tief in meine Handinnenflächen zu graben, bis es richtig wehtut.

Ob Merle an mich denkt, wenn sie diese Tasche trägt, oder ist es einfach irgendeine Tasche für sie, an deren Herkunft sie sich nicht einmal mehr erinnert?

Ich fühle mich, als könnte ich jeden Moment zu Staub zerfallen, kann mich nicht bewegen. Meine Kopfhaut kribbelt. Wie hoch ist die Chance, dass sie im nächsten Moment hochguckt und mich erkennt? Mein Zug fährt jeden Moment ab, aber ich kann unmöglich einfach so an Merle vorbeigehen. Direkt hinter mir hält eine Straßenbahn und versperrt mir den Fluchtweg.

Und dann findet sie, was sie sucht, und hebt ihren Kopf, ich sehe es wie in Zeitlupe. Ihre schulterlangen hellblonden Haare werden von einem Windhauch erfasst.

Das Hupen eines Autos holt mich aus meiner Trance, und ich bemerke, dass ich direkt neben der Taxi-Haltebucht stehe. Ich höre, wie ein Zug den Bahnhof verlässt. Mist. Ohne nachzudenken, reiße ich die Tür des ersten Taxis auf und schlüpfe hinein, bevor Merle mich entdecken kann. Erst in der Enge des Wageninnenraums nehme ich wahr, wie schnell und laut ich keuche, und versuche, es unter einem Husten zu verstecken. Der Taxifahrer sieht mich durch den Rückspiegel an. Er hat mindestens so kritische Augenbrauen wie ich und kaut Kaugummi. Ich bin drauf und dran zu fragen, ob ich ihm einen abkaufen kann, da fragt er mich, wo ich hinwill.

»Nach Widderborn, Amselweg 39.«

Jetzt blickt er noch kritischer. »Das wird aber nicht billig, junge Dame.«

»Das ist mir sehr wohl bewusst, junger Herr«, gebe ich zurück. Er dreht sich im Sitz um und mustert meinen viel zu großen Trenchcoat und den fleckigen Jutebeutel auf meinem Schoß, um den ich meine Finger krampfe. Wortlos dreht er sich wieder nach vorne, startet den Wagen und legt den Blinker ein. Als wir am Bahnhofsplatz vorbeifahren, kneife ich die Augen zusammen und suche Merles Kopf in der Menge, aber ich sehe sie nicht.

Merle ist wieder einmal aus meinem Leben verschwunden, und je weiter wir uns vom Bahnhof entfernen, desto mehr zweifle ich daran, dass sie es wirklich war.

***

»Können Sie hier anhalten?«, frage ich vierzig Minuten später.

»Wir sind aber noch nicht ganz da«, erwidert der Taxifahrer.

»Ja, ich ... ich habe mich vertan. Ich muss hierhin.«

Mit einem Schulterzucken fährt er den Wagen an den Straßengraben. Zum Glück war er nicht auf die Idee gekommen, mit mir ein Gespräch anzufangen. Ich war die gesamte Strecke über damit beschäftigt gewesen zu überlegen, wie ich das Geld für diese Taxifahrt wieder reinbekommen könnte. Die Antwort lautet: überhaupt nicht.

Als er den Wagen anhält und seinen Blick über die Umgebung schweifen lässt, ist uns beiden klar, dass ich völligen Quatsch rede. Wir sind neben einem hüfthohen Kornfeld zum Stehen gekommen. Am Rande des Feldes, hinter einer Mauer aus Bäumen, beginnt erst das Dorf, in dem meine Eltern wohnen. Aber ich will nicht, dass sie sehen, dass ich mit dem Taxi bei ihnen aufkreuze.

»Das macht achtundsiebzig Euro«, sagt er ohne einen weiteren Kommentar.

»Kann ich mit Karte zahlen?«

Ich bin also nicht nur mit meinem Leben völlig am Ende, sondern auch mit meinen Finanzen. Ich spüre einen körperlichen Schmerz, als er meine EC-Karte durch das kleine Gerät zieht.

»Danke.«

»Danke«, gebe ich zurück, und dann steige ich aus, schließe die Tür und sehe dem Taxi hinterher, das beim Anfahren tatsächlich Staubwolken aufwirbelt, als könnte es nicht schnell genug hier wegkommen.

Im Display meines Smartphones versuche ich, den Zustand meines Gesichts abzuschätzen, aber die Sonne blendet zu sehr. Da sehe ich in der Spiegelung hinter mir ein Auto auftauchen. Vor Schreck lasse ich fast mein Smartphone fallen.

Der schwarze BMW kommt mit quietschenden Reifen zum Stehen. Lautlos gleitet die Beifahrerscheibe nach unten. »Emilia!« Ich muss mich nicht hinunterbeugen, um zu erkennen, wer es ist. Tom, Laras Freund. Nein, ihr *Ehemann*. Auch mit ihm habe ich seit ihrer Hochzeit vor zwei Monaten kein Wort mehr gewechselt. »Was machst du denn hier?« Er blickt die leere Straße entlang, und ich folge seinem Blick, aber das Taxi ist schon zwischen den Bäumen verschwunden.

»Los, spring rein«, fordert Tom mich auf, als ich nicht antworte. Es gibt nichts, was ich in diesem Moment weniger möchte, als in Toms Auto zu steigen, aber ich weiß auch nicht, was ich erwidern könnte. Ich werde also keine Zeit mehr haben, noch einmal tief durchzuatmen, bevor ich an der Haustür meiner Eltern klingele.

Mit einer schwer beuhrten Hand dreht Tom die Musik leiser, aber als er Gas gibt, tippt er trotzdem im Rhythmus auf den Steuerknüppel. Tom hat eine ähnlich liebevolle Beziehung zu seinem Auto wie zu seiner Frau, und das meine ich nicht einmal negativ.

Er streichelt mit seinen Händen über das lederne Lenkrad und macht keine Anstalten, ein Gespräch mit mir zu beginnen. Tom und ich haben uns nichts zu sagen. Das haben wir direkt bei unserer zweiten Begegnung festgestellt, als Lara für uns kochte und für einen Moment im Badezimmer verschwand. Ich stellte ihm eine Frage, er antwortete kurz und nippte an seinem Getränk. Er reagierte mit einer höflichen Gegenfrage, und das war's. Wir haben uns nichts zu sagen, aber das ist für uns beide okay. Mit Tom allein zu sein ist darum seltsam erwartungsfrei, das gefällt mir. Ich mag ihn, auch wenn ich ihn überhaupt nicht kenne. Außerdem hat er ein ziemlich weiches Gesicht, was ihn von Laras Ex-Freunden unterscheidet.

»Was machst du denn hier?«, fragte ich ihn, um ihn davon abzulenken, dass er mich mitten auf dem Feld aufgesammelt hat und sich sicher fragt, wo ich herkomme.

Tom räuspert sich und rutscht auf seinem Sitz herum, ich habe unsere stille Übereinkunft gebrochen. »Lara hat bei euren Eltern übernachtet, aber ich musste noch was erledigen, darum komme ich erst jetzt.«

Was arbeitet Tom noch mal? Wenn ich er wäre, hätte ich meinen Job mittlerweile aufgegeben. Lara verdient doch genug für beide. Aber ich bin mir sicher, dass er sich die Uhr an seinem Handgelenk selbst gekauft hat, nur so ein Gefühl.

»Und ich dachte, dass du einfach eine kleine Spritztour unternimmst. Die Landstraßen sind so schön leer hier.«

Toms Unbehagen verwandelt sich angesichts meiner ungewohnt vielen Worte in echte Besorgnis. »Ist alles okay?«, fragt er.

Für einen wahnwitzigen Augenblick bin ich mir sicher, dass Tom eine Affäre hat und ich ihn auf dem Rückweg erwischt habe, bevor er sich eine Ausrede zurechtlegen konnte. Aber dann verwerfe ich diesen Gedanken wieder. Niemand, der einigermaßen bei Sinnen ist, würde meine Schwester betrügen, vor allem nicht kurz nach der Hochzeit.

Ich nicke, und er fragt nicht weiter.

Also schweigen wir, bis der Kies in der Einfahrt meiner Eltern unter den Rädern knirscht. Wir hören Stimmen aus dem Garten und umrunden die Ligusterhecke, die das Grundstück meiner Eltern in eine Festung verwandelt. Ich finde Lara unter dem Kirschbaum auf einer Leiter stehend, die meine Mutter mit beiden Händen festhält, als ginge es dabei um ihr Leben. Lara trägt ein weites weißes Kleid und hat eine Blume hinter das Ohr gesteckt. Manchmal finde ich es unfair, dass meine Schwester sich zu ihrer natürlichen Schönheit obendrauf auch noch so geschmackvoll anzieht. In den anderen Bäumen hängen bereits weiße Lampions und goldene Wimpelketten, und ich bekomme direkt ein mulmiges Gefühl. Doch bevor ich fragen kann, was hier gefeiert wird, sprintet Tom auf Lara zu. »Bist du wahnsinnig? Komm sofort runter da!«, brüllt er sie an, für seine Verhältnisse zeigt er überraschend viele Emotionen. Kurzerhand hebt er Lara von der Leiter herunter. »Du musst doch aufpassen«, sagt er und streicht ihr die Haare aus der Stirn. Etwas an dieser Szene verstört mich, aber ich kann nicht genau sagen, was es ist. Lara küsst Tom und flüstert ihm etwas Beruhigendes ins Ohr, schlingt ihm die letzte Wimpelkette spielerisch um den Hals. Seit Lara im Internet berühmt ist, ist unser Leben sehr viel ästhetischer. Alles ist geschmückt und passt farblich zusammen, ist sauber und ordentlich, egal wohin sie geht. Seltsamerweise fand ich das nie störend, sondern habe sie immer dafür bewundert, wie ernst sie die Details in ihrem Leben nimmt. Man hört ja immer diese Horrorgeschichten über Druck und Zwänge in den Sozialen Medien, aber Lara verschönert ihre Umwelt mit einer Leichtigkeit, die ich nie haben könnte.

»Ich hab die Eier«, sagt Tom und hebt eine Einkaufstasche hoch, die er aus dem Kofferraum mitgebracht hat.

Ich mache einen Schritt nach vorne. »Aber ich hab doch extra welche mitgebracht?«

Die drei drehen sich zu mir um, ein Kloß bildet sich in meinem Hals. Meine Mutter lehnt die Leiter an den Baum und kommt auf mich zu. Sie wischt sich die Hände an der Leinenschürze ab und streicht mir über die Wange, bevor sie mich fest in den Arm nimmt. »Ich wusste nicht, ob du's schaffst«, sagt sie und gibt mir einen Kuss. »Schön, dass du da bist, mein Schatz, ich hoffe, du hast Hunger mitgebracht.«

Aber mein Magen hat aufgehört zu knurren, stattdessen hat sich dort ein fester Knoten gebildet. Lara beachtet mich nicht, Arm in Arm mit Tom geht sie an mir vorbei zurück ins Haus.

***

Während wir essen, frage ich mich, ob in der Quiche Toms Eier stecken oder meine. Natürlich ist meine Mutter auf alle Eventualitäten vorbereitet – und, ganz ehrlich, ich würde mich wahrscheinlich auch nicht auf mich selbst verlassen. Wir sitzen im Garten, die Vögel zwitschern, man könnte fast meinen, es wäre noch Sommer, nur dass über allem ein goldener Schimmer liegt. Meine Mutter hat ihre neusten floralen Gestecke auf dem Tisch ausgebreitet, sodass kaum mehr Platz für unsere Teller ist.

Mein Stiefvater hat mich zur Begrüßung fest in den Arm genommen, so richtig fest. »Ich hab dich vermisst, mein kleiner Vogel.«

Früher hat es mich immer aufgeregt, dass er die Stimmung in einem Raum nicht lesen kann, dass er so ignorant ist. Aber jetzt schätze ich es an ihm, weil er mich liebt, egal was ich getan habe. Ich hebe den Kopf, und er zwinkert mir von der anderen Tischseite zu. Lara sitzt neben ihm, mir schräg gegenüber. Sie spricht mit meiner Mutter über ihre Reise durch Südostasien, und meine Mutter tut so, als hätte sie all diese Infos nicht auch schon über Instagram mitbekommen. Tom hat sich die Quiche in mundgerechte Stücke geschnitten und pikst sie mit der Gabel auf, damit er mit der anderen Hand unerlässlich Laras Nacken streicheln kann. Ich suche nach einem Moment, in dem ich dazwischengrätschen kann, damit Lara mich wenigstens einmal anguckt.

»Wie warm war es denn dort?«, frage ich, als eine kurze Gesprächspause entsteht.

Lara hebt die Augenbrauen, aber sie sieht mich nicht an.

»Ach, Emilia, hast du nicht zugehört?«, tadelt mich meine Mutter liebevoll. »Das hat deine Schwester doch gerade erzählt.«

»Oh«, sage ich.

Nach dem Essen koche ich für alle Kaffee, damit ich irgendetwas zu tun habe. Durch das Küchenfenster sehe ich, wie meine Mutter und mein Stiefvater hinter Lara stehen und etwas betrachten, was sie in der Hand hält. Meine Mutter umarmt Lara von hinten. Meine Schwester sieht aus wie ein Engel, der vom Himmel herabgestiegen ist. Was für ein absurder Vergleich, ich glaube weder an Engel noch an einen Himmel. Ich tigere nervös in der Küche auf und ab, bis die Kaffeemaschine endlich alle Tassen gefüllt hat. Dann husche ich ins Wohnzimmer und klaue die angebrochene Flasche Jameson aus Papas Minibar. Wenn ich den Tag überleben will, muss ich meinen Kaffee ein bisschen aufpeppen. Ich genehmige mir noch einen großen Schluck direkt aus der Flasche, bevor ich den Whiskey zurück in die Vitrine stelle. Dann trage ich das Tablett nach draußen und verteile die Tassen auf dem Tisch. »Für mich nicht«, sagt Lara, ohne aufzusehen. Ich halte inne.

»Hasst du mich denn so sehr, dass ich dir nicht einmal mehr einen Kaffee machen darf?«, platze ich heraus. Ich spüre, wie mir Tränen in die Augen steigen. Mein Hals schnürt sich zu.

Lara wechselt einen schnellen Blick mit meiner Mutter, die ihr aufmunternd zulächelt.

»Nein, Emmi, das hat ausnahmsweise mal nichts mit dir zu tun.«

Die Wut kocht in mir hoch – oder sind es die Tränen, die gleich aus meinen Augen schießen? Wut wäre mir lieber.

»Ich bin schwanger.«

Für einen Moment herrscht Stille, alle starren mich an, warten auf meine Reaktion, nur Lara nicht, die sortiert die Ultraschallbilder in ihrem Schoß.

Ich stehe da wie eine Idiotin, die viel zu heiße Tasse verbrennt meine Hand. Ich weiß nicht, was ich sagen soll, was die anderen von mir erwarten. Eine Frage pocht in meinem Kopf, und obwohl ich ahne, dass es ein Fehler ist, kann ich nicht anders, als sie auszusprechen: »Habt ihr deswegen geheiratet, oder was?«

***

Zwanzig Minuten später sitze ich am Fenster meines alten Kinderzimmers und lasse meinen Blick über die Baumwipfel schweifen. Ganz hinten in meinem Schrank habe ich noch ein Päckchen Zigaretten gefunden, Marlboro, aber das ist egal. Die Bilder und vollgekritzelten Seiten, die bis vor Kurzem die komplette Wand bedeckten, liegen auf einem sorgsamen Stapel auf dem Schreibtisch. Früher habe ich am liebsten Blumen gemalt, und über ein Bild habe ich geschrieben, dass ich gern mehr wie eine wäre: zart, elegant und nicht aus der Ruhe zu bringen.

Meine Familie sitzt noch immer am Tisch im Garten. Sie lachen, streichen sich über die Arme und essen Kuchen, als wäre ich nie da gewesen. Sie wissen nicht, dass ich hier oben sitze. Sie denken, ich wäre direkt abgehauen, wie ich es sonst immer tue. Ich weiß nicht, warum ich stattdessen hoch in mein Zimmer gegangen bin, vielleicht weil das früher immer meine automatisierte Rückzugsreaktion war. Ab in mein Zimmer, Tür zu. Aber auch abgesehen von den abgehängten Zeichnungen sieht es nicht mehr aus wie damals. Meine Eltern haben die Regale leer ge-

räumt. An der Stelle meines alten Bettes steht eine Wiege. Wie lange wissen sie schon, dass Lara schwanger ist? Ich bin nicht überrascht, dass sie es mir nach der Hochzeit nicht erzählt hat. Aber davor? Ich dachte, wir wären beste Freundinnen. Doch das stimmt nicht. Niemand kann dir so wehtun wie deine eigenen Geschwister.

Ich drücke die Zigarette auf dem Fensterbrett aus und verlasse das Zimmer, steige die knarzende Treppe hinunter und werfe noch einen Blick durch das Wohnzimmer in den Garten. Sie sehen so fröhlich aus. Bevor ich gehe, klaue ich die angebrochene Flasche Jameson aus Papas Minibar.

***

Meine Wohnung ist klein, aber gut geschnitten, mit großen Fenstern und verkratztem Parkett. Es ist der einzige Ort auf der Welt, an dem ich mich wohlfühle, *mein* Ort. Aber wenn das so weitergeht, werde ich die Miete bald nicht mehr bezahlen können. Ich koche mir einen Kaffee und setze mich an den Küchentisch, versuche, die Horrorvorstellungen eines WG-Lebens aus meinem Kopf zu verbannen. Oskar legt sich direkt auf die Tastatur meines Laptops, aber ich schiebe seine Pfoten behutsam beiseite. Ein neuer Auftrag in meinem Mailpostfach könnte jetzt meine einzige Rettung sein. Eine ungelesene E-Mail – ich klicke sie an, ohne einen Blick auf den Absender zu werfen.

Liebes,
ich wollte dir doch noch von dem Job erzählen. Deine Schwester sucht jemanden, der für sie Kommentare im Internet beantwortet. Wäre das nicht was für dich? Du schreibst doch so gerne. Eine regelmäßige Arbeit würde bestimmt ein bisschen Struktur in dein Leben bringen, und Lara könnte dich sicher auch mit ein paar ihrer Freunde bekannt machen.
Kuss, Mama

Ich starre die Wörter auf meinem Bildschirm an, bis sie verschwimmen. Dann lasse ich meinen Kopf auf die Tastatur sinken, bis die einzelnen Tasten kleine quadratische Abdrücke in meine Stirn drücken. Erst das Geräusch einer neuen eingegangenen Mail reißt mich aus meiner Starre. Endlich. Ich klicke, so schnell ich kann, auf die Nachricht.

Liebe Emilia,
wie geht es dir? Ich habe gestern mit meinem Lektor telefoniert. »Wiedersehen in der Mondallee« läuft so gut, dass sie so bald wie möglich ein neues Buch haben wollen. Ich habe direkt fürs nächste Programm zugestimmt. Dir reicht doch ein Monat für das neue Manuskript? Ich war mir nicht ganz sicher, wie lange du letztes Mal gebraucht hast, aber ich vertraue vollkommen auf deine Fähigkeiten. Was hältst du davon, wenn wir dieses Mal ein bisschen in Richtung »Heimkehr« gehen? Französische Provence, Familiengeheimnisse und so weiter? Freu mich auf deine Gedanken! Kannst du sie mir bis Montag schicken? Im Anhang findest du den neuen Vertrag.
Alles Liebe,
Margarete

Mit klopfendem Herzen öffne ich den Anhang. Mein Puls rast aus mehreren Gründen:

Ich darf das nächste Buch schreiben!

Ich habe dafür nur einen Monat Zeit.

Ich bekomme endlich wieder Geld!

Und ich vertrage keinen Kaffee.

Ich scrolle durch den Vertrag, bis ich zur Vergütung komme. Dreitausend Euro bei Manuskriptabgabe. Je nachdem, wie schnell ich schreibe, könnte ich bald wieder genug für mehr als drei Monatsmieten auf dem Konto haben. Ich zögere nur einen kurzen Moment. Ganz hinten in meinem Kopf erinnert mich eine kleine Stimme daran, wie es sich angefühlt hat, mein letztes Buch im Laden zu sehen – mit Margarete Leopolds Namen darauf. Wie sie in Fernsehinterviews über die Worte, die ich geschrieben habe, sprach, als wären es ihre eigenen. Andererseits hätte sich das Buch bestimmt nicht so oft verkauft, wenn mein Name darauf gestanden hätte. Und brauchen nicht alle großen Künstler hin und wieder ein bisschen Inspiration von außen? Wer hätte ahnen können, dass ich ihr gleich das ganze Buch schreiben würde? Zu Beginn war schließlich nur von »begleitendem Feinschliff« die Rede gewesen. Aber offensichtlich habe ich mit diesem Buch etwas richtig gemacht – und das kann man sonst über keinen Bereich meines Lebens behaupten. Ich merke an der Art, wie die Mail formuliert ist, dass Margarete mich braucht. Sie hat sich zwar nie bei mir bedankt, schickt mir jetzt aber einen neuen Vertrag. Das ist ihre Art, Anerkennung zu zeigen.

Dreitausend Euro würden mir meine Mutter eine Weile vom Leib halten.

Bevor ich auf die Idee kommen kann zu zögern, tippe ich eine schnelle Antwort.

Alles klar, bis Montag!

Absenden. Ein Zischen ertönt, als die Nachricht meinen Postausgang verlässt. Jetzt kann ich es nicht mehr zurücknehmen. Ich stoße mit mir selbst und einem Gläschen von Papas Jameson an. Nach drei weiteren Gläsern schreibe ich meiner Mutter, dass sie sich keine Sorgen machen soll.

Noch ein Glas später liege ich auf meinem Bett und klicke mich durch Laras Instagram Stories. Sie sieht so glücklich aus ohne mich. Vielleicht ist es besser so.

***

Bis in die frühen Morgenstunden saß ich in der Nacht auf Montag am Laptop und tippte meine Gedanken für Margarete herunter. Aus einem kurzen Anreißen des Stoffes wurde eine zehnseitige Leseprobe. Schreiben ist das Einzige, was mir in meinem Leben wirklich leichtfällt, und das auch nur, weil mich das stetige Tastengeräusch beruhigt, wie es sonst nur Oskars Schnurren kann – und weil es die perfekte Flucht aus meiner Realität ist. Ich habe mir oft ausgemalt, wie man mir bei einem Interview die Frage stellt, warum ich mit dem Schreiben angefangen habe. Ich würde sagen: *Mich traf die Inspiration aus dem Nichts, ich hatte einen Traum, der alles veränderte.* Das klingt zwar gut, hat so aber natürlich nie stattgefunden. Tatsächlich habe ich für meine Kurzgeschichte in der fünften Klasse eine Eins bekommen und bin diesem Impuls gefolgt – ich bin auch heute noch völlig davon überzeugt, dass diese Geschichte über eine alte mysteriöse Villa das Beste ist, was ich je geschrieben habe, auch wenn ich die schief bekritzelten Seiten längst nicht mehr habe. Manchmal frage ich mich, was aus mir geworden wäre, wenn ich stattdessen in Biologie eine Eins gehabt hätte – oder in Sport, eine noch absurdere Vorstellung.

Völlig übermüdet schicke ich Margarete die Datei und schlafe dann mit dem Kopf auf meiner Tischplatte ein. Ich wache erst auf, als es an meiner Tür klingelt, raffe mich mühsam auf und gehe ausnahmsweise nicht an die Sprechanlage. Ich drücke nur den Buzzer und lege mein Ohr an die Tür, um darauf zu lauschen, wer es ist. Sobald ich zwei Stockwerke unter mir das Ächzen und Stöhnen des Lieferdienstes höre, lässt meine Anspannung nach. Bei meiner Essensbestellung hinterlasse ich immer die Anweisung, mir die Lebensmittel direkt vor die Tür zu stellen. Durch den Spion beobachte ich, wie der Angestellte des Lieferdienstes die Kisten mit hochrotem Gesicht auf meine Fußmatte hievt. Von dem Nickerchen auf dem Küchentisch brennt mir der Nacken. Genau in diesem Moment vibriert mein Smartphone. Der Mann auf der anderen Seite des Spions hält inne und mustert misstrauisch meine Tür. Ich beiße mir auf die Unterlippe und stolpere zurück. Ich halte die Luft an, bis das ganze Haus von der ins Schloss fallenden Eingangstür wackelt. Dann atme ich zischend aus. Wieder vibriert mein Smartphone. Mein Kalender meldet sich.

Dr. Struwe, Termin in 30 Minuten.

Nach dem, was am Samstag passiert war, habe ich die Paartherapie vollkommen vergessen. Kurz überlege ich, die Terminerinnerung einfach wegzudrücken und zu ignorieren. Aber so leicht will ich mich nicht geschlagen geben. Genau das würde Jack erwarten, und irgendetwas in meinem Inneren ist entschlossen, ihm das Gegenteil zu beweisen. War es nur die Neugier, herauszufinden, was in den letzten Jahren aus ihm geworden war? Wieder denke ich an den Ring an seiner linken Hand.

Ich springe auf und steige unter die Dusche. Ich bin mir sicher, dass ich nicht zur Praxis gegangen wäre, wenn ich mehr Zeit zum Grübeln gehabt hätte. Aber so bin ich draußen, bevor die Angst sich in mir ausbreiten kann, von der Mitte des Bauches bis in die letzte Fingerspitze.

Der Herbstwind wirbelt meine feuchten Haare durcheinander, ich ziehe meine Sonnenbrille auf, obwohl es bewölkt ist. Als das alles angefangen hat, habe ich meine Haare rot gefärbt und abgeschnitten, habe nur Kapuzenpullover getragen – aber mittlerweile sind sie dunkel und lockig nachgewachsen, und die Sonnenbrille ist als einziger Schutz vor der Außenwelt übrig geblieben. Ich bin eben doch keine untergetauchte Serienmörderin, sondern einfach nur jemand, der versucht sich zu verstecken, weil sie nicht anders kann. Das rede ich mir zumindest ein.

***

Viel zu lange stehe ich vor Dr. Struwes Praxis und starre zu den Scheiben des Behandlungszimmers hoch, in dem sich die Wolken spiegeln. Erst als ein alter Mann mit Rollator an mir vorbeiwill, springe ich die Stufen zur Tür hoch. Es kommt mir mittlerweile fast so vor, als könnte ich mich gar nicht mehr von allein bewegen, als würde ich nur noch auf meine Umwelt reagieren. Ich bin nur hier, weil Lara sonst nie wieder mit mir spricht – aber nach letztem Samstag stehen die Chancen dafür wohl sowieso schlecht.

Früher hätte ich nicht gedacht, dass meine Schwester und mich irgendetwas in der Welt auseinanderbringen könnte, manchmal fühlte es sich fast so an, als wären wir zwei Seiten desselben Menschen. Die gleichen langen dünnen Finger und leicht hervorstehenden Augen. Die gleichen prägnanten Augenlider, aber während sie bei mir glupschäugig wirken, sehen sie bei ihr verführerisch aus. Und doch – je älter wir werden, desto deutlicher werden die Unterschiede zwischen uns.

Noch bevor ich an Dr. Struwes Praxistür klingeln kann, wird

die Tür mit einem Schwung aufgerissen. Der Psychotherapeut steht mit einer Teetasse in der Hand vor mir, seine langen Haare zu einem Zopf im Nacken gebunden. »Oh, Frau Vierling, da sind Sie ja.«

»Entschuldigung, dass ich zu spät bin«, entgegne ich, auf einmal atemlos, und fühle mich in die Schulzeit zurückversetzt. Damals hat es mich fast süchtig gemacht, Erwartungen zu erfüllen, Punkte zu erzielen und Befehlen zu folgen – ich liebte es, mich in einem klar strukturierten System zu bewegen, das viel besser einzuschätzen war als meine Schulkameraden. Das hier wirkt ein bisschen wie Nachsitzen auf mich, was mich gleichzeitig beruhigt und nervös macht.

Als ich das Behandlungszimmer betrete, hoffe ich inständig, dass Jack nicht da ist – aber natürlich ist er das. Er hat es sich schon auf dem Sofa bequem gemacht, das gegenüber von Dr. Struwes Schreibtisch steht. Jack blickt mit gerunzelter Stirn zu mir hoch, als wäre er ebenfalls überrascht, dass ich auftauche. Ein kleines Lächeln zuckt in seinen Mundwinkeln.

»Du bist gekommen«, flüstert er mir zu, sodass nur ich es hören kann.

Ich sehe ihm direkt in die Augen. »Aber natürlich, warum auch nicht? Ich hab nichts zu verbergen. Du?«

Jack hebt eine Augenbraue. Er versucht, durch meine getönten Gläser zu blicken. Ob man mir ansieht, dass ich die ganze Nacht wach war? Ich frage mich, wie viel Jack über mich weiß. Die Schlagzeilen über Laras Hochzeit hat er vielleicht mitbekommen, schließlich kann auch er das Internet benutzen.

Dr. Struwe blättert in seinen Akten, dann lehnt er sich zurück. »Frau Vierling, sind Sie nervös?«

Ich schüttele den Kopf und versuche mich bequem hinzusetzen, locker zu lassen. Ich nehme meine Sonnenbrille ab, weil ich mich damit auf einmal unwohl fühle. »Alles gut.« Ich möchte das hier schnell hinter mich bringen, ohne auseinanderzufallen.

»Ich habe nach unserem letzten Termin lange über Sie beide nachgedacht.« Dr. Struwe dreht seinen Schreibtischstuhl halb zum Fenster und legt die Fingerspitzen nachdenklich aneinander. »Deswegen möchte ich von Ihnen beiden heute wissen, was Sie von diesen Sitzungen erwarten. Was sind Ihre Wünsche, Ihre Ziele, was erhoffen Sie sich von dieser Paartherapie?«

Jack und ich wechseln instinktiv Blicke, und für einen Moment fühlt es sich an, als wären wir tatsächlich im selben Team.

»Ich glaube, es gibt einige Sachen, die unausgesprochen sind, die wir aufarbeiten müssen«, sagt Jack.

»Zum Beispiel?«, fragt Dr. Struwe.

Jack rutscht auf dem Sofa hin und her, und ich merke, dass es auch ihm unangenehm ist. »Ich habe das Gefühl, dass zwischen uns viele Schuldgefühle stehen.«

Mein Gesicht wird auf einmal heiß, und ich wünschte, ich hätte meine Sonnenbrille aufgelassen.

»Nehmen Sie das auch so wahr, Frau Vierling?«

Ich nicke stumm.

»Was erhoffen Sie sich denn von diesen Sitzungen?«, fragt Dr. Struwe mich direkt.

Ich schlucke. »Es war seine Idee, hierherzukommen«, sage ich.

»Heißt das, Sie wollen gar nicht hier sein?«

»Nein, nein, ich …«, setze ich an. »Ich meine nur, dass ich keine Erwartungen habe.«

»Wollen Sie eine bessere Beziehung führen?«, fragt Dr. Struwe.

»Will das nicht jeder?«

Er mustert mich mit seinem Röntgenblick. »Okay, Frau Vierling, Sie sind hier, das lege ich jetzt mal als Bereitschaft aus. Sie müssen keine Angst haben.«

Sieht man mir die Angst etwa an? Ich schlucke. Mein Hals ist trocken. Er hat recht, ich bin hier. Auch wenn ich mir in diesem Moment beim besten Willen nicht erklären kann, warum. Plötzlich fühle ich mich in die Ecke gedrängt.

»Wir werden uns ganz behutsam Ihren Druckpunkten nähern, das verspreche ich Ihnen. Ich glaube, dass wir ganz vorne anfangen müssen.« Er blickt zwischen uns hin und her. »Sprechen wir noch einmal darüber, wie Sie sich kennengelernt und dann beschlossen haben, eine Liebesbeziehung einzugehen.«

»Von ›beschließen‹ kann nicht wirklich die Rede sein«, murmele ich.

»Wie bitte?« Dr. Struwe blinzelt mich durch seine kreisrunden Brillengläser an.

»Ich meine, wir sind da mehr so reingerutscht.«

Dr. Struwe nickt. »Es gab also keine konkrete Entscheidung, kein bewusstes Bekenntnis zueinander?«

Mein Blick huscht zu Jack hinüber, aber er lässt keinerlei Regung erkennen.

DAMALS

Die Wahrheit ist nämlich: Jack und ich waren nie zusammen. Wir erlebten genau eine gemeinsame Nacht. In der ersten Bar, in der wir nach dem Poetry Slam landeten, bestand Jack darauf, uns Getränke zu holen. Einige Minuten später balancierte er mit einem Tablett nach draußen zu unserem Tisch unter dem Kastanienbaum. Zwei Gläser stellte er vor mich, zwei vor seinen eigenen Platz. »So.«

»Was ist das?«

»Probier's.« Er ließ sich auf den Stuhl mir gegenüber fallen. Ich roch erst an dem großen Glas mit der pinken Flüssigkeit, dann nippte ich vorsichtig daran.

»Rhabarberlimo?« Ich lächelte.

»Korrekt.« Er hob ebenfalls sein Glas, um mit mir anzustoßen.

»Dann ist das hier dementsprechend … Gin?«

Er nickte wieder. Seine Mundwinkel zuckten.

»Ist das deine geheime Kombination, um Frauen rumzukriegen?«, zog ich ihn auf.

Aber er schüttelte den Kopf. »Diese höchst kreative Kombination gibt es nur heute Abend.« Dann zündete er sich eine Zigarette an und lehnte sich auf seinem Stuhl zurück. »Außerdem will ich gar keine Frau rumkriegen. Die meisten wollen *mich* rumkriegen.«

Er blies Rauchkringel in die Luft. »Willst du auch eine?«

Ich nickte und steckte meine Zigarette an seiner an. Für einen Moment kamen wir einander ganz nah, und mein Mund wurde trocken. Dann lehnte ich mich wieder zurück.

»Denkst du, deine Arroganz macht dich sexy?«, fragte ich und beobachtete ihn durch die doppelten Rauchschwaden.

Er funkelte mich aus seinen dunklen, tief liegenden Augen an, und ich fragte mich, ob er vorher schon etwas getrunken hatte. »Ich war nur ehrlich. Und, Emilia, was trinkst du denn normalerweise, wenn du ausgehst?«

Ich zuckte die Achseln. »Ich gehe selten aus«, gab ich zurück – warum sollte ich nicht einfach ehrlich sein?

Er beugte sich zu mir vor und spielte mit der Zigarettenschachtel in seiner Hand. »Wie fandest du mein Stand-up? Also wirklich?«

Ich überlegte und nahm einen tiefen Zug von meiner Zigarette, bis ich das richtige Wort gefunden hatte. »Selbstzweckhaft«, entgegnete ich, »aber lustig.«

Ich sah, wie er seine Kiefermuskeln anspannte und über meine Antwort nachdachte. Dann aschte er durch die Ritzen in unserem Tisch auf den Boden. »Kann man durchaus so sehen«, sagte er.

»Es gibt nur eine Sache, die gar nicht zu allem anderen passt.«

»Was denn?«

Ich blies langsam den Rauch meiner Zigarette aus. »Na, dass du Jakob Mersfeld heißt. Das klingt viel zu uncool für einen progressiven Denker wie dich.«

»Was schlägst du stattdessen vor?«

Ich musterte ihn eindringlich. »Du siehst mehr aus wie ein … Jack.«

»Ernsthaft?«, lachte er.

Ich nickte und hielt seinen Blick.

»Und wie fandest du meine Geschichte?«, fragte ich schließlich, auch wenn ich mir nicht sicher war, ob ich es wirklich hören wollte. Ich konnte um einiges besser austeilen als einstecken.

»Traurig«, sagte er leise.

Ich verschluckte mich fast an meiner Limo. Er grinste.

»Traurig? Die sollte lustig sein!«

»Das war sie auch.« Er hob beschwichtigend die Hände. »Aber traurig, dass du nicht gewonnen hast, meine ich. Du hättest es verdient.«

Ich verbarg meine errötenden Wangen hinter meinem Glas. »Schleimer.«

Er schüttelte den Kopf. »Ganz und gar nicht. Ich glaube, du verträgst die Wahrheit.«

»Wie kommst du darauf?«

Er zuckte die Achseln. »Ist nur so ein Gefühl.«

Über diese Aussage habe ich in den letzten vier Jahren noch so viel nachgedacht. Ich wünschte mir, dass ich damals nachgefragt hätte, was er genau damit meinte. *Nur so ein Gefühl.* War das der Anfang von allem? Wenn ich gewusst hätte, was für ein Gefühl das war, wenn ich es auseinandernehmen und von allen Seiten betrachten könnte, würde es vielleicht seinen Schrecken verlieren.

Aber ich fragte nicht nach. Ich wechselte von der Limo zum Gin. »Könnte ich auch die Wahrheit über dich ertragen?«, fragte ich mit einem Grinsen.

Für einen Moment hielt Jack meinen Blick, und eine plötzliche Ernsthaftigkeit breitete sich zwischen uns aus. »Was willst du wissen?«

Ich überlegte, was ich ihn fragen sollte. Wie alt er war, wo er herkam, was sonst in seinem Leben so passiert war, welche Träume er hatte.

Aber dann sah ich ihn an, und er sah mich an, und mein Herz machte einen kleinen törichten Sprung. »Alles«, sagte ich.

***

Vor der nächsten Bar fassten wir den Plan, alle Gin-und-Rhabarberlimo-Konstellationen in der ganzen Stadt durchzuprobieren und am Ende der Nacht einen Sieger zu küren. Wir ersannen diesen bescheuerten Plan, wie man Pläne in solchen Nächten ersinnt: unter Strom und angetrunken vom Alkohol und der gegenseitigen Anwesenheit. Der Leichtsinn wuchs zwischen uns, ich spürte es – und ich genoss es. In jeder Bar bestellten wir zwei

Gläser Gin und zwei Gläser Limo und zahlten immer abwechselnd. Zwischendrin rief mich Merle an und fragte, wie der Poetry Slam gelaufen sei. Ich musste kurz nachdenken, was eigentlich passiert war, weil ich alles vor meiner Begegnung mit Jack schon wieder fast vergessen hatte. Aus irgendeinem Grund verschwieg ich ihr, dass ich nicht wie sonst zu Hause in der Wohnung saß. Ich erwähnte ihn auch nicht, als sie mich fragte, ob ich etwa allein getrunken hatte. Ich legte auf, atmete die kühle Nachtluft ein, die Brise, die über den Rhein in mein Gesicht wehte. Und dann kehrte ich in die Bar zurück, zu dem Typen, den ich gerade erst kennengelernt hatte und der drauf und dran war, meine Welt auf den Kopf zu stellen. Sollte ich das zulassen?

Ich erfuhr von ihm, dass er sofort nach dem Abitur zum Studieren nach Berlin gegangen war, wie man es eben so tut, und dort alles erlebt hat, was man eben so erlebt. Ich erfuhr, dass er sich schon fünfmal die Nase gebrochen hatte, und er zeigte mir Fotos, auf denen zu sehen war, wie seine Nase jeweils davor aussah, und die er als Beweisfotos immer in seiner Geldbörse trug.

»Ziemlich narzisstisch«, fand ich. Er stimmte mir zu.

Ich erfuhr, dass er seit Jahren ein schwieriges Verhältnis zu seinen Eltern hatte. Schon als Kind hatte er sich nicht von ihnen geliebt und akzeptiert gefühlt. Er hatte sogar nur Philosophie studiert, um seinen Vater zu nerven. »Warum bist du dann hierher zurückgekommen?«

»Um meine Enterbung weiter voranzutreiben?«, lachte er.

Ich hob die Augenbrauen. »Du hast schon ein hartes Leben, du armes reiches Söhnchen.«

»Autsch«, gab er zurück, aber im Gegensatz zu meinem üblichen Verhaltensmuster hatte ich in diesem Moment nicht den Drang, mich zu entschuldigen. Denn Jack war ebenfalls einer, der mit der Wahrheit umgehen konnte.

Mittlerweile war es spät geworden, fast schon Morgen, und wir saßen in einer Kneipe, in der ich ebenfalls noch nie gewesen war und in der außer uns nur noch ein einziger Gast übrig war.

»Was ist dein nächstes Ziel im Leben?«, fragte ich, nachdem wir eine Weile schweigend nebeneinandergesessen hatten, ohne dass es unangenehm gewesen wäre.

Er hatte seinen Kopf in die Hände gestützt und sah mich direkt an. »Du?«

Ich hob die Augenbrauen, mir wurde heiß, und ich genoss es. »Und wie willst du das anstellen?«, fragte ich und trank den letzten Tropfen Gin aus meinem Glas, ohne seinem Blick auszuweichen.

»Erst muss ich herausfinden, was dich ausmacht.«

»Was tut das zur Sache?«

Er hob die Schultern. »Vielleicht bist du ja eine Serienkillerin.«

»Und in jedem anderen Fall …?«

Er grinste. »Auch in diesem Fall.«

Wir zogen weiter, während er mich über mein Leben ausfragte. Wir wussten beide, wie diese Nacht enden würde, aber es war aufregend, es noch ein bisschen hinauszuzögern.

Es war so einfach, ihm Dinge zu erzählen. Vielleicht, weil er einfach zuhörte, nickte, mir das Glas mit dem Gin im richtigen Moment zuschob, weil er mir im Gegenzug so viel von sich erzählte. Ich gestand ihm, dass ich keine Ahnung hatte, was ich mit meinem Leben anstellen wollte, wenn aus der Schriftstellerkarriere nichts wurde, dass ich meine Schwester um ihre Lebensfreude beneidete, dass ich immer weniger gern das Haus verließ. Er sog all diese Informationen in sich auf, sie schwebten zwischen uns im Raum, ohne Urteil, ohne Einschätzung. Fast bedauerte ich es ein bisschen, dass ich in meinem Leben noch keinen Mord begangen hatte, denn ich war mir sicher, in diesem

Moment hätte ich selbst darüber sprechen können, um mir die Last von der Seele zu reden. Als ich über meinen eigenen Gedanken lachen musste, fragte er nach.

»Ich wollte schon immer der Typ Mensch sein, dem andere von ihren Morden erzählen«, gab er mit einem Schmunzeln zurück.

Wir hatten zu diesem Zeitpunkt keine Ahnung, dass das, was wir noch gemeinsam tun würden, etwas sein würde, über das wir beide nicht mehr sprechen würden, mit niemandem.

Aber davon war in dieser Nacht noch nichts zu spüren, es gab keine Anzeichen für irgendetwas Boshaftes, das wie eine Wolke über uns hing. Ich bin diesen Abend oft genug in Gedanken durchgegangen, und nein, da war nichts, keine Warnhinweise, keine Vorzeichen. Aber vielleicht sah ich sie damals auch einfach nicht, denn ich war längst nicht so abergläubisch wie heute.

Als die letzte Bar uns schließlich rauswarf, saßen wir am Rhein und blickten aufs Wasser hinaus. Am Horizont färbte sich der Himmel schon rosa. Als wir für einen Moment schwiegen, drehte ich mich zu ihm und küsste ihn. Er küsste mich zurück, als hätte er die ganze Nacht darauf gewartet, nein, viel länger schon. Die Glückshormone färbten meine Gedanken pink. Ich löste mich völlig in ihm auf und er sich in mir, und mein Herz sprang wie ein junger Hund in meiner Brust. Ich bin mir sicher, wir hätten hier auf der Stelle am Rheinufer miteinander geschlafen, hätte uns nicht just in diesem Moment eine frühmorgendliche Kehrmaschine zur Seite gescheucht. Der Zauber des Moments war verflogen. Also schlenderten wir in die Stadt zurück, bis er nach rechts und ich nach links abbiegen musste. Er schrieb mir seine Handynummer auf die Rückseite eines seiner Nasenfotos, weil unsere Smartphones beide ausgegangen waren. Zum Abschied gab er mir einen langen Kuss, der auf meinen Lippen

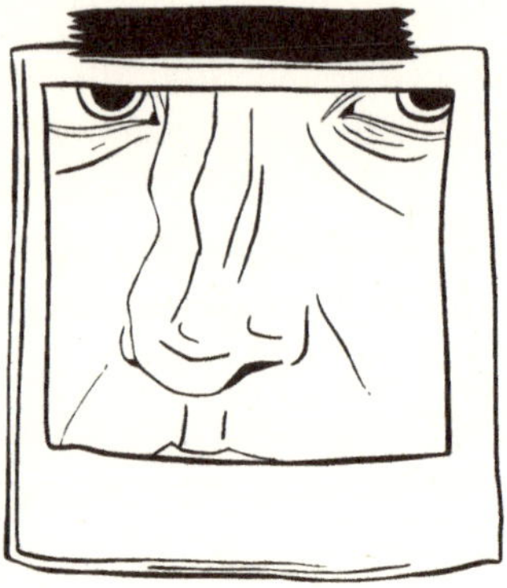

prickelte, auch noch, als er sich von mir gelöst hatte, die Hände in die Hosentaschen steckte und die Straße hinabging. An der Ecke drehte er sich noch einmal um und grinste mir zu. Ich lächelte zurück. Mein Herzschlag hatte sich noch nicht beruhigt, als ich im Morgengrauen meine Wohnung erreichte. Ich klemmte das kleine Polaroid mit seiner Handynummer in den Rahmen meines großen Spiegels neben dem Bett.

Die Welt hatte sich auf einmal ausgedehnt, und ich fühlte mich wie ein völlig anderer Mensch. Was, wenn ich nie zu diesem Poetry Slam gegangen wäre? Was, wenn ich in die nächste Runde gekommen wäre, wie ich es so sehr gehofft hatte?

Ich wusste nicht, wann genau es passiert war, aber in diesem Moment war ich der Überzeugung, dieser Abend hatte etwas in mir fundamental verändert. Ich fiel ins Bett, aufgekratzt und wie in Trance.

Doch als ich aufwachte, war alles anders. Im Morgenlicht schämte ich mich für alles, was ich gestern noch in vollem Selbstbewusstsein gesagt hatte, für mein lächerliches Kichern und die allumfassende Peinlichkeit meiner Person. Ich sah mein zerknautschtes, Make-up-verschmiertes Gesicht im Spiegel an und spürte mich regelrecht in eine Starre fallen.

Die Wahrheit ist nicht nur, dass Jack und ich nie zusammen waren, sondern auch, dass es an mir lag. Er gab mir zwar seine Nummer, aber ich habe ihn nie angerufen, ihm nie geschrieben. Stattdessen verkroch ich mich an diesem Morgen im Bett und verließ zwei Wochen lang das Haus nicht, bis alle Nudeln und

Pestogläser aufgebraucht waren. Oskar lebte noch nicht bei mir, da war so etwas noch möglich. Und auch wenn ich damals noch auf Poetry Slams ging, viel öfter mit fremden Leuten sprach und in der Nacht zuvor sogar mit einem Mann durch alle Bars der Stadt gezogen war, so war es doch nicht das erste Mal, dass diese Angst mich lähmte. Dass sie plötzlich über mich kam, ich mich einschloss vor der Welt da draußen und ihr am liebsten nie wieder entgegengetreten wäre.

Aber dennoch: Wenn es bloß bei dieser einen Begegnung geblieben wäre. Dieser einen wunderbaren Nacht, in der alles möglich schien. Eine Nacht, an die ich mich noch sehnsüchtig zurückerinnern würde, wenn ich mit grauen Haaren vor meinem Kühlschrank stand und fünf Katzen um meine Beine strichen oder wenn ich meinem langweiligen, aber vermögenden Ehemann morgens die Todesanzeigen aus der Zeitung vorlas.

Denn nichtsdestotrotz blieb es nicht bei dieser einen Nacht.

Obwohl ich es eigentlich verdient gehabt hätte. Denn in der zweiten Woche strich ich seine Handynummer auf dem Polaroid sogar durch, bis ich sie nicht mehr lesen konnte, weil die Scham das Zepter über mein Leben mittlerweile fest in der Hand hielt. Ich musste so tun, als hätte es diese Nacht nicht gegeben, denn im Endeffekt symbolisierte sie nur mein ewiges Scheitern. Vielleicht wären wir ein großartiges Liebespaar geworden.

Wurden wir aber nicht.

Ich versteckte das Foto tief in meinem Kleiderschrank unter den alten Handtüchern, die ich nie benutzte. Aus irgendeinem Grund warf ich es nicht einfach weg, wie um mich daran zu erinnern, dass es Momente der Leichtigkeit durchaus gegeben hatte.

Als ich Jack das zweite Mal traf, warf mich die Überraschung völlig aus der Bahn. Ich rechnete nie damit, jemanden zufällig zu treffen, den ich *wirklich* mochte. Denn Menschen wie ihn gab es einfach verdammt wenige in meinem Leben. Menschen, die es schafften, zumindest für ein paar Stunden zu mir vorzudringen, und bei denen ich nicht das Gefühl hatte, ich antwortete wie in einem Theaterstück mit einstudierten Antworten auf ebensolche Fragen.

Vielleicht war das der Grund, warum ich in der Zeit danach so unglaublich viel schrieb. In meinen Geschichten konnte ich Mia sein und viele Menschen kennenlernen, durch die Welt reisen und mir aussuchen, was ich erleben wollte, statt durch mein eigenes Leben zu gehen mit der ständigen Vorsicht, dass auch ja nichts Schlimmes passierte.

Auch wenn ich mir gern einrede, dass ich früher unbeschwert war, stimmt das nicht. Ich war schon immer vorsichtig, immer umsichtig, immer zu sehr mit mir selbst beschäftigt, um mich wirklich frei zu fühlen. Die Ansätze für all das, was heute mein Leben ausmacht, lagen schon immer in mir und warteten nur darauf, die Kontrolle zu übernehmen. Und irgendwann in den letzten Jahren kam es dann so weit.

Aber im Gegensatz zu heute hatte ich damals noch eine beste Freundin, an die ich mich klammern konnte, wenn ich das Gefühl hatte zu versinken. Die mir half, wenn mir mein Leben über den Kopf wuchs. Sie kannte mich lang genug, um zu kapieren, dass ich sie nicht wegstoßen wollte, sondern bloß mich selbst.

Ich wusste nicht, wie sie ins Haus gelangt war, aber einige Tage nach dem Poetry Slam stand Merle plötzlich mit einer Weinflasche vor der Wohnungstür und wickelte eine hellblonde Haarsträhne um ihren Finger. Das sah ich durch den Spion, denn natürlich öffnete ich nicht einfach die Tür, wenn irgendjemand klingelte – auch damals schon nicht.

»Emmi, mach auf.« Merle klopfte energisch mit den Fingerknöcheln gegen meine Wohnungstür. »Emmi, ich weiß doch, dass du da bist.«

Ich stöhnte und öffnete die Tür. »Ich bin nicht wirklich auf Besuch vorbereitet.« Wenigstens hatte ich vorhin das erste Mal seit Tagen geduscht.

Sie drängte sich an mir vorbei, stellte die Weinflasche auf dem Boden ab und sah sich mit in die Hüften gestemmten Armen in meiner Wohnung um. »Also, ich hab's mir schlimmer vorgestellt«, stellte sie fest und schnüffelte mit der Nase. »Du hast ja sogar gelüftet.« Ich seufzte noch einmal kläglich. »Setz dich aufs Sofa, ich komme gleich«, sagte sie und begann, ihre Schnürsenkel zu öffnen. Ächzend folgte ich ihrem Befehl, spülte noch schnell die beiden Weingläser und stellte sie auf dem Couchtisch ab.

Merle setzte sich neben mich und sah mich ernst an. »Also, Emmi, was ist los?« Sie durchbohrte mich mit einem strengen Blick, ihr schiefer Vorderzahn sah mal wieder absolut bezaubernd aus, und ich beneidete sie darum, dass sie so besondere Makel hatte. Ich war eine schlechte Freundin.

Dann wich ich Merles Blick aus und bemerkte, dass sie unter ihrer Jeansjacke das glitzernde Top trug, das wir letztes Jahr in einem Secondhandladen in Berlin gefunden hatten. Eigentlich hatte ich es mir gekauft, aber dann war es mir zu kratzig, um es zu tragen. Ich hob die Augenbrauen. »Du hast dich extra für mich schick gemacht?«

Merle grinste. »Nur für dich … und für mein Date nachher.«

»Du hast ein Date?«, fragte ich, begeistert, nicht über mich reden zu müssen.

»Ja, ist aber nicht der Rede wert. Ich habe mir vorgenommen, mindestens einmal in der Woche auf ein Date zu gehen, und ich ziehe das jetzt durch.«

»Warum das denn?«, fragte ich. »Das klingt doch verdammt anstrengend.«

Sie zuckte die Achseln. »Das muss man einfach wie Sport einplanen und durchziehen, auch wenn es Überwindung kostet. Solltest du auch mal versuchen.«

»Ich werfe mich eher von der Rheinbrücke, vielen Dank.« Mit etwas zu viel Schwung goss ich die Gläser voll, aber der Couchtisch hatte schon frühere Weinduschen ziemlich gut überstanden.

Eine Weile plauderten wir über die skurrilen Dinge, die sie schon auf ihren Verabredungen mit völlig Fremden erlebt hatte. Dann richtete sie sich irgendwann auf und nahm meine Hand. »Also, zurück zu dir.«

Ich knirschte mit den Zähnen. Es gab kein Entrinnen. Ich drückte mein Gesicht in ein Sofakissen und grummelte etwas Unverständliches.

»Du hast jemanden kennengelernt?«, schoss Merle hervor.

Ich sah verwundert auf. »Woher weißt du das?«

Sie tätschelte meine Hand und prostete mir zu. »Ich kenne

dich mittlerweile gut genug, um zu wissen, dass dir wenige Dinge so viel Angst machen wie Nähe.«

Trotzig ließ ich mich nach hinten sacken. »Gut zu wissen.«

Merle verdrehte die Augen. »Tu ruhig so, als wärst du dir darüber nicht vollkommen im Klaren. Also, was hast du angestellt?«

Ich zuckte die Achseln. »Absolut gar nichts. Das ist ja das Problem.«

Merle lehnte sich zurück und streckte ihre Hand aus. »Her mit deinem Smartphone. Ich schreib ihm.«

»Ich hab seine Nummer nicht mehr.«

Merle schüttelte den Kopf. »Ich kenne niemanden, der so gut darin ist, sich selbst zu sabotieren.«

Ich grinste. »Ich darf eben nicht glücklich sein, wenn ich schreiben will. Dazu braucht man ein bisschen Herzschmerz und Sehnsucht. Das wussten schon die ganz großen Literaten.«

»Das ist der größte Quatsch, den ich je gehört habe«, entgegnete sie mit einem abschätzigen Prusten. »In meiner Kunst ist es genau andersherum. Da geht es nicht um die Leere, sondern um die überbordenden Gefühle, die man mit den Fingern auf irgendeine Leinwand matscht.«

»Kann das bitte bei deiner ersten Ausstellung in großen Buchstaben neben deinem Foto stehen?«

Merle lachte, dann verzog sie das Gesicht. »Also … gehen wir noch mal einen Schritt zurück. Wie war es denn beim Poetry Slam? Hast du die Leopold getroffen? Ich kann mir immer noch nicht verzeihen, dass ich nicht da sein konnte.«

»Nicht der Rede wert«, wich ich aus.

Merle sah mich für einen Moment ruhig an. Wortlos tranken wir unseren Wein, während sie meine Hand streichelte. Dann sprang sie plötzlich auf. »Fuck, mein Date! Ich komm zu spät!«

»Gehört das nicht zum guten Ton?«

»Nicht, wenn du das eintaktest wie eine Hot-Yoga-Session.« Sie schlüpfte in ihre Schuhe und kümmerte sich nicht einmal um die Schnürsenkel, bevor sie aus meiner Tür stolperte.

»Danke, Emmi.« Sie warf mir eine Kusshand zu.

»Wofür?«, fragte ich.

»Du gibst mir immer das Gefühl, dass ich mein Leben im Griff habe«, entgegnete sie mit einem Augenzwinkern. Ich griff das Nächstbeste, was ich finden konnte, und warf einen Schal nach ihr. Sie kicherte und rannte die Treppen runter, ihre Schnürsenkel flogen hoch wie sprühende Funken. »Ich melde mich, du kannst mir nicht entkommen«, rief sie mir von unten noch zu, ehe die Haustür ins Schloss fiel.

Mein Lächeln blieb noch ein bisschen auf meinem Gesicht hängen, bevor es langsam verblasste. Dann sammelte ich den Schal wieder ein, der es bis ins nächste Geschoss geschafft hatte. Für einen Moment blieb ich unschlüssig stehen.

Dann klingelte ich bei meinem Nachbarn. Es dauerte eine Ewigkeit, bis Robert die Tür öffnete. Ich wusste, dass er mich durch den Spion beobachtet hatte, genau wie ich es immer tat. Er lächelte mich an.

»Was gibt's, Emmi?«, fragte er unschuldig. In diesem Moment fiel mir auf, dass er fast so rostrote Haare hatte wie Jack. Robert war bleich, mit Sommersprossen übersäht, zwei Meter groß und hatte ein richtig süßes Lächeln. Abgesehen von seiner Blässe beschrieb das Bären-Emoji ihn eigentlich ziemlich gut.

Es gab nur einen Grund, warum ich an einem Freitagabend bei ihm klingeln würde. Er kratzte sich am Hinterkopf, dann trat er zur Seite und ließ mich ein. Ich betrat seine Wohnung, sah die zwanzig Nudelpackungen und Dutzende Dosen, die sich auf dem Regal im Flur stapelten, und fühlte mich direkt wohl.

Manche Gefühle verstand einfach nur jemand, dem es ebenso

ging wie mir. Ich zog mein T-Shirt aus, während Robert mir ins Schlafzimmer folgte.

Als wir fertig waren, ging ich schnell wieder nach oben in meine Wohnung, so wie ich es immer tat. Ich hatte zu große Angst, dass ich nie wieder gehen würde, wenn ich zu lange bliebe. Und dann wären wir beide auf einmal alt und unglücklich.

JETZT

»Ach, das war alles nicht so spektakulär«, sage ich möglichst gelassen und rutsche auf Dr. Struwes Couch hin und her.

Er tippt sich nachdenklich an die lange Nase, als könne er damit sein Gehirn zum Laufen bringen. Ich denke an ein Auto aus den Zwanzigern, das angekurbelt werden muss, damit es anspringt. »Also hätten Sie sich einen spektakuläreren Anfang Ihrer Beziehung gewünscht?«, fragt er nachdenklich. »Warum das?«

»Nein, ich meine, wie man eben zusammenkommt – in irgendeiner Bar nach ein paar Drinks.«

Dr. Struwe wendet sich an Jack. »Wollen Sie das vielleicht mal aus Ihrer Perspektive schildern?«

Jack schüttelt den Kopf, aber ich sehe, dass seine Mundwinkel zucken. »Das war tatsächlich nicht sonderlich spektakulär.« Er sieht mich direkt an.

Arschloch.

Dr. Struwe wendet sich wieder an mich. »Frau Vierling, fahren Sie fort.«

DAMALS

In den Wochen nach dem Poetry Slam wurde ich einige Male von einer fremden Handynummer angerufen, aber ich traute mich nicht, ranzugehen. Was, wenn Jack irgendwie meine Nummer herausgefunden hatte und jetzt auf der Suche nach mir war?

Vielleicht war es aber auch nur das Finanzamt oder mein Vermieter, der mir mit der Pfändung sämtlicher Besitztümer drohte und mich aus der Wohnung werfen wollte. Mir fielen da genug Schreckensszenarien ein.

Zwischendrin verpasste ich einen Anruf meiner Mutter, aber das war in Ordnung. Sie schrieb mir daraufhin eine Nachricht.

> Emmi, kannst du mir dieses Instagram installieren? Deine Schwester hat mir davon erzählt, und ich will wissen, was sie da macht.

Ich grinste bei der Vorstellung, wie meine Eltern mit ihren Lesebrillen vor Laras Instagram-Account hingen. Eine völlig fremde Welt. Sie hatte mich in den letzten Wochen immer häufiger durch die Stadt geschleift, um Fotos von ihr zu machen, und ich hatte so getan, als würde mich das nerven, aber eigentlich machte es ziemlichen Spaß.

Semesterferien waren eine wundervolle Sache, vor allem, wenn man nichts mehr zu tun hatte, weil man seine Bachelorarbeit bereits abgegeben hatte. Na ja, genau genommen waren das dann gar keine Semesterferien mehr, aber bis zur mündlichen Prüfung bildete ich mir ein, ich sei noch Studentin – alles andere stand auf meiner eben begonnenen Liste an Schreckensszenarien ziemlich weit oben. Ich müsste sonst einen Job finden, jeden Tag das Haus verlassen, meine Blusen bügeln und mit Kollegen Sundowner trinken. Ich hatte mir nicht zufällig mit Literaturwissenschaft ein Studium ausgesucht, mit dem man auf dem Arbeitsmarkt eher schlechte Chancen hatte.

Ich scrollte durch Laras Instagram-Account und sah die Abonnentenzahlen wachsen, während ich mich durch die Bilder klickte. War es ihr Lächeln, ihre langen Beine oder diese Ausstrahlung, die einem das Gefühl gab, dass das Leben lebenswert war?

Mein Handy klingelte wieder. Ich war schon drauf und dran, es auf mein Bett zu werfen und mich gleich dazu, aber dann sah ich Merles Gesicht auf dem Display aufleuchten. Wir hatten seit ihrem Besuch bei mir in der letzten Woche nicht wahnsinnig viel Kontakt gehabt, aber das kam häufiger vor, manchmal sprachen wir uns mehrere Wochen lang nicht. Aber deswegen verstanden wir uns auch so gut. Wenn wir uns dann wieder sahen, konnte sie mir dafür von all den Abenteuern erzählen, die sie erlebte, und ich konnte ihr stundenlang zuhören, weil ich im Gegenzug rein gar nichts zu berichten hatte. Merle hätte sich wohl kaum für den Roman interessiert, den ich gerade zum zweiten Mal las, *Die unerträgliche Leichtigkeit des Seins,* und den ich vom ersten Mal nicht so sexistisch in Erinnerung hatte.

»Emmi, Emmi, Emmi!«, schallte es aus der Leitung, sobald ich den Anruf angenommen hatte.

»Hey du, wo steckst du?«, fragte ich.

Im Hintergrund hörte ich Straßengeräusche, Gespräche und gedämpfte Musik. Merle war immer unterwegs.

»Ich führ dich heute aus!«, rief sie. »Ich habe eine Überraschung!«

»Bitte sag mir nicht, dass du einen Hund adoptiert hast.«

»C'est une surprise!«, trällerte sie, und ich befürchtete, mit meiner Einschätzung ziemlich nah an die Wirklichkeit gekommen zu sein.

»Um acht im Nepomuk«, befahl sie und legte auf, bevor ich mich wehren konnte.

Überraschungen waren Merles Ding. Einmal hat sie mich zum Geburtstag mit einem Tattoo-Gutschein überrascht, und schon ein paar Tage später hatte sie mir stolz eine Tätowierung auf ihrem Oberarm präsentiert, die meinen Namen in verschlungener Schrift zeigte. »Gefällt es dir?«, hatte sie mich gefragt. Auf meinen schockierten Blick hin schob sie ihr T-Shirt noch ein bisschen weiter hoch und offenbarte noch einige andere Namen, die sie sich hatte stechen lassen. »Keine Sorge, du bist nicht die Einzige«, sagte sie verschmitzt. Ich las dort den Namen ihrer Schwester, ihrer Mutter und ein paar andere, von denen ich manche gar nicht kannte. »Das sind alle Menschen, die mich in meinem Leben wirklich berührt haben«, sagte Merle, auf einmal nachdenklich. In diesem Moment kapierte ich erst, was sie mit ihrem Tattoogutschein eigentlich erreichen wollte: dass ich dasselbe tat. Merle war immer der Ansicht, dass das, was sie für sich selbst entschied, auch für alle anderen Menschen in ihrem Umfeld eine gute Idee sein musste. Ich gab mein Bestes, diese implizite Aufforderung zu ignorieren, und ließ mir am Ende eine schlafende

Katze auf die Innenseite meines Oberarms stechen.

Es war schon dunkel, als ich meine Wohnung verließ, aber noch warm genug, dass ich statt einer Jacke den riesigen terrakottafarbenen Pullover trug, den Lara nach einer Instagram-Werbekooperation ausgesondert hatte. Wenn das mit dem Schreiben nicht klappte, wonach es gerade ja leider aussah, könnte ich vielleicht einfach Laras abgelegte Klamotten verkaufen, wahrscheinlich wäre das sogar ein ziemlich lukrativer Plan. *Oder du könntest dir einen Job besorgen, wie es normale Leute tun.* Warum war ich nicht eine dieser »normalen Leute«? An manchen Tagen fiel es mir leicht, meine persönlichsten Texte auf einer Bühne vorzutragen, doch an anderen würde ich schon beim Gedanken an höflichen Small Talk am liebsten heulen. (Okay, manchmal tat ich das sogar.) Immer, wenn ich so einen Gedanken äußerte, sah meine Mutter mich mit traurigen Augen an und strich mir mit den Fingern über die Wange. »Oh, Emmi, war ich keine gute Mutter?«

Ich rannte über den Zebrastreifen, als das nächste Auto noch ein Stück entfernt war, trotzdem wurde ich wütend angehupt. Der Abend glühte, warme Lichter strahlten mir aus den Häusern entgegen. Es roch nach Regen und feuchten, von der Sommersonne aufgewärmten Blättern. Das Nepomuk lag in einem Eckhaus, in dem ich mal eine WG-Besichtigung gehabt hatte. Ich bekam das Zimmer, doch ich sagte ab – und erzählte niemandem davon. Alle taten so, als wäre es völlig normal, mit Fremden zusammenzuziehen, und auch wenn ich versucht hatte, mich dazu zu zwingen, musste ich schließlich zugeben, dass die Vorstellung davon mein persönlicher Albtraum war. Dann fand ich zum Glück noch meine winzige Wohnung, die besonders günstig zu haben war, weil dort vor ein paar Monaten eine alte Frau gestorben und erst nach drei Wochen gefunden worden war. Manchmal, wenn das Sonnenlicht durch meine hohen Fenster fällt, habe ich das Gefühl, dass man im Parkett noch einen Umriss sehen kann, wo sie lag, von allen verlassen.

Ich wollte nicht so sterben, aber gleichzeitig wollte ich lieber so sterben, als das Leben nur aus diesem Grund mit irgendjemandem teilen zu müssen. Aber vielleicht redete ich mir das auch nur ein, weil ich es mir nicht vorstellen konnte, dass jemand sein Leben *mit mir* verbringen wollte.

»Dir kann man es einfach nicht recht machen«, sagte meine Mutter immer, halb im Spaß, doppelt im Ernst. Dabei beschwerte sie sich vor allem darüber, dass ich nicht mehr mit ihnen in den Urlaub fahren wollte. Okay, und dass ich es nicht schaffte, ein normales Leben zu führen. »Wir haben dir doch alles mitgegeben«, setzte sie meist kopfschüttelnd hinterher. »Eine gute Ausbildung, finanzielle Sicherheit, wir haben dich nie geschlagen oder so was.«

»Vielleicht bin ich einfach seltsam«, hatte ich einmal darauf entgegnet. Sie widersprach mir nicht.

Vor den ausgetretenen Stufen, die zum Eingang des Nepomuk emporführten, standen mehrere rauchende Grüppchen. Ich stellte mich neben sie, als würde ich dazugehören, und steckte mir eine Zigarette an. Ich war schon zu spät, aber Merle war bestimmt trotzdem noch nicht da.

Ich atmete den Rauch so tief ein, dass es schmerzte. Es sollte ja tatsächlich Menschen geben, denen das Rauchen schmeckte, aber ich mochte daran eigentlich nur, dass man sich von innen spürte. Ich konnte dadurch sicherstellen, dass ich tatsächlich zwei Lungenflügel besaß, dass ich atmete. Das half mir dabei, mich im Jetzt zu verorten und mir zu verklickern, dass ich in diesem Moment existierte und mich in dieser Welt bewegen konnte – und nicht nur bewegt wurde. Rauchend ging ich vor der Backsteinmauer des Nepomuk auf und ab. Eine junge Frau sah zu mir herüber, wir hatten gemeinsam im Bachelorkolloquium gesessen, aber ich wusste nicht mehr, ob sie Anna oder Lena hieß. Ich nickte ihr kurz zu, und sie machte Anstalten, zu mir herüberzukommen, also drehte ich mich schnell in die andere Richtung. Vor den großen, zugestaubten Fenstern des Pubs blieb ich stehen, den anderen den Rücken zugekehrt, und

rauchte schneller. Ich wollte nichts von der Zigarette verschwenden, das tat ich aus Prinzip nie.

Ich blickte auf und sah zu meiner Überraschung Merle hinter der trüben Scheibe sitzen. Sie sah mich nicht, aber hatte mir das Gesicht zugewandt und lächelte, zwirbelte ihr hellblondes Haar. Ich zog die Augenbrauen zusammen und trat näher an das Fenster heran. Mit dem Rücken zu mir saß ein Typ, der sich mit ihr unterhielt und zwischendurch immer wieder an seinem Glas nippte.

Ich verdrehte die Augen. Wollte Merle mich mal wieder verkuppeln? Diese Bestrebungen hatten schon in der Schule angefangen, als wir noch darüber sinnierten, wann wir unser erstes Mal haben würden. »Bei mir wird es bald passieren, das spüre ich«, hatte Merle eines Abends behauptet, als sie bei mir übernachtete, »und außerdem habe ich mir die Karten legen lassen.«

»Glaubst du an so einen Quatsch?«, fragte ich sie.

»Es bringt einen zumindest zum Nachdenken«, entgegnete sie. »Solltest du mal ausprobieren.«

Ich schüttelte den Kopf.

»Aber vielleicht bist du auch nicht der Typ für One-Night-Stands oder so was in der Art«, sagte sie zu mir. »Ich glaube, du würdest dich am liebsten an eine Person ketten und für immer mit ihr glücklich sein.«

Ich setzte mich schockiert in meinem Bett auf. »Wie bitte? Denkst du das wirklich über mich?«

Sie grinste mich an. Aber ich spürte in diesem Moment, dass sie recht hatte, und das war eigentlich das, was mich noch viel mehr schockierte. Vielleicht setzte ich deswegen nach diesem Gespräch alles daran, mir selbst das Gegenteil zu beweisen. Ein paar Wochen später hatte ich zum ersten Mal Sex, aber ich erzählte Merle nie davon.

Seit damals versuchte sie, für mich den *Einen* zu finden. Erst war es Marcel aus der Oberstufe, dann unser Englisch-Dozent, dann ein erfolgloser Gitarrist, den wir nach einem Konzert in Spanien kennenlernten. Sie hatte jedes Mal die aufrichtige Hoffnung, dass ich diesmal für immer glücklich werden würde.

Und jetzt hatte sie wohl diesen Kerl für mich ausgesucht. Aus meiner Perspektive konnte ich nicht viel von ihm erkennen, nur dass er dunkle Haare hatte.

Ich seufzte und trat meine Zigarette aus.

Wie bei allem, was Merle betraf, führte mal wieder kein Weg drum herum. Also betrat ich das Nepomuk und bahnte mir an den viel zu eng stehenden Tischen vorbei einen Weg auf die beiden zu. Im Halbdunkel des Pubs mit den tief hängenden Lampen konnte ich zunächst kaum mehr als grobe Gesichtszüge erkennen. Mein Herz schlug schneller, aber das lag vermutlich daran, dass ich mich unter vielen Menschen noch nie wohlgefühlt hatte. Doch dann hob er den Kopf, und ich wusste, warum mein Herz so raste. Gegenüber von Merle, seine Hand auf ihre gelegt, saß Jack.

JETZT

Ich erzähle Dr. Struwe nichts davon. Dies war unsere Geschichte, nur unsere, und die ging diesen kauzigen Therapeuten schließlich nichts an. Stattdessen lasse ich mir mit unzähligen Nachfragen zu unserem Kennenlernen die Antworten aus der Nase ziehen, so langsam, dass möglichst viel Zeit vergeht. Ich fantasiere etwas darüber zusammen, dass ich Jack einen Drink ausgab und ihn danach in meine Wohnung einlud. Als ich ihm währenddessen einen Blick zuwerfe, spüre ich, dass er widersprechen will, er scharrt mit den Füßen. Jack mag es nicht, wenn ich in seiner Gegenwart lüge, damals wie heute – oder vielleicht will er sich auch einfach nicht die Oberhand nehmen lassen.

Dr. Struwe wirft einen Blick auf seine Armbanduhr. »Oh, so verfliegt die Zeit. Wir haben noch fünf Minuten, die ich gerne für Ihre Aufgabe nutzen würde.«

»Unsere Aufgabe?«, fragt Jack.

»Habe ich Ihnen das letztes Mal nicht erklärt? Meine Paartherapie hangelt sich an einigen Aufgaben entlang, die die Konflikte in Ihrer Beziehung hervor- und Sie beide näher zusammenbringen sollen. Wir bearbeiten dabei den Fragebogen von Scheuer und Harlekin aus dem Jahr 2005.«

»Hausaufgaben also?«, frage ich und kann den spöttischen Unterton nicht unterdrücken.

Dr. Struwe sieht mich an. »Genau das. Ich stelle Ihnen jede Woche eine Aufgabe, die Sie gemeinsam absolvieren werden. In der darauffolgenden Stunde sprechen wir dann darüber und analysieren die Situation.« Wieder blättert er in seinen Akten, bis er eine Liste mit einigen Punkten gefunden hat, die ich von meiner Position aus leider nicht entziffern kann. »Als Erstes möchte ich, dass Sie an den Ort Ihres Kennenlernens zurückkehren und Ihre Schritte nachverfolgen, bis Sie sich zu einer Liebesbeziehung entschlossen haben. Wie haben Sie sich gefühlt, was hat Sie dazu bewogen, ausgerechnet mit dieser anderen Person ein solches Bündnis einzugehen?«

Jack nickt artig, während Dr. Struwe spricht. Ich kann kaum dem Drang widerstehen, ihm mit voller Kraft ans Schienbein zu treten. Stattdessen kralle ich meine Fingernägel in den weichen Samt des Sofas. Ich frage mich, wie weit Jack diese Farce noch treiben will. Was verspricht er sich von dieser bescheuerten Paartherapie-Nummer? Vielleicht einfach nur, dass ich aufgebe und ihm eingestehe, dass ich an allem schuld bin? Da kann er lange warten!

»Machen Sie sich gern Notizen oder Fotos, die Sie nächste Woche mitbringen«, sagt Dr. Struwe, während er aufsteht und uns dadurch zu verstehen gibt, dass unsere Sitzung zu Ende ist.

***

Sobald er die Praxistür hinter uns schließt, beschleunige ich meinen Schritt, fliege die Treppen hinunter ins Erdgeschoss.

»Hey, Em, warte doch mal!«, ruft Jack mir hinterher und versucht, mich einzuholen.

Im Laufen krame ich die zerknitterte Liste aller Therapeuten in der Stadt aus meiner Geldbörse. Die meisten davon haben keine Therapieplätze mehr frei, ihre Namen sind durchgestrichen. Ganz unten auf dem Zettel stehen aber noch drei Namen, die ich bisher nicht angeschrieben habe.

Jack schließt zu mir auf und lugt über meine Schulter. »Die nehmen auch keine neuen Patienten mehr an, da musst du gar nicht erst anrufen«, sagt er.

Ich bleibe stehen und drehe mich zu ihm um. »Was willst du, Jack?«

»Ich mache nur das, was Dr. Struwe uns befohlen hat.« Er hebt abwehrend die Hände. »Ganz ohne Hintergedanken.«

»Ich glaub dir kein Wort«, entgegne ich, weil ich weiß, dass er das nicht ausstehen kann.

»Ich würde dich niemals anlügen, Em.«

Ich hebe die Augenbrauen. »Das ist mir so was von egal.«

Jack hebt seinerseits die Augenbrauen. »Du mich anscheinend schon.«

Jetzt bemerke ich, dass seine Nase in den letzten vier Jahren noch einmal gebrochen sein muss. Er wirkt verändert. Er starrt mich an, wie man nur jemanden anstarrt, der einem Zugang gewährt hat, direkt in die Augen, ein entwaffnetes Grinsen. »Du lügst vielleicht nicht mich an, aber andere definitiv.«

Früher mochte ich, dass Jack so unverhohlen ehrlich ist, damals, als er nur nette Sachen über mich zu sagen hatte. Das Einzige, worüber er je gelogen hat, war ich. Ich beschließe, ihn zu ignorieren, werfe meine Umhängetasche über die Schulter und marschiere die Straße hinab. Jack folgt mir natürlich.

»Was für ein Zufall, der Rosthafen liegt direkt auf dem Weg«, sagt er.

Für einen Moment gehen wir schweigend nebeneinanderher, ich ihm immer einen Schritt voraus. Als ich merke, dass ich ihn nicht abschütteln kann, werde ich langsamer.

»Was soll das denn alles? Willst du diese Nummer wirklich noch weiter durchziehen? Warum?«, frage ich, ohne ihn anzusehen. Er schweigt. »Und überhaupt: Was, wenn Dr. Struwe merkt, dass wir ihn angelogen haben?«

Jack zuckt die Achseln. »Selbst wenn. Dass wir uns hier wieder getroffen haben, ist doch so ein fantastischer Zufall, dass es sich lohnt, dem nachzugehen. Vielleicht hat das Schicksal es einfach für uns bestimmt«, lacht er.

»Fantastisch ist nicht gerade das Wort, das ich verwenden würde«, murmele ich.

»Welches würdest du denn verwenden?«

»Fatal.«

Jack pfeift und verzieht das Gesicht, als hätte ich ihm Schmerzen zugefügt. »Freust du dich gar nicht, mich wiederzusehen?«, fragt er, und auf einmal ist aller Humor aus seiner Stimme verschwunden.

Ich gehe schneller, aber er hält mühelos Schritt, gegen seine langen Beine komme ich nicht an.

»Ich will das alles einfach nur hinter mir lassen.« Ich spüre, wie mein Herz schneller schlägt. Die Schuldgefühle brechen über mir zusammen wie eine riesige Welle, die mich unter Wasser drückt. Mein Hals wird eng.

»Warum bist du dann heute gekommen?«, fragt er.

Ich bleibe stehen und sehe ihn direkt an, als könnte ich die Antwort auf diese Frage in seinem Gesicht finden. »Ich … ich weiß es nicht.« Ich schlucke. »Ich habe meiner Schwester versprochen, dass ich eine Therapie mache.«

Und da ist es, das winzige Zucken in seinem Gesicht, als hätten die scharfen Kanten meiner Worte ihn geschnitten. »Und warum bist *du* hier?«, frage ich. Er sagt nichts, also fahre ich fort. »Ich dachte, du trampst um die Welt?«

Er bricht zuerst unseren Blick. »Meine Mutter ist vor Kurzem gestorben. Sie wurde krank, da bin ich hergekommen.«

»Oh.«

»Schon gut, ich meine, ich hatte ja kein besonders gutes Verhältnis zu ihr.«

»Das … das tut mir leid.«

»Danke.«

»Wie geht es deinem Vater damit?«, frage ich weiter.

Jack lacht auf. »Ich habe keine Ahnung.«

Ich hatte Jacks Eltern vor vier Jahren einmal kennengelernt, aber an das Haus erinnerte ich mich noch besser als an die beiden. Zu hohe Betonräume, in denen jedes Geräusch hallt, alles ein bisschen grau und leer, als wäre in diesen Zimmern nicht oft genug gelacht worden. Damals war ich überrascht, dass Jack so aufgewachsen ist. Es passte für mich nicht zusammen, dass ein abenteuerlustiger Mensch wie er in einer so kalten Umgebung groß geworden war, aber im Nachhinein verstand ich, dass es genau diese Vergangenheit war, die ihn zu dem gemacht hatte, der er ist.

»Weiß Merle, dass du hier bist?«, frage ich und zerrupfe ein gelbes Blatt zwischen den Fingern, das ich von der Hecke neben uns gezupft habe.

Jack ignoriert meine Frage. »Ich dachte, du willst mit alldem nichts mehr zu tun haben?«

Ich verdrehe die Augen und frage mich, warum er mir nicht antwortet. Heißt das, er ist doch nicht mehr mit Merle zusammen? Ist der Ring an seiner linken Hand gar nicht von ihr?

Er sieht mich von oben herab an, sodass ich meine Schultern durchdrücke, um mir nicht so klein vorzukommen.

»Ich bin erst seit ein paar Tagen wieder hier«, erklärt er schließlich.

»Und da fängst du gleich eine Therapie an?«

»Ich hüte die Wohnung eines Kumpels, der ein paar Monate auf Geschäftsreise ist, und gieße seine unheimlich zimperlichen Pflanzen. Ich dachte, das wäre eine gute Gelegenheit, mal ein bisschen in meiner Vergangenheit aufzuräumen.«

»Das ist dein Job?«, frage ich ein bisschen barscher als beabsichtigt. »Pflanzengießer?« Ich habe gut reden, ich als unfreiwillige Ghostwriterin, die immer noch von ihren Eltern unterstützt wird. Meine Wangen werden heiß.

»Ich bekomme kein Geld von meinen Eltern, falls du das meinst«, entgegnet er.

Ich zucke die Achseln, dabei sauge ich jede Information über ihn auf, die ich bekomme. Früher hatte Jack mit dem Gedanken gespielt, an der Uni zu bleiben und dort einen Doktor zu machen. Was wohl daraus geworden ist?

Offenbar sieht er mir die Neugierde an. »Ich arbeite im Marketing«, sagt er zähneknirschend. »Für eine Firma, die Bambuszahnbürsten herstellt. Im Homeoffice. Ich kann von überall arbeiten. Was siehst du mich so überrascht an?«

Ich blinzele und versuche, meine Gesichtszüge wieder zu kontrollieren. »Ich ... das hätte ich einfach nicht erwartet. Ich meine, du hast doch mit Social Media nie was am Hut gehabt.«

Er vergräbt die Hände in den Hosentaschen. »Vielleicht kennst du mich gar nicht so gut, wie du denkst.«

Für einen Moment herrscht Stille. Jack zieht eine Hand aus der Hosentasche und kratzt sich an der Augenbraue. »Jetzt sei doch mal ehrlich, Em.«

»Nenn mich nicht mehr so.« Ich laufe weiter.

»Jetzt sei doch mal ehrlich, *Emilia*«, wiederholt er sofort.

»Womit?«

Er antwortet nicht, als würde er davon ausgehen, dass ich weiß, was er meint, aber ich weiß es tatsächlich nicht.

»Glaubst du, dass es Zufall ist, dass wir uns hier getroffen haben?«

»Wahrscheinlich schon.«

»Bedeutet dir das gar nichts?«

Ich zucke die Achseln.

In diesem Moment erklingt ein Piepen hinter ihm, und wir drehen uns um. Ein Bagger rollt auf der Straße an uns vorbei und auf die Ruine zu, die einmal der Rosthafen war, der Veranstaltungsort des Poetry Slams, wo Jack und ich uns zum ersten Mal begegnet sind.

Für einen Moment schauen wir dem Bagger bei seiner Arbeit zu. Er wälzt Steine über Steine, er schürft und rauscht und piepst unsere Vergangenheit weg. Vielleicht sind diese Brocken da drüben die Überbleibsel der Treppe, auf der wir uns kennengelernt haben.

»Das bedeutet vermutlich, dass wir die Vergangenheit ruhen lassen und nicht weiter darüber reden sollten.«

Ich mache auf dem Absatz kehrt und gehe davon. Diesmal folgt er mir nicht. Er sieht mir einfach nur hinterher, und ich spüre eine Enge in der Brust. Aber diesmal ist es keine Panik, sondern der absurde Wunsch, dass er mir hinterhergelaufen wäre.

***

In den vergangenen Jahren habe ich oft mit dem Gedanken gespielt, Jack zu schreiben – und habe es nie über mich gebracht. Stattdessen habe ich immer wieder im Internet nach ihm gesucht, aber nichts gefunden. Keine Website, auf der sein Konterfei glänzte. Ich fand nicht einmal ein Instagram-Konto, das mit seinem Namen verknüpft ist. Manchmal kam mir sogar der Gedanke, ob er vielleicht gestorben sein könnte, und dann

durchkämmte ich das Internet nach Todesanzeigen. Das wurde ein richtiges Hobby von mir, irgendwann abonnierte ich sogar die Allgemeine Zeitung, einfach nur, um die Todesanzeigen zu lesen. Außerdem hatte das noch einen weiteren Zweck: Wenn mein Name da nicht drin stand, war ich am Leben. Allein diese Feststellung konnte mich durch einen Sonntag tragen.

Aber Jack ist nicht tot. Er ist wieder da. In der Stadt. In meinem Leben. Genau wie letztes Mal bricht er einfach herein, und ich habe nicht das Gefühl, dass ich irgendetwas tun kann, um das zu verhindern.

Klar könnte ich am nächsten Montag einfach nicht in die Praxis fahren und mich auch sonst nicht mehr melden, aber diese Taktik ist schon vor vier Jahren so unglaublich schiefgegangen.

Trotzdem wäre es wahrscheinlich das Vernünftigste. Ich werde schon irgendwie einen anderen Therapeuten finden, und Lara spricht ja ohnehin nicht mehr mit mir, also habe ich noch ein bisschen Zeit. Ich ziehe mein Smartphone hervor und gehe auf Laras Instagram-Seite. Goldenes Konfetti, silberne Luftballons und dazwischen meine Schwester, wie sie die Arme um ihren Bauch legt.

Nächstes Jahr sind wir zu dritt, steht unter dem Bild.

Mir bleiben noch ein paar Monate, um das mit Lara wieder geradezubiegen, bevor das Baby kommt. Bis dahin muss ich therapiert sein, denn Lara lässt ihr Kind garantiert nicht von einer durchgeknallten Tante verkorksen.

Sie braucht mich doch bestimmt in dieser Zeit, denke ich. Aber die Wahrheit ist: Ich brauche sie. Lara, die mich aus dem Schneckenhaus holt, Lara, die mir ein bisschen von ihrer Sonne abgibt, bis mir Sommersprossen auf der Nase wachsen – und die im Gegenzug nichts erwartet. Doch dann kam Laras Hochzeit, und ich habe alles kaputt gemacht.

Ich checke mein Mailpostfach, aber Margarete Leopold hat sich noch nicht gemeldet.

Ich seufze. Ohne ihr Feedback kann ich nicht mit dem Schreiben anfangen, und das ist gerade das Einzige, was helfen kann. Was mich herausholen kann aus meinem verzwickten Leben. Bevor ich wegdämmere, reißt mich Oskars ohrenbetäubendes Maunzen hoch und zerrt mich in die Küche zu seinem Futternapf. Wir kuscheln ein bisschen, ich drücke mein Gesicht in sein weiches Fell.

Für eine gefühlte Ewigkeit sitze ich neben Oskars Napf auf dem Boden und kritzele mit einem Kugelschreiber auf einer leeren Futterpackung herum. Er kann sein Glück kaum fassen und frisst seinen Napf in aller Ruhe komplett leer. Oskar liebt es, wenn ich beim Fressen neben ihm sitze. So sind schon die seltsamsten Kugelschreiberkunstwerke entstanden, die ich meistens aber sofort wegwerfe, weil sie mich an Merle erinnern. Sie kritzelte auch in jeder ruhigen Minute auf irgendetwas herum.

Immer wieder dreht Oskar seine rosa Schnauze zu mir, um sicherzugehen, dass ich noch da bin.

»Oskar, was soll ich machen?«, frage ich.

Er miaut mich zornig an. Sprechen ist offensichtlich nicht erwünscht, wenn der Herr seine Mahlzeit einnimmt.

Ich seufze. »Du bist es auch leid, dass ich immer rumheule, oder?« Er ignoriert mich. »Aber ich kann doch heute nicht noch mal rausgehen, Oskar, das packe ich nicht.«

Was, wenn ich Merle begegne? Das ist immer mein erster Gedanke.

Aber was, wenn Jack einfach wieder aus meinem Leben verschwindet, genau so, wie ich es gewollt habe? Ich denke an den Stich, den ich in meiner Brust gespürt habe, als er mir vorhin nicht gefolgt ist. Dieses Gefühl habe ich seit Jahren nicht mehr

gefühlt, es ist ein Schmerz, der mich irgendwie anfixt, mich erbärmliche Seele. Ist es das, was ich brauche – Selbstmitleid?

Ich rappele mich auf, werfe meine Jacke über und schlüpfe in meine Chelsea-Boots, die man nicht schnüren muss. Damit ich es schaffe, noch einmal das Haus zu verlassen, muss ich den Weg des geringsten Widerstands wählen, und das fängt bei den Schuhen an.

Sonnenbrille auf, Schal übers Kinn ziehen. »Bis später, mein Schatz.«

Oskar guckt mir von der Küchentür aus völlig entgeistert nach, als würde er mich fragen, was ich vorhabe.

Wenn ich das nur wüsste.

***

Als ich ein Stockwerk nach unten gestiegen bin, kommen mir erste Zweifel. Ich spüre, wie die Welt sich vor mir öffnet, mit jedem Schritt ein Stückchen weiter. Mehr mögliche Gefahren, mehr Gründe für mich, eine Panikattacke zu bekommen.

Neben mir öffnet sich die Wohnungstür. Ich springe zurück, mir entfährt ein kleiner Schrei. »O Gott, Robert, hast du mich erschreckt!«

Er blinzelt mich verschlafen an, es sieht nicht aus, als sei er schon lange wach. Robert kann nachts oft nicht schlafen, deswegen arbeitet er in der Nachtschicht beim Sicherheitsdienst im städtischen Museum. Vielleicht funktioniert die Kausalkette aber auch andersherum.

»Hey«, sagt er mit vor Müdigkeit rauer Stimme.

»Hey.«

»Magst du reinkommen?«

Ich spüre, wie seine Wärme die Finger nach mir ausstreckt, mich in den Arm nimmt und hin- und herwiegt. Ich schlucke. »Ich muss noch was erledigen.«

»Oh«, entgegnet er, »draußen?«

Ich nicke. Mir fällt gerade auf, dass es das erste Mal ist, dass ich ein solches Angebot von ihm ablehne.

»Das tut mir leid«, fährt er fort.

Ich nicke. »Danke, ich hab ja meine Schutzuniform.«

Er kichert, als ich mit meinen Augenbrauen wackele und dadurch die Sonnenbrille auf meiner Nase tanzt.

»Na dann, mach's gut, Emmi.«

»Mach's gut«, sage ich, nicke ihm zu und steige die Treppe nach unten. Erst als ich an der Haustür ankomme, höre ich, wie er ein Stockwerk über mir die Tür schließt, als könnte er nicht fassen, dass ich tatsächlich schon wieder das Haus verlasse. Ich kann es selbst nicht so ganz fassen.

Als ich den ersten Schritt vor die Tür setze, weht mir ein Ahornblatt ins Gesicht, wie um mich direkt wieder ins Haus zu schieben. War das nach Robert schon der zweite Hinweis, vielleicht lieber nicht rauszugehen? Es scheint keine gute Idee zu sein, Jacks Elternhaus aufzusuchen. Ich drehe das gelbgoldene Blatt in meinen Fingern. Aber etwas regt sich in mir, etwas, was ich seit Jahren nicht mehr gespürt habe, ein Kribbeln zwischen den Rippenbögen. Ein winziges, zartes Gefühl von Mut. Mut dazu,

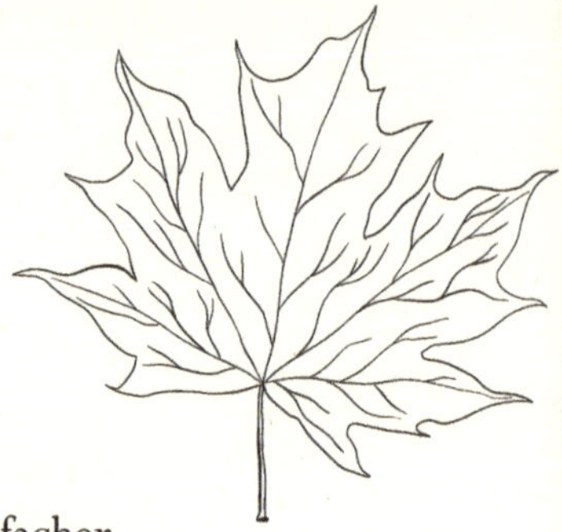

mein Leben ausnahmsweise selbst in die Hand zu nehmen.

Ich ziehe mein Notizbuch aus der Tasche und lege das Ahornblatt zwischen die Seiten. Es soll auf mich aufpassen, damit ich nicht übermütig werde.

Für mich war es schon immer einfacher, das Haus zu verlassen, wenn es dunkel ist. Bei Tageslicht erkennt mich jeder, vielleicht liegt es an meinem leicht ungelenken Gang. Darüber hat sich Merle früher immer lustig gemacht. »Du läufst, als hätte dir eine Wespe in den linken Fuß gestochen«, sagte sie immer. Aber im Dunkeln kann ich mich an Hausecken halten, an schmale finstere Gänge und Straßen, in denen die Laternen kaputt sind. In der Dunkelheit habe ich das Gefühl, dass ich endlich loslassen kann. Meine Sonnenbrille hilft da ein bisschen nach.

Ich fahre schon lange nicht mehr mit dem Bus oder der Straßenbahn durch die Stadt. Mit Fremden in einem engen Raum eingesperrt zu sein ist so ungefähr das Schlimmste, was ich mir vorstellen kann. Zwischen den Stationen gibt es kein Entkommen. Was, wenn Merle plötzlich auftauchen würde … Wäre das ein legitimer Grund, um den Nothammer einzusetzen, die Scheibe zu zertrümmern und bei voller Fahrt auf die Straße zu hechten?

Der Gedanke daran lässt mich schmunzeln. Manchmal sind meine Angstfantasien ziemlich witzig. Ich frage mich, ob ich überhaupt genug Fantasie zum Schreiben meiner Bücher hätte, wenn ich weniger Angst hätte – zum Schreiben *ihrer* Bücher …

Ich bin so viel Laufen nicht mehr gewohnt, in meiner dicken Winterjacke wird mir schnell warm, als ich den Berg hochsteige. Wie in allen Städten, die etwas auf sich halten, liegen die

Häuser mit mehr als zwei Badezimmern in einem erhöhten Ring um die Stadtmitte. Ich stelle mir immer vor, wie die Bewohner an den bodentiefen Fenstern stehen, einen teuren Tropfen im viel zu großen Glas hin und her schwenken und auf den Pöbel hinuntergucken. Wenn ich an Jacks Eltern denke, dann sehe ich sie auch nur so vor mir, schweigend, starrend, regungslose Gesichter, als würde das ganze schwere Geld ihre Mundwinkel nach unten ziehen. Aber ich weiß, dass das nicht stimmt. Man erträgt einfach nur nicht, dass reiche Leute auch noch glücklich sein können.

Eine gute Viertelstunde später erreiche ich die breite Straße, die zu dem millionenschweren Haus führt und gesäumt ist von Bäumen, die aussehen, als würden sie in Flammen stehen. Ich liebe es, wenn der Herbst kommt und der Winter schon bevorsteht, die beiden Jahreszeiten passen einfach so viel besser zu meinem Lebensstil als Frühling und Sommer – und wohl auch zu meinem Gemüt.

Als ich vor ihrem Anwesen stehe, merke ich, was für eine bescheuerte Idee das ist. Das Haus von Jacks Eltern erinnert mich an den Bundeskanzler-Bungalow in Bonn, als Hannelore Kohl dort alles Licht aussperrte. Ein Haus zum Einsamsein. Das hat mir daran schon immer gefallen, und es ist genau das, was Jack daran hasst.

Was, in aller Welt, tue ich überhaupt? Ich habe keinen Grund anzunehmen, dass Jack tatsächlich hier ist. Und wenn doch – was würde ich ihm denn sagen? Außerdem ist seine Mutter gerade gestorben, ich sollte nicht hier sein.

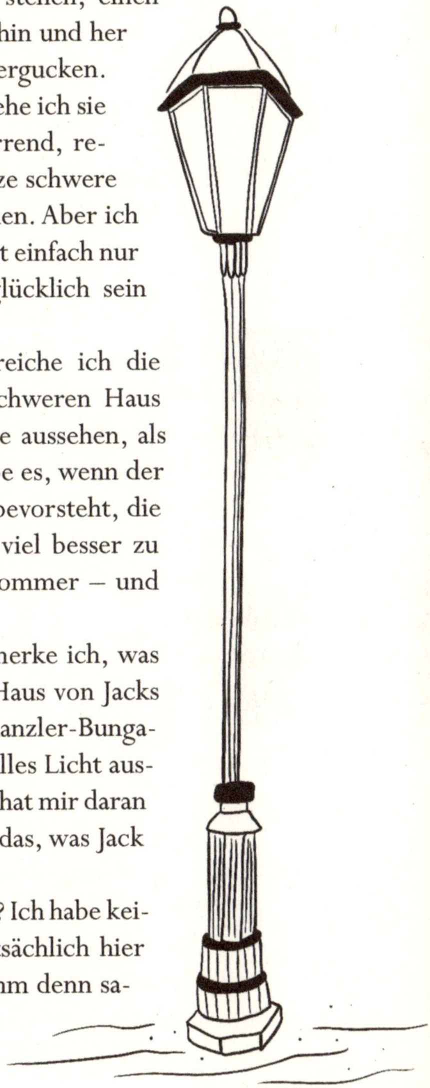

Ich will gerade wieder umkehren, da bewegt sich einer der schweren Vorhänge neben der Tür. Ich zögere.

Doch dann öffnet sich die Tür, und ein alter Mann steht im Rahmen, ein bisschen gebückt. Er trägt eine Sonnenbrille, genau wie ich. Ich kann im Halbdunkel kaum mehr als seine Silhouette ausmachen.

»Emilia, sind Sie das?« Seine Stimme klingt brüchig, als hätte er Stücke davon in den letzten Jahren verloren.

Ich mache einen Schritt auf ihn zu. Ich kann es nicht fassen, dass er sich noch an mich erinnert. »Ja, guten Abend, Herr Mersfeld.«

Einen Moment blicken wir uns schweigend an, und ich bin gerade versucht, nach Jack zu fragen, da holt er rasselnd Luft. »Wie nett, dass Sie mich besuchen. Ich bekomme nicht mehr viel Besuch, müssen Sie wissen.«

Ich lächele ihn an. Hinter der Sonnenbrille kann ich seine Augen nicht erkennen, und ihm muss es ebenso gehen. Er sieht viel älter aus, als ich ihn in Erinnerung habe.

»Wollen Sie auf eine Tasse Tee hereinkommen?«, fragt er mich.

Ich nicke. »Sehr gern, vielen Dank.«

Jacks Vater schließt die Tür hinter mir und führt mich in einen Raum, der größer als meine komplette Wohnung ist. Ein dunkelgraues Sofa in der einen Ecke, eine ausgeschaltete gebogene Stehlampe, die aussieht, als würde sie den Kopf hängen lassen, ein paar Stühle und ein Glastisch, an den er mich mit einer Geste bittet. Die Vorhänge lassen kaum Licht von der Straßenbeleuchtung in den Raum, aber doch genug, um die groben Formen auszumachen. Hier drin ist die Welt schwarz-weiß. Das beruhigt mich irgendwie. Knallige Farben machen mich nervös. Es ist ein bisschen stickig, als sei länger nicht gelüftet worden. Ich frage mich, ob Jacks Mutter hier gestorben ist und ob es möglich sein könnte, dass noch ein bisschen von ihrem Geruch in der Luft hängt.

Jacks Vater verschwindet kurz in der Küche und kommt mit einem Tablett in der Hand zurück. Der Tee muss schon fertig gewesen sein, denke ich. Hat er jemand anderen erwartet? Ich bedanke mich und führe die Tasse an die Lippen. Bitterer Grüntee, wie könnte es anders sein. Schwerfällig setzt sich Jacks Vater mir gegenüber.

»Mein Beileid«, sage ich, bevor ich es vergesse.

»Danke, danke.« Jacks Vater ist ein stolzer Mann, mit einer flachen Nase, ständig bebenden Nasenflügeln und einem Kinn, mit dem man Brot schneiden könnte. Doch jetzt offenbart das matte Licht im Raum eingefallene Wangen.

»Wie geht es meinem Sohn, wird er kommen?«

»Was meinen Sie?«

Jacks Vater holt röchelnd Luft. »Ich sollte ihn anrufen … Übermorgen ist die Beerdigung.«

»Sie haben ihn noch gar nicht gesehen?« Auch in der Dunkelheit fällt es mir schwer zu sprechen.

Jacks Vater schüttelt langsam den Kopf. »Er kommt schon lange nicht mehr hierher. Ich weiß nicht einmal sicher, ob er das mit seiner Mutter weiß.«

»Oh.« Ich nehme einen weiteren Schluck des bitteren Tees. Jacks Vater lässt seine Tasse unberührt.

»Aber Emilia … wenn Sie es wissen, dann weiß er es natürlich auch, oder?«

Ich schlucke den viel zu heißen Tee herunter, er brennt in meiner Brust, aber irgendwie tut es auch gut. »Wie kommen Sie darauf?«

Jetzt nimmt Jacks Vater die Brille ab und massiert sich die Nasenwurzel. Selbst im schwachen Licht kann ich erkennen, dass seine Augen blutunterlaufen sind. Sie glitzern feucht.

»Sind Sie nicht mit mehr mit ihm zusammen?«

»Wie bitte?«

Er sieht mich überrascht an. »Ich meine, damals, als Sie zum Essen hier waren. Ich dachte … Jakob hat noch nie jemanden so angesehen wie Sie.«

Mein Mund ist auf einmal ganz trocken, meine Gedanken rasen, ich befeuchte meine Zunge mit einem weiteren Schluck Tee. Zum ersten Mal kommt mir der Gedanke, dass alles damals auch vollkommen anders hätte laufen können.

»Nein«, sage ich leise. »Ich habe Jakob seit vier Jahren nicht mehr gesehen.«

»Ach so?« Jetzt wirkt er überrascht.

Er wendet sein Gesicht ab, und für einen Moment denke ich, dass er wütend ist. Ich will schon anbieten zu gehen, da bemerke ich, dass seine Schulter zuckt. Ich weiß nicht, was ich tun soll. Mein Herz beginnt zu rasen.

Jacks Vater weint. Ich erinnere mich daran, wie Jack einmal über die Gefühlskälte seines Vaters gesprochen hat. Dass er ein Mann sei, der sich nie eine Regung anmerken lassen würde. Jetzt sitzt derselbe Mann vor mir wie ein Häufchen Elend. Ich hole tief Luft und strecke meine Hand aus, lege sie auf seine. Sie ist trocken und rau, die Haut gleitet über seine Knochen, als würde er sich von innen auflösen. Als ich meine Hand wieder zurücknehmen will, ergreift er sie. Ein Schluchzen entfährt ihm, und ich würde am liebsten einfach weglaufen. Ich hätte nicht herkommen sollen.

»Emilia«, bringt er erstickt hervor. Ich bin wie erstarrt. »Machen Sie nicht den gleichen Fehler wie ich. Ich habe … ich habe das Verhältnis zu meinem Sohn völlig zerrüttet, weil ich nicht über meinen eigenen Stolz hinauskam.«

Ich entreiße ihm meine Hand und stehe so schnell auf, dass der Stuhl ein lautes Quietschen auf dem Boden verursacht. Ich fühle mich plötzlich wie ein Hochstapler, wie ein Eindringling.

Ich will den ersten Schritt in Richtung Tür machen, als Jacks Vater sich an den Hals greift und seltsame Geräusche von sich gibt, die bei mir alle Alarmglocken schrillen lassen. »Herr Mersfeld, geht es Ihnen gut?« Er reagiert nicht, sein Kopf hängt zuckend über dem Tisch. »Herr Mersfeld?«, frage ich wieder. Er hebt eine zitternde Hand, und ich weiß, was zu tun ist. Mein Herz rast, Flecken tanzen vor meinen Augen. Meine Finger sind schweißnass, und mein Smartphone rutscht mir beinahe aus der Hand, als ich den Notruf wähle.

»Emilia«, keucht Jacks Vater leise, ich kann ihn kaum hören. Er schluchzt vor Schmerz.

»Ich rufe den Notarzt«, sage ich, weil ich keine Ahnung habe, wie man Erste Hilfe leistet.

»Nein, ich …«

Aber da bin ich schon in der Leitung und gebe die Adresse durch. Das Krankenhaus liegt nur ein paar Straßen entfernt, nach weniger als einer Minute höre ich die Sirenen.

»Ich komme gleich wieder!«, rufe ich und laufe den Sanitätern entgegen, aus der Tür hinaus, den Plattenweg entlang, weil ich es auf einmal nicht mehr im Haus aushalte. Ich bin so nutzlos in dieser Situation. Ich winke die Sanitäter heran, sobald ich den Wagen sehe. »Ich glaube, er hat einen Herzinfarkt.«

Zwei der Männer laufen mit Koffern bepackt ins Haus, während ein dritter in Uniform und mit Klemmbrett unterm Arm auf mich zukommt.

»Guten Abend«, sagt er mit einem professionellen Maß an Besorgnis in der Stimme. »Was ist passiert?«

Direkt fühle ich mich wie in einem Verhör und kann nicht anders, als mich komplett verdächtig zu verhalten. Ich starre auf meine Schuhe, streiche mir die Haare zurück.

»Ich weiß, es ist eine aufwühlende Situation, aber Sie müssen mir ein paar Infos geben, damit wir dem Patienten helfen können.«

»Natürlich, natürlich«, entgegne ich schnell. »Ich glaube, er hat einen Herzinfarkt. Also, ich weiß nicht, wie das aussieht, ich persönlich hatte noch keinen Herzinfarkt.« Er nickt ungeduldig. Ich spreche schnell weiter. »Er hat sich an die Brust gefasst und gekeucht und ist dann in sich zusammengesunken.«

Der Sanitäter schreibt mit energischen Bewegungen etwas auf sein Klemmbrett. »Wie ist sein Name?«, fragt er.

»Mersfeld«, sage ich.

»Und der Vorname?«, fragt er.

Ich schüttele den Kopf. »Das weiß ich leider nicht.«

»Und wie ist Ihr Verhältnis zu Herrn Mersfeld?«

Wenn ich jetzt etwas Falsches sage, dann lassen sie mich hier stehen, dann darf ich nicht mit ins Krankenhaus kommen und schon gar nicht im Krankenwagen mitfahren. Aber ich muss wissen, was mit ihm passiert, schließlich bin ich schuld daran.

»Ich bin seine Schwiegertochter.«

Der Sanitäter hebt die Augenbrauen. »Okay«, sagt er langsam, wenig überzeugt.

Dann laden sie Jacks Vater auf einer Liege in den Krankenwagen. Er trägt eine Atemmaske über dem Gesicht, und sie scheuchen mich weg, als ich auf ihn zulaufe.

Im Krankenwagen mitfahren darf ich nicht, aber sie sagen, ich könne hinterherkommen. Ich schlucke, ziehe den Mantel enger um mich zusammen und sehe den roten Rücklichtern des Krankenwagens hinterher, die sich die Straße hinab entfernen.

Mir ist zum Heulen, aber das ist ja nichts Neues. Am liebsten würde ich mich direkt hier auf die Straße legen, einfach loslassen. Ich muss irgendwie Jack erreichen, aber genau deswegen bin ich ja hier. Ich habe nicht mal eine Handynummer von ihm.

Ich drehe mich zurück zum Haus. Die Eingangstür steht noch offen. Langsam gehe ich auf das Haus zu, das Jack großgezogen hat und trotzdem kaum Spuren von ihm enthält – jedenfalls keine von dem Jack, den ich kennengelernt habe. Aber vielleicht ist auch das der Punkt. Er hat sich in völliger Ablehnung zu seinen Eltern entwickelt, zu diesem kompletten Leben, wie ein Fotonegativ. Ich will gerade die Tür zuziehen, da fällt mir ein, dass Jacks Vater sicherlich keinen Schlüssel dabeihat. Für einen Moment zögere ich, aber dann gebe ich mir einen Ruck. Hier geht es nicht um Befindlichkeiten, Emilia, hier geht es um Leben und Tod. Da darf man schon mal ein bisschen in den Angelegenheiten anderer Menschen kramen – schließlich will ich nur einen Schlüssel auftreiben, sage ich mir.

Ich schließe die Tür also hinter mir und stehe im Dämmerlicht des Eingangsbereichs. Es ist komplett still, nicht einmal das Rauschen des Windes in den Bäumen vor der Tür ist noch zu hören, geschweige denn die Sirenen des Krankenwagens. Völlige Stille und Isolation, alles ist komplett dunkelgrau, beige, schwarz. Was ich eben noch als beruhigend empfunden habe, wirkt jetzt verstörend auf mich. Warum bauen sich Menschen ein solches Haus, das nichts Menschliches an sich hat?

Auf der schwarzen Anrichte im Eingangsbereich steht ein Schälchen, in dem sich verschiedene Schlüssel befinden. Alles ist so furchtbar still. Ich räuspere mich, um die Stille zu unterbrechen. Man würde erwarten, dass alles in diesem kalten Haus hallt, aber bei näherer Betrachtung liegt überall dieser raue Teppich aus, und an den Wänden hängen dunkelgraue Vorhänge, die alles verschlucken, jeden Ton, jedes Licht.

»Hallo?«, rufe ich, weil ich plötzlich das Gefühl habe, dass hier in dieser Stille doch noch jemand sein könnte.

Neben der Schlüsselschale steht ein Bild von Jacks verstorbener Mutter. Sie hatte ein stolzes Gesicht, eine lange Nase, hellblaue Augen. Das Foto sieht aus wie ein Gemälde, aber das liegt wahrscheinlich an ihrer vornehmen Erscheinung. Daneben steht ein Bild des Ehepaars, perfekt frisiert und grau gekleidet. Von Jack gibt es kein Foto.

»Hallo?«, versuche ich es ein zweites Mal.

Niemand antwortet mir. In der Schale liegt neben einigen kleineren Schlüsseln, die aussehen, als gehörten sie zum Briefkasten oder zu einem Vorhängeschloss, nur ein Schlüsselbund, den ich mir schnappe und in meiner Jackentasche versenke. Ich muss zum Krankenhaus, das weiß ich, aber trotzdem drehe ich auf halbem Weg zur Tür noch einmal um. Vorsichtig nähere ich mich dem Flur, der unter anderem zum Schlafzimmer von Jacks Eltern, einem Büro und zu Jacks Zimmer führt. Ich erinnere mich an den kahlen, herzlosen Raum, den seine Eltern aus seinem Kinderzimmer gemacht hatten. Leer, minimalistisch, seelenlos. Es ist die zweite Tür auf dem Gang. Vorsichtig drücke ich die Klinke hinunter und schalte das Licht an. Ich blinzele gegen die grelle Lampe an. Habe ich mich im Zimmer geirrt?

Ich finde mich in einem vollgestopften Kinderzimmer wieder. Poster von *Die Ärzte* an der Wand, daneben eine ausgerissene Seite aus einem Neil-Gaiman-Comic. Auf dem Schreibtisch steht eine Büste von Marx, ein Skateboard lehnt am Fußende des Bettes, Konzerttickets kleben neben der Tür. Ich beuge mich über die Tischplatte, damit ich die Fotos besser erkennen kann, die an den Wänden hängen. Jack mit Freunden auf einer Party, ein junger Jack mit einem Mädchen im Fotoautomaten, überall und immer wieder Jack. Wie kann das sein? Ich bin mir sicher, in diesem Raum schon gewesen zu sein, aber damals sah er völlig anders aus. Haben Jacks Eltern sein altes Kinderzimmer in den letzten Jahren wieder so aufgebaut, wie es früher war, bevor das Verhältnis zwischen ihnen so schwierig geworden war? War das ihre Art, sich zu entschuldigen? Das Geräusch meines Smartphones lässt mich so stark zusammenzucken, dass ich mein Knie schmerzhaft gegen das Schreibtischbein stoße. Fahrig zerre ich es aus meiner Manteltasche hervor. Es ist eine E-Mail von Margarete Leopold. Ich schalte das Licht im Zimmer aus und ziehe die Tür zu.

***

Die Glastüren des Warteraums im Krankenhaus öffnen sich vor mir. Ich bleibe stehen, als ich Jack dort erblicke, der wie ein wildes Tier im Käfig auf und ab tigert und sich durch die Haare fährt, als würde er sie am liebsten in Büscheln ausreißen. Als er mich sieht, lässt er die Hände sinken. Er guckt mich an, als hätte er einen Geist gesehen. Sein Gesicht ist bleich, im grellen Neonlicht des Wartezimmers erkennt man ziemlich gut, dass seine Nase schon mal gebrochen war.

»Em?«, fragt er, als wäre er sich nicht ganz sicher, dass ich es wirklich bin. »Was machst du hier?«

Ich spüre die Blicke der anderen Leute im Wartezimmer auf mir wie juckende Stiche.

»Ich … ich habe den Krankenwagen gerufen.«

Es passiert wie automatisch. Ich gehe auf ihn zu, und er öffnet die Arme, zieht mich an sich heran. So wie früher. Meine Nase liegt in der Kuhle über seinem Schlüsselbein. Es fühlt sich fremd und gleichzeitig so vertraut an. Ich spüre sein rasendes Herz. Er hat Angst, das macht mich unruhig.

Wir lösen uns wieder aus der Umarmung und stehen befangen voreinander. Ich stecke meine Hände in die Jackentaschen und weiche seinem Blick aus.

»Magst du dich setzen?«, fragt er, als würde er mir einen Platz in seinem Wohnzimmer anbieten. Sobald ich mich niederlasse und meinen Kopf gegen die schneeweiße Wand lehne, beginnen meine Ohren zu sausen. Es fühlt sich an, als hätte mein Körper alles an Adrenalin in mich hineingepumpt, was er pumpen kann. Jetzt ist mir davon schwindelig. Jack sitzt mir gegenüber, und ich spüre, dass er mich ansieht.

»Du hast den Krankenwagen gerufen?«, fragt er misstrauisch.

Ich weiß nicht, wie ich ihm die Situation erklären soll. Dass ich eigentlich auf der Suche nach ihm war, ist durch das, was in der Zwischenzeit passiert ist, in weite Ferne gerückt. »Ja, ich war … zufällig in der Gegend.«

Ich merke, dass er mir nicht glaubt, weil er am besten weiß, wie ich klinge, wenn ich die schonungslose Wahrheit sage. So nicht.

Aber bevor er noch einmal nachfragen kann, öffnet sich die Tür, und eine Frau im weißen Kittel betritt den Raum. »Herr Mersfeld?«, fragt sie.

Wir springen auf und folgen ihr durch die Tür. Sie bleibt im Flur stehen und lächelt Jack an.

»Ihr Vater hatte Ihre Telefonnummer als Notfallkontakt hinterlegt, gut, dass Sie gleich herkommen konnten«, sagt sie. »Es geht ihm so weit gut.« Jack atmet laut hörbar aus. »Zumindest körperlich«, fügt sie hinzu.

»Wie meinen Sie das?«

Sie hebt die Schultern. »Wir gehen davon aus, dass er eine Panikattacke hatte, keinen Herzinfarkt.«

Sofort schießt Jacks Blick zu mir, und ich spüre, wie ich vor Scham rot anlaufe. Eine Panikattacke. Meinetwegen.

»Sie sollten mit ihm über psychotherapeutische Betreuung sprechen«, fährt sie unbeirrt fort. »Wir werden ihn noch über Nacht hierbehalten und sicherheitshalber weitere Tests vornehmen. Wollen Sie mit Ihrem Vater beziehungsweise Schwiegervater sprechen? Dann können Sie kurz rein zu ihm. Einfach den Gang entlang bis zum Aufzug, dann in den dritten Stock, Zimmer fünf.« Sie wirft einen Blick auf ihre ebenfalls weiße Armbanduhr. »In einer Viertelstunde geht's weiter.«

Sie nickt uns aufmunternd zu und verschwindet ohne ein weiteres Wort den Gang entlang, ihre weißen Latschen verursachen ein quietschendes Geräusch auf dem Boden.

»Schwiegervater?«

Doch bevor er ein weiteres Wort zu mir sagen kann, dreht sich mein Körper einfach um, ich kann mich nicht mal dagegen wehren. Er läuft wie ein Zombie den Gang hinunter und von da in die Nacht hinaus, immer weg von den hellen Lichtern des Krankenhauses.

Als ich endlich zum Stehen komme, habe ich die Ausfahrt erreicht und drehe mich um. Jack ist mir nicht gefolgt, natürlich nicht, er ist bei seinem Vater. Unschlüssig blicke ich hin und her. Ich kann jetzt nicht einfach nach Hause gehen. Ich weiß, dass ich einfach nur bis in alle Unendlichkeit wach liegen und an die Decke starren würde. Ich habe mich wie ein Arschloch verhalten, und Jack verdient es, dass ich ihm erkläre, was hier los ist.

Verdient er es wirklich?, fragt eine Stimme ganz hinten in meinem Kopf. Außerhalb der Krankenhauseinfahrt ist es dunkel, als würde das riesige Gebäude das komplette Licht in der Umgebung verbrauchen. Ich blinzele in die Dunkelheit. Plötzlich berührt mich jemand von hinten an der Schulter.

In tausend Träumen habe ich mich auf solch eine Situation vorbereitet, ich balle meine Fäuste, um mich gegen den Angreifer zu wehren. Mein Arm schießt nach vorne, aber er steht näher hinter mir als gedacht. Ich treffe sein Gesicht und höre ein ekliges Knacken.

Ich stolpere zurück. Jack bleibt einfach stehen. Blut tropft auf sein weißes T-Shirt.

»Hi, Jack.«

»Hi, Em.«

»Hab ich dir die Nase gebrochen?«

Ist das gerade wirklich passiert? Habe ausgerechnet ich ihm ein sechstes Mal die Nase gebrochen?

Er verzieht das Gesicht. »Die ist mittlerweile nicht mehr sonderlich stabil.«

Ich ziehe ein Taschentuch aus meiner Hosentasche. »Ich hoffe, das ist noch nicht benutzt«, sage ich, aber er drückt es sich einfach gegen das Gesicht. Sofort färbt sich das weiße Papier dunkelrot.

Für einen Moment herrscht Stille. Ich kann seine Augen nicht sehen, weil er sich immer noch die Hand vors Gesicht hält.

»Tut mir leid«, murmele ich.

»Nein, tut's dir nicht.«

Ich hebe die Schultern. »Tut's mir auch nicht.«

»Das wolltest du vier Jahre lang machen, oder?«

Ich verziehe das Gesicht. »Wenn ich gewusst hätte, dass sich das so verdammt gut anfühlt, hätte ich es vielleicht damals schon gemacht, ja …«

Jetzt lässt er das Taschentuch sinken und grinst mich an, als würde er wollen, dass ich sein Gesicht dabei sehe. »Das finde ich irgendwie fast ein bisschen sexy.«

»Was soll das, Jack?« Mir ist gerade wirklich noch nicht nach Scherzen zumute.

Er hebt das Taschentuch wieder vors Gesicht und sagt nichts mehr.

Ich funkele ihn an, aber ich bin mir nicht einmal sicher, ob er das sieht. Ich verspüre den Drang, ihm noch einmal ins Gesicht zu schlagen, aber das scheint ihm gar nicht so viel auszumachen. Es macht mich wütend, dass ich ihm nichts anhaben kann, sogar wenn ich ihm die Nase breche, prallt das einfach an ihm ab. Ich will etwas tun, was ihn aus der Fassung bringt. Ich bewege die

Finger meiner rechten Hand, die von dem Schlag in Jacks Gesicht immer noch ein bisschen brennt. Eigentlich bin ich kein gewalttätiger Mensch, im Gegenteil. Lara und ich haben uns nicht einmal als Kinder geprügelt, nicht gekratzt, nichts. Meine Mutter hat mir einmal eine Ohrfeige gegeben, aber das hat sich so unwirklich angefühlt, als wäre es nie passiert. Danach sah ich den Schock in ihrem Gesicht, das war das eigentlich Gruselige an der ganzen Sache. Ich war vielleicht dreizehn Jahre alt und sauer, weil ich nicht bei Merle übernachten durfte. Also sagte ich ihr, dass ich schon verstehen könne, warum mein biologischer Vater sie betrogen hat. Nach der Ohrfeige brachte sie mir in ihrem Badezimmer bei, wie man sich schminkt. Ich hatte mich seit Jahren auf diesen Moment gefreut, jetzt musste ich mich nicht länger heimlich ins Badezimmer schleichen, um ihre Pinsel und Töpfchen auszuprobieren. Im Nachhinein stellte sich allerdings heraus, dass der ganze Aufwand unnötig gewesen war. Ich suchte mein Gesicht eine Woche lang jeden Morgen und jeden Abend nach einer Spur des Vorfalls ab, aber ich bekam kein blaues Auge, keine noch so kleine Blessur. Ich konnte nicht glauben, dass dieser Schmerz einfach *passiert* war, ohne dass etwas davon zurückblieb, kein noch so kleiner Beweis. In dieser Zeit begann meine Obsession mit Narben. Ich fragte jeden nach seinen Narben und strich mit vorsichtigen Fingern über die Hautstellen. Erst als meine Frage bei Marcel eine Klasse über uns dazu führte, dass er mir seinen Penis zeigte, hörte ich damit auf. Nicht weil mich die Situation schockiert hatte, sondern weil er danach allen erzählte, dass ich unbedingt seinen Penis hatte sehen wollen.

Vor dem Krankenhaus spanne ich die Muskeln in meiner Hand an und forme eine Faust. Ich habe nur eine Chance, die Schuldgefühle in meinem Inneren zu löschen. Der Schlag muss sitzen.

Ich hole tief Luft – und schlage mir mit einer blitzschnellen Bewegung selbst ins Gesicht.

»Spinnst du?«

Jacks Stimme klingt nur gedämpft an meine Ohren, durch ein Kissen des Schmerzes hindurch. Ich spüre, dass meine Nase läuft, und suche in meiner Jackentasche schon nach meinem treuen Nasenspray, da drückt mir Jack sein blutiges Taschentuch ins Gesicht.

»Bist du wahnsinnig?«, fragt er.

»Au!«, Ich stolpere weiter zurück. Mein Gesicht ist feucht, ich lecke mir über die Lippen und schmecke Blut.

»Warum machst du so was?« Er klingt wirklich wütend, ich grinse wie eine selige Idiotin. »Verdammt, Em.«

Mir ist ein bisschen schwindelig, aber es fühlt sich irgendwie gut an, ich taumele die Straße hinab, Jack folgt mir mit schnellen Schritten.

»Das ist schon benutzt«, sage ich und deute auf das Taschentuch in meinem Gesicht. Meine Stimme klingt ein bisschen zittrig, obwohl ich mich einfach nur betrunken fühle.

Jack fährt sich mit der Hand übers Gesicht, frisches Blut glänzt an seinen Fingern.

Ich will ihm das Taschentuch zurückgeben, aber er drückt meine Hand weg. »Bist du jetzt zufrieden?«, fragt er.

»Ja.«

Er geht schweigend neben mir her, als wüsste er, wohin ich gehe. Aber das weiß ich selbst nicht einmal. Es ist spätabends, und wir haben beide zerschlagene Gesichter.

»Hast du ein Polaroid von deiner Nase gemacht, bevor ich dich geschlagen habe?«, frage ich ihn.

Jack kann nicht anders, er lacht. »Ich hab vergessen, wie seltsam du bist.«

Ich bleibe stehen. »Ausgerechnet das hast du vergessen?«

Aber Jack geht einfach weiter, sodass ich jetzt zu ihm aufschließen muss. »Ich kann nicht glauben, dass du dir gerade selbst fast die Nase gebrochen hast.« Er schüttelt den Kopf.

Ich grinse, denn mir bleibt die Bewunderung in seiner Stimme nicht verborgen. »Wenn wir uns beeilen, können wir sie vielleicht noch zu einer zierlichen Stupsnase formen, bevor sie wieder zusammenwächst.«

Jack geht nicht darauf ein. Wir laufen weiter, biegen wie automatisch um Straßenecken, die uns immer näher zu meiner Wohnung führen.

»Dein Vater dachte, wir wären zusammen.«

Jack bleibt stehen, sieht mich an, ich blinzele gegen das Licht einer Straßenlaterne über seinem Kopf an. Ich glaube, meine Nase hat aufgehört zu bluten, der Schmerz ist dumpf, als hätte sich meine Nase durch das Anschwellen ganz eigenständig in Watte gepackt.

»Ehrlich gesagt dachte ich das auch, als ich das letzte Mal mit ihm gesprochen habe.«

»Du hast vor vier Jahren zum letzten Mal mit ihm gesprochen?« Und ich fühle mich schon schlecht, wenn ich mal einen Anruf meiner Mutter verpasse.

Er hebt die Schultern, sagt aber nichts.

»Und mit deiner Mutter?«

Für einen Moment herrscht Stille, wir laufen durch die Straßen, und ich denke, dass er gar nicht mehr antworten wird. »Vor vier Jahren haben wir zum letzten Mal miteinander gesprochen. Ich habe sie nicht mehr gesehen, auch nicht, als sie krank wurde.

Ich bin zwar rechtzeitig vor ihrem Tod in die Stadt zurückgekommen, aber bis ich mich überwinden konnte, sie anzurufen, war es schon zu spät.«

»Oh. Warum das denn?«

Jack starrt in die Dunkelheit vor uns. »Ich bin einfach eines Tages abgehauen, und wir waren alle zu stolz, um uns beieinander zu melden und über alles zu reden. Das war ein schleichender Prozess, aber ich habe mich immer freier gefühlt, je mehr ich meine Kindheit und das Leben meiner Eltern hinter mir lassen konnte, weißt du?«

Ich schlucke. »Ich weiß nur zu gut, was du meinst.« Bevor er nachfragen kann, fahre ich fort. »Wie geht es deinem Vater jetzt? Konntest du zu ihm?«

»Nur kurz. Er hat nach dir gefragt.«

»Was genau hat er denn gesagt …?«, hake ich vorsichtig nach.

»Er wollte sich bei dir für deinen Besuch bedanken.«

Mir wird übel. Ich bin froh, dass wir in diesem Moment um die Ecke zu meiner Straße biegen.

Mit einer Hand schließe ich die Tür auf, mit der anderen presse ich nun wieder das blutgetränkte Taschentuch auf meine Nase. Für drei Sekunden drehe ich mich noch einmal zu Jack um und gehe dann ohne ein Wort des Abschieds hinein.

Wie immer lasse ich das Flurlicht ausgeschaltet, wenn ich geräuschlos die Treppe zu meiner Wohnung hochsteige. Ich möchte nicht, dass jemand meine Anwesenheit bemerkt. Plötzlich flucht Jack unter mir, als er sich das Knie an den Geländerstreben stößt. Ich will das Licht nicht anschalten, will nicht, dass Robert mich bemerkt, mein Herz flattert. Stattdessen drehe ich mich zu Jack um und suche mit meiner freien Hand seine Finger. Seine Hände sind rauer, als ich sie in Erinnerung habe, die Finger länger. Roberts Handflächen sind größer, aber die Finger viel kürzer. Jack sagt nichts, aber er lässt sich von mir die Stockwerke nach oben ziehen. Von seiner Hand geht eine Wärme aus, die sich in meinem ganzen Körper ausbreitet. Als wir meine Wohnung erreicht haben, lasse ich seine Hand wieder los und taste im Dunkeln nach dem richtigen Schlüssel. Ich schließe die Tür auf. »Warte hier«, sage ich und schlüpfe hinein. Er widerspricht nicht, sondern setzt sich auf die Stufen, die an meiner Wohnungstür vorbei ins Dachgeschoss führen.

Ich tränke ein Handtuch in warmem Wasser, und als ich mich im Spiegel ansehe, erschrecke ich. Mein Gesicht ist blutverschmiert und mein linkes Auge blau unterlaufen. Vorsichtig taste ich mein Gesicht mit den Fingern ab und zucke vor Schmerz zurück. Ich hätte mir gar nicht zugetraut, so fest zuschlagen zu können – und muss an die Szene in *Fight Club* denken, wo der Protagonist sich selbst auf dem Parkplatz einer Bar verprügelt. Nur dass ich offiziell bei Sinnen war. Und der Look steht mir nicht, muss ich objektiv anerkennen. Ich krame im Badschränkchen nach Schmerztabletten.

Plötzlich höre ich eine Stimme auf dem Flur.

»Hallo?«

Licht flammt auf, drängt sich durch den Türspalt in meine Wohnung.

»Ich sitze nur hier«, höre ich Jack langsam sagen.

»Was ist mit Emilia? Geht es ihr gut?« Jetzt erkenne ich die Stimme. Es ist Robert.

»Mir geht es gut!«, rufe ich und gebe die Suche nach den Schmerztabletten auf. Ich laufe zur Tür und werde vom hellen Licht im Treppenhaus geblendet. Robert steht direkt vor meiner Wohnung, in der Hand sein großes scharfes Küchenmesser, mit dem er das beste Sushi zaubern kann. Etwas Flauschiges streift an meinem Bein vorbei. Oskar gibt ein Gurren von sich und springt auf Jacks Schoß.

Robert stolpert zurück. Ich weiß, dass er Angst vor Katzen

hat, deswegen sind wir auch immer bei ihm und nicht bei mir. Und Oskar hasst Menschen. Eigentlich.

Robert starrt mich an. Für einen Moment habe ich wieder vergessen, dass ich ein blaues Auge habe und Blut in meinem Gesicht klebt. »Emilia«, sagt er besorgt, »was ist hier passiert?«

Ich seufze. »Das ist eine lange Geschichte, aber mir geht's gut, wirklich.«

Robert glaubt mir nicht, ich glaube, ich würde es auch nicht tun.

»Hat er dir das angetan?«, fragt er mit scharfer Stimme und fuchtelt mit seinem Messer in Jacks Richtung. Dieser beachtet ihn aber gar nicht, sondern ist stattdessen damit beschäftigt, Oskars Bauch zu kraulen, der sich auf seinen Knien hin und her dreht wie ein auf dem Rücken liegender Marienkäfer.

»Du hast ihn echt behalten«, sagt Jack an mich gerichtet und ignoriert weiter das blitzende Messer in Roberts Hand.

»Was hätte ich sonst mit ihm machen sollen?«

Jack hebt Oskar hoch, der brummt wie ein kleiner, flauschiger Motor, und streckt ihn Robert hin. »Willst du auch mal streicheln?«

Vor Schreck fällt Robert das Messer aus der Hand und knallt mit einem lauten Scheppern auf den Steinboden. Flink beuge ich mich vor und greife das Messer, halte es hinter meinen Rücken. »Du musst dir keine Sorgen machen, Robert. Es ist wirklich alles in Ordnung.«

Er guckt von mir zu Jack und wieder zurück. »Hat er dich geschlagen?«

»Nein, nein, das ist eine lange Geschichte, wirklich. Er hat mir nichts getan.« Ich zögere für einen Moment, aber Robert wirkt noch immer nicht überzeugt. Langsam wird mir die Tragweite dieser ganzen Situation deutlich. Ist Robert … eifersüchtig?

»Er ist mein Schwager, und wir wurden überfallen.«

Was sich in meinem Kopf wie eine beruhigende Ausrede anhörte, lässt Robert fast die Augen aus dem Kopf fallen. »Wie bitte?«

Auch Jack zieht erstaunt die Augenbrauen in die Höhe, aber wohl aus einem anderen Grund. Dann springt er mir bei: »Der Kiosk am Rosthafen wurde überfallen, und wir sind dazwischengeraten. Aber es ist alles in Ordnung, die Polizei kam und hat die Typen festgenommen.«

Aus Jacks Mund klingt diese Lüge verdammt glaubwürdig. Warum glaube ich eigentlich, dass ich ihn so gut kenne? Dafür gibt es eigentlich relativ wenige Anhaltspunkte, wenn ich konkret darüber nachdenke …

»Okay … krass«, murmelt Robert. Dann reicht er Jack die Hand. »Entschuldigung, dass ich dich so begrüßt habe, … Emilias … Schwager.« Jack schüttelt die Hand und wirft mir an Robert vorbei einen Blick zu. »Ich werde nachher noch mal vorbeikommen und nach dir sehen«, kündigt Robert mit einer Bestimmtheit an, die für ihn völlig untypisch ist. »Kann ich mein Messer wiederhaben?«

Zögernd reiche ich es ihm. Er täuscht einen Stich in Richtung Jack an und lacht. »War nur ein Spaß.« Dann steigt er die Treppen zu seiner eigenen Wohnung hinunter. »Bis später, Emilia«, lässt er mich noch einmal wissen, bevor er die Tür hinter sich schließt.

Ich schnaube erleichtert, Jack blickt mich fragend an. Seine Nase hat ebenfalls aufgehört zu bluten, den schnurrenden Oskar trägt er noch immer in den Armen. »Schwager, so, so.«

Ich seufze.

»Hast du Sex mit ihm?«

»Warum fragst du?«

»Nur so«, sagt er, und ich glaube es ihm.

»Ja, hab ich.«

»Okay.«

Jack und ich stehen ein bisschen befangen zwischen Tür und Angel. »Willst du reinkommen?«, stolpert es schließlich über meine Lippen.

»Wäre das okay?« Er sieht mich prüfend an.

Ich kratze mich im Nacken. »Ja, warum nicht?«

Er verdreht die Augen.

»Jetzt komm schon rein, bevor Robert wieder auftaucht.«

Er zuckt die Achseln, ich trete zurück und bereue es, bevor sein zweiter Fuß über die Schwelle getreten ist.

»Willst du duschen? Ich geb dir ein sauberes T-Shirt.«

Aber Jack bleibt im Türrahmen stehen. »Hat Merle das gemalt?«

Er deutet auf das Bild, das an der Wand hängt. Es zeigt eine Frau mit einer Krone aus Orangen. Der einzige Farbtupfer, der in meiner Wohnung überdauert hat. »Nein, das habe ich gemalt. Ist aber schon eine Ewigkeit her.«

»Sieht fast aus wie eins von Merles Bildern.«

»Tatsächlich? Ist mir gar nicht aufgefallen.«

»Warum malst du nicht mehr?«

»Warum denkst du, dass ich nicht mehr male?«

Er sieht mich einen Moment lang ruhig an.

»Willst du jetzt duschen oder nicht?«, frage ich, um die Stille zu durchbrechen.

»Was ist mit dir?«

Ich starre ihn an. Für einen Moment glaube ich, dass er mich fragt, ob ich mit ihm unter die Dusche komme, aber dann merke ich, dass das eine ganz normale Frage ist.

»Ich dusche später«, sage ich.

Er nickt und schiebt sich an mir vorbei ins Bad. Sein Blut riecht anders als meins, salziger, als hätte er mehr Leben in sich.

»Handtücher sind im Eckschrank. Benutz einfach alles, was du brauchst.«

»Danke.« Er schließt die Tür hinter sich, dreht den Schlüssel aber nicht um. Für einen Moment ist es vollkommen still, als wäre ich allein in der Wohnung, dann prasselt das Wasser in die winzige alte Badewanne.

Ich frage mich, wie er reagieren würde, wenn ich einfach hinterherkäme. Ich lehne mich mit dem Gesicht gegen die Wand im Flur und erinnere mich zu spät, dass ich voller Blut bin. Mein Kopf hinterlässt einen schmetterlingsförmigen Fleck auf der Wand. Ich gehe in die Küche und wasche meine Hände und mein Gesicht notdürftig im Spülbecken. Dann ziehe ich mein blutverschmiertes T-Shirt aus und werfe es in die Waschmaschine. In diesem Moment öffnet Jack die Badezimmertür. Ich habe nicht einmal gehört, wie er das Wasser ausgemacht hat. Die nassen Haare kleben an seinem Kopf und betonen die tief sitzenden Augen und seine abstehenden Ohren. Er trägt nur seine Jeans, keine Socken, kein Oberteil. Eine Narbe zieht sich über seine Brust.

»Woher hast du die?«, frage ich und deute auf die blassrote Verästelung.

Er rubbelt sich mit einem Handtuch die Haare. Es ist ein merkwürdiges Gefühl, ihn mit diesem – meinem – Handtuch zu sehen, seltsam intim. Durch seine Bewegung wabert eine Duftwolke zu mir herüber. Er riecht sogar nach mir.

»Autounfall«, sagt er und dreht sich wieder um, verschwindet im Bad.

»Hättest du sterben können?«

»Wahrscheinlich?« Er hängt das Handtuch sorgsam über die Heizung.

»Wann war das?«, frage ich.

»Vor drei Jahren ungefähr.«

»Warum hast du mir nichts erzählt?«, frage ich.

Er dreht sich zu mir um. »Wie denn?«, fragt er.

Ich beiße mir auf die Lippe, eine kindische Angewohnheit, die ich mir mit fünfzehn aus Hollywoodfilmen abgeguckt habe und jetzt nicht mehr so richtig loswerde. Ich übte sie ein, um meinen Kunstlehrer genauso zu beeindrucken, wie Merle es vermochte.

»Hast du dir dabei die Nase gebrochen?«, frage ich.

»Nein.« Kurz müssen wir beide lachen.

»Okay. Ich hol dir ein T-Shirt.« Ich gehe ins Schlafzimmer und ziehe aus meiner Schublade mit den Schlafklamotten das erstbeste T-Shirt, das ich finden kann und das mir groß genug vorkommt. Zu spät bemerke ich, dass es Robert gehört, da hat Jack es sich schon übergezogen.

»Gehst du jetzt duschen?«, fragt er mich.

»Warum willst du unbedingt, dass ich duschen gehe?«

Er starrt mich an. »Wie ich dich kenne, legst du dich einfach blutüberströmt ins Bett, wenn ich weggehe.«

»Vielleicht solltest du nicht weggehen.« Der Satz entwischt mir, bevor ich darüber nachdenken kann.

Er reagiert nicht.

»Okay, ist schon gut, ich geh duschen.«

Ich drehe das Wasser heiß auf und schäume mich von oben bis unten ein. Sofort bilden sich Hitzeflecken auf meiner Haut, aber ich habe das Gefühl, dass das nötig ist. Ich fühle mich, als würden Jack und ich uns auf eine rituelle Art vorbereiten. Ich weiß nur nicht so genau, auf was eigentlich.

Ich steige aus der Dusche, ziehe frische Unterwäsche über und wickele mich in mein Handtuch ein. Mit der Handfläche wische ich über den beschlagenen Spiegel, und wieder erschrecke ich kurz, als ich mein Gesicht sehe. Es sieht ein bisschen so aus, als wäre jemand mit Ölfarben auf meinen Wangen ausgerutscht, und das gefällt mir irgendwie. Ich fühle mich auf eine merkwürdige Weise mehr wie ich selbst. Verdammt, Lara hatte recht, es ist höchste Zeit, dass ich eine Therapie mache. Ich hebe die Augenbrauen und verziehe das Gesicht vor Schmerz. Sofort quillt frisches Blut aus der Schramme auf meinem Nasenrücken. Aus dem Eckschrank krame ich eine Packung Pflaster hervor und platziere eins davon quer über meine Nase. Das erinnert mich an die Zeit, in der Merle und ich es cool fanden, uns an allen möglichen Stellen mit Pflastern zu bekleben, obwohl wir sie nicht brauchten. Meine Mutter verbot es uns schließlich, nachdem die Vertrauenslehrerin sie einbestellt hatte, um sich zu erkundigen, ob ich zu Hause misshandelt wurde.

Als ich die Badezimmertür öffne, steht Jack im Flur und betrachtet wieder das Bild, das ich gemalt habe. Er starrt es so eingehend an, dass es mir auf einmal peinlich ist, als würde er die ganzen Fehler darin finden, die ich selbst noch nicht einmal bemerkt habe.

»Brauchst du ein Pflaster?«

Ich setze ihn auf den Rand der Badewanne und mich selbst auf den geschlossenen Toilettendeckel. Mir fällt auf einmal auf, wie nackt ich bin. Ich wickle das Handtuch fester um meinen Brustkorb und werfe meine Haare über die Schulter zurück.

»Halt still«, sage ich, obwohl er das schon tut. Er streckt mir sein Gesicht entgegen, und ich kann es im gelblichen Licht des Badezimmers ganz genau betrachten. Jacks Gesicht sieht genauso aus, wie ich es in Erinnerung habe. Ich habe das Gefühl, mich an jeden Leberfleck und jedes Lachfältchen zu erinnern. Ich hebe meinen Finger und streiche ganz sanft über seinen Nasenbogen, der merklich angeschwollen ist. Jack rührt sich nicht. Er beobachtet mich, aber ich weiche seinem Blick aus. Die vertikale Falte zwischen seinen Augenbrauen bemerke ich erst jetzt, genau wie die grauen Bartstoppeln. Ich versuche, an seinem Gesicht abzulesen, was er in den letzten vier Jahren erlebt hat, aber es verrät mir nichts.

»Em, ich ...«

Ich nehme ein Pflaster aus der Packung, ziehe die Papierchen weg und platziere es vorsichtig auf seiner Nase. »So.«

Eigentlich bin ich jetzt fertig, aber ich weiche nicht zurück, und auch Jack rührt sich nicht. Ich halte sein Gesicht in den Händen, als würde es mir gehören.

Ehe ich weiß, was ich da tue, küsse ich ihn.

Zunächst reagiert er nicht, aber er stößt mich auch nicht weg. Seine Lippen sind warm und weicher, als ich sie in Erinnerung habe, als hätte das Duschwasser ihn ein bisschen aufgelöst. Als er mich zu sich heranzieht, löse ich mich von ihm und vergrabe das Gesicht in den Händen, obwohl das ziemlich wehtut. »Das hätte ich nicht tun sollen.«

Er reagiert nicht, also blinzele ich durch meine Finger.

»Warum nicht?«, fragt er leise. Ich stehe auf und werfe den Abfall der Pflaster in den Badmülleimer.

»Du weißt, warum.«

Ich gehe ins Schlafzimmer, und er folgt mir, aber er nähert sich mir nicht mehr, bleibt im Türrahmen stehen und verschränkt die Arme vor der Brust.

»Was siehst du mich so an?«, frage ich ihn.

»Wie spät ist es?«

Ich zucke die Achseln. »Halb zwölf, zwölf.«

»Was machst du jetzt?«

Ich starre ihn an. »Was meinst du?«

»Was hältst du davon, wenn wir Dr. Struwes Hausaufgaben machen?«

»Ist das dein Ernst?«

»Hast du was Besseres vor?«

Ich drehe mich wieder weg von ihm, ziehe mir ein T-Shirt und meine Jeans über.

»Jack, es ist mitten in der Nacht.«

»Wenn ich mich nicht täusche, hat das Nepomuk noch offen.«

***

Ich bin über den Punkt hinaus, an dem ich mich für mein geschwollenes Gesicht schäme. Und alle, die um diese Zeit im Nepomuk sitzen, sind zu betrunken, um mich deswegen anzustarren. Natürlich ist ausgerechnet der Tisch, an dem ich damals mit Jack und Merle saß, frei. Nur ein paar leere Biergläser stehen darauf. Jack setzt sich auf seinen Platz von damals und ich mich auf Merles, ihm gegenüber.

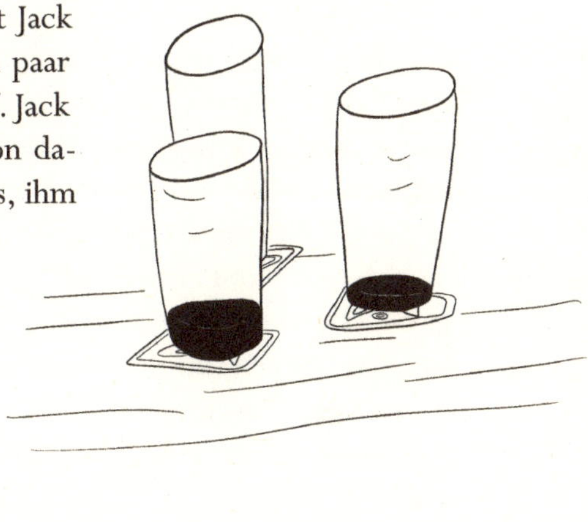

»Wie fühlt es sich an?«, fragt er mich.

DAMALS

Es fühlte sich an wie ein Traum. Im Nepomuk war es laut, es roch nach Pommes, italienischer Tomatensoße und Rauch, weil die Tür ständig aufging und der Qualm sich überall in der dunklen Bar verteilte. All die Reize dämpften meine Wahrnehmung, und der Rauch legte einen Filter über den Raum, der alles verwischte. Ich stand einfach nur da und starrte zu ihnen hinüber. Jack entdeckte mich, bevor Merle mich sah. Ihre Hand lag in seiner, mir wurde schlecht bei diesem Anblick. Ich wollte auf der Stelle umkehren, aber da drehte sich Merle zu mir herum.

»Mia!«, kreischte sie, sprang auf und kam auf mich zu, nahm mich fest in den Arm. Seit ich ihr einmal von meinem fiktiven Alter Ego erzählt hatte, hörte sie nicht mehr auf, mich so zu nennen. Sie roch nach Alkohol, aber ich konnte nicht sagen, ob sie Gin mit Rhabarberlimo getrunken hatte oder nicht. Mein Kopf brannte, als sie mich durch die dicht nebeneinanderstehenden Tische zu ihrem führte. Merle wusste doch, dass ich enge, volle Räume nicht mochte. Ich hatte das Gefühl, keine Luft mehr zu bekommen.

»Emilia – Jakob, Jakob – Emilia!«

Jack sah mich an. Seine dunklen Augen verrieten keinerlei Regung.

Also streckte ich meine Hand aus. »Schön, dich kennenzulernen.«

Ich wich seinem Blick aus und setzte mich neben Merle an den Tisch, konzentrierte mich vollends auf sie. Merle verschränkte ihre Finger mit Jacks, ich spürte, dass er mich ansah.

Ich hätte in diesem Moment einfach ehrlich sein können, ich hätte Merle die Situation erklären können, und wir hätten alle darüber gelacht oder darauf angestoßen. Oder Merle wäre ausgerastet.

Als die Kellnerin kam, bestellte ich eine Rhabarberlimo, ohne ihn anzublicken.

Merle löste ihre Hand von seiner und ergriff nun meine beiden, sah mich mit leuchtenden Augen an. »Du hast dich sicher gefragt, was ich seit meinem Besuch bei dir gemacht habe«, sagte sie.

»Nein«, schoss es aus mir hervor. Ich wollte es gar nicht wissen. Mir wurde heiß.

Merle wischte meinen Widerspruch mit einem glockenhellen Lachen beiseite, ihre Augen funkelten, und ich fühlte mich schlecht, dass ich mich nicht wie eine gute Freundin verhielt, schließlich konnte Merle rein gar nichts für diese beschissene Situation.

Ihr Blick wanderte verträumt in die Ferne. »Du erinnerst dich doch an die Galerie, die meine Bilder momentan ausstellt.«

Ich rutschte unruhig auf meinem Stuhl hin und her. »Ja, in dieser Seitenstraße in der Altstadt. Ich war doch bei der Vernissage letzten Monat.« Ich warf Jack einen düsteren Blick zu. Merle schien das gar nicht zu bemerken, mit ihren weichen dünnen Fingern streichelte sie meine Handinnenflächen. Ich konnte nicht mehr.

»Jakob hat eines meiner Bilder gekauft«, seufzte Merle und lächelte ihn an. Er hatte die Hände auf dem Tisch gefaltet und blickte sie an, erwiderte Merles Lächeln nur matt. Ich merkte, dass er mit dem linken Bein auf- und abwippte, als würde er sich ebenfalls am liebsten in Luft auflösen. »Er kam eines Abends in die Galerie, so wie viele andere auch. Und dann stand er so lange vor diesem einen Bild, bis die Galerie schloss, und er bestand darauf, die Künstlerin kennenzulernen.« Sie lächelte. »Also mich.«

»Welches Bild?«

»›Frau im Morgenmantel‹, die Leinwandversion, auf achtzig mal sechzig Zentimeter.«

Ich starrte zu ihr hinüber. Mein Herz pochte schneller. Merle wusste genau, wer auf diesem Gemälde zu sehen war. *Ich,* mit meinem Morgenmantel und einer Blumenvase, eine Zigarette zwischen den Fingern. Aber er kannte die Geschichte des Bildes nicht, er hatte keine Ahnung.

»Also hast du sie gekauft?«, fragte ich Jack geradeheraus und begann, mir eine Zigarette zu drehen. »Merle meine ich, nicht das Bild.«

Merle schlug mir empört auf die Hände und lachte laut auf. »Du bist unmöglich, Emmi!«

»Das Bild hängt jetzt in meinem Schlafzimmer«, antwortete er ruhig.

»In deinem Penthouse, oder was?«, fragte ich ihn provozierend.

»Emmi!« Merles Stimme wurde auf einmal streng. Sie blickte mich irritiert an, und ich sah, dass mein barsches Verhalten sie verletzte. In scheinbarer Seelenruhe leckte ich das Papier meiner Zigarette ab und klebte sie zusammen, aber meine Finger zitterten.

***

Kurz darauf saß ich draußen in der lauen Sommerabendluft und blies den Rauch meiner Zigarette in den Nachthimmel. Meine Hände zitterten immer noch, ich konnte gar nicht erwarten, dass das Nikotin endlich seine Wirkung entfaltete. Immer wieder ging die Tür der Kneipe auf und zu, Leute kamen heraus oder gingen hinein, das Nachtleben der Stadt begann gerade erst. Diese Pausen waren der Grund, warum ich überhaupt erst mit dem Rauchen angefangen hatte: gesellschaftlich akzeptierter Rückzug.

Merle ließ sich plötzlich neben mir auf die niedrige Steinmauer fallen, die sich einmal um das ganze Gebäude zog. Hier hatte ich schon viele Nächte verbracht, aber Merle hatte sich nie zu mir gesetzt. Normalerweise zog sie mich wieder in die Bar oder weiter zu neuen Abenteuern. Ihre Augen sahen gerötet aus.

»Tut mir leid, ich war völlig bescheuert«, sagte ich und wich ihrem Blick aus. Ich wollte gerade ansetzen, ihr einfach die Wahrheit zu sagen, das Pflaster kurz und ziemlich schmerzvoll abzureißen. Aber Merle kam mir zuvor:

»Ich hatte mir einfach so gewünscht, dass ihr euch mögt, Emmi.« Sie legte ihren Kopf auf meine Schulter, und ich streichelte ihr weiches Haar.

»Ich weiß, ich ...«

»Er ist der *Eine,* Emmi, ich glaube, ich habe ihn endlich gefunden.«

Jedes ihrer Worte stach mir in die Rippen. »Ich dachte, du wolltest dich nicht binden und jede Woche ein Date haben?«, sagte ich kalt und zog besonders tief an meiner Zigarette. Ich konnte nicht anders. Wenn ich verletzt war, konnte ich nicht anders, als das Messer umzudrehen und die andere Person ebenfalls zu stechen. Auch wenn sie gar nichts dafür konnte und obwohl ich längst die Erfahrung gemacht hatte, dass es dadurch nicht weniger wehtat, sondern in der Konsequenz meist viel mehr – und viel länger.

Zumindest schien Merle nicht zu merken, dass ich sie verletzen wollte.

»Ja, ich weiß«, sagte sie kleinlaut, »aber man muss die Chancen ergreifen, die einem das Leben bietet. Und ich bin jetzt Mitte zwanzig, da kann man auch mal eine ernsthafte Beziehung eingehen, oder?«

»Du klingst wie meine Mutter«, gab ich zurück. Daraufhin musste Merle lachen und sogar ich ein bisschen schmunzeln.

»Ich werde mir Mühe geben, ihn zu mögen«, sagte ich leise. »Und ich finde es gut, dass er deine Kunst mag, wirklich.«

»Okay«, antwortete sie, und ich wusste, dass es jetzt kein Zurück mehr gab. Der Zug für die Wahrheit war abgefahren.

»Aber ich glaube, es ist genug für heute. Ich gehe nach Hause.«

Merle nickte und setzte sich auf. »Bist du glücklich für mich?«

Ich nahm ihren Kopf in meine Hände, sorgsam darauf bedacht, ihre wunderschönen blonden Strähnen nicht mit meiner Zigarette anzukokeln, und gab ihr einen Kuss auf die Stirn.

»Und wie«, sagte ich und war froh, dass sie mein Gesicht dabei nicht sehen konnte.

JETZT

Ich bestelle einen Gin, und Jack tut es mir gleich. Die Kellnerin sieht uns verstört an, was mich zum Grinsen bringt. Ich kann nicht mehr anders, als über diese ganze Situation zu lachen, aber das tut meiner Nase ziemlich weh, deswegen lasse ich es wieder.

»Du siehst beschissen aus«, sage ich, und wir prosten einander zu.

Jack hat sein kaputtes Gesicht in die Hände gestützt und sieht mich an. »Jetzt sitzen wir hier, vier Jahre später«, sagt er leise.

»Ja. Vier Jahre später.«

Ich strecke meine Finger aus und berühre die Falten um seine Augen. »Manchmal hab ich das Gefühl, dass ich damals vor vier Jahren irgendwo falsch abgebogen und in einer Sackgasse gelandet bin. Die Welt drehte sich weiter – aber ich mich nicht.«

Ich sehe ihn an, und er sieht mich an, zwei lädierte Dreißigjährige in einer Bar voller Zwanzigjähriger. »Wenn du willst, gehe ich übermorgen mit dir auf die Beerdigung deiner Mutter«, sage ich.

***

Am nächsten Tag verlasse ich nicht das Haus, nicht einmal, um den Müll rauszubringen. Dem Postboten mache ich auch nicht auf – er kann genauso gut bei Robert klingeln, der ebenfalls daheim ist. Ich höre ihn unten in der Wohnung hin und her tigern. Aber auch ihm kann ich mich heute nicht widmen. Heute kann ich gar nichts tun. Ich beginne den Morgen damit, dass ich durch Laras Instagram-Account scrolle. Ich bilde mir ein, sie so gut zu kennen, dass ich ihre Stimmung mir gegenüber an ihren Story-Filtern ablesen kann. Doch zu meiner Überraschung hat Lara gar keine Storys gepostet – ich erinnere mich nicht daran, wann das zuletzt vorgekommen wäre. Ich googele, wie man herausfinden kann, ob man von jemandem blockiert wurde. Ich lege sogar einen zweiten Account an, um ganz sicherzugehen. Lara hat keine Storys gepostet. Ich spüre ein flaues Gefühl in der Magengegend. Ist irgendetwas mit dem Kind nicht in Ordnung? Dann hätte meine Mutter mich sicher direkt angerufen.

Seufzend rolle ich aus dem Bett und schlurfe mit Oskar auf dem Arm in die Küche. Ich füttere ihn, dann starre ich aus dem Fenster, während mein Espresso auf dem Herd kocht. Anschließend rufe ich zum ersten Mal seit vielen Jahren selbst meine Mutter an.

»Emilia?«, fragt sie, ich bemerke direkt die Panik in ihrer Stimme. Im Hintergrund höre ich das Zischen einer Bratpfanne und werfe einen Blick auf die Uhr meines Smartphones. Es ist schon kurz vor zwölf.

»Alles gut, Mama, ich ruf einfach nur so an.«

»Nur so?«, fragt sie, von ihrem mütterlichen Instinkt überzeugt. Wenn man mit meiner Mutter klarkommen will, ist dieser mütterliche Instinkt von äußerster Bedeutung. In ihrer Selbstwahrnehmung ist sie eine Meisterin darin, unterschwellige Botschaften und Gefühle in den Worten und Gesten anderer zu deuten – diesen *Instinkt einer Mutter,* wie sie ihn immer zu nennen pflegt, dehnt sie allerdings auf so gut wie alle Menschen in ihrer Umgebung aus.

Das oberste Gebot in einer Beziehung zu meiner Mutter ist es, diesen mütterlichen Instinkt ernst zu nehmen, denn sie wird nicht von ihm abrücken. Aber ich muss zugeben, dass sie diesmal nicht so falschliegt mit ihrem Misstrauen.

Ich brauche also irgendeine Ausrede.

»Ja, ich … wollte fragen, ob du …«

»Du rufst an wegen dem Job bei deiner Schwester, oder?«

»Nein, auf gar keinen Fall!«, bricht es aus mir hervor, bevor ich es stoppen kann.

»Oh.« Meine Mutter klingt, als hätte ich ihre Spezialquiche ausgespuckt. »Aber Liebes, bist du dir sicher, dass dir das nicht dein Leben erleichtern würde?«

»Weiß Lara denn überhaupt davon?«

Das Zischen der Bratpfanne füllt die Leitung, während meine Mutter nur zögernd antwortet. Wusste ich's doch.

»Sie hat mir gesagt, dass sie jemanden sucht.«

Ich verdrehe die Augen und bin froh, dass sie das nicht sehen kann. Trotzdem versuche ich, ruhig zu sprechen. »Mama, Lara sucht *jemanden,* nicht mich. Ich bin das Gegenteil von dem, was sie sucht.«

Meine Mutter seufzt. Ich spüre, wie meine Kiefermuskeln sich anspannen, weiß aber nicht, ob ich schreien oder weinen will.

»Schatz, du wirst bald dreißig, weißt du? Mit dreißig hatte ich schon zwei Kinder und habe nebenher im Blumenladen gearbeitet.«

»Wie schön für dich.« Ich presse die Augen zu. Ich muss mich zusammenreißen.

Kurz schweigen wir uns an. »Ich muss jetzt auflegen, Emilia, das Schnitzel verbrennt sonst.«

Ich beiße mir auf die Innenseite meiner Wange, bis ich Blut schmecke, aber das macht auch nichts besser. »Ich habe einen neuen Buchvertrag, das … das wollte ich eigentlich erzählen.«

»Wie schön für dich«, entgegnet meine Mutter. »Steht diesmal dein Name drauf?« Ich schlucke. »Dann gebe ich an Lara weiter, dass du den Job nicht willst.«

»Warte, warte, ich …«

»Emilia«, sagt sie nun ernst, »ich weiß wirklich nicht, was dein Problem ist. Wir wollen nur das Beste für dich. Wir wollen dir helfen.«

»Ich brauche keine Hilfe«, entgegne ich knapp.

»Gut zu wissen, dann müssen wir dir ja auch kein Geld mehr überweisen. Bis übernächsten Samstag, meine Liebe.«

Dann legt sie auf.

***

Ich trinke meinen Kaffee heulend am Fenster. Oskar reibt sich an meinem Gesicht und schleckt geradezu genüsslich meine Tränen weg. Nicht zum ersten Mal habe ich das Gefühl, dass er es mag, wenn ich weine. Er rollt sich auf meinem Schoß zusammen, eine schnurrende Wärmflasche. Draußen regnet es passenderweise. Ich ertappe mich dabei, wie ich den Hass auf mein Leben auch ein bisschen genieße. Wie nennt man das noch mal? Ach ja, *Selbstmitleid*.

Ich mache mich auf die Suche nach meiner Notfallzigarette – eine einzelne, die irgendwo in dieser Wohnung von mir für mich versteckt wurde. Ich verstecke sie immer betrunken, damit ich mich am nächsten Morgen nicht mehr daran erinnere, wo genau sie ist.

In einer Kiste mit alten Erinnerungsstücken finde ich das Polaroid mit Jacks alter Nase darauf. Ich drehe es um und sehe den schwarzen Balken, wo ich seine Telefonnummer energisch und bis zur Unlesbarkeit durchgestrichen habe. Gestern haben wir Nummern ausgetauscht, was sich seltsam fremd angefühlt hat. Nichts passiert bei uns in der normalen Reihenfolge.

Ich nehme das Bild aus der Schachtel und klemme es wieder in den Rahmen meines Schlafzimmerspiegels. Für einen Moment fühle ich mich zurückversetzt in diesen Sommer vor vier Jahren, als könnte ich ab diesem Moment noch einmal starten, als würde ich Merle jetzt einfach anrufen können, damit sie mir Mut zuspricht, mich bei diesem Typen zu melden. Und dann käme alles anders.

Aber Merle hat mich auf allen Kanälen blockiert, und sobald sie meine Stimme hört, würde sie auflegen.

Ich will die Kiste mit den Erinnerungsstücken gerade wieder in die unterste Schublade meiner Kommode verbannen, da fällt mir ein Bild ins Auge, das ich vor einigen Jahren gemalt habe. Aquarell auf dickem kalt gepresstem Papier, kaum größer als meine Hand – das ist zwar nur die Kopie, die ich mit meinem Drucker davon gemacht habe, aber man sieht die Papierfasern noch sanft durch das Motiv scheinen. Ich habe es gemalt, als Merle und ich eines Morgens hier in meiner Küche saßen und uns unsere Zukunft ausmalten, damals, als wir gerade erst in die Stadt gezogen waren. Das war der Tag, an dem Merle ver-

kündete, dass sie Künstlerin werden wolle, eine richtige Künstlerin mit Ausstellungen und allem. In der Nacht zuvor hatte sie einen Kunstwettbewerb gewonnen und dafür einen Mohnblumenstrauß bekommen, der in diesem Moment neben uns auf meinem Küchentisch stand.

Das Bild, das ich gemalt habe, ist eine Art Selbstporträt. Ich sitze mit gespreizten Beinen auf meinem angekratzten Lieblingsstuhl, im Morgenmantel, den Mohnblumenstrauß zwischen meinen Beinen. Merle gefiel das Bild so sehr, dass ich es ihr schenkte. Aber aus irgendeinem Grund konnte ich mich nicht komplett davon lösen, deswegen machte ich, bevor sie ging, mit meinem alten Drucker noch eine Kopie, die ich für mich selbst behielt. Es hatte sich ein bisschen angefühlt, als würde mein Gespür für Farben und Formen mit dieser Zeichnung zu Merle übergehen, als wären wir in diesem Moment am Küchentisch für einen Augenblick ein und dieselbe Person geworden – und als sie sich verabschiedete, ging dieser Teil von mir mit ihr.

Später sprachen Merle und ich nur noch einmal über dieses Motiv, als wir in ihrer WG saßen und sie mittlerweile von Papier zur Leinwand gewechselt war.

»Ich liebe dieses Bild«, sagte sie, während sie mit dem Pinsel breite saftige Striche auf die Leinwand setzte. »Es ist mein Lieblingswerk von mir. Ich habe es ›Frau im Morgenmantel‹ genannt. Ich will noch ein Leinwandporträt daraus machen, so richtig schön groß, mindestens achtzig mal sechzig.«

Ich weiß nicht mehr, warum ich in diesem Moment nichts sagte. Warum ich sie nicht darauf ansprach, dass doch *ich* dieses Bild gemalt hatte – und dass *ich* darauf zu sehen war. Merle nahm mein Aquarell als Vorbild für all ihre späteren Leinwände. Ich spürte in diesem Moment, dass ich etwas hätte sagen müssen und dass mein Schweigen eine Art Zustimmung war. Aber warum widersprach ich ihr denn nicht? Vielleicht, weil Merle mit einer solchen Überzeugung sprach. Ich schwieg, und alles, was noch zu hören war, war das hypnotisierende Geräusch des Pinsels.

Kopfschüttelnd über mich selbst verstaue ich die Kiste wieder in der Schublade, kehre zum Küchentisch zurück, klappe meinen Laptop auf und widme mich endlich der E-Mail von Margarete Leopold.

***

Der nächste Tag strahlt mir entgegen, als würde er sich darauf freuen, Jacks Mutter dabei zuzusehen, wie sie in der Erde verschwindet. Heute kann ich nicht mehr verstehen, warum ich ihm angeboten habe, mit ihm zu dieser Beerdigung zu gehen. Wenige Ereignisse sind so aufgeladen mit Konventionen, Erwartungen, dem Abwägen von Nähe und unzähligen möglichen Fettnäpfchen. Ich spüre, wie meine Handflächen schwitzig werden. Das schwarze Kleid lässt mich noch blasser aussehen, notdürftig habe ich mein geschwollenes Gesicht überschminkt, aber täuschen kann ich damit niemanden. Ich hätte mir einen Witwenschleier kaufen sollen, perfekte Anonymität hinter einem schützenden Netz.

Aber das größte Problem wird mir bewusst, als ich meine Sonnenbrille aufziehen will, wie jedes Mal, wenn ich das Haus verlasse. Meine Nasenwurzel ist so geschwollen, dass der Steg auf die Blutergüsse drückt.

Keine Sonnenbrille für mich heute. Der Tag beginnt mit einem ganz schlimmen Omen.

Eigentlich bin ich nicht abergläubisch, wirklich nicht. Das heißt, mir ist klar, dass solche Zeichen und Hinweise des Universums völliger Quatsch sind, dass am Ende nicht abgerechnet wird, ob ich ein guter Mensch war, dass die Welt keine inhärente

Gerechtigkeit besitzt. Das sagt mir mein Verstand. Aber gleichzeitig ist es genau dieses Gefühl, das mich dann doch in solchen Bahnen handeln lässt. Ich sehe überall Zeichen und Hinweise und versuche, dem Universum Regeln abzuschröpfen, an denen ich mich orientieren kann – oder die ich bewusst außer Acht lasse.

»Aber so funktioniert die Welt nicht«, sage ich zu meinem Spiegel-Selbst, als ich im Flur stehe und zum fünften Mal versuche, das Haus zu verlassen. Normalerweise plane ich einen halbstündigen Puffer ein, der dieses Zaudern und Zögern und Wieder-Umdrehen ziemlich gut abdeckt – aber heute habe ich sicherheitshalber eine ganze Stunde veranschlagt. Und wie es aussieht, werde ich sie brauchen.

Eine Stunde, um das Haus zu verlassen. Eine weitere, um zum Friedhof zu gelangen.

Nach fünfzig Minuten habe ich es endlich geschafft, Schal und Mantel eng um mich geschlungen, als würde das irgendetwas besser machen. Ich behandle diesen wunderschönen Herbsttag, der buntes Laub um mich herumwirbeln lässt, wie den grausten matschigsten Tag des Jahres.

Ich finde ihn widerwärtig. Es ist gar nicht so leicht, einen Weg zu finden, der ohne Ampeln zum Friedhof führt. Ich hasse Ampeln. Der Druck, wenn sie grün sind, schnell genug über die Straße zu hetzen, macht mich wahnsinnig. Lieber stehe ich einige Minuten am Straßenrand und sehe dem Fluss der Autos zu, bevor ich darübergehen kann. Nachts unterwegs zu sein hat auch den Vorteil, dass dann die meisten Ampeln ausgeschaltet sind.

Gerade als ich die erste viel befahrene Straße hinter mich gebracht habe, klingelt mein Handy.

Es ist Jack.

»Hast du Lust, mit mir in den Zoo zu gehen?«

»Was?«

»Die Orang-Utans sind mir lieber als meine Familie.«

»Was redest du? Bist du schon am Friedhof?« Stille. »Jack, sag mir nicht, dass du nicht zur Beerdigung deiner Mutter willst.«

»Ich würde das Ganze nicht besser machen«, sagt er seufzend, »und ich hasse meine Verwandten noch mehr als meine Eltern.«

»So schlimm können sie nicht sein«, erwidere ich beschwichtigend, obwohl das überhaupt nicht meine Haltung ist. Verwandte können sehr schlimm sein, sehr, sehr schlimm, traumatisierend, das weiß ich.

Jack nimmt mir die Lüge nicht ab. »Wir müssen nicht in den Zoo gehen, wir können auch einfach … irgendetwas erledigen.«

Ich kann dem Drang zu lachen kaum widerstehen. »Was denn?«

»Gibt es nicht solche Dinge, die du schon immer mal machen wolltest, aber zu denen du einfach nicht gekommen bist?«

»Nein?«, lüge ich. Er merkt es natürlich.

»Em …«

»Jetzt hör mir mal gut zu«, unterbreche ich ihn mit einer Entschlossenheit, die mich selbst überrascht. »Ich habe mich aus dem Haus gequält, ich habe die bescheuerte Kaiserstraße überquert und bin auf dem Weg zum Friedhof. Sag du mir jetzt nicht, dass das alles umsonst war. Sonst kannst du das mit der Therapie vergessen – und das mit uns sowieso.«

Stille. »Findest du das nicht ein bisschen hart?«, fragt er.

»Nein«, gebe ich zurück. »Ich bin in einer halben Stunde da, wehe, du lässt mich dort alleine stehen, wehe.« Dann lege ich auf.

Sofort macht sich Übelkeit in mir breit, während mein Hirn alle möglichen katastrophalen Varianten dieser Beerdigung in schrillen Farben malt. Was, wenn Jack nicht auftaucht? Was, wenn sie mich aus der Beerdigung werfen? Was, wenn sie denken, ich bin eine gruselige Person, die aus Spaß auf Beerdigungen geht? Was, wenn jemand mich für eine längst verschollene Verwandte hält?

Ich weiß genau, wie ich in solchen Momenten reagieren würde, und genau das macht mir Angst. »Ich … I'm your brother's sister's mother's niece from Australia«, behaupte ich in meinem Kopf schon gegenüber irgendeiner Großtante. Dann sehe ich mich wie eine Vollidiotin in der Kirche Ave-Maria singen, weil sie mich für die bestellte Trauersängerin halten. Oder, noch viel schlimmer: Was, wenn Jacks Vater wieder eine Panikattacke bekommt, wenn er mich sieht? Oder diesmal sogar einen waschechten Herzinfarkt? Der Tod auf der Beerdigung, das wäre doch mal eine Schlagzeile. Dann sprechen mich bestimmt noch mehr junge Kunststudentinnen im Supermarkt an und loben mich für meine *modernen Performances.*

Auf dem Weg zum Friedhof muss ich mir bei einem Bäcker zwei Schokocroissants kaufen, sonst überlebe ich das nicht. Es gibt wenige Dinge, die mich so sehr beruhigen wie Schokocroissants. Aber als ich das dem Psychiater erklärte, zu dem meine Mutter mich vor ein paar Jahren schleppte, warf er mich raus. Sie müssen das Ganze schon ernst nehmen, sagte er mir, bevor er die Praxistür hinter mir zuknallte. Dabei hatte ich vielleicht ein Wundermittel gegen Ängste entwickelt. Das Problem war nur, dass mir von zu vielen Schokocroissants noch übler wurde. Man musste dieses Medikament in vorsichtigen Dosen zu sich nehmen. Mit diesem Gedanken stopfe ich die Croissants, so schnell ich kann, in mich hinein.

Jack lehnt im schwarzen Mantel an der Friedhofsmauer. Als er mich entdeckt, kommt er auf mich zu und umarmt mich. Er sieht aus, als hätte er die ganze Nacht nicht geschlafen, aber vielleicht sehen Zweiunddreißigjährige, die sich ihre Arbeitszeit frei einteilen können, auch einfach so aus, wenn sie mal früher aufstehen müssen.

»Du hast Schokolade am Mund«, sagt er zur Begrüßung.

»Ich kann nicht glauben, dass du tatsächlich was Angemessenes angezogen hast«, gebe ich zurück und wische mir mit der Hand über die Mundwinkel. Wortlos öffnet er die Knöpfe seines Mantels und offenbart ein extrem hässliches gemustertes Hemd darunter, wie ich es von ihm erwartet hatte. Ich bin mir sicher, dass es nur dazu da ist, seine Verwandten zu provozieren.

»Alles andere hätte mir auch zu denken gegeben«, sage ich zufrieden, »du bist und bleibst ein pubertierender Teenager.«

Er lacht leise. »Noch haben wir die Chance abzuhauen.«

»Ich habe eine bessere Idee«, entgegne ich und ziehe die Jameson-Flasche meines Stiefvaters aus der Tasche, in der noch ein paar Schlucke drin sind.

Er hebt die Augenbrauen. »Seit wann bist du abgebrühter als ich?«, fragt er.

Wortlos nehme ich einen großen Schluck aus der Flasche, und Jack folgt meinem Beispiel. Das Zeug brennt in meiner Speiseröhre und lenkt mich von dem Pochen in meiner Nase ab.

»Das hier ist eine üble Idee«, sagt er leise. »Du hast ja keine Ahnung, in welche Hölle du dich begibst.«

Ich lache auf. »Mach dir da mal keine Sorgen.« Aber in meinem Magen knotet sich eine Schlange zusammen.

Er fährt sich mit der Hand durch die strubbeligen Haare, und ich sehe, dass er den Ring an seiner linken Hand nicht mehr trägt. Ich habe ihn bei unserer letzten Begegnung fast vergessen, aber jetzt, da sein Ringfinger leer ist, sehe ich die Schatten, die die Sommerbräune um das schmale Band zurückgelassen hat. Schnell senke ich den Blick. Ich will gar nicht wissen, was es damit auf sich hat, ob Merle den anderen Ring trägt, der dazugehört. Ich habe keine Ahnung, was die beiden die letzten vier

Jahre gemacht haben – vielleicht ist sie mit ihm durch die Weltgeschichte gereist, und sie haben irgendwo zwischen weißem Sand und Palmwedeln geheiratet?

Glocken läuten hinter den Friedhofsmauern. »Komm, wir schaffen das«, sage ich zu ihm und zupfe an seinem Ärmel.

Er holt tief Luft. »Ich hab dich gewarnt.«

Wir betreten den Friedhof durch den Seiteneingang. Am Haupteingang haben sich mehrere Menschengrüppchen gesammelt, die jetzt nach und nach die Kapelle betreten.

Jack und ich laufen so langsam, dass wir erst dort ankommen, als die Sitzreihen bereits gefüllt sind. Ich spüre, wie sich mein Herz in der Brust bewegt. Noch ist alles im Rahmen, aber das kann sich schnell ändern. Ich würde am liebsten Jacks Hand nehmen. Ich will mich in die letzte Reihe stellen, zu denen Trauergästen, die aussehen wie einzelne alte Weggefährten seiner Mutter, aber Jack zieht mich mit einer blitzschnellen Bewegung an sich, die mir verrät, wie nervös er tatsächlich ist. Für einen Moment legt er den Arm um mich, und ich spüre seinen Herzschlag an meiner Seite.

Wir setzen uns in die allererste Reihe, und ich fühle die Blicke aller Anwesenden an meinem Hinterkopf. Ein paar Plätze sind auf dieser Seite des Ganges noch frei, auf der anderen sitzen Jacks Vater und ein paar Menschen, die seine Nase haben. Jack würdigt ihn keines Blickes. Als die Kapellentür mit einem lauten Schlag zufällt, drehe ich mich um und sehe, dass mich tatsächlich unzählige Augenpaare mustern, als möchten sie in meinen Kopf gucken.

Meine Nackenhaare stellen sich auf, und ich befehle mir, mich nicht noch einmal umzudrehen, meinen Blick einfach starr auf den Blumenkranz gerichtet zu halten, der über einem Foto von Jacks Mutter an der Wand hängt. Es gibt diese Art von geschmacklosen weißen Blumen, die einfach nur dazu da sind, schlechte Laune zu verbreiten. In der Friedhofskapelle leisten sie ganze Arbeit. Von ihrem schweren Duft und dem Parfüm in der Luft wird mir schwummrig.

Klagende Orgeltöne dringen aus den Lautsprechern in allen Ecken der Kapelle. Wie in den meisten sakralen Gebäuden ist es auch hier kühl und zugig, ich halte meinen Mantel mit einer Hand am Hals zu. Jack blickt ebenfalls starr nach vorne, nichts deutet darauf hin, dass er in Gedanken anwesend ist.

Ein dicker Priester klettert die Stufen zu seinem Pult empor und raspelt ein paar generische Worte von seinen Schleifpapier-Stimmbändern.

... *Asche zu Asche* ...

... *liebevolle Mutter* ...

... *lässt eine Lücke zurück* ...

Ich versuche, nicht zuzuhören. Genauso wenig bei den Liedern, die danach schrill dem Kreuz entgegengeschmettert werden, das am Kopf der Kapelle hängt. Ich wundere mich, dass die Blumen davon nicht sofort verwelken.

»Nun möchte Erikas Mann noch ein paar Worte sprechen.« Der Priester tritt beiseite und setzt sich auf einen Stuhl im Hintergrund.

Jacks Vater erhebt sich und steigt die Stufen zum Pult empor. Auf einmal wirkt er gar nicht mehr so zerbrechlich wie an dem Abend, an dem ich bei ihm war. Er hat das Kinn stolz erhoben, die Haare sorgsam zur Seite gekämmt. Fast hätte ich übersehen, wie seine Hände zittern. Er räuspert sich, bevor er ans Mikrofon tritt.

»Danke, dass ihr alle gekommen seid, damit wir uns gemeinsam von Erika verabschieden.« Am schlimmsten wäre es, wenn er jetzt zu weinen anfängt, aber er wirkt gefasst, sodass ich ihn sogar ansehen kann. »Eine Familie wie unsere kommt nicht häufig zusammen. Die Kinder und Enkelkinder sind in alle Ecken der Welt verstreut. Hochzeiten und Beerdigungen sind die einzigen Gelegenheiten, sich zu sehen.« Ich merke, dass er den Text von einem Blatt Papier abliest, das er vor sich auf dem Pult ausgebreitet hat. Doch dann blickt er auf und scheint von seiner vorbereiteten Rede abzuweichen. »Besonders freut es mich, dass mein Sohn heute gekommen ist.« Ruckartig drehen sich alle Köpfe zu Jack, der weiterhin ausdruckslos nach vorne starrt. »Wie ihr wahrscheinlich gemerkt habt, hat er sich lange nicht mehr blicken lassen. Ich bin froh, dass er sich die Beerdigung seiner eigenen Mutter zeitlich einrichten konnte.« Er lacht trocken, ein paar einzelne Gäste stimmen ein, aber allen ist klar, dass das nur ein halber Witz ist. »Aber noch viel mehr freut mich, dass er mit seiner Partnerin hier ist«, fährt Jacks Vater fort. Ich kapiere zunächst nicht, dass ich gemeint bin. Erst als er mich direkt ansieht. Gar nicht gut. »Ich hätte ja nicht gedacht, dass mein Sohn das alles noch gerissen bekommt. Wie geht es euch?« Wieder ein höfliches Lachen. Was ist los mit Jacks Vater? Aus dem verletzten alten Witwer ist plötzlich ein bösartiges Männlein geworden. Was bezweckt er mit seinen Sticheleien?

Jacks Vater schwankt leicht hin und her, und jetzt kapiere ich, dass er Alkohol getrunken hat. »Jakob hat zwar sonst nichts erreicht im Leben, aber immerhin hat er jetzt eine vernünftige Frau an seiner Seite.« Ich spüre, wie meine Ohren rot anlaufen. Jeder muss sehen, wie sie unter meinem hohen Dutt aufglühen. »Ich möchte meinem Sohn, der so lange fort war und mit niemandem gesprochen hat, gern die Chance geben, ebenfalls ein paar Worte über seine Mutter zu sagen.«

Er faltet das Blatt Papier auf dem Pult vor sich ordentlich zusammen und steckt es in seine Jacketttasche. Dann verlässt er das Pult und setzt sich neben den Priester in die erste Reihe, ohne seinen Sohn auch nur eines Blickes zu würdigen.

Jack macht keinerlei Anstalten, auf seinen Vater zu reagieren, ganz so, als wäre er gar nicht gemeint gewesen. Er starrt weiter regungslos nach vorne.

Das leere Pult scheint sich im Raum zu vergrößern, die Stille, nur durchbrochen vom gelegentlichen Räuspern und Scharren der Schuhe auf dem Steinboden, ist unerträglich.

Ich bohre meine Fingernägel in die Handinnenflächen, um die Situation besser zu ertragen. Die Sekunden verstreichen, schwellen zu Minuten an. Niemand sagt etwas, keiner rührt sich.

Irgendwann halte ich es nicht mehr aus. Ich springe auf und stolpere nach vorne, dem Pult entgegen, bevor ich mir überlegt habe, was ich tun soll, wenn ich erst mal dort angekommen bin. Ich starre in mehrere Reihen unbewegter Gesichter. Es sitzen mehr Leute vor mir, als ich erwartet habe. Jack hat sich aus seiner Starre gelöst und sieht mich an, als würde er einem Autounfall zusehen. Ziemlich angemessen. Ich klammere meine Finger Halt suchend um das Pult und räuspere mich. Und räuspere mich noch mal.

»Hallo«, sage ich schließlich. Ein Störgeräusch entreißt dem Mikrofon ein ohrenbetäubendes Quietschen. »Oh, 'tschuldigung.«

Ich merke, dass auch ich mich ein bisschen betrunken fühle, aber das hat nichts mit dem Alkohol zu tun. In solchen Stresssituationen wird mein Körper mit Hormonen geflutet, die das Ziel haben, mich auszuschalten, bevor ich noch größeren Schaden anrichten kann. Heute haben meine Hormone zu spät kapiert, was ich vorhabe, und sausen nun panisch durch meine Adern, auf der Suche nach einer Lösung für diese grauenhafte Situation, in die ich mich wieder einmal selbst manövriert habe.

»Für alle … für alle, die mich nicht kennen, ich bin Emilia. Jacks … Jakobs … Freundin«, stottere ich und werfe Jack einen kurzen Blick zu. Er blickt mich unbeirrt an. Dann räuspere ich mich noch einmal. »Kleiner Atemwegsinfekt, sorry.« Ich schäme mich in Grund und Boden, was eigentlich dazu führt, dass ich noch schneller rede. Doch jetzt fehlen mir die Worte. Was soll ich nur sagen? Ich kann nicht einfach wieder hinunterstolpern und mich neben Jack setzen.

»Ich erinnere mich an … Erika als eine außergewöhnliche Frau«, sage ich, um Zeit zu schinden. Bis jetzt kann keiner wissen, dass ich lüge, bis auf Jack und seinen Vater, aber ich werde mich hüten, sie anzuschauen. Ich habe mit Jacks Mutter kaum mehr als ein paar Worte gewechselt, als sie mich bei einem gemeinsamen Essen nach meiner beruflichen Perspektive gefragt hatte. Die Trauergäste sehen mich erwartungsvoll an, als wäre ich tatsächlich Jacks Freundin und als hätte ich Erika tatsächlich gekannt. Also lege ich los.

»Erika war eine herzensgute Frau«, fahre ich fort und versuche mir vorzustellen, was mein Alter Ego Mia in einer solchen Situation sagen würde. Sie würde sich irgendeine fantastische Geschichte aus den Fingern saugen und das Publikum damit begeistern. Diese Mia steckt in mir, ich muss sie nur hervorkitzeln. »Als wir uns das erste Mal begegnet sind, hat sie mich direkt in die Arme geschlossen. Willkommen in der Familie, hat sie zu mir gesagt.«

Ich sehe, wie sich manche der Gäste überraschte Blicke zuwerfen, Jack schüttelt langsam den Kopf, aber jetzt stehe ich schon hier, und er ist auch keine Hilfe. Also spreche ich weiter. »Niemand hat so wunderbare Quiche gebacken wie Erika.« Ich bediene mich einfach ein bisschen am Leben meiner eigenen Mutter. »Manchmal brachte sie mir sogar ein Stück vorbei. Es lag dann einfach sorgsam verpackt vor meiner Tür.« Je mehr ich rede, desto mehr glaube ich selbst an meine imaginäre Vorstellung von Jacks Mutter. »Lustigerweise hatten wir dasselbe Lieblingslied.« Jacks Vater rutscht auf seinem Stuhl hin und her, aber zu meiner Überraschung ist er der Einzige im Raum, der mich anlächelt. Er sieht tatsächlich ziemlich amüsiert aus. »Here Comes The Sun«, stimme ich an, in der Hoffnung, irgendjemand im Raum würde einstimmen. Aber nichts passiert. Alle starren mich entweder mit mitleidigem Blick an, oder sie scheinen von meinen Aussagen völlig schockiert zu sein. Langsam dämmert es mir, dass ich mit irgendetwas, was ich gesagt habe, in ein Fettnäpfchen getreten sein muss. »Das war nicht ihr Liebeslied?«, frage ich in den Raum hinein.

Getuschel brandet auf, es wird gehüstelt und geräuspert, Füße scharren auf dem Betonboden. Der Priester dreht sich irritiert nach hinten um und sieht mich dann nervös an.

»Aber Tante Erika lag doch seit zwei Jahren nur im Bett?«, hebt sich die Stimme eines Jungen aus der Menge.

»Die hat Nerven, wer ist diese Frau überhaupt?«, beschwert sich ein fleischgesichtiger Mann in den hinteren Reihen.

Es beginnt unter meinen Rippen, im Magen, der sich zusammenzieht. Ja, was mache ich hier? Wie zur Hölle bin ich in diese Situation geraten? Ich habe das Gefühl, mein rasendes Herz fordert mehr Luft, als ich atmen kann, also atme ich schneller. Ich klammere mich, so fest ich kann, an dem Holzpult fest, weil ich spüre, dass meine Knie weich werden und ich den Halt verliere. Mein Sichtfeld wird immer kleiner, Flecken tanzen vor meinen Augen. Ich zwinge mich, ruhig zu atmen, ich darf jetzt nicht hyperventilieren, aber ich merke, dass das nicht funktioniert. Ich brauche Luft, mehr Luft! Immer noch starren alle mich an, aber Jack springt auf. Ich sehe noch, wie er zu mir hoch eilt, aber dann wird alles schwarz.

***

Als ich aufwache, starren mehrere Gesichter mich an. Der Mann mit dem fleischigen Kopf tätschelt mir die Wange.

»Ah, da ist sie wieder«, sagt er und offenbart sein übergroßes Gebiss.

Ich sehe mich panisch um, beruhige mich aber direkt ein bisschen, als ich Jacks Gesicht neben seinem entdecke. Zu meiner Überraschung strahlt er mich an, während alle anderen fremden Gesichter die Brauen zusammenziehen oder die Augen aufgerissen haben.

»Haben Sie so etwas öfter?«, fragt der Fleischgesichtige.

»Ich rufe einen Krankenwagen«, fügt eine Frau hinzu, deren schwere Perlenkette mir fast ins Gesicht hängt.

»Nein, nein«, sage ich schnell, »mir geht es gut.«

Zu meiner Überraschung besteht die Frau nicht auf dem Krankenwagen, sondern nickt und zieht sich zurück.

»Auf zum Kuchenbüfett«, höre ich sie zu jemandem sagen.

»Können Sie aufstehen?«, fragt der Fleischgesichtige. »Ich bin übrigens Jakobs Onkel, Oberarzt in Frankfurt.«

»Ja, denke schon …« Ich versuche mich aufzusetzen.

»Wolfgang, kommst du?«, fragt die Frau mit der schweren Kette.

»Gehen Sie ruhig, mir geht's gut«, wiederhole ich, Jacks Onkel nickt und erhebt sich. »Danke«, schiebe ich noch schnell hinterher, aber er hat sich schon abgewandt und folgt seiner Gattin durch die leeren Sitzreihen nach draußen.

Wir sind allein der Kapelle. Jack beugt sich über mich und streicht mir die wirren Strähnen aus der Stirn.

»Es tut mir so, so leid«, flüstere ich, meine Stimme zittert. »Ich wollte nicht … ich wollte nicht … ich wusste einfach nicht, was ich tun sollte, aber dann haben mich alle angestarrt, und ich …«

»Em, du warst genial!« Er nimmt mein Gesicht in seine Hände und küsst mich. Einfach so.

»Moment, Moment, Moment«, stottere ich und schiebe ihn mit der Hand weg. »So läuft das aber nicht.«

Er lehnt sich zurück, auf einmal verunsichert.

Ich schüttele den Kopf. Mir ist immer noch ein bisschen schwindelig, aber es wird langsam besser. Zumindest mit den Folgen von Panikattacken kann ich mittlerweile ziemlich gut umgehen. Ich habe sogar gelernt, instinktiv richtig zu fallen, falls ich ohnmächtig werde. Kann man solche Fähigkeiten eigentlich im Lebenslauf angeben? *Dreißig Jahre alt, Arbeitserfahrung in der Gastro und im Supermarkt, fällt wie ein Profi.*

Ich sehe Jack an. Vor einer Sekunde hatte ich noch tausend Einwände in meinem Kopf. Was ist mit seinem Ehering? Meiner Scham für das, was gerade passiert ist. Ich sollte mich nicht Hals über Kopf in irgendetwas hineinstürzen. Was will er eigentlich von mir?

Aber mit einem Mal sind all meine Fragen wie weggewischt. Er starrt mich an, und ich mag, dass er nicht ahnt, was als Nächstes passieren wird, also genieße ich den Moment ein bisschen länger, mein Herz beginnt schon wieder zu rasen, doch diesmal auf diese wunderbare gegenteilige Weise.

Jacks Augen springen zu meinen Lippen.

Ich halte die Spannung zwischen uns nicht mehr aus, beuge mich vor und schlinge ihm die Arme um den Hals. Er greift sofort nach mir, als würde auch er es nicht länger aushalten. Was darauf folgt, ist nicht einfach ein Kuss, nein, es geht nicht darum, dass unsere Lippen und Zungen sich berühren. Wir schaffen einen kleinen zeitlosen Moment, in dem unsere Körper ihre Grenzen verlieren, wir uns immer fester ineinander verschlingen. Mein Kopf explodiert, so fühlt es sich tatsächlich an. Unglaubliche süße Leere erfüllt mich, und für einen Moment vergesse ich, dass ich existiere.

Wir werden vom Zufallen der Tür unterbrochen. Vier Männer haben durch den Seiteneingang die Kapelle betreten, auf ihren Schultern tragen sie einen Sarg. Die nächste Trauerfeier scheint direkt anzuschließen. Sie starren uns sichtlich schockiert an. Hektisch stehe ich auf und richte mit fahrigen Fingern meine Haare. Der Priester drängt sich an den Sargträgern vorbei.

»Was denken Sie, was Sie hier tun?«, fragt er und baut sich mit hochrotem Kopf vor uns auf. »Dies ist ein Haus Gottes, ist Ihnen das klar?«

Seelenruhig steht Jack auf und richtet sich das Hemd. »Entschuldigen Sie vielmals, Pater«, sagt er. Bei seinem letzten Wort muss ich fast kichern wie ein Teenager, und ich frage mich, was mit mir passiert, warum Jack immer noch eine solche Wirkung auf mich hat.

»Wir sind schon weg«, sage ich, nehme Jacks Hand und ziehe ihn aus der Kapelle.

Für einen Moment schweigen wir, aber er lässt meine Hand nicht los. Es ist immer noch ein wunderschöner Herbsttag. Auf den Gräbern um uns herum liegt gelbes Laub. Auf dem Weg zum Friedhofstor beruhigen sich meine Blutströme wieder. Meine klaren Gedanken kehren zurück.

Das Tor quietscht, als wir den Friedhof verlassen. Kaum sind wir draußen angelangt, wirbelt Jack mich herum und drückt mich gegen die alte Steinmauer. Er küsst mich wieder, aber diesmal ist es anders. Autos fahren direkt an uns vorbei, die Motoren zischen, ich fühle fremde Blicke auf uns. Die Erinnerungen zucken durch meinen Kopf, mir wird übel. Jede Berührung von Jack fühlt sich plötzlich an wie ein Stromschlag. Eine Erinnerung an das, was ich Merle vor vier Jahren angetan habe. Der Beweis, dass ich ein schlechter Mensch bin. Ich sehe ihr Gesicht, sobald ich die Augen schließe. »Jack, ich … ich kann das nicht.«

Er tritt einen Schritt zurück, fragt nicht, was ich meine. Natürlich weiß er es. Seine Augen sehen dunkel und traurig aus, er weicht meinem Blick aus.

Ohne ihn anzusehen, dränge ich mich an ihm vorbei und laufe, so schnell ich kann, davon, hinter der nächsten Ecke beginne ich zu rennen, bis das Blut wieder in meinem Kopf rauscht. Diesmal renne ich über die Straßen, ohne nach links und rechts zu gucken. Die Erinnerung folgt mir, streckt ihre kalten Arme nach mir aus. Es gibt nur eine Sache, die schlimmer ist als die Angst.

Und das ist die Schuld.

***

Sobald ich nach Hause komme, renne ich ins Bad, um mich zu übergeben. Ich will, dass es aufhört wehzutun, ich will am liebsten meine kompletten Innereien aus mir herauskotzen.

Oskar miaut nicht, er sitzt vor mir, als ich an der Badewannenwand zu Boden sinke, legt den Kopf schief, lässt mich nicht aus den Augen. Irgendwann klingelt es an der Tür, aber ich mache nicht auf. Mir ist schwindelig, und ich merke, dass ich seit meinen Schokocroissants nichts mehr gegessen habe. Ich bekomme eine SMS auf mein Handy, dass meine Essenslieferung da ist. Seufzend kämpfe ich mich hoch und öffne die Wohnungstür. Meine Fußmatte ist leer, dabei habe ich bei meiner Bestellung doch ausdrücklich darum gebeten, mir die Lieferung vor die Wohnungstür zu legen. Widerwillig schlurfe die Treppen runter zum Briefkasten.

Manchmal schickt der Lieferdienst mir eine Bestellung in mehreren Paketen. Heute sind es nur fünf Packungen Nudeln. Sie liegen in einer Plastiktüte unter meinem Briefkasten, aus dem die Ecke eines Briefes spitzt. Ich öffne den Briefkasten und fische den Umschlag daraus hervor. Mein Sichtfeld ist verschwommen, deswegen dauert es, bis ich erkenne, dass der Brief von Dr. Struwe ist. Sofort spüre ich es wieder, mein Körper macht sich bereit, schießt alles durch meine Blutbahnen, was noch übrig ist. Mit zitternden Fingern reiße ich den Brief auf – und lasse mich erst einmal auf die Treppenstufen sinken, als ich sehe, was darauf steht.

Es ist eine Rechnung.

Über 10 Therapiestunden.

Vorauszahlung.

1300 Euro.

Die Zahl verschwimmt vor meinen Augen. Woher soll ich jetzt bloß tausenddreihundert Euro nehmen? Ich, die gerade erst eine Taxifahrt für achtundsiebzig Euro hinter sich hat, die sie sich eigentlich auch schon nicht leisten konnte?

Weil ich nicht weiß, was ich sonst tun sollte, fange ich mitten auf der Treppe an zu heulen, was normalerweise nicht meine Art ist. Also nicht, dass ich nicht heulen würde – aber in der Regel warte ich zumindest damit, bis ich die Wohnungstür fest und sicher hinter mir verschlossen habe. Ich muss dieses verdammte Buch so schnell schreiben, wie ich kann. Es gibt niemanden mehr, von dem ich mir Geld leihen kann. Meine Eltern haben mir mit verdammten neunundzwanzig Jahren den Geldhahn zugedreht, Lara reagiert nicht auf mich … und ich werde garantiert nicht Jack fragen. Mir wird direkt wieder übel, wenn ich daran denke.

Merles Gesicht taucht vor mir auf. Ich erinnere mich, wie sie mir das letzte Mal geholfen hat, als ich Geldprobleme hatte – vor vier Jahren. Als ich einen Schlüssel in der Haustür höre, springe ich schnell auf und wische mir die Tränen aus dem Gesicht. Ich gebe vor, niemanden bemerkt zu haben, und laufe schnell die Treppen nach oben.

»Emilia?« Ich halte mitten in der Bewegung inne und drehe mich um. Ich erinnere mich nicht daran, wann ich Robert das letzte Mal außerhalb seiner Wohnung getroffen habe – von dem einen Mal abgesehen, als er Jack mit einem Küchenmesser drohte.

»Hast du geweint?« Er kommt schnell auf mich zu, steigt die Stufen zu mir hoch. Er ist größer als ich, auch wenn er zwei Stufen unter mir steht. »Was ist los«?, fragt er mich besorgt.

Ich lege den Kopf schief. Irgendetwas an ihm sieht anders aus.

»Warst du beim Friseur?«, frage ich. Soweit ich weiß, schneidet Robert seine Haare eigentlich immer selbst. Seine Ohren laufen rot an, aber er zuckt die Achseln, als wäre es für ihn das Selbstverständlichste auf der Welt, das Haus für so etwas Unnötiges wie einen Friseurbesuch zu verlassen. Und dann auch noch mitten am Tag.

»Soll ich dir einen Kaffee kochen, und du erzählst mir, was passiert ist?«

Er streicht mir die Haare aus dem Gesicht, so wie Jack es vor ein paar Stunden getan hat, nur dass bei Robert nicht Merles Gesicht vor meinem inneren Auge auftaucht.

Es ist beruhigend, von jemandem so berührt zu werden. Menschen wie ich stecken wirklich in einer Zwickmühle: Ich will nicht von Menschen berührt werden, aber trotzdem sehne ich mich danach, meine Haut braucht das so sehr wie gelegentliches Sonnenlicht – ganz egal, was ich mir einzureden versuche.

Jack hat dieses Problem schon vor vier Jahren erkannt. Stand er deswegen eines Morgens mit einer Kiste vor der Tür, über der ein geblümtes Handtuch hing?

DAMALS

Der Tag war damals ähnlich beschissen verlaufen wie der heutige. Wieder einmal ging es um Geld, dieses beschissene Teufelszeug, das das Leben so unglaublich anstrengend macht. Merle war auf die Idee gekommen, dass wir einen gemeinsamen Abend gestalten sollten, eine *Performance,* um Geld für meine neue Waschmaschine zu sammeln, nachdem die alte ausgelaufen war und das Wasser das Parkett vor meinem Badezimmer ausgiebig aufgedunsen hatte. Das ist der nächste Grund, warum ich niemals aus dieser Wohnung ausziehen kann. Ich werde diesen Schaden irgendwann bezahlen müssen – und wenn ich nur an solche Summen denke, schwirrt mir der Kopf.

Nach Merles Vorschlag sollte ich aus meinen Kurzgeschichten lesen, während sie simultan auf eine riesige Leinwand malte, was ihr zu meinen Worten einfiel. Nach jeder Kurzgeschichte sollte es eine kleine Pause geben, damit die Farbe trocknen konnte. Dann sollte Merle darübermalen, sodass ein im wahrsten Sinne des Wortes vielschichtiges Gemälde entstünde. Dieses würden wir am Ende des Abends an den Meistbietenden versteigern, gemeinsam mit einem von mir signierten Büchlein, in das wir die Kurzgeschichten druckten. Wir konnten dafür einen Raum in der Galerie haben, in der Merle neben ihrem Studium arbeitete. Dort hingen auch ihre eigenen Bilder, aber die würde sie alle abhängen, um einen Raum zu schaffen, *in dem meine Worte wirken könnten,* wie sie es formulierte.

Es dauerte ein bisschen, mich dazu zu überreden, aber mein Widerstand wurde geringer, je mehr sich mein Kontostand der roten Linie näherte.

»Das wird wunderbar!«, rief Merle, während sie vor meiner Couch auf und ab marschierte, die Hände in den Himmel gereckt, »meinst du nicht?«

»Ist dir das nicht viel zu stressig?«, fragte ich und verzog das Gesicht.

Sie schüttelte den Kopf und gab mir einen Kuss auf die Wange. »Ach, Emmi, jetzt hör mal damit auf. Ich mache gern etwas für meine beste Freundin, das ist doch selbstverständlich.«

»Du bist die Beste, Merli«, sagte ich aufrichtig.

Aber dann fiel mir siedend heiß etwas ein, was diesen Abend für mich unmöglich gestalten würde. »Kommt Jakob auch?«

»Ja, wieso?«, fragte sie. »Machst du dir Sorgen, dass sonst niemand kommen könnte?«

Ich schüttelte den Kopf. »Nein, ich …«

»Mach dir nicht immer so viele Gedanken, Emmi«, tadelte Merle mich liebevoll. »Wir beide als Künstlerpaar, ich stell mir die Flyer schon so wunderbar vor. Ach, da fällt mir ein, wenn ich sie diese Woche noch drucken lassen will, muss ich mich echt beeilen.« Sie warf sich ihren Jutebeutel über die Schulter und klemmte die Leinwand unter den Arm, die sie zu Testzwecken besorgt hatte. Ich wollte gar nicht wissen, wie viel Geld Merle für dieses Event ausgab, bei dem es eigentlich darum ging, für mich Geld zu sammeln. Tat sie das nur, weil sie wusste, dass ich mir von ihr niemals etwas leihen würde?

Es gibt wenige Dinge, die eine Freundschaft so nachhaltig zerstören können wie Geld – oder Liebe.

Schon damals spürte ich ein seltsames Ziepen in der Brust, wenn ich daran dachte, dass Merle niemals auf die Idee kommen würde, dass zwischen mir und Jack schon mal etwas gelaufen sein könnte. Niemals. Oft fragte ich mich, warum sie mich in dieser Hinsicht als keinerlei Konkurrenz betrachtete – wirklich nur deshalb, weil ich ihre beste Freundin war und sie mir alles gönnte? Oder einfach, weil sie in so gut wie allen Dingen auf der Welt besser war als ich?

Zu Beginn unserer Freundschaft hatten wir noch dieselben Hobbys geteilt. Wir malten und schrieben und spielten gemeinsam Theater. Aber je länger wir befreundet waren, desto mehr spalteten sich diese Tätigkeiten auf, manches davon war irgendwann meins, manches Merles. Beziehungsweise: Das Schreiben war das Einzige, in dem ich so viel besser war, dass sie irgend-

wann das Interesse daran verlor. Das Schreiben – mein Rettungsanker, die Medizin, die mich nicht durchdrehen ließ, meine absolute Komfortzone. Ich malte immer weniger und ging stattdessen dazu über, Merles Kunstwerke zu bewundern. Und irgendwann malte ich gar nicht mehr.

Der Abend rollte heran, und ich konnte wieder einmal nicht fassen, wie ich in diese Situation geraten war. Gab es Menschen, die dieses Gefühl nicht hatten? Die sich ihrem Leben nicht so hilflos ausgeliefert fühlten, wie ich es oft tat?

In der Theorie stellte ich mir so einen künstlerischen Abend ganz wunderbar vor, aber in der Praxis wollte ich schreiend davonlaufen. Ich weiß nicht, ob es einfach meine Angst war, die mich so furchtbar von allem abstieß. Von dem riesigen Banner über der Tür, dem gedämpften Licht bis zu der überdurchschnittlichen Anzahl an Rollkragenpullovern im Publikum. Der billige Sekt, der getrunken wurde, die Gespräche, die geführt wurden (die eigentlich nur daraus bestanden, dass einer ein Stichwort in den Raum warf und alle anderen nickten, um klarzumachen, dass auch sie sich in diesem Themengebiet unglaublich gut auskannten). Und mittendrin Merle, die tanzte wie ein Fisch im Wasser, meine Merle.

Als ich einen Sekt intus hatte und Jack nirgends entdecken konnte, wurde ich etwas ruhiger. Wir waren uns seit diesem bescheuerten Abend im Nepomuk nicht mehr begegnet. Er ging mir geschickt aus dem Weg – ich schien ihm genauso unangenehm zu sein wie er mir.

Trotzdem: Als die Lichter noch weiter gedämmt wurden und nur noch zwei Scheinwerfer auf meinen Lesestuhl und Merles riesige Leinwand gerichtet waren, fragte ich mich, warum ich nicht einfach wie früher an einer Supermarktkasse sitzen konnte. Selbst wenn ich es schaffen würde, mich zu bewerben, und den Job dann sogar noch bekam, würde ich es nicht länger als zwei

Wochen durchhalten, wie auf Kommando zu einer bestimmten Zeit das Haus zu verlassen und pünktlich meine Schicht anzutreten, ohne bei der kleinsten Stresssituation einfach nur panisch die Flucht zu ergreifen und mich im Bett zu verkriechen. Weil du es nie auf die Reihe kriegen würdest, konstatierte mein Inneres. Den Job bei uns im Dorfsupermarkt hatte ich als Schülerin nur bekommen, weil meine Mutter dort die Chefin kannte, die Stelle als Kellnerin nur, weil Lara ihren Job loswerden musste, um mehr Zeit für Instagram zu haben. Bei der ersten Gelegenheit, bei der es irgendwie zu Konflikten kam, hatte ich mich aus dem Staub gemacht.

Und jetzt sollte ich hier lesen. Ohne vorherige Probe. Meine Kurzgeschichten, die schon in der ersten Poetry-Slam-Runde rausgeflogen waren. Was bildete ich mir eigentlich ein? Der kreisrunde Scheinwerfer warf ein hartes Licht auf mich und zeigte mir deutlich, wer ich wirklich war.

Ich gehörte hier nicht her, noch weniger als zu dem Poetry Slam, zu dem mich auch schon Merle überredet hatte. Ich wusste, dass sie es nur gut meinte, aber das war einfach nicht ich. Ich war jemand, der gerne im stillen Kämmerlein schrieb und es dann in die Welt hinausschickte. Ich wollte die direkten Reaktionen der Leute nicht sehen, das brachte mich zu sehr durcheinander. Davon ließ ich mich viel zu stark verunsichern – und dann war es noch schwieriger, das zu schreiben, was ich schreiben musste, die tiefe nackte Wahrheit. Das war ja ohnehin schon hart genug.

Das alles dachte ich, während ich schweigend auf dem quietschenden Designerstuhl saß und Merle mich erwartungsvoll ansah. Das helle Licht blendete mich. Merle wurde von hinten angestrahlt, was ihr Haar golden entflammen ließ. Sie trug eine Latzhose, die von oben bis unten mit Farbflecken übersäht war, darunter ein enges weißes T-Shirt. Sie sah unheimlich gut aus.

Ich hätte sehr viel mehr Spaß dabei gehabt, in der letzten Reihe zu sitzen und ihr beim Malen zuzusehen. Ich sah Merle so gern dabei zu. Durch ihre ruhigen, mutigen Bewegungen wuchs in mir der Glaube heran, dass ich eines Tages auch so werden könnte. Ruhig und selbstbestimmt, als könnte auch ich mich irgendwann genau so, wie ich war, nach außen stülpen. Merles Malen hypnotisierte mich mehr als ihre tatsächlichen Bilder. Deswegen zwang ich mich, nicht zu ihr hinüberzusehen, während ich las. Ich räusperte mich und begann.

Die Kurzgeschichte über die Sängerin, die ihre eigenen Platten kauft, um erfolgreich zu werden, hob ich mir bis zum Ende auf, weil ich noch nicht wusste, ob ich mir zutraute, sie nach dem Debakel beim Poetry-Slam-Wettbewerb noch einmal zu lesen.

In den kurzen Pausen rückte einer von Merles Künstlerfreunden mit einer riesigen analogen Kamera an, mit der er erst den Zwischenstand des Gemäldes, dann das Gemälde mit Merle und schließlich mit uns beiden fotografierte.

Bis die Farben getrocknet waren, tat ich so, als würde ich tief in Gedanken versunken die Leinwand begutachten, während Merle von einem Gast zum nächsten ging und alle bezirzte, wie nur sie es vermochte. Wenn sie so weitermachte, konnte ich mir am Ende des Tages fünf Waschmaschinen leisten. In diesem Moment nahm ich mir vor, das Geld mit ihr zu teilen, egal wie sehr sie sich dagegen sträuben würde.

»Ich finde das Bild perfekt, genau wie es ist«, sagte eine Stimme. Jemand trat neben mich. Aber es war nicht einfach »jemand«, ich wusste direkt, dass es Jack war.

»Ich hatte gehofft, du würdest nicht kommen«, gab ich zurück. Irgendetwas an seiner Art verpflichtete mich direkt wieder zu dieser schonungslosen Ehrlichkeit unserer ersten Begegnung.

»Ich weiß«, sagte er leise, ein bisschen Bedauern in seiner Stimme. Ich drückte das Glas in meiner Hand so fest zusammen, dass ich Angst hatte, es könnte springen. »Besonders mochte ich deine Geschichte über die Katze«, fügte er hinzu.

Ich reagierte nicht.

»Tiere sind so unabhängig, so ohne Erwartungen, sie schenken einem bedingungslose Liebe, aber es hilft durchaus, wenn man sie füttert.«

»Ja, ich weiß, worum es in der Geschichte geht, ich habe sie selbst geschrieben«, blaffte ich ihn an, ohne den Blick von der Leinwand abzuwenden.

Er ließ sich davon nicht beirren. »Glaubst du wirklich, dass das Streichen der Katze um die eigenen Beine so erfüllend ist wie eine menschliche Umarmung?«, fragte er mich.

»Definitiv«, gab ich zurück. »Definitiv.«

»Entschuldigen Sie, Frau Vierling«, unterbrach uns jemand von der Seite. Zu meinem großen Schock stand eine Frau vor mir, die mir nur allzu bekannt vorkam. Sie hatte eisgraues Haar und rote Lippen, trug eine große schwarze Brille, die ihrer Ausstrahlung angemessen war, und ein langes, dunkles Kleid. »Ich bin …«, setzte sie an, aber ich konnte nicht an mich halten.

»Margarete … Leopold«, stammelte ich.

Ein mildes Lächeln breitete sich auf ihrem Gesicht aus. Margarete Leopold, eine der renommiertesten Autorinnen der Gegenwart und mein persönliches Vorbild, seit ich zum ersten Mal eines ihrer Bücher aufgeschlagen habe. Meinen Lieblingssatz aus ihrem Roman *Spatzenruf* hatte ich mir sogar auf die Innenseite des Oberschenkels tätowieren lassen. *Das Beste kommt noch*.

Sie war der Grund, warum ich mich trotz aller Hindernisse zu diesem Poetry Slam getraut hatte. Meine Güte, sie war der Grund, warum ich überhaupt in diese Stadt gezogen war, obwohl ich eigentlich nach Berlin wollte. Margarete Leopold, mein großes literarisches Vorbild.

Trotzdem war sie verantwortlich dafür, mich als Jury-Mitglied des Poetry Slams in der ersten Runde rausgeworfen zu haben.

Ich schluckte schwer.

»Geht es Ihnen nicht gut?«, fragte Margarete Leopold mit angenehmer tiefer Stimme. Mit ihren klaren blauen Augen sah sie direkt in mich hinein.

»Ich … doch, mir geht es gut«, sagte ich. »Ich bin nur ein bisschen heiser vom ganzen Vorlesen.«

Sie lehnte sich zurück und lachte so herzhaft, als hätte ich gerade den besten Witz gemacht, den sie seit Langem gehört hatte. »Das kenne ich«, sagte sie verschwörerisch, und mein Kopf wollte nicht damit klarkommen, dass sie, Margarete Leopold, sich soeben mit mir verglichen hatte.

»Ich finde Ihre Texte ganz beeindruckend«, sagte sie dann.

»Wie – wie bitte?«

Sie lächelte wieder. Auch um dieses Lächeln beneidete ich sie sehr. Sie könnte Meryl Streeps Schwester sein.

»Ich finde, Sie schreiben ganz phänomenal«, sagte sie, diesmal um einiges direkter. »Werden Sie denn auch noch die Geschichte von der Sängerin lesen, die ist ja mein persönlicher Favorit.«

»Ich … ich verstehe nicht ganz«, stammelte ich.

Sie seufzte. »Ich nehme an, Sie spielen auf den Poetry Slam an.« Sie machte eine wegwerfende Handbewegung. »Bei so einer Sache werde ich nie wieder mitmachen. Ich hatte mich ursprünglich nur bereit erklärt, weil der Veranstalter ein alter Freund von mir ist. Aber wenn ich gewusst hätte, dass es dabei nur um Werbung ging und für den Verleger bereits feststand, wen er für sein Programm wollte – dann hätte ich direkt abgesagt.«

»Oh.« Mein Kopf ratterte. Ich lächelte sie an, als wäre ich gerade aus einer Vollnarkose erwacht, wie eine hirnlose Idiotin. »Ich … ich bin ein großer Fan«, stammelte ich als Rechtfertigung. »Wird es bald wieder ein Buch von Ihnen geben?«

Es war über zehn Jahre her, dass Margarete Leopold einen Roman publiziert hatte. *Ostseeauge* war ihr letzter gewesen. Sie hatte allerdings nie öffentlich erklärt, dass sie sich zur Ruhe setzen wollte – das war immer meine schlimmste Befürchtung gewesen. Lara tippte darauf, dass sie an einem Hollywood-Skript arbeitete, das alles bisher Gesehene übertreffen würde. Meine Theorie war es eher, dass sie ihre Memoiren verfasste – aber ich wollte sichergehen.

Margarete Leopold funkelte mich aus ihren hellblauen Augen an. »Ich arbeite da gerade an etwas«, sagte sie leise. »Und ich würde mich freuen, wenn Sie mal einen Blick darauf werfen würden.«

»Wie – wie bitte? Ich?«

Sie griff in ihre Handtasche und steckte mir mit ihren wunderbar manikürten Fingern eine Visitenkarte zu. »Melden Sie sich bei mir, wenn Sie Interesse haben. Ich bin auf Ihre Meinung gespannt.«

Damit drehte sie sich um und verschwand in der Menge der anwesenden Gäste, die sich um Merle scharten, die gerade irgendeine Geschichte erzählte.

»Nicht schlecht«, sagte Jack hinter mir. Ich verdrehte die Augen, setzte mein bestes Pokerface auf.

»Was willst du noch hier?«, fragte ich – dann ließ ich ihn stehen und kehrte zu meinem Platz im Scheinwerferlicht zurück. Es war alles besser, als Jacks Anwesenheit noch länger ertragen zu müssen.

Als alle wieder auf ihren Plätzen saßen, huschte auch Merle zu ihrem Hocker vor der Leinwand, aber vorher beugte sie sich über mich und flüsterte mir ins Ohr: »Du wirst nicht glauben, was gerade passiert ist. Mein Freund Edgar hat deine Geschichten gekauft.«

»W-was bitte? Wer ist Edgar?«

»Na, der Fotograf, das weißt du doch, Emmi, wir waren doch schon mit ihm unterwegs.«

»Tatsächlich?«, fragte ich. »Aber was meinst du mit ›gekauft‹?«

»Na, er hat mir zweihundert Euro geboten und möchte die Geschichte dafür mit seinen Fotos auf seine Website stellen. Da konnte ich natürlich nicht Nein sagen. Ist doch okay, oder? Der Abend läuft richtig gut. Ich habe auch schon ein paar Angebote für das Bild bekommen, inoffiziell natürlich, aber ich glaube, da ist schon ein Tausender drin.«

Bevor ich etwas erwidern konnte, setzte sie sich auf ihren Hocker, zwinkerte noch einmal ins Publikum und hob ihren Pinsel.

Ich wusste, ich sollte mich in diesem Moment freuen. Tausendzweihundert Euro an einem Abend – das war mehr als in den letzten vier Monaten zusammen. Ich sollte Merle dankbar sein, ihr um den Hals fallen, sie in die Danksagung jedes meiner zukünftigen Bücher schreiben. Aber in meinem Kopf krallte sich nur eine einzige Frage fest: Warum sind meine Geschichten für dich so wenig wert im Vergleich zu deinen eigenen Bildern?

In diesem Moment räusperte Merle sich erwartungsvoll – und mir blieb nichts anderes übrig, als die letzte Geschichte vorzulesen, die mit der Sängerin, die ihre eigenen Platten kauft. Doch während die Worte meinen Mund verließen, dachte ich nur darüber nach, woher ich das Geld nehmen sollte, um meine eigenen Geschichten von diesem Edgar zurückzukaufen.

Am Ende des Abends erwarb Jack das Gemälde, wie konnte es anders sein? Merle ließ sich von ihm auf der Bühne küssen, ihr Künstlerfreund Edgar machte fleißig Fotos. Und ich verschwand einfach, auch wenn ich wusste, dass Merle das nicht verdient hatte. Sie hatte es doch nur gut mit mir gemeint, und ich blöde Kuh konnte mich nicht ein einziges Mal freuen. Margarete Leopold war ohnehin nicht mehr da. Sie war genauso plötzlich verschwunden, wie sie aufgetaucht war – und nur die Visitenkarte in meiner Geldbörse versicherte mir, dass ich mir das Ganze nicht herbeifantasiert hatte. Trotzdem lief ich nach Hause, weinend und rauchend, wie es mir schon fast zur Tradition geworden war.

Die Nacht verbrachte ich bei Robert, damit ich nicht allein sein musste. Zum ersten und einzigen Mal blieb ich bis zum Morgengrauen, aber dann verschwand ich, ließ das kuschelige schlafwarme Bett hinter mir und kehrte in meine leere Wohnung zurück. Dort zog ich die Visitenkarte wieder hervor. Eine perfekte schneeweiße Karte aus rauem Naturpapier. Mit Schreibmaschinenschrift stand dort »Margarete Leopold« – keine Info, wer sie war, aber das war bei einem Namen wie ihrem auch wirklich nicht nötig – und dann eine E-Mail-Adresse. Mir wurde schwindelig. Es war ja nicht so, dass ich nicht schon das komplette Internet nach einer Möglichkeit abgesucht hätte, mit ihr Kontakt aufzunehmen. Zwei Wochen hatte ich kein Wort mit Lara geredet, als sie mir erzählte, dass Margarete Leopold höchstpersönlich in ihr Café gekommen war und sie sie nicht für mich angesprochen hatte. »Was hätte ich denn machen sollen? Ihr auswendig eine deiner Geschichten vortragen, oder was?«, hatte Lara damals gefragt. »Du hättest mich anrufen können«, gab ich zurück, bevor ich zwei Wochen schmollte. Aber dann kam ich doch wieder bei ihr angekrochen, damit sie mir ganz genau erzählte, was für einen Eindruck *Margérie,* wie wir sie zwischen uns nannten, auf sie gemacht hatte. Früher hatten Lara und ich jeden Sommer gemeinsam ihr neues Buch gelesen, jede ein Kapitel, und dann hatten wir bis nachts im Garten gesessen und darüber philosophiert, wie ein einzelner Mensch so perfekt ausdrücken konnte, was uns im tiefsten Inneren ausmachte.

Und jetzt, so viele Jahre später, hielt ich diese kleine Visitenkarte mit ihrer E-Mail-Adresse in der Hand. In diesem Augenblick klingelte es an der Tür. Und zwar nicht unten an der Haustür, sondern oben, direkt an meiner Wohnungstür.

Als ich durch den Spion guckte, konnte ich meinen Augen nicht trauen. Vor der Tür stand Jack, mit jener Kiste mit einem geblümten Handtuch darüber, und starrte mich direkt an.

JETZT

»Ist alles okay?«, fragt Robert noch einmal. Wir sitzen einander in seiner Küche gegenüber, zwischen uns zwei dampfende Kaffeetassen. »Du wirkst so abwesend.«

Ich ringe mir ein Lächeln ab. »Ich bin nur ein bisschen durcheinander.«

»Wie geht es deiner Nase?«, fragt er, und ich weiß, was er eigentlich meint. *Hat es mit deinem »Schwager« zu tun?* Ich entscheide mich, diesen Unterton zu übergehen.

»Besser, danke«, antworte ich stattdessen.

Für einen Moment herrscht Stille, ich nippe an meinem Kaffee und verbrenne mir die Zunge. Robert und ich sind beide Fans von viel zu starkem

Kaffee – bei unserem Lebensstil braucht man einfach wirksamere Mittel als andere. Ich höre, wie Oskar über uns vermutlich eine Fliege durch die Wohnung jagt – vom Küchenfenster bis hinters Bett. Ich versinke in meinen Erinnerungen.

DAMALS

Jack sah mich durch den Spion hindurch an.

»Ich weiß genau, dass du da bist, Em«, sagte er.

Er hatte mich noch nie so genannt. »Em«. Das klang wie ein seltsam vertrauter Spitzname, der die Haut in meinem Nacken prickeln ließ.

»Woher willst du das wissen?«, gab ich zurück.

»Weil du mir gesagt hast, dass du fast immer zu Hause bist.«

Mist, da hatte er recht. Ich hatte ihm das wirklich erzählt – und das war nur eines von vielen kleinen Geheimnissen, die ich ihm an diesem einen Abend verraten hatte. Was er mit den anderen anrichten konnte, wollte ich mir gar nicht erst vorstellen.

»Was machst du hier?«, fragte ich weiter.

»Kannst du aufmachen? Dann erkläre ich es dir.«

Ich zögerte. Was, wenn ich einfach nicht mehr reagierte, nicht *Nein* und nicht *Ja* sagen würde, einfach weiter in dieser unsicheren grauen Masse schweben und keinen Schritt in die falsche Richtung machen würde? Aber ich wusste, dass das keine Lösung war.

Ich öffnete die Tür einen Spaltbreit. »Was ist das?«, fragte ich.

Ein Teil von mir erwartete, dass er mir eine Kiste mit meinen Sachen aus seiner Wohnung zurückbrachte – aber das war natürlich Schwachsinn, denn wir waren nie zusammen gewesen, ich hatte nie eine Zahnbürste in seiner Wohnung deponiert, war noch nicht einmal dort gewesen. Uns verband eine seltsame *Nähe-Fremde,* die kaum auszuhalten war.

»Ich hasse es, Leute in meiner Wohnung zu haben«, setzte ich barsch hinterher.

Er nickte. »Ich weiß. Deswegen habe ich etwas mitgebracht, was unbedingt in deine Wohnung muss.«

Ich beäugte die Kiste misstrauisch. Bewegte sie sich etwa? Oder war das nur Jack, der sein Gewicht von einem auf das andere Bein verlagerte?

»Moment.« Ich schloss die Tür wieder und sah mich hektisch in der Wohnung um. Ich griff die benutzten Taschentücher und leeren Müslischüsseln und stellte sie mitsamt der ganzen Paketverpackungen, die sich auf meinem Schlafzimmerboden stapelten, in den Vorratsschrank. Dann riss ich die Fenster auf. Meine Wohnung war noch immer nicht gerade ordentlich. Aber was hatte ich diesem Typen schon zu beweisen?

Richtig, alles – nein, ich meinte natürlich *gar nichts.*

Gar nichts, Emilia. Alles gut.

Ich atmete einmal tief ein und aus. Dann kniff ich mir vor dem Spiegel im Flur in die Wangen, um die Schlaflosigkeit aus meinem Gesicht zu vertreiben, und öffnete noch einmal die Tür.

Jack sah mich mit zuckenden Mundwinkeln an.

»Jetzt kannst du reinkommen«, sagte ich. »Aber ich will wissen, was los ist.«

Ich führte ihn ins Schlafzimmer, das in meiner Wohnung auch als Wohnzimmer diente und wo er sich auf meinen Sessel setzte, die Kiste auf dem Schoß.

»Warum setzen sich Männer eigentlich immer auf die Sessel in einem Zimmer?«, fragte ich ihn, angriffslustig.

»Ist das so?«, gab er zurück.

Nervös ließ ich mich auf mein kleines Sofa fallen und zog die Beine an den Körper. »Was willst du hier?«, wiederholte ich, ohne ihm ein Getränk anzubieten. Ich wollte ihn jederzeit aus der Wohnung werfen können, da war so etwas nur hinderlich. Außerdem war Jack kein willkommener Gast, und das wollte ich ihm ganz offensichtlich klarmachen.

»Ich wollte mich für gestern Abend entschuldigen«, sagte er.

Er sah mich direkt an, und ich hielt seinem Blick stand. Ich merkte, dass er keine Anstalten machte, diese Verbindung zu lösen, also starrte ich ihm weiter entgegen, bis mir Tränen in die Augen stiegen. Jack blinzelte, aber er sah nicht weg.

»Dafür, dass du gekommen bist?«, fragte ich.

Er brach meinen Blick, zog die Augenbrauen zusammen. »Nein, ich meine, was aus dem Abend geworden ist. Ich weiß, dass dir das unangenehm gewesen sein muss.«

»Woher willst du irgendetwas über mich wissen?«, fragte ich zurück, aber ich spürte, dass ich rot wurde. Hatte man mir meine Nervosität so sehr angemerkt?

»Man hat es dir zwar nicht angemerkt«, fuhr er fort, als hätte er meine Gedanken gelesen, »aber wenn Merle sich erst mal in solche Events reinsteigert, gibt es kein Halten mehr.«

»Merle hat den ganzen Abend doch nur für mich veranstaltet«, blaffte ich zurück, etwas heftiger als gewollt.

»Sie hat deine Geschichten verkauft.«

»Ich weiß. Sie wusste es nicht besser. Sie hat es gut gemeint.«

»Wirklich?«

»Jack, was willst du hier?«, sagte ich. »Du bist doch nicht hergekommen, um ausgerechnet mit mir über Merle zu lästern, oder?«

Der Spitzname rutschte mir heraus, ohne dass ich ihn zurückhalten konnte. Ich hatte ihn bei unserer ersten Begegnung so getauft, als noch alles möglich gewesen war und der Gin meine Weitsicht verwischt hatte. Aber in Merles Gegenwart war er natürlich immer nur Jakob gewesen, und ihn jetzt so zu nennen fühlte sich seltsam intim an.

»Nein, ich …« Jetzt wurden seine Ohren rot, ich sah das zum ersten Mal. Er wich meinem Blick aus, presste die Lippen zusammen.

Für einen Moment herrschte Stille, und ich musste an diese Nacht vor sechs Wochen denken, in der wir uns geküsst hatten. Ich wollte gerade fragen, ob er Merle zu diesem Zeitpunkt schon gekannt hatte, da fuhr Jack fort.

»Ich wollte dir nur was Kleines zur Aufmunterung bringen. Es war nur so eine fixe Idee, aber …« Er stellte die Kiste auf dem Boden ab und hob vorsichtig das Tuch, »ich dachte, du würdest dich freuen.«

Ich beugte mich über die Kiste und konnte meinen Augen nicht trauen. Darin lag eine schlafende, zusammengerollte Katze mit langem, buschigem Schwanz, der ihre Schnauze verdeckte.

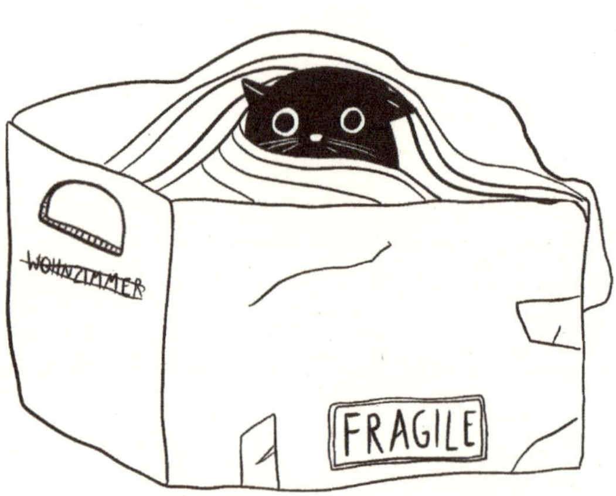

»Das ist … eine Katze«, stellte ich völlig entgeistert fest.

»Ein Kater, um genau zu sein«, sagte Jack und kratzte sich am Hinterkopf, als fragte er sich genau in diesem Moment, ob das vielleicht eine richtig bescheuerte Idee gewesen war.

»Woher hast du ihn?«, fragte ich.

»Er gehörte meinen Eltern, aber die lieben ihn nicht.«

»Moment mal, du hast deinen Eltern ihre Katze geklaut?«

Jack verzog das Gesicht. »Ich glaube, sie sind ziemlich froh, wenn sie sich nicht mehr um ihn kümmern müssen. Sie haben ihn von meiner Tante geerbt, als sie gestorben ist.«

Ich sah Jack an, und er sah mich an, mit hochroten Ohren und hängenden Armen stand er in meiner Wohnung, ich hatte ihn noch nie so verlegen gesehen.

»Sein Name ist Oskar«, sagte Jack leise.

»Bist du von allen guten Geistern verlassen?«, entgegnete ich.

JETZT

»Emilia?« Robert berührt mich besorgt an der Schulter.

Ich spüre, wie Tränen in mir aufsteigen, und ziehe ihn ganz automatisch in eine Umarmung. Ich kuschele mein Gesicht in die warme Kuhle über seinem Schlüsselbein. »Ich bin so froh, dass es dich gibt«, flüstere ich.

Bei Robert kann ich zur Ruhe kommen. Kein Herzrasen, keine Scham, keine Verlustängste. Er drückt mich fest an sich, und unser klassischer Tanz beginn. Erst zieht er mir das Shirt aus, dann ich ihm, er trägt mich ins Schlafzimmer, seine starken Arme komplett um mich geschlungen. Sex mit Robert ist langsam, weich und warm, und ich fühle mich danach, als hätte ich ein wohltuendes Bad genommen. Bei ihm holt mein Körper sich alle Nähe, die er braucht, egal, wie sehr er sich sonst vor anderen Menschen scheut. Ich bleibe noch ein bisschen liegen, mit geschlossenen Augen. Dann fällt mir die Rechnung von Dr. Struwe wieder ein – und welches Chaos mein komplettes Leben ist.

»Ich glaube, wir sollten damit aufhören«, sage ich zu Robert.

***

Nach der Geschichte auf der Beerdigung seiner Mutter will ich Jack am liebsten nie mehr wiedersehen, deswegen trage ich meine Haare in einer Art Turban, den ich aus einem grünen Seidenschal gewickelt habe, und dazu die größte Sonnenbrille, die ich finden konnte.

Auf meine panische E-Mail bezüglich der Rechnung hatte mir Dr. Struwes Assistentin geantwortet, dass ich solche Sonderfälle nur mit dem Doktor persönlich besprechen könne.

Nur deswegen bin ich hier, wenige Minuten nach Öffnung der Praxis, eine Stunde bevor Jack kommt. Mir kann eigentlich nichts passieren – bis er hier auftaucht, bin ich hoffentlich längst wieder weg.

Ich weiß, was zu tun ist, um mein Leben wieder in den Griff zu bekommen. Soweit man bei meinem Leben davon sprechen kann … Mein Plan besteht aus fünf Schritten:

1. Ich muss aus dieser zehnstündigen Paartherapie rauskommen.
2. Ich muss mir einen anderen Therapeuten suchen.
3. Ich muss Jack aus meinem Leben verbannen.
4. Ich muss dieses verdammte Buch schreiben.
5. Ich muss mir eine Rentenversicherung besorgen, bevor ich dreißig werde, was in zwei Wochen passieren wird. Keinen Mann, kein Kind, bitte nicht – aber eine Rentenversicherung. Das reicht dann erst mal ein paar Jahre fürs Erwachsenengefühl.

Gestern kam mir auch der Gedanke, dass ich vielleicht umziehen muss. Schließlich weiß Jack, wo ich wohne. Aber eigentlich geht es gar nicht um meine Wohnung, sondern darum, dass ich mir einen Neustart in einer anderen Stadt wünsche. Ja, ich, die am liebsten nicht einmal das Haus verlassen will, möchte raus aus dieser Stadt. Genau das werde ich Dr. Struwe mitteilen, sobald ich ihn zu Gesicht bekomme. Ich weiß nicht, wie irgendjemand es geschafft hat, schon vor mir da zu sein, aber ich höre leise Stimmen aus dem Behandlungsraum.

Ich tigere im Wartezimmer auf und ab, die Rechnung unter den Arm geklemmt. Ich kann nicht stillsitzen, meine Zehen zucken. Ich will das hier so schnell wie möglich hinter mich kriegen, ohne Jack zu begegnen, und vorzugsweise ohne eine Panikattacke. Sonst käme ja noch raus, wieso ich eigentlich hier bin. Nein, Dr. Struwe darf nicht das Gefühl bekommen, dass es mir schlecht geht.

Endlich öffnet sich die Tür zum Therapiezimmer, und Dr. Struwe erscheint im Türrahmen. Diesmal hat er seine Haare zu einem Dutt gebunden, der ihn seltsam jugendlich wirken lässt. »Frau Vierling, schön, dass Sie da sind. Gehen Sie doch schon mal rein, ich mach mir noch schnell einen Kaffee. Wollen Sie auch etwas trinken?«

Ich schüttele den Kopf. »Danke«, murmele ich und husche an ihm vorbei auf das Behandlungszimmer zu.

Doch darin sitzt schon jemand. Eine Diele knarzt unter meinen Schuhen, Jack dreht sich überrascht zu mir um.

»Em …«

»Was machst du hier?«, zische ich so leise wie möglich. Ich will am liebsten wieder umkehren, aber ich kenne mich gut genug, um zu wissen, dass ich dann wohl einfach nie mehr zurückkommen würde. Vor meinem inneren Auge tauchen schon die Schlagzeilen auf:

THERAPIESÜCHTIGE DREISSIGJÄHRIGE REIST VON STADT ZU STADT UND HÄUFT BEHANDLUNGSSCHULDEN IN HÖHE VON ZEHNTAUSENDEN EURO AN

Ich schüttele den Kopf.

»Ich war mir sicher, dass du nicht kommst«, entgegnet er.

»Bin ich auch nicht«, gebe ich zurück. »Unser Termin wäre erst in einer Stunde.« Damit Dr. Struwe uns nicht hört, betrete ich den Raum und lehne die Tür hinter mir an. »Also, ich wollte nicht kommen. Ich bin hier wegen der verdammten Rechnung.«

Ich hebe den zerknitterten Brief hoch.

»Darum habe ich mich schon gekümmert«, sagt Jack ruhig.

»Also hast du ihm gesagt, dass wir die Therapie abbrechen?«

Jack zögert. »Nein, ich hab die Rechnung bezahlt.«

»Wie bitte?« Warum hatte er das getan? Und noch viel schlimmer: »Jetzt habe ich also Schulden bei dir, oder was?«

»Nein, ich ...«

»Sooo.« Schwungvoll öffnet Dr. Struwe die Tür, in der anderen Hand balanciert er ein Tablett mit zwei Kaffeetassen. »Sie sehen etwas mitgenommen aus, ist alles in Ordnung?«, fragt er.

Er deutet auf den Platz neben Jack, ermattet lasse ich mich sinken. Erst dann merke ich, dass ich immer noch meine Sonnenbrille trage, und nehme sie mit fahrigen Händen ab.

Dr. Struwe fächert durch seine Akten, dann faltet er die Hände unter dem Kinn und sieht mit blitzenden Augen von Jack zu mir und wieder zurück. »Wie geht es Ihnen? Wie ist Ihnen Ihre erste Aufgabe bekommen?«

»Ich will mich trennen«, krächze ich.

»Na, hoppla.« Dr. Struwe klatscht in die Hände, er sieht zu meiner Überraschung nicht schockiert, sondern begeistert aus.

»Stört Sie das nicht?«, frage ich irritiert.

Dr. Struwe schüttelt den Kopf. »Aber nein. Ich höre von Ihnen zum ersten Mal einen deutlich artikulierten Wunsch. Wissen Sie, mir geht es nicht darum, dass Sie zusammenbleiben, mir geht es darum, dass Sie gesunde und nachhaltige Lebensentscheidungen treffen. Ob zusammen oder getrennt, ist unerheblich.«

Ich schlucke. Jack starrt mich von der Seite an, aber er sagt nichts. Das ist meine Chance.

»Wenn ich mich jetzt trenne, können wir die Therapie dann abbrechen?«

Dr. Struwe mustert mich und schnalzt mit der Zunge, dann fährt er seinen Bürostuhl näher an den Tisch heran. »Frau Vierling, lassen Sie mich einen Vorschlag machen. Auf genau diesen Moment habe ich nämlich gewartet.«

»Tatsächlich?«, frage ich. Dieses Gespräch habe ich mir komplett anders vorgestellt.

Dr. Struwe nickt. »Endlich lassen Sie Ihren Gefühlen mal freien Lauf, und nur so hat eine Therapie Chancen auf Erfolg.«

Ich schüttele den Kopf, aber er hebt einen Zeigefinger. »Hören Sie sich meinen Vorschlag an, in Ordnung? Dann können Sie gehen, das verspreche ich Ihnen.« Ich reagiere nicht, was er als Zustimmung auffasst. »Also.« Er wirkt begeisterter, als ich ihn in unseren vorherigen Sitzungen je erlebt habe. »Ich schlage Ihnen ein Experiment vor.«

Jack beugt sich vor und greift nach seinem Kaffee. »Ich höre?«, sagt er. Ich kann kaum widerstehen, meine Augen zu rollen. Natürlich fixt ihn das an. Experimente, Nervenkitzel waren schon immer sein Ding gewesen.

»Das ist jetzt nicht unbedingt das ›normale‹ Prozedere.«

Dr. Struwe unterstreicht das Wort »normal«, indem er mit den Fingern zwei Gänsefüßchen in die Luft macht. »Das Experiment sieht folgendermaßen aus: Natürlich dürfen Sie sich trennen, Frau Vierling, bitte sehr. Oder Herr Mersfeld, Sie natürlich auch.«

Jack wirft mir einen Seitenblick zu, und ich kann nicht anders, als ihn zu erwidern. Aber in seinen Augen lese ich nichts, keine Trauer, keine Wut, gar kein Gefühl. Ich dagegen »lasse meinen Gefühlen freien Lauf«, wie Dr. Struwe es formuliert hat, und kann rein gar nichts dagegen tun.

»Aber mein Experiment sieht vor, dass Sie das nicht tun«, fährt er fort. Ich will widersprechen, aber er gebietet mir wieder mit erhobenem Zeigefinger Einhalt. »Mein Experiment sieht vor, dass Sie sich erst trennen, wenn die zehn Therapiestunden absolviert sind.«

»Wieso?«, fragt Jack, ich höre das Interesse in seiner Stimme.

Dr. Struwe lehnt sich in seinem Stuhl zurück und tippt sich mit dem Zeigefinger über die Oberlippe. Ich kenne niemanden, der so viel gestikuliert wie er. »Sagen wir es so, ich habe so … ein Gefühl bei Ihnen. Nur so ein Gefühl …«

»Ist das nicht nur ein Trick, damit wir brav alle Sitzungen bezahlen?«, rutscht es mir heraus.

Dr. Struwe grinst. »Gut, dass Sie das ansprechen. Das Experiment beinhaltet nämlich auch folgende Klausel: Wenn Sie sich nach der Therapie tatsächlich entscheiden sollten, getrennte Wege zu gehen, bekommen Sie Ihr Geld zurück.«

»Deal!«, rufe ich, bevor Jack eine weitere Frage stellt.

Schulden bei ihm sind wirklich das Letzte, was ich jetzt gebrauchen kann. Erst recht nicht in einer Höhe, die ich bei meinem jetzigen Lebensstil wohl erst kurz vor Renteneintritt würde abbezahlen können. Und noch dazu Schulden für die Therapie einer Beziehung, die niemals existiert hat.

»Em, jetzt verstehe ich gar nichts mehr«, zischt er von der Seite, aber ich sehe ihn nicht an.

Stattdessen nehme ich seine Kaffeetasse, die vor uns auf dem Tisch steht, und lehne mich zurück. »Na dann, ich bin gespannt, wie Sie das bewerkstelligen wollen.«

Wenn der wüsste, denke ich, wenn der wüsste.

Aber Dr. Struwe wirkt von dieser neuen Aufgabe wie elektrisiert. Ich frage mich, ob sein Experiment den ethischen Richtlinien seines Berufsstandes entspricht, aber ganz ehrlich: Wer zur Paartherapie geht, kann sich doch eigentlich gleich trennen. Überschätzt er seine Fähigkeiten dermaßen?

Dr. Struwe reibt sich begeistert die Hände. »Sehr gut. Um ganz offen mit Ihnen zu sein: Ich würde gern ein Buch veröffentlichen über diesen neuen Therapieansatz, und Sie sind nun meine Versuchskaninchen.«

Ich grinse gezwungen. »Genau das wollte ich schon immer sein.«

Der Struwe hebt die Augenbrauen. »Also, Frau Vierling, Herr Mersfeld, das funktioniert nur mit voller Offenheit.«

Ich nicke, Jack rührt sich nicht.

»Gut«, sagt Dr. Struwe. »Dann beginnen wir heute damit, das Wort Liebe zu definieren. Was ist Ihre Vorstellung von Liebe?« Ich weiche ganz bewusst seinem Blick aus. »Frau Vierling?«

Ich fühle mich direkt in die Schule zurückversetzt. Nach dem Abitur dachte ich wirklich: Puh, das war's jetzt. Ich habe überlebt, jetzt beginnt der schöne Teil des Lebens. Bei allen anderen war das tatsächlich so – nur bei mir nicht.

»Frau Vierling?«, wiederholt Dr. Struwe. »Wollen Sie anfangen?«

»Ich … na ja, was soll Liebe denn schon sein, Liebe eben«, gebe ich schulterzuckend zurück, obwohl ich direkt merke, wie bescheuert das klingt.

Er beugt sich zu mir vor und funkelt mich kampfeslustig an. Ich bin mir ganz sicher, dass er mich durchschaut. »Sie sind doch Autorin, haben Sie gesagt? Ihnen fällt bestimmt eine etwas treffsicherere Definition ein.«

Ich starre auf meine Hände, die sich in meinem Schoß aneinanderklammern. »Liebe ist … wenn ich nach Hause komme und mein Kater auf mich wartet.«

Zu meiner Überraschung verdreht Dr. Struwe nicht die Augen oder rügt mich, die Situation gefälligst ernster zu nehmen. »Also bedingungslose Liebe?«

Ich weiche seinem Blick aus. »Keine Ahnung, ich meine einfach … ohne Erwartungen, ohne Stress, ohne schlechte Erinnerungen.«

»Was für Erinnerungen meinen Sie?«

Abrupt steht Jack neben mir auf. »Ich muss kurz raus«, sagt er und verlässt ohne eine weitere Erklärung den Raum. Dr. Struwe reagiert gelassen, macht sich Notizen.

Ich starre die Tür an, aber Jack kommt nicht zurück.

Dr. Struwe wendet sich wieder mir zu und streicht sich nachdenklich über den ausladenden Schnurrbart. »Viele Menschen denken, dass Liebe etwas Universelles wäre, aber meiner Erfahrung nach ist das Gegenteil der Fall.«

»Liebe, ich hasse dieses Wort«, sage ich leise.

Dr. Struwe lächelt. »Warum?«

»Na, es bedeutet alles und gar nichts. Ich frage mich manchmal, ob Liebe überhaupt eine Kategorie ist, in der man denken sollte oder nach der man suchen sollte. Der Begriff ist irgendwie so … belastet, so schwammig. Vielleicht sollte man ihn komplett aus seinem Wortschatz streichen und einfach nur noch sagen, was man fühlt.«

»Und was fühlen Sie?«

Es fällt mir leichter zu sprechen, wenn Jack nicht da ist. »Ich habe Angst.« Dr. Struwe nickt langsam und gibt mir zu verstehen, dass ich weiterreden soll. »Ich fühle mich unter Druck.«

»Von wem?«

Ich fahre mir übers Gesicht. »Von mir selbst, wahrscheinlich?«

»Ist das nicht nur eine Ausrede, um sich selbst niederzumachen?«, fragt mich Dr. Struwe. »Dass Sie sich selbst die Schuld an allem geben?«

»So habe ich das noch nie betrachtet«, sage ich langsam.

»Wie haben Sie es denn betrachtet?«

Ich schlucke. »Ich dachte, dass ich mit alldem einfach nichts zu tun haben will. Mit meiner Vergangenheit, meinen Gefühlen. Und schon gar nicht mit Liebe.«

»Seit wann ist das so?«, fragt er. Er hat aufgehört, sich Notizen zu machen, und sieht mich jetzt einfach nur an. Dadurch baut er eine kleine sichere Blase um uns herum auf, und für einen Moment fühlt es sich so an, als würde meine Umwelt nicht existieren, kein Jack, keine Merle, keine Geldsorgen, kein ständiges Problemrauschen in meinem Kopf.

Ich spüre einen vertrauten Druck hinter meinen Augäpfeln. Ich will nicht eine von denen sein, die beim Therapeuten heulen, eine von diesen Personen, die nach den Tüchern in der mit Bären verzierten Box greifen. Auf gar keinen Fall. Ich schlucke und schlucke und schlucke.

»Ich weiß es nicht«, presse ich schließlich hervor.

Dr. Struwe sieht mich einen Moment lang ruhig an. »Ich möchte, dass Sie bis nächste Woche darüber nachdenken, was diese großen schwammigen Begriffe für Sie bedeuten. Liebe. Leidenschaft. Sehnsucht ...« Er lässt seinen Satz in der Luft hängen. »Noch ein Begriff, der Ihnen Angst macht?«, fragt er.

»Schuld«, flüstere ich.

Dr. Struwe nickt langsam. »Da haben Sie doch Ihre Aufgabe

bis zur nächsten Sitzung. Finden Sie heraus, was diese Wörter für Sie bedeuten.«

***

Jack ist immer noch verschwunden, als ich das Behandlungszimmer verlasse. Ich laufe die Treppen nach unten, um ihn zu suchen, doch er ist nirgends zu sehen. Mit zittrigen Händen rufe ich ihn an, aber er nimmt nicht ab. Ich muss mit ihm reden, ich muss ihn fragen, ob es ihm so geht wie mir. Ob Reue und Schuldgefühle ihn ebenso zerfressen wie mich, ob er ebenfalls deswegen überhaupt zu Dr. Struwe gekommen ist. Ich muss ihm klarmachen, dass wir die Therapie durchziehen müssen, damit ich nicht auch noch in seiner Schuld stehe.

So schnell ich kann, laufe ich nach Hause, kratze Oskar kurz unter dem Kinn und streife meine Schuhe ab, bevor ich mich an meinen Küchentisch fallen lasse, mein Notizbuch aufschlage und mit den Zähnen den Deckel meines Stabilos abreiße.

Liebe.

Ich starre das Wort in meiner krakeligen Handschrift an und lausche dabei in mein Inneres. In meinem Bauch zieht sich alles zusammen. Finde ich das Wort etwa … peinlich?

Liebe, sich verlieben, verknallt sein … Bin ich nicht, verdammt noch mal, zu alt, um so etwas zu empfinden? Verknalltheit. Ich schaudere.

Was liebe ich denn wirklich?

Oskar. Oskar liebe ich. Warum fällt es mir so leicht, das zu sagen – und so schwer, alles andere vor mir selbst zuzugeben?

Ich schiebe meinen Stuhl langsam zurück, stehe auf und gehe ins Schlafzimmer, wo mein großer Spiegel an der Wand lehnt.

Doch als Erstes sehe ich nicht mich, sondern das Bild von Jacks Nase. Ich drehe es um, damit nur noch die durchgestrichene Handynummer zu sehen ist.

Ich sehe mich im Spiegel an, mit dem weiten Pulloverkleid, das mich einhüllt wie eine Decke.

Natürlich liebe ich mich!

Wie könnte es auch anders sein?

Erst wenn du dich selbst liebst, kannst du jemand anderen lieben.

Love yourself first.

Ich bin ja wohl nicht umsonst mit all diesen Botschaften aufgewachsen, und Lara hat sogar ein ganzes Business darauf aufgebaut, andere zur Selbstliebe anzuleiten. Zumindest ist das die Botschaft, die ihr Instagram-Kanal auf den ersten Blick verzapft. Auch wenn ich überzeugt bin, dass der Anblick eines so perfekten und ästhetischen Lebens bei den meisten Leuten eher zu Neid und Selbstzweifeln führt.

Oskar schleicht ins Zimmer, sieht mich kritisch an und beginnt dann damit, seine Pfote zu putzen.

Ich laufe zum Regal und ziehe das Buch heraus, das ich für Margarete Leopold geschrieben habe: *Wiedersehen in der Mondallee.*

Meine Finger gleiten durch die nach Papier und Druckerschwärze duftenden, leicht gelblichen Seiten – und bleiben bei dem Satz hängen, der das Buch auf der Rückseite anpreist:

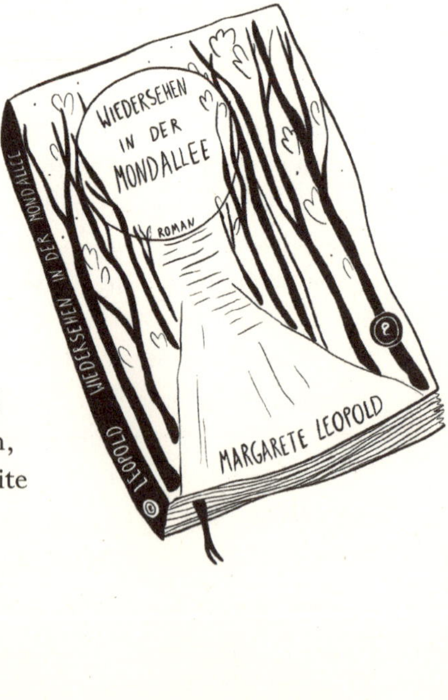

»Die Mondallee ist wie eine Fata Morgana. Eine nicht greifbare Sehnsucht zwischen zwei Buchdeckeln.«

Genau so fühlt sich mein Leben an. Wie eine Fata Morgana, die sich einfach nicht greifen lässt, durchzogen von Sehnsüchten und melancholischen Erinnerungen, die mir das Gefühl geben, es sei alles schon vorbei.

Liebe. Leidenschaft. Respekt. Ich kehre an den Küchentisch zurück und kritzele mit klopfendem Herzen weitere Wörter in mein Notizbuch. *Bedauern. Gleichgültigkeit. Schuld.*

Auf diese Art und Weise habe ich mich mein ganzes Leben lang aus der Affäre gezogen. Mit Sprache. Doppeldeutigkeiten. Kommentare, die ironisch gemeint sein könnten, aber auch nicht, je nachdem, wie mein Gegenüber sie auffassen will. Ich habe mich nicht nur in tatsächlichen, sondern auch in metaphorischen Zigarettenrauch gehüllt.

Das ist der Moment, in dem ich realisiere, dass ich von Sprache keine Ahnung habe. Ich weiß überhaupt nicht, was die großen Begriffe in meinem Leben bedeuten. Liebe, Schuld, Reue, Verrat … gibt es diese Konzepte überhaupt, oder glaube ich nur an sie, weil ich damit aufgewachsen bin?

Ich fühle mich fast so, als sei meine Pubertät erst mit Mitte zwanzig eingetreten, als mein Leben plötzlich keinen Sinn mehr ergeben hat und ich gemerkt habe, dass im Erwachsenenleben keine Antworten warten, im Gegenteil. Ich dachte wirklich, dass nach dem Abitur das Schlimmste vorbei sein würde. Dass ich jetzt in Freiheit mein Leben genießen könne, dass das Studium die beste Zeit des Lebens sei.

Aber tatsächlich … macht diese Freiheit mir Angst, so große Angst, dass ich meinen Lebensradius immer enger gezogen habe, bis es niemanden mehr gab außer mich und Oskar in dieser winzigen Wohnung – und Robert, wenn ich mich schrecklich einsam fühle.

Ich starre die Wörter in meinem Notizbuch an, bis sie vor meinen Augen verschwimmen. Ich muss herausfinden, was sie für mich bedeuten.

Dann reiße ich das erste Blatt ab und lege es weg.

LIEBE

schreibe ich oben auf die nächste Seite. Dann verharrt meine Stiftspitze regungslos über dem Blatt.

Was unterscheidet Liebe von Panik?

Die Worte entfliehen meinem Kopf, ich kann sie nicht greifen. Als ich den Stift aufsetze, zittert meine Hand, eine wackelige Linie entsteht – und dann noch eine und noch eine. Die Stimme meines Stiefvaters hallt durch meinen Kopf, als ich ihn als Kind einmal in dem Schuppen besucht habe, in dem er Leinwand um Leinwand füllte. »Wenn ich mich mit Wörtern nicht ausdrücken kann, dann male ich«, hatte er mir damals geantwortet auf meine Frage, wozu er all diese Bilder schuf.

Ich höre erst auf zu zeichnen, als der Stift leer ist, lege ihn beiseite und betrachte mein Werk. Es sieht aus wie ein Bild von *mir*. Früher habe ich all meine Bilder danach beurteilt, ob sie Merles zu ähnlich waren. Aber je weiter das alles in die Vergangenheit rückt, desto weniger erinnere ich mich daran, wie sie wirklich gemalt hat.

Dann stelle ich mich auf den Balkon, wie früher, als ich dort geraucht habe, und rufe noch einmal Jack an.

Diesmal geht er ans Handy.

»Können wir uns sehen?«, frage ich.

»Gerne, heute Abend, zwanzig Uhr, zum Essen? Ich hol dich ab.«

Nach dem hektischen Verlassen der Praxis am Morgen bin ich von seiner positiven Reaktion überrascht. »Okay? Bis dann«, sage ich.

Dann drücke ich meine imaginäre Zigarette auf der Balkonbrüstung aus und setze mich wieder an den Schreibtisch, Oskar schnurrend an meiner Seite. Und für einen Moment, als ich da so sitze, ist alles in Ordnung. Ich nehme ein neues Blatt zur Hand und setze den Stift an, nicht sicher, ob er ein Wort oder ein Bild hervorbringen wird. Zum ersten Mal kapiere ich, dass diese beiden Dinge zusammengehören. Beides fließt aus meinen Fingern auf die Seite. Nur zusammen bilden sie ein Ganzes.

***

Punkt zwanzig Uhr klingelt Jack an meiner Tür. Ich schrecke aus meinem Tunnel hoch, meine Finger sind mit Tinte beschmiert.

»Ich komme gleich runter«, sage ich in die Sprechanlage. Für einen Moment glaube ich, es ist 2017 und Merle schleppt mich wieder auf irgendeine Party. Aber dann, als ich ins Bad husche und mich im Spiegel betrachte, sehe ich die Jahre unter meinen Augen und die blauen Schatten von der Schlägerei mit mir selbst letzte Woche. Ich sehe nicht aus wie jemand, der Angst hat – im Gegenteil. Manchmal streiche ich über meine Haut und frage mich, wann ich diese Hülle abwerfen kann. Ich will mich wie eine Schlange aus mir selbst herauswinden. Was wohl darunter zum Vorschein käme? Ich ziehe mich aus. Meine Fingerspitzen fahren über die Tattoos, die über meinen Körper verstreut sind. Für jeden Geburtstag seit meinem achtzehnten haben Merle und ich uns ein gemeinsames Tattoo stechen lassen, immer genau zwischen unseren Geburtstagen, im Oktober. Seit vier Jahren ist kein neues hinzugekommen.

Jack steht unten gegen die halbhohe Mauer gelehnt, die mein Haus von dem Schulhof direkt daneben trennt. Er trägt einen grauen Fischerpullover, den ich noch nie an ihm gesehen habe, und hat seine Jacke über die Schulter geworfen. Als er mich sieht, kommt er lächelnd auf mich zu und umarmt mich. Er hat ein Parfüm aufgelegt, das mich sofort auf eine Zeitreise schickt. Es macht mich nervös, weil es ankündigt, dass der Abend in jede Richtung gehen kann. Aber eigentlich habe ich ihn nur angerufen, um mit ihm über diese großen Worte zu sprechen, die in der Therapiesitzung gefallen sind. Schuld, Liebe, Reue. Ich muss wissen, ob ich mir das alles nur eingebildet habe.

Das Notizbuch brennt in meiner Tasche. Ich habe so viele drängende Fragen, dass ich fast platze.

»Wo gehen wir hin?«, frage ich.

»Lass dich …«

»Sag jetzt nicht ›lass dich überraschen‹«, knurre ich. Was hat er vor? Warum hat er überhaupt noch Lust, sich mit mir zu treffen? Soll das hier ein Date sein? Ja, genau, Emmi, nach deinem Abgang vor dem Friedhof will Jack bestimmt unbedingt ein Date mit dir. Nein, wahrscheinlich hat Dr. Struwe auch ihm eine Aufgabe gegeben, das wird es sein. Schließlich ließ seine Flucht aus der Praxis heute Morgen keinen Zweifel daran, dass meine Gegenwart ihm genauso unangenehm ist wie mir seine … Ich ignoriere das Ziepen in meiner Brust bei diesen Gedanken.

Aber er grinst mich unbeschwert an. Seine Nervosität vom

Morgen scheint verflogen, er präsentiert mir ein glattes Gesicht, das ich nicht lesen kann. Er führt mich über die Rheinbrücke, vorbei an kreischenden Möwen und schnellen Autos. Es ist kühl für einen Herbstabend, aber ich genieße die Frische, als ich über die Weite des Wassers blicke. »Manchmal kommt es mir hier so vor, als würde der Rhein gar nicht existieren«, sage ich zu Jack, der in den letzten Minuten seltsam schweigsam war.

»Was meinst du?«

»Ich habe manchmal das Gefühl, als sei das Wasser irgendwie betrügerisch«, entgegne ich. »Ein Meer kannst du hören und auf der Zunge schmecken, du riechst es in der Luft und spürst das Salz in deinen Haaren. Aber auf dieser Brücke haben wir immer diese Schwelle aus Beton, die uns vom Wasser trennt, fast so, als wäre es nur eine ungreifbare Projektion.«

»Das ist die beste Verschwörungstheorie, die ich je gehört habe«, lacht Jack. Wir überqueren die Straße auf der Brücke, ich knuffe ihn in den Oberarm, aber vorsichtig – nicht so wie letztes Mal, als ich ihm seine Nase gebrochen habe.

»Verstehst du nicht, was ich meine?« Ich spüre, wie ich vehementer werde, ihn am Arm packe, damit er mich ansieht.

»Doch«, sagt er ruhig und blickt weiter geradeaus, »ich verstehe, was du meinst. Aber ich mag genau das an Flüssen. So viel sinnlose Fläche, wo man eine Autobahn hätte draufbauen können. Stattdessen hat sich vor Ewigkeiten eine Wassermasse den Weg zum Meer gebahnt. Ich würde meine Ziele gern genauso zielstrebig verfolgen.«

Bei dieser Aussage muss ich lachen. »Welche Ziele denn?« Jack blinzelt, und ich merke, dass ich ihn mit dieser Frage verletzt habe. Mein Blick huscht zu dem Ring an seinem Finger – er ist immer noch verschwunden. »'tschuldigung«, murmele ich betreten.

Jack läuft weiter. »Alles gut, wir sind gleich da.«

Irgendetwas stimmt nicht mit ihm. Wie ich ihn kenne, hätte er auf diesen Vorwurf meinerseits angriffslustig reagiert, ich biete ja weiß Gott genug Zielfläche.

Wir erreichen das andere Flussufer und steigen ein paar Stufen hinab, nähern uns dem Wasser, um uns herum gibt es weit und breit kein Restaurant. Vielleicht werden wir picknicken, aber Jack hat kein Gepäck dabei. Erst als wir direkt davorstehen, kapiere ich seinen Plan. Vor uns am Ufer liegt ein großes Schiff, das von den Wellen vorbeifahrender Boote leicht bewegt wird. Die Masten ragen fast über die Rheinbrücke in den Himmel empor. Der Steg ist ausgefahren und mit einem roten Teppich bekleidet, der direkt in den Bauch des Schiffes führt. Im Inneren funkeln Besteck und Weingläser im warmen Licht.

Ich hebe die Augenbrauen. »Wird das hier ein Candle-Light-Dinner?«

Er lacht, aber ich weiß nicht, ob das wirklich ein Widerspruch war. »Nach dir«, sagt er, und ich betrete das Schiff, der Boden schwankt leicht unter meinen Füßen.

Das ist die Krux mit Jack und mir: Er kennt mich gut genug, um in meine Seele zu blicken, weiß aber nicht, dass mir auf Schiffen meist richtig übel wird. Aber es geht noch, denke ich, solange kein anderes Schiff vorbeifährt, habe ich alles im Griff.

Ein Kellner im Frack und mit weißem gestärktem Kragen führt uns an einen der wenigen Tische am Fenster. Die meisten der anderen Tische sind schon belegt, meist von Paaren, die sich tief in die Augen schauen. Mir ist es ein bisschen zu eng, aber es duftet nach Rosmarinkartoffeln und einer Menge Olivenöl. Ich wundere mich, dass ich nicht direkt fliehen will. Jack hat diese Wirkung auf mich. Mit einem Blick kann er mich in eine Blase ziehen, in der nur wir beide existieren und die Welt für einen Moment ihren Schrecken verliert. Wie sonst konnte ich mit ihm nach Ewigkeiten wieder das Nepomuk betreten? Warum sonst bin ich auf die wahnwitzige Idee gekommen, ihn zur Beerdigung seiner Mutter zu begleiten, wenn Beerdigungen wohl das ritualisierteste Ereignis überhaupt sind und man nirgendwo sonst so viel falsch machen kann. Bei dem Gedanken daran schaudert es mich. Denn wir haben die Beerdigung seiner Mutter ja tatsächlich ins Chaos gestürzt. Aber überraschenderweise bin ich daran nicht gestorben. Ich stehe hier, auf einem engen, wackeligen Schiff – und lebe.

»Jack?«, frage ich, als der Kellner mir den Stuhl zurückgezogen hat und wir uns setzen. Ich bin merklich falsch gekleidet für diese Gelegenheit, aber Jack verschwimmt allein durch sein Selbstbewusstsein in dem Ambiente, als wäre das Restaurant sein persönliches Wohnzimmer. Ich trage Turnschuhe und ein Kleid aus einem Secondhandshop in Leipzig.

Doch Jack reagiert nicht. Scheinbar vertieft studiert er die Karte.

»Wirst du gleich eine Flasche französischen Rotwein und Fisch für uns bestellen, der am Tisch filetiert wird?« Ich kann mir die Frage nicht verkneifen. Es fehlt nur noch, dass der Kellner mich mit »Mademoiselle« anspricht. Ich weiß, dass dieses Unwohlsein von meiner eigenen Unsicherheit zeugt, aber gleichzeitig hatte ich mir fest vorgenommen, mich nie wieder in Kreisen aufzuhalten, in denen ich mir falsch angezogen vorkomme. Auch deswegen liebe ich meine kleine Wohnung so sehr.

Als der Kellner kommt, werde ich statt »Mademoiselle« »Madame« genannt, was mich nur unwesentlich beruhigt. Ich bestelle das Erste, was mein Blick auf der Karte findet und bei dem ich mir sicher bin, dass sich kein Tier darin befindet. Pilzragout auf Rosmarinkartoffeln. Dazu den Wein mit dem lustigsten Namen: *Sünde.*

»Für ihn dasselbe«, sage ich und reiche dem Kellner mit einem strahlenden Grinsen die Karte.

In Jacks Mundwinkel zuckt ein Lächeln. »Danke«, sagt er.

Ich beuge mich vor und senke die Stimme. »Was machen wir hier?«, flüstere ich.

»Wir erfüllen Dr. Struwes Aufgabe«, sagt Jack mit einem Schulterzucken. »Tun Paare so was nicht?«

DAMALS

In der ersten Nacht schlief Oskar auf meinem Kopfkissen. Ich hatte ihn nicht kommen hören, aber als ich wach wurde, war er da, hatte die Pfote auf mein Gesicht gelegt und schnarchte ein bisschen. Ich atmete langsam und versuchte, mich nicht zu bewegen. Es war früh am Morgen, normalerweise konnte ich nicht mehr schlafen, wenn ich einmal aufgewacht war, aber da ich mich nicht bewegen durfte, döste ich wieder weg. Das nächste Mal wachte ich auf, weil Oskar mir ins Gesicht miaute. Zum ersten Mal seit Langem kreisten meine Gedanken nicht um all die Problemstellen in meinem Leben, sondern um dieses Fellwesen, das nach Aufmerksamkeit schrie. Ich gab ihm den Rest aus der Futterdose, die Jack mir hiergelassen hatte. Was hatte dieser Kerl sich nur dabei gedacht, mir einfach eine Katze in einer Kiste zu überreichen und zu glauben, dass damit alles wiedergutgemacht wäre?

Um ehrlich zu sein, wusste ich gar nicht, warum ich so unendlich wütend auf Jack war – schließlich war ich eigentlich selbst an allem schuld. Ich hätte ihn anrufen können, ich hätte beim ersten Treffen mit Merle alles aufklären können, ich hätte ehrlich sein können.

Nach dem Fressen machte Oskar es sich auf dem Fensterbrett bequem und sah den Vögeln zu, die die Beeren vom Baum stahlen. Ich wiederum beobachtete ihn. Eine echte Katze in meiner Wohnung. Jack hatte sie ja wohl nicht mehr alle. War das meine Abfindung, damit ich Merle und ihn endlich in Ruhe ließ?

Mit dem Rest des Futters lockte ich Oskar in die Kiste, in der Jack ihn mitgebracht hatte. Er schnurrte, was mir das Herz brach. Er hatte ja keine Ahnung, was ihm bevorstand.

Dann rief ich mir ein Taxi (ich fahre normalerweise wirklich nicht oft Taxi!) und wies den Fahrer an, mich den Berg hochzubringen. Ich wusste, dass Jacks Familie irgendwo in der Nähe des Krankenhauses wohnte. Merle hatte mir von dem kühlen Bungalow erzählt, der jedes Geräusch vervielfachte. Nicht unbedingt die beste Umgebung für einen Kater – aber auf der anderen Seite war meine eigene Wohnung ja auch nicht mehr als ein größerer Schuhkarton. Der Fahrer warf misstrauische Blicke über die Schulter zu der Kiste auf meinem Schoß, in der es verdächtig rumpelte. Oskar hatte offensichtlich langsam gemerkt, dass hier etwas nicht mit rechten Dingen zuging.

»Können Sie das Radio ein bisschen lauter drehen?«, fragte ich.

Er ließ mich beim Krankenhaus raus, ich kratzte mein letztes Geld zusammen, um ihn zu bezahlen. Es begann gerade zu tröpfeln. Ich wusste, dass es das Richtige war, Oskar zurückzubringen. Jacks Eltern suchten ihn bestimmt schon. Je mehr Straßen ich ablief, desto schwerer wurde die Kiste in meinen Armen und desto mehr beschwerte Oskar sich darin. Ich achtete darauf, dass er durch die Grifflöcher der Kiste genug Luft bekam. Ein Teil von mir hoffte, dass ich das Haus nicht finden würde, dass ich Oskar wieder mit nach Hause nehmen müsste und einfach nie wieder ans Handy gehen könnte, wenn Merle mich anrief.

Oskar und Emilia vereint, Happy End. Ich sah mich schon als Lektorin von Margarete Leopold in den literarischen Olymp aufsteigen, auf der Suche nach Talenten durchs Land ziehen und dann irgendwann meinen eigenen großen Wurf landen, der als deutsch-französische Koproduktion verfilmt werden würde. In Cannes würde ich Sekt trinken, mit meinem Kater auf dem Schoß. Könnte Oskar der Beginn eines neuen Lebens für mich sein?

In einer Straße voll altehrwürdiger Stadtvillen strahlte der hell erleuchtete flache Bungalow Licht auf die Straße ab. Er erinnerte mich an den Kanzler-Bungalow in Bonn, der aussah, als sei er nur mit dem Ziel errichtet worden, Eindruck zu machen. Eindruck zu machen und andere einzuschüchtern. Dieses Haus verriet den Machtanspruch seiner Besitzer. Ich war mir sofort sicher, dass ich richtig war. Womit hatte Jacks Vater noch einmal sein Vermögen gemacht? Ich wusste es nicht mehr, es war aber auch egal, weil ich nach diesem Abend ohnehin nie wieder mit ihm reden würde.

Denn in Wirklichkeit würde die Zukunft mich wohl nicht mit meinem Kater nach Cannes führen und vielleicht auch nicht in den literarischen Olymp. Aber zumindest hatte ich die Visitenkarte von Margarete Leopold im Rahmen meines Schlafzimmerspiegels stecken. Im besten Fall ein goldenes Ticket, ein silbernes ganz bestimmt. Ich würde mein Leben in den Griff kriegen, Merle die Wahrheit erzählen und mir selbst fortan problemlos in die Augen sehen können, wenn ich vor ebenjenem Schlafzimmerspiegel stand.

Mit diesem Nachdruck klingelte ich und trat einen Schritt zurück. Keinerlei Geräusch drang aus den Betonmauern hervor, ich hörte niemanden kommen.

Doch plötzlich riss eine Frau die Tür auf und lächelte mich höflich an. Ihr Blick huschte zu der Kiste in meinem Arm. »Zu gütig von Ihnen, vorbeizuschauen«, sagte sie mit angenehm warmer Stimme, »aber wir kaufen nichts, danke.«

Ohne ein weiteres Wort schlug sie die Tür wieder zu. Ich stand ein bisschen überrumpelt da. Das Haus lag wieder still vor mir. Könnte ich Oskar einfach hier rauslassen? Aber hatte Jack nicht gemeint, dass er ein Hauskater war? Am Ende würde er von einem Mercedes oder einem BMW überfahren, vielleicht sogar von einem Rolls-Royce – und das wollte ich natürlich nicht. Die ersten dicken Regentropfen trafen mich im Nacken, ich musste mich entscheiden.

Gerade wollte ich ein zweites Mal klingeln, da öffnete sich die Tür noch einmal. Jacks Gesicht erschien, und als er mich sah, weiteten sich seine Augen.

»Em, was machst du denn hier?«, zischte er leise.

Ich streckte ihm die Kiste entgegen. »Du kannst mir nicht einfach den Kater deiner Eltern vorbeibringen, Jack.«

»Moment.« Er verschwand wieder im Haus und schloss die Tür hinter sich. Ich war mir fast sicher, dass er mich einfach hier draußen stehen lassen würde – der Regen wob einen dichten Teppich, Oskar kratzte von innen an den Kistenwänden, ich konnte es ihm nicht verdenken. Aber dann öffnete sich neben mir hinter dem Magnolienbaum ein Fenster.

»Gib mir die Kiste«, sagte Jack und streckte die Arme aus. Ich reichte sie ihm. Er stellte sie hinter sich ab, dann streckte er mir noch einmal die Arme entgegen. »Willst du reinkommen?«

Der Regen fiel dichter, und ich redete mir ein, dass ich nur deswegen zu ihm reinkletterte. Bis der Schauer vorbei war eben – es würde bestimmt nur ein kurzer Wolkenbruch sein.

Der Raum, in dem ich mich wiederfand, sah aus wie ein typisches Gästezimmer. Ein Bett, ein Schreibtisch, eine Kommode, alles in gedeckten Farben gehalten. Das gefiel mir. Jacks senfgelbe Socken stachen deutlich aus der Umgebung hervor. Er schloss das Fenster hinter mir und öffnete die Kiste. Oskar hatte sich verängstigt in eine Ecke gedrückt, aber als Jack ihm seine Hand hinstreckte, begann er direkt zu schnurren.

»Ich weiß nicht, warum ich ihn dir nicht gleich wieder mitgegeben habe«, sagte ich in die Stille hinein. Ich setzte mich an den Tisch und bemerkte, dass dieses Zimmer zu meiner Überraschung bewohnt wurde. Jacks Pullover hing über dem Stuhl, auf dem Schreibtisch lagen seine Zigarettenutensilien, ein Gürtel und ein Buch. *The Artist's Way.* Ob Merle ihm das empfohlen hatte? An der Wand hing das Gemälde, das er Merle abgekauft hatte. Ich in meinem geblümten Morgenmantel, eine Zigarette in der Hand, leicht verschlafener Blick, auf einem Stuhl sitzend, zwischen meinen Beinen ein Strauß Mohnblumen.

»Du kannst mir doch nicht einfach den Kater deiner Eltern vorbeibringen«, sagte ich. Doch Jack reagierte nicht und kraulte Oskar unter dem Kinn, der sein Glück nicht zu fassen schien.

Jack sah erst auf, als Schritte auf dem Flur zu hören waren.

»Bin ich dir peinlich?«, fragte ich mit hochgezogenen Augenbrauen.

»Quatsch«, entgegnete er, und es klang ehrlich, so ehrlich, wie er in der Nacht unseres Kennenlernens gewesen war. Er senkte die Stimme noch weiter. »Meine Eltern sind mir peinlich.«

»Aber du wohnst doch hier«, gab ich zurück.

Er verzog das Gesicht. »Schon. Aber ich habe dir ja erzählt, dass wir kein einfaches Verhältnis haben. Ich dachte, das halte ich schon ein paar Wochen lang aus, ich muss sparen.«

»Das kommt davon, wenn man sein ganzes Geld für Kunst rauswirft«, schoss ich zurück. Ich war mir sicher, dass er mir meine Wut anhören konnte.

»Es ist nicht meine Schuld, dass es jetzt so ist, wie es ist«, gab er zurück.

Ich schluckte. Er hatte recht.

»Aber du machst es nicht besser, wenn du mir einen Kater vorbeibringst!«

Jack stand auf, wandte sich zum Fenster und fuhr sich durch die Haare. Draußen ging die Welt unter, aber trotzdem hätte ich jetzt lieber mitten im Wasser gestanden, als hier in diesem fremden Raum zu sitzen, mit Jack.

»Ich weiß«, flüsterte er, »das tut mir leid.«

Ich war überrascht davon, dass er so schnell aufgab.

»Wusstest du, dass das auf dem Bild ich bin?«, fragte ich. »Hast du's erkannt?«

Er drehte sich um und fixierte mich, antwortete aber nicht auf meine Frage.

»Das ist nicht der Kater meiner Eltern«, sagte er stattdessen.

»Was?«

»Das war gelogen. Ich dachte, dass du ihn dann vielleicht eher behältst. Ich habe ihn gestern aus dem Tierheim geholt«, erklärte er kleinlaut.

»Wie bitte? Warum das denn?«

»Ich dachte, du würdest dich darüber freuen. Und ... und ich wollte sehen, ob ich dich anlügen kann.«

»Wie bitte?« Ich blickte finster zurück, die Hände in die Seiten gestemmt. Das wenige Licht, das hinter ihm durch den Regenvorhang ins Zimmer fiel, schnitt nur seine schwarze Silhouette aus der Dunkelheit. Ich konnte seinen Gesichtsausdruck nicht erkennen. Vielleicht erinnere ich mich aber auch einfach nicht mehr daran. »Damit warst du wohl erfolgreich«, zischte ich, giftiger als geplant.

Jack schwieg.

»Ich werde ihr alles erzählen«, sagte ich leise, machte einen entschlossenen Schritt auf ihn zu. »Merle. Ich werde ihr alles erzählen.«

»Gut«, blaffte er zurück. »Gibt ja keinen Grund, warum du es ihr nicht erzählen solltest.«

»Nein, den gibt es auch nicht.«

Auf einmal merkte ich, wie nah wir voreinander standen. Seine Augen fingen das Licht auf und blickten mir erwartungsvoll entgegen. Ich spürte seinen Atem auf meiner Wange.

Das ist eine dumme Idee, das ist eine dumme Idee, schrie der einzige Teil in mir, dem etwas an mir gelegen ist.

Aber irgendwo in meinem Inneren wusste ich längst, dass es früher oder später passieren würde, und ich wusste, dass er es wusste. Es war nur noch eine Frage der Zeit.

In diesem Moment klopfte es an der Zimmertür. Jack und ich sprangen auseinander. Die ältere Frau, die mir vorhin an der Haustür gegenübergestanden hatte, steckte den Kopf herein.

»Jakob, kommst du endlich? Unsere Gäste warten schon.« Sie erstarrte, als sie mich halb durchnässt im Zimmer stehen sah.

»Mutter, das ist Emilia.«

Alles an Jacks Mutter wirkte seltsam weich auf mich. Sie war komplett in Beige und Dunkelgrau gekleidet und verschwamm fast mit der Einrichtung des Hauses. Aber ihre Augen stachen hellblau hervor und musterten mich scharf. »Ich wusste nicht, dass du jemanden zum Essen mitbringst.«

»Habe ich nicht erwähnt, dass Emmi kommt?«

»Nicht, dass ich mich erinnere«, entgegnete Jacks Mutter steif. Dann wandte sie sich mir zu und streckte mir eine Hand hin. »Hallo, Emilia. Sie können mich einfach Frau Mersfeld nennen.«

»Hallo, Frau Mersfeld«, stotterte ich und schüttelte ihre Hand mit meinen regennassen Fingern. Mit einem angespannten Lächeln zog sie ein Taschentuch aus der Hosentasche und wischte ihre Hände damit ab. Ich schluckte und sah Jack panisch an. Der schob mich hinter sich und schloss seine Zimmertür vor der Nase seiner Mutter. »Wir sind gleich da.«

»Was soll das?«, zischte ich.

Er grinste. »Hast du keinen Hunger?«

»Das ist nicht dein Ernst, oder?«

»Ich bringe dich und Oskar danach nach Hause, versprochen. Oder du gehst jetzt und musst durch den Regen nach Hause laufen.«

Ich funkelte ihn an. »Na gut. Aber du musst mir was Trockenes zum Anziehen geben.«

Er verbeugte sich gespielt vor mir. »Aber natürlich, gnädige Frau.«

***

Zehn Minuten später saß ich neben Jack am matt erleuchteten Tisch im Esszimmer seiner Eltern und versuchte herauszufinden, welche Gabel ich für welches Gericht verwenden sollte. Ich trug einen Pullover von Jack, der mir viel zu weit war, bei jeder Bewegung stieg mir sein Geruch in die Nase. Zu Besuch war scheinbar ein Geschäftspartner von Jacks Vater mit seiner Frau – nicht, dass er sich mir vorgestellt hätte. Die Männer unterhielten sich gedämpft über Aktienkurse, während ich versuchte, mit Messer und Gabel meinen Feldsalat so zu falten, dass ich ihn ohne größere Kleckerei in meinen Mund stecken konnte. Ich spürte, dass Jack mich belustigt von der Seite beobachtete, und trat unter dem Tisch nach seinem Bein.

Er beugte sich zu mir herüber. »Ohne dich wäre diese Veranstaltung nicht auszuhalten, so haben wir zumindest ein bisschen Spaß«, flüsterte er, seine Lippen streiften dabei mein Ohr, und ich hoffte, dass er nicht bemerkte, wie ich eine Gänsehaut bekam.

Ich setzte mein breitestes Lächeln auf. »Das wirst du bereuen«, flüsterte ich zurück.

Jack gluckste. Seine Mutter räusperte sich auf der anderen Seite des Tisches. Im schwachen Licht der tief hängenden Lampen lag ihr Gesicht im Schatten. »Emilia, was machen Sie denn beruflich?«, fragte Jacks Mutter.

»Ich ... ich ... studiere noch«, gab ich zurück, obwohl das eine Lüge war.

»Emmi schreibt«, ergänzte Jack.

»Oh, wie wundervoll«, schaltete sich die Frau des Geschäftspartners von der Seite ein. »Was kann man denn von Ihnen lesen?«

Ich räusperte mich und griff nach meinem Wasserglas, um den Kloß in meinem Hals loszuwerden. »Noch ... noch nichts, ich trete mit meinen Texten vor allem bei Veranstaltungen auf.«

»Dann lassen Sie mich anders fragen«, sagte Jacks Mutter, »was wollen Sie denn mal beruflich machen?«

Der Essig der Salatsoße kratzte mich im Hals. Ich räusperte mich wieder. »Das weiß ich noch nicht so genau.«

»Ich wusste schon immer, dass ich etwas mit Zahlen machen wollte«, entgegnete Frau Mersfeld, »seit ich ein Kind war. Allerdings wusste ich damals nicht, dass man damit auch Geld verdienen kann.« Sie lachte trocken, und die andere Frau stimmte ein. Sie stießen mit ihren Weingläsern an.

Jack und ich wechselten einen schnellen Blick, und jetzt sah ich so etwas wie Bedauern in seinen Augen aufflackern.

»Wie lange sind Sie denn schon zusammen?«, fragte die Frau des Geschäftspartners jetzt.

Doch bevor ich mir eine Antwort einfallen lassen konnte, erhob sich glücklicherweise Jacks Mutter. »Zeit für den Hauptgang!«

JETZT

Der Kellner bringt den Wein und eine Flasche Wasser. Jack und ich heben unsere Gläser. Der Wein rinnt warm durch meinen Körper und vertreibt meine Nervosität ein bisschen. Jack öffnet den Mund und will gerade etwas sagen, da fällt ein Schatten über unseren Tisch. Ich sehe auf – und zu meiner Überraschung steht Margarete Leopold vor uns.

»Guten Abend, Emilia«, sagt sie mit ihrer ruhigen tiefen Stimme, »was für ein angenehmer Zufall.«

Sie lächelt mir milde zu und reicht Jack die Hand. Er erhebt sich kurz und setzt sich dann wieder. »Margarete Leopold«, stellt sie sich vor.

Er nickt knapp. »Ich weiß, wer Sie sind.«

Sie scheint davon nicht überrascht. Margarete trägt ein langes Kleid aus fließendem dunkelgrünem Stoff, dazu hängende Perlenohrringe und ihre charakteristische schwarz umrahmte Brille. Seit ich sie kenne, hat sie sich kein bisschen verändert. Ich bin mir sicher, dass sie auch noch in zwanzig Jahren genauso aussehen wird wie jetzt – und dass sie auch schon vor vierzig Jahren so ausgesehen hat.

»Ich freue mich sehr über unsere nächste Zusammenarbeit«, sagt sie, und ich merke, dass ich erröte.

»Ich mich auch«, antworte ich schnell. Ich weiß, dass sie mir schmeichelt, aber was soll ich sagen, es funktioniert.

»Kannst du schon abschätzen, wann du mir die ersten *Notizen* schicken kannst?«

Ein bisschen sticht es doch. Notizen. Aber so ist es eben, wenn man als Ghostwriterin arbeitet. Ich meine, Politiker schreiben ihre Reden ja auch nicht selbst, und Stars ihre Memoiren auch nicht. Das ist ein ganz normaler Job wie jeder andere – und ich würde sonst bestimmt keinen Job finden, mit dem ich dreitausend Euro im Monat verdiene. Beziehungsweise dreitausend im Jahr. Aber dann immerhin innerhalb eines Monats.

»Ganz bald«, sage ich mit einem Lächeln, das bestimmter ist, als ich mich fühle. Außer ein bisschen Gekritzel habe ich noch gar nichts produziert. Mein Herz flattert.

»Ich bin unglaublich gespannt.« Sie zwinkert mir zu. »Dann lasse ich euch beide mal wieder allein.« Noch einmal blüht ihr Lächeln auf, dann dreht sie sich um und geht davon, lässt sich von einem Mann mit beeindruckender grauer Tolle und schickem Anzug vom Boot herunterführen.

Jack hebt die Augenbrauen. »Ist nicht dein Ernst, oder?«, fragt er.

»Was meinst du?« Ich gebe vor, tatsächlich nicht zu wissen, was er meint, und verstecke mein Gesicht hinter dem Weinglas.

Der Kellner bringt unser Essen, aber Jack lässt mich nicht aus den Augen. »Danke«, sagt er nur. »Sag mir bitte, dass du nicht *ihre* Bücher schreibst«, flüstert er dann.

»Was? Wie kommst du darauf?«

Er versenkt das Gesicht in seinen Händen. »O Mann, Em.«

Meine Wangen glühen. »Nicht jeder von uns hat Eltern, die ihm ein Vermögen hinterlassen«, schoss ich zurück.

»Das meine ich doch gar nicht«, sagt er leise. »Jetzt wirst du unfair.«

»Und was meinst du dann?«, frage ich. Ich spiele mit meiner Gabel herum, aber ich rühre mein Essen nicht an. Ich habe keinen Appetit mehr.

»Ich meine, wie kannst du … du hast so viel Talent.«

»Aber ich muss auch Geld verdienen. So lesen die Leute wenigstens, was ich schreibe.«

»Du weißt schon, dass sie dich ausnutzt, oder?«

Ich schüttele den Kopf. »Wir haben einen Vertrag, das geht alles mit rechten Dingen zu.«

Er bedenkt mich nur mit einem Blick, der sagt, dass er genau weiß, dass ich lüge. Dabei lüge ich gar nicht. Ich habe doch einen Vertrag.

»Du … du könntest *dein* Ding machen, Em.«

Mir wird bewusst, dass ich meinen Wein immer schneller trinke. Mein Glas ist fast leer. »Sag mir nicht, wie viel Potenzial ich habe. Das muss ich wirklich nicht von dir hören.«

Er presst die Lippen aufeinander. »Aber wer soll es dir denn sonst sagen, Em?«

Ich schlucke. »Und was ist mit dir? Welche Träume hast du verwirklicht in den letzten vier Jahren?«

Er hebt die Schultern. »Ich habe festgestellt, dass ich keine habe.«

»Oh.« Auf einmal bereue ich, was ich gesagt habe.

»Ich glaube, mein Platz in der Welt ist dort, wo ich andere unterstützen kann. Das ist eine Vorstellung, die mir gefällt. Aber wie genau das aussehen kann, muss ich erst noch herausfinden.«

»Da wärst du sehr gut drin«, sage ich – und meine es ehrlich, aber es kommt schon wieder wie ein kleiner Angriff aus meinem Mund.

Jack seufzt. »Das hier war eine dumme Idee. Ich weiß nicht, warum Dr. Struwe meint, dass uns ein romantisches Date helfen sollte.«

»Moment – hat er das zu dir gesagt? War *das* Dr. Struwes Aufgabe für dich?«

Er zieht die Augenbrauen zusammen. »Hat er dir was anderes gesagt? Ich dachte, das meintest du, als du vorhin angerufen hast?«

Ich schüttele den Kopf. »Nein, ich soll herausfinden, was diese großen Wörter in meinem Leben wirklich bedeuten.«

»Welche denn?«

»Liebe«, sage ich und füge dann schnell hinzu, »zum Beispiel.«

»Liebe«, sagt er langsam. »Und was ist deine Definition?«

Ich zucke die Achseln. »Ich habe mich nie getraut, wirklich darüber nachzudenken.«

»Warum nicht?«

Ich weiche seinem Blick aus und stochere auf meinem Teller herum. »Na, weil es wehtut, natürlich. Und weil ich Angst vor meiner eigenen Reaktion auf diesen Schmerz habe.«

»Ich habe auch Angst«, entgegnet er.

Ich ertappe mich dabei, wie ich zu ihm das sage, was er vor vier Jahren mir gesagt hat: »Du siehst nicht aus wie jemand, der Angst hat.« Kurz schweigen wir beide. »Wovor hast du denn Angst?«

Jack seufzt und massiert sich mit seinen Fingern die Schläfen.

»Ich bin so furchtbar flatterhaft«, sagt er. »Ich reise durch die Weltgeschichte, immer auf der Suche nach dem nächsten großen Ding. Und dabei fühle ich mich wie auf der Flucht. Und habe Angst, währenddessen mein Leben zu verpassen.«

»Da geht es dir wie mir, nur aus den entgegengesetzten Gründen.«

Er legt den Kopf schief. »Aber du bist doch draußen, hier, mit mir.«

Ich hebe die Schultern. »Rate mal, an wem das liegt. *Ich* bin es jedenfalls nicht.«

Er sieht mich für einen langen Moment an. Seine Augen sind traurig und groß. »Hast du mich geliebt?«, flüstert er so leise, dass ich es kaum verstehen kann. »Damals?«

Ich erwidere seinen Blick für eine gefühlte Ewigkeit. Die Worte brennen mir auf der Zunge. »Nein«, sage ich schließlich, »das war keine Liebe. Liebe ist nicht so zerstörerisch. Und ich will nie wieder etwas fühlen, was so viel kaputt macht. In anderen. In mir.«

DAMALS

Jedes Jahr veranstaltete ich eine Überraschungsparty zu Merles Geburtstag. Durch die Regelmäßigkeit war es allerdings irgendwann ins Gegenteil gekippt, und es war eher zu einer *Erwartungsparty* geworden. Jedes Jahr mit einem anderen Motto, größer, verrückter, bunter. Meine Taktik dabei war es, mich in einem Kostüm zu verstecken und völlig eins mit dem Hintergrund zu werden, während Merle den Spaß ihres Lebens hatte. Ich mochte es, ihr dabei zuzusehen. Ich liebte das Strahlen in ihrem Gesicht, auch wenn es mehr als ironisch war, dass ich die besten Partys organisierte, obwohl ich Partys hasste. Aber vielleicht konnte ich das auch gerade deswegen so gut. Doch dieses Jahr war alles anders.

Merle hatte einen Freund.

Soweit ich mich erinnern konnte, war das an ihrem Geburtstag noch nie der Fall gewesen. Bisher hatte sie alle Anwärter immer kurz vorher abgeschossen, damit sie sich auf der Party des Jahres ausleben konnte.

Dieses Jahr hatte Merle nicht nur einen Freund, sondern ausgerechnet Jack an ihrer Seite.

Wie jedes Jahr wollten wir in Merles Geburtstag reinfeiern. Deswegen sollte sie erst kurz vor Mitternacht nach Hause kommen, auch das war wie immer. Normalerweise trudelten ihre Freunde ab dreiundzwanzig Uhr ein. Also blieb mir noch genug Zeit, die Wände und den Boden ihrer WG mit Kunstpostern zuzupflastern, in der Küche eine Bar aufzubauen und die zerbrechlichen Dinge in das Zimmer ihrer Mitbewohnerin zu verfrachten, das jedes Jahr abgeschlossen wurde. Die anderen Mitbewohnerinnen waren ebenfalls ausgeflogen. Also war ich ganz allein – und trotzdem viel zu früh mit den Vorbereitungen fertig.

In meinem Kostüm, auf dessen Saum ich bei jedem Schritt trat, saß ich in der Küche und bediente mich schon einmal an der Bar. Das diesjährige Motto lautete »Kunstwerke« – jeder Gast sollte sich als eins verkleiden, das er oder sie besonders mochte. Langsam wurde es dunkler, ich schaltete die Partylichter ein, die Discokugel im Eingangsbereich und die blinkenden Lichterketten auf dem Balkon. Dann testete ich die Lautsprecher, die überall in der Wohnung platziert waren, und hängte mehrere Entschuldigungszettel im Treppenhaus auf. Zurück in der Küche, hatte ich immer noch ein paar Stunden übrig.

Ich tigerte auf und ab, scrollte durch Instagram und las Nachrichten, die mir ein Grummeln im Magen verursachten. Ich bediente mich an Merles Erdnussbuttervorrat und öffnete eine Flasche Wein. Während ich mir ein Glas eingoss, klingelte es an der Tür. Die Klingel in dem alten Haus schrillte durch alle Wände und ließ die Wohnung erzittern. Vor Schreck zuckte ich zusammen und schüttete Rotwein über den Tisch, doch bevor er auf den Boden tropfen konnte, sog mein helles Kostüm ihn dankbar auf.

»Scheiße.« Ich drückte einen nassen Schwamm gegen meinen Rock und humpelte zur Tür. Ich öffnete sie einen Spalt und drückte den Summer für die Haustür – die Sprechanlage der alten Wohnung war bei Merles letztem Geburtstag kaputtgegangen. Ich ging ins Badezimmer, um mein Kostüm im Waschbecken zu säubern, da hörte ich jemanden eintreten.

»Hallo?«

Ich erstarrte, als ich Jacks Stimme hörte.

Schnell warf ich einen Blick in den Spiegel. Ich hatte mein Gesicht weiß angemalt und trug einen Bettbezug als Kostüm. Ich sah mehr wie ein Geist aus, als ich mir eingestehen wollte. Das war nicht der Plan gewesen.

»Hallo?«, wiederholte Jack.

»Ich komm gleich!« Panisch zerrte ich den Bettbezug zurecht. Der Weinfleck mitten auf meinem Bauch sah aus wie eine tödliche Wunde.

Als ich aus dem Bad kam, hatte Jack mir den Rücken zugewandt. Von hinten sah er aus wie immer.

»Was machst du denn hier?«

Er drehte sich um. »Ich wollte ein bisschen früher kommen und beim Aufbauen helfen.«

»Ich bin schon fertig mit allem.«

»Oh, okay.«

»Was sollst du denn darstellen?«, gab ich zurück.

Er legte beide Handflächen an die Seite seines Gesichts und formte ein schockiertes Oh mit dem Mund.

»Der Schrei?«, fragte ich.

Er nickte. »Ziemlich unkreativ, oder?«

Ich nickte wieder und musste grinsen.

Für einen Moment herrschte verlegene Stille.

»Und du?«

»Sieht man das nicht?«, fragte ich.

»Irgendeine antike Statue?«

Ich schüttelte den Kopf.

»Diese ertrunkene Ophelia?«

Wieder schüttelte ich den Kopf.

»Ich komm nicht drauf«, sagte er.

»Also, ich finde, es ist offensichtlich, dass ich der von Christo verhängte Reichstag bin.«

Jack schüttelte den Kopf. »Es tut mir ja leid, dir das sagen zu müssen, aber nein, einfach nein.« Er grinste zurück. Doch dann wurde er plötzlich ernst und machte einen Schritt auf mich zu.

»Wie geht's dir, Em, ich meine, mit allem?«

Mein Herzschlag beschleunigte sich. Ich konnte seinen Blick nicht erwidern, also drehte ich ihm den Rücken zu und ging in die Küche. »Willst du auch einen Wein?«

»Nein danke, ich ...« Er folgte mir, und ich tat so, als würde ich die Servietten auf der Theke noch einmal falten und die Salzstangen in den Gläsern neu arrangieren. »Ich bleib nicht lang«, vollendete er seinen Satz.

Die Küche von Merles WG war winzig, aber tagsüber konnte man durch das große Fenster über Baumwipfel in die Ferne sehen. Jetzt war es draußen stockdunkel, wie spät mochte es sein? Ich hatte den Überblick über die Zeit verloren.

»Em, ich ...«

Ich riss eine Schublade auf und holte die übrig gebliebenen Luftballons von letztem Jahr hervor. »Du kannst die aufpusten, wenn du magst.« Ich hielt ihm eine Handvoll davon vors Gesicht. »Ich überprüfe noch einmal die Technik.«

Ich schob mich an ihm vorbei, was in der engen Küche gar nicht so einfach war.

An der Technik gab es eigentlich nichts zu kontrollieren, also schaltete ich die Discokugel ein paarmal aus und an. Buntes Licht tanzte über Jacks Gesicht, als er auf mich zukam.

»Em, schau mich an.« Er legte seine Hände um mein Gesicht, sodass ich mich nicht mehr herauswinden konnte. »Wir werden es ihr morgen sagen, okay?«

Ich schluckte. »Und dann?«

Er blinzelte irritiert. »Was meinst du damit?«

Ich schlug die Augen nieder. Seine Hände lagen rau und warm auf meinen Wangen, für einen Moment genoss ich das Gefühl. »Wie soll es dann weitergehen?«

»Ich weiß es nicht. Aber ist es nicht in jedem Fall schlimmer, so etwas geheim zu halten?«, gab er zurück. »Das, was zwischen uns war. Was zwischen uns ist …«

Ich hob hilflos die Schultern.

»Willst du …? Ich meine, wenn wir die Zeit zurückdrehen würden zu dem Abend, an dem wir uns kennengelernt haben … Würdest du es noch einmal mit mir versuchen?«

Ich senkte den Blick. »Ich … wir können die Zeit nicht zurückdrehen, Jack.«

»Ich liebe dich, Em.«

Das Knarzen der alten Dielen schreckte uns auf. Ein Schatten fiel in den Raum, verzerrt von den tanzenden Lichtern der Discokugel. Merle stand im Türrahmen – wir hatten sie nicht kommen hören. Jack und ich sprangen auseinander, aber da war es bereits zu spät. Merle starrte uns an, mit offenem Mund und Tränen in den Augen.

JETZT

Irgendwann räumt der Kellner unsere fast unberührten Teller ab, er blickt ein bisschen pikiert drein, aber er kann die Situation gut genug deuten, um uns nicht zu unterbrechen.

»Ich habe nie hinter mir gelassen, was damals passiert ist«, flüstere ich und fokussiere meinen Blick auf ein Pfefferkorn, das auf der weißen, gestärkten Tischdecke gelandet ist.

Jakob seufzt. »Ich auch nicht. Und ich habe alles in der Welt versucht, um es zu vergessen.«

Ich strecke die Finger aus und berühre das helle Band an seinem Ringfinger. »Du hast geheiratet?« Die ganze Zeit schiebe ich diese Frage schon vor mir her, deute alles Mögliche in die Existenz und Nichtexistenz dieses Rings, und auf einmal kommt sie mir ganz leicht über die Lippen.

»Ja«, sagt er.

»Wo ist sie«, frage ich, »oder er?«, füge ich schnell hinzu.

Er holt tief Luft. »Ich habe keine Ahnung. Wir kannten uns kaum, aber entschieden nach einer Woche, dass wir unsere Vergangenheiten durch einen Ehering begraben könnten. Sie ist drei Tage später zu ihrem Ex-Freund zurückgegangen.«

»Warum hast du ihn dann noch getragen?«, frage ich. Erleichterung durchströmt mich – aber auch Angst, wie könnte es anders sein.

Jack zieht den Ring aus seiner Hosentasche und streift ihn über. Das schmale goldene Band schimmert sanft im gedämpften Licht. »Als Erinnerung daran, dass man nicht ewig vor seinem Leben davonlaufen kann.«

»Bist du deswegen zurückgekommen?«, frage ich.

Er nickt. »Mein Onkel hat mich angerufen, als sich der Zustand meiner Mutter plötzlich verschlechterte. Mein Vater fand es offensichtlich nicht nötig, mich zu informieren.«

»Das tut mir leid«, sage ich leise.

»Muss es nicht«, entgegnet er.

»Ich weiß, tut es mir aber.« Er blickt nachdenklich in die Dunkelheit vor dem Fenster. »Ich weiß noch gar nicht, was du in den letzten Jahren eigentlich gemacht hast.«

Jack holt tief Luft. »Ich bin nie lange an einem Ort geblieben. Ein paar Monate in Paris, ein paar Monate in Estland bei einer Freundin. Ich weiß nicht, was es ist, aber etwas in mir drin hat mich nach einiger Zeit immer angestachelt weiterzuziehen. Wenn man seinen Job von überall aus erledigen kann, gibt es nicht wirklich einen Grund, an einem Ort zu bleiben.«

»Sind andere Menschen kein Grund zu bleiben?«

Er sieht mich ruhig und lange an, ohne zu antworten. Wenn wir unsere Vergangenheit schon nicht vergessen können, können wir sie nicht zumindest einfach ignorieren, wir beide, zusammen?

In diesem Moment klatscht der Kellner im vorderen Teil des Bootes in die Hände. »Dürfte ich für einen Moment Ihre Aufmerksamkeit stehlen?«, fragt er. Alle Köpfe drehen sich zu ihm um. »Gleich fährt ein großer Tanker an uns vorbei, es kann für ein paar Minuten etwas wackeliger werden, aber verzagen Sie nicht, es ist gleich vorbei.«

»O nein«, seufze ich.

Jack sieht mich alarmiert an. »Wirst du seekrank?«

Ich nicke. Er schießt von seinem Platz hoch. »Entschuldigung? Entschuldigung, ich würde gerne zahlen.« Wieder drehen sich grauhaarige Köpfe zu uns herum, und mir fällt noch einmal auf, wie fehl am Platz ich hier bin, mit meinem gemütlichen, weiten Pulloverkleid und den Turnschuhen, die schon bessere Tage gesehen haben.

Ich will gerade aufstehen, als das Boot zu wackeln beginnt.

»Hallo?«, rufe ich dem Kellner hinterher, der gerade an mir vorbeimarschiert, ohne uns zu beachten. Meine Stimme bebt. Ich spüre Angst in mir emporkriechen, erst langsam, dann immer schneller. Bekomme ich nun wirklich wegen ein paar Wellen eine Panikattacke? Bitte nicht. Meine hektischen Blicke durch die Fenster offenbaren ein riesiges Containerschiff, das sich den Weg durch das Wasser an uns vorbeifrisst. *Ruhig ein- und ausatmen, Em,* spreche ich zu mir, während ich meine Finger um die Tischplatte klammere. Überall im Inneren des Bootes klirren Besteck und Gläser aneinander.

»Gleich vorbei!«, ruft der Kellner beschwichtigend vom Heck des Bootes, aber auch er klammert sich an einer Säule fest.

Währenddessen versucht Jack schwankend, zu ihm zu gelangen.

Mein Hals schnürt sich zu, als sich Speichel unter meiner Zunge sammelt und mein Kiefer sich zusammenzieht.

Bitte nicht, bitte nicht, bitte nicht, bete ich im Kopf an eine Gottheit, an die ich nicht glaube. Sie existiert nur in solchen Momenten in meinem Leben. Wenn sich Panik in mir ausbreitet. Und hat sie je etwas besser gemacht? Definitiv nicht. Als die nächste Welle gegen unser Boot schwappt, stürzt ein Weinglas auf dem Nebentisch um und zerbricht auf dem Boden, blutroter

Wein spritzt mir entgegen. Der Dame am Nebentisch entweicht ein Schrei, der mich nur noch nervöser macht. Mein Herz schlägt so schnell, dass Flecken vor meinen Augen tanzen.

DAMALS

Meine erste Panikattacke hatte ich, als ich in der Nacht von Merles Geburtstag zu Hause im Bett lag. Das weinrot befleckte Bettlaken hing über dem Stuhl, mein flauschiger kleiner Mitbewohner drängte sich an mich, obwohl es in der kleinen Wohnung stickig und heiß war. Aber ich genoss trotzdem seine Nähe. Ich wollte ihn nicht ins Tierheim zurückbringen, also hatte ich ihn einfach wieder von Jack mit nach Hause genommen. Oskar hatte mittlerweile ein Katzenklo, einen Kratzbaum und eine kleine runde Höhle, die Merle ihm gefilzt hatte. Merle.

Bevor Jack oder ich eine Chance hatten, uns zu erklären – aber was hätten wir auch erklären können? –, hatte Merle auf dem Absatz kehrtgemacht und war die alten Holztreppen des Hauses runtergedonnert, sodass ich mir sicher war, es würde einstürzen, als sie die Eingangstür hinter sich zuschlug.

Zu meinem Pech blieb das Haus jedoch stehen – und Jack und ich mit ihm.

»Scheiße«, flüsterte er. Das riss mich aus meiner Starre.

»Merle!« Ich lief los, sprintete die Stufen nach unten und aus dem Haus. »Merle!«

Aber sie war wie vom Erdboden verschluckt, als wäre sie nie da gewesen – als hätte nur mein schlechtes Gewissen ihre Form angenommen, um uns heimzusuchen. Ich rief sie einmal, zweimal, dreimal an, dann ihre Schwester, Mutter und ein paar ihrer Künstlerfreunde, die schon auf dem Weg zur Party gewesen waren, aber niemand wusste, wo sie steckte.

Mein Herz hörte nicht mehr auf zu rasen. Stundenlang lief ich durch die Stadt, suchte jede Straße in der Innenstadt nach ihr ab, schaute in jede Bar und in jede Kneipe, bis der Saum meines Kostüms komplett dreckig war und es anfing zu regnen.

Aber Merle blieb verschwunden.

Die Panik kam, als ich schließlich im Bett lag, zusammengerollt, Oskars Pfote im Gesicht. Ich wusste in diesem Moment, dass das mit mir und Jack vorbei war, für immer zerstört von unseren eigenen heimtückischen Fehlern. Die Panik wuchs in mir an, von Sekunde zu Sekunde mehr – und dann brach sie aus mir heraus. Ich bekam keine Luft mehr, mir wurde schwarz vor

Augen. Ich war mir sicher, ich würde sterben – so musste sich ein Herzinfarkt anfühlen. Ein Teil von mir hoffte, dass jetzt einfach alles vorbei war und ich Merle nie mehr in die Augen sehen musste.

Zumindest der zweite Teil meines Wunsches erfüllte sich tatsächlich.

JETZT

Wenn eine Panikattacke auf dich zurollt, gibt es diesen einen alles entscheidenden Moment. Ein winziger Augenblick, der darüber entscheidet, ob du die Panik zurückdrängen kannst oder ob sie dich verschlingt.

Die Übelkeit hat mich voll im Griff, ich kann mich nicht bewegen, nur noch existieren. Da ergreift Jack auf einmal meine Hand und zieht mich mit sich, durch das wankende Boot und den schmalen Zwischengang über den roten Teppich hinauf auf die Planke. Als ich wieder festen Boden unter den Füßen habe, sinke ich in mich zusammen.

»Alles okay?«, fragt er. Wenn ich jetzt spreche, dann muss ich kotzen. »Brauchst du Wasser? Kann ich irgendwas tun?«

Ich schüttele den Kopf und beginne, auf allen vieren die Steine zum Wasser hinunterzukraxeln.

»Hey, was machst du denn?« Jack folgt mir und will mich an den Schultern zurückziehen, aber ich schüttele ihn ab.

»Alles okay«, stoße ich zwischen zusammengepressten Zähnen hervor.

Aber wie gesagt: Ich hätte nicht sprechen sollen.

Im nächsten Moment kotze ich über die Steine am Ufer.

Jack springt mir zur Seite und streicht mir die Haare aus dem Gesicht. »Em, was machst du denn?«

Das Wasser schwappt über die Steine und trägt mein Erbrochenes fort. Es durchnässt den Saum meines Kleides und meine Schuhe völlig, aber es kümmert mich nicht. Ich fühle mich miserabel. Miserabel, aber erleichtert. Ich blinzele zu Jack hoch. »Du musst dir keine Sorgen machen. Jetzt ist es raus.«

»Wenn ich gewusst hätte, dass du auf ein *romantisches Date* so reagierst …«, sagt er mit einem schiefen Grinsen. »Aber ich hätte es mir eigentlich denken können.«

»Ja, das hättest du.« Ich spüre ein Kichern in mir emporquellen, es nimmt die gleichen Bahnen wie die Panik, schießt aus mir heraus, ohne dass ich es aufhalten kann. »Jack?«, krächze ich schließlich.

»Em?«, fragt er.

»Können wir einfach Freunde sein?«

Er sieht mich für einen Moment ruhig an, dann beugt er sich vor und umarmt mich, so fest, dass ich sein Herz an meiner Brust spüre.

»Freunde«, flüstert er.

***

Meine nassen Schuhe quietschen auf dem kalten Stein, als ich die Treppenstufen zu meiner Wohnung hinaufsteige. Ich habe es nicht eilig, nach Hause zu kommen. Nach unserer Umarmung sind Jack und ich über den Rhein spaziert, wir hielten uns an den Händen, schweigend. Bis er an der Straßenecke abgebogen ist, wo wir uns auch im Morgengrauen vor vier Jahren voneinander verabschiedet haben.

Wir umarmen uns noch einmal fest. »Schön, dass du wieder

da bist«, flüstere ich. Er erwidert mein mattes Lächeln. »Kommst du zum nächsten Termin bei Dr. Struwe?«, fragt er.

Ich nicke. »Aber natürlich. Alles andere wäre fatal für meine Finanzen.«

Er schüttelt lachend den Kopf. »Du bist unmöglich.«

»Genug der Komplimente.« Ich winke ihm zu. »Gute Nacht, Jack.«

»Gute Nacht, Em.«

Ich laufe an Roberts Wohnung vorbei und will gerade die nächste Treppe nehmen, da halte ich inne. Ich fühle mich beobachtet. »Robert?«, frage ich das Spionauge in der Mitte seiner Tür. »Bist du da?«

Ich höre ein Rascheln hinter der Tür, aber er reagiert nicht. Es wird noch ein bisschen dauern, bis er mir verzeihen kann, dass ich unsere Affäre beenden will. Aber ich bin mir sicher, dass es das Richtige ist. Es fühlt sich an, als sei ich herausgewachsen aus dieser Geschichte.

Die Lichter im Flur gehen aus, weil ich so lange nach oben brauche. Im Dunkeln taste ich mich die nächsten Stufen empor. Erst kurz vor meiner Tür höre ich das Schluchzen.

»Hallo?« Meine Finger tasten in der Dunkelheit nach dem Lichtschalter. Die Lampe über meinem Kopf beginnt mit einem surrenden Geräusch zu leuchten. Auf den Stufen neben meiner Wohnungstür sitzt ein unförmiges Bündel, in sich zusammengekauert. Ich kann nicht erkennen, wo der Kopf und wo die Arme sind, wie viele Hände es hat und ob es tatsächlich ein Mensch ist. Aber ich erkenne sie an der Art, wie ihre Schultern zucken.

»Lara?« Ich gehe vor ihr in die Knie. »Hey, was machst du denn hier? Was ist los?« Sie reagiert nicht, heult nur noch stärker. Es ist Jahre her, dass ich meine Schwester zum letzten Mal so gesehen habe, vielleicht sogar Jahrzehnte. Ich war immer die Heulsuse in unserer Familie, nicht sie. Aus dem Körperbündel tasten sich Finger heraus, die mich an sie ziehen. Ich streichele ihren Kopf, ihr ganzer Körper zittert. »Hey, ist doch alles gut …«, sage ich, einfach nur, um etwas zu sagen. Aber sie bebt nur noch stärker.

Ist etwas mit dem Baby passiert? Mit der freien Hand nestele ich meinen Schlüssel aus der Tasche und lehne mich zur Seite, um die Wohnungstür aufzuschließen. Dann ziehe ich meine Schwester hoch wie ein kleines Kind, sie klammert sich weiter an mir fest. Ich komme mir ein bisschen so vor, als würde ich eine Leiche entsorgen, während ich sie quer durch die Wohnung schleife. Oskar versteckt sich unter dem Schreibtisch. Ich setze Lara in der Küche auf einen Stuhl, schalte den Wasserkocher an und reiche ihr eine Packung Taschentücher. Immerhin bin ich für solche Situationen perfekt ausgestattet. Lara vergräbt das Gesicht in ihrer Armbeuge und heult in die Tischplatte. Ich lasse sie in Ruhe, während ich den Tee aufgieße, schließlich ist weinen heilsam, wenigstens das. Dann stelle ich die Tasse mit Nachdruck vor sie hin, setze mich ihr gegenüber und greife ihre Hand.

»So, was ist los, Lara?«

Sie tastet mit blinden, zugequollenen Augen nach den Taschentüchern und schnäuzt sich so laut die Nase, dass der zögerlich hervorgekrochene Oskar direkt wieder unter dem Sofa verschwindet.

»Ist mit dem Baby alles okay?«, frage ich vorsichtig.

Sie sieht mich an und beginnt wieder zu heulen, aber ich glaube, in ihrem Geschluchze das Wort »Ja« zu hören. Ich bin erleichtert. Was kann in Laras perfektem Leben sonst schiefgegangen sein? Hat sie das falsche Bild auf Instagram gepostet? Ist sie in einen Shitstorm geraten?

Die Erkenntnis erwischt mich eiskalt. Tom! Tom, der Bastard, hat sie betrogen!

»Ich werde ihn umbringen«, zische ich zwischen den Zähnen hervor.

»Was? Du willst sie umbringen?« Lara hört schlagartig auf zu schluchzen, hebt ihren Kopf und starrt mich aus rot geäderten, aber immer noch wunderschönen Augen an.

»Sie? Ich blick's nicht«, stoße ich verwirrt hervor. Ich hätte in diesem Moment nichts lieber als eine Zigarette. Laras Lippen beginnen wieder zu zittern. »Erzähl es mir einfach, einen Schritt nach dem anderen«, sage ich, nehme ihre beiden Hände wieder in meine und streichle sie mit meinen Daumen.

»Es ist etwas Schreckliches passiert«, flüstert Lara. Unruhig rutsche ich auf meinem Stuhl hin und her. »Und es ist alles meine Schuld.« Ihre Stimme bebt.

»Lara«, sage ich und schaue ihr ernst in die Augen, »*was* ist passiert?«

»Ich …« Sie stockt und sieht aus, als würde sie sich gleich übergeben. »Ich habe mich in jemand anderen verliebt.«

»Was?« Instinktiv reiße ich meine Hände von ihr los. »Wie bitte?«

»Siehst du?« Erneut quellen Tränen aus ihren Augen. »Ich bin ein schrecklicher Mensch!«

»Nein, das bist du nicht. Aber … aber was ist denn nun passiert?«, frage ich noch einmal.

Lara und Tom. Frisch verheiratet, werdende Eltern, das perfekte Haus mit großem Garten und Fotoatelier am Stadtrand, das perfekte Instagram-Paar.

»Ich … ich weiß auch nicht, wie es so weit kommen konnte.« Sie starrt in ihren Tee, als würde sie sich am liebsten im nächsten Moment darin ertränken. »Wir saßen einfach nur zusammen im Wohnzimmer und haben über die Geburt gesprochen.«

»Moment, um wen geht es? Wer saß da?«

»Na, Tom, ich … und die Hebamme.«

»Die Hebamme?«

Lara nickt und schlägt die Augen nieder. »Wir haben uns schon ein paarmal mit ihr getroffen, um die Geburt und alles drum herum zu besprechen. Heute kam sie, um den Stand der Schwangerschaft zu protokollieren und mit mir ein Babybuch zu basteln.«

»Okay?« Ich verstehe noch nicht ganz, worauf ihre Erzählung hinauslaufen soll.

»Ich fand sie schon von Anfang an toll. Ausgerechnet Tom hat sie mitgebracht, weißt du? Sie war auch die Hebamme seiner Schwester. Aber irgendwann habe ich gemerkt, dass ich mich nur mit ihr treffen wollte, wenn Tom nicht dabei war.«

»Oh, kann es nicht sein, dass das einfach an Tom liegt?«

Aber meine Schwester schüttelt den Kopf. »Es hat mich heute getroffen wie ein Blitz. Ich habe ihr dabei zugesehen, wie sie die verdammte Spiralbindung des Babybuchs fixiert hat … und da war es mir auf einmal klar. Ich habe mich verliebt, Emmi, in meine Hebamme.« Ich schlucke den absurden Drang hinunter, laut loszulachen. »Ich habe auf einmal gemerkt, was das Leben noch für Erfahrungen bieten könnte.«

»Und du bist dir sicher, dass es nicht an den Hormonen liegt? Dass du sie nicht einfach toll findest, als Freundin?«, frage ich mechanisch.

Lara wirft mir einen finsteren Blick zu. »Ist das dein Ernst, Emmi? Gerade von dir hätte ich ein bisschen mehr Verständnis erwartet.«

»Entschuldige, das war ein dummer Kommentar.«

»Ja, war es.«

»Okay …«, ich atme einmal tief durch, »und ist irgendwas zwischen euch passiert? Zwischen dir und … der Hebamme? Wie heißt sie überhaupt?«

»Maja«, schluchzt Lara. »Nein, aber ich weiß einfach nicht, was ich tun soll, Emmi.«

Ihre Augen springen zwischen meinen hin und her, als könnte sie in ihnen eine perfekte Lösung ablesen. Zum ersten Mal seit Langem habe ich wieder das Gefühl, die ältere Schwester zu sein. Lara kommt mir auf einmal so klein und zerbrechlich vor.

Ich beuge mich zu ihr und streiche ihr über die Wange. »Willst du heute Nacht hierbleiben?«

Sie nickt heftig. »Ja«, krächzt sie. »Kann ich bei dir im Bett schlafen?«

Ich nicke. »Natürlich.«

***

Ich bleibe wach, bis meine Schwester eingeschlafen ist. Das Licht der Lavalampe im Fenster meiner Nachbarn gegenüber färbt ihren Rücken rotorange. Sie sieht selbst fast wie ein Baby aus, wenn sie schläft. Sie hat ihre Hand um die Kugel ihres Bauches gelegt wie um ein Kuscheltier. In diesem Moment realisiere ich, dass der Mensch nie aufhört, ein Baby zu sein, dass nur die Hülle altert. Wenn wir könnten, würden wir uns alle jede Nacht in den Schlaf wiegen lassen. Als Kinder haben meine Schwester und ich oft in einem Bett geschlafen, besonders im Urlaub. Bis ich irgendwann auf die Idee kam, dass das uncool und Lara ohnehin viel zu jung war, um mich und meine existenzialistischen elfjährigen Gedanken zu verstehen.

Lara, die nun plötzlich wieder schlafend in meinem Bett liegt. Die alles im Griff hat. Lara, die sich schon um ihre Rente gekümmert hat, bevor sie zwanzig war. Lara, die den perfekten Mann in ihrem perfekten Leben hat. Dieser Gedanke macht mich ein bisschen traurig. Selbst wenn alles perfekt ist, hat man keine Garantie für das Glück, im Gegenteil. All diese wunderbaren feststehenden Fakten werden irgendwann zu Zwängen.

Lara dreht sich zu mir um und schmatzt im Schlaf, so wie früher, als ich sie dafür aus dem Bett geworfen habe. Ich streiche ihr eine Haarsträhne aus dem Gesicht, lege mich neben sie, schließe die Augen und schlafe ein, zum Geräusch ihres Atems.

***

Die schrille Klingel der Haustür reißt uns aus dem Schlaf. Das heißt, sie reißt mich aus dem Schlaf. Lara dreht sich nur grunzend auf die andere Seite. Ich klettere über sie drüber, gehe zur Tür und stelle mich auf Zehenspitzen, um durch den Spion zu lugen. Niemand ist da, also nehme ich den Hörer der Sprechanlage. »Hallo?«

»Emilia, hier ist Tom. Ist Lara bei dir? Sie ist gestern einfach verschwunden.«

Ich drehe mich zu meiner Schwester um, die sofort wach ist und hektisch aus dem Bett geklettert kommt.

»Verrate ihm nicht, dass ich hier bin, okay?«, flüstert sie.

»Du hast ihm nicht gesagt, wo du hingehst?«, zische ich zurück.

Lara schüttelt schnell und panisch den Kopf, ich verdrehe die Augen. »Tut mir leid, ich hab keine Ahnung, wo sie ist.«

Ich höre, wie Tom am anderen Ende der Leitung seufzt, und habe ein schlechtes Gewissen. »Okay, danke, kannst du dich bei mir melden, falls sie auftaucht?«

»Ja, mache ich. … Kann ich irgendwie helfen?«

»Nein.«

Ich lege auf und drehe mich mit verschränkten Armen zu Lara um. »Der ruft gleich die Polizei«, sage ich.

Sie wirft die Hände in die Höhe. »Was hätte ich ihm denn sagen sollen? Ich weiß doch selbst noch gar nicht, was ich denke.«

Ihr Gesicht ist geschwollen und rot gefleckt. Ich nehme sie in den Arm. »Danke, dass du zu mir gekommen bist«, sage ich leise.

»Danke, dass du meine Hochzeit kaputt gemacht hast«, gibt sie zurück, und überrascht stelle ich fest, dass sie das nicht als Vorwurf meint. »Sonst hätte ich vielleicht nie gemerkt, dass irgendwas nicht stimmt. Bis dahin habe ich den perfekten Traum gelebt, einfach weil nie etwas passiert ist, was mich aufgeweckt hat. Ich habe nach diesem Hochzeitsdesaster zum ersten Mal so richtig über alles nachgedacht.«

Ich platziere meine Schwester auf dem Sofa und gehe in die Küche, um ihr Kaffee zu kochen.

»Ich war ewig nicht hier«, hallt es über das Blubbern der Espressokanne zu mir herüber.

»Ja«, sage ich, »da bist du nicht die Einzige. Ich glaube, Mama und Papa waren ohnehin erst einmal hier, und zwar beim Einzug.«

»Macht dich das traurig?«, fragt Lara ernst.

Ich zögere einen Moment. »Nein«, rufe ich zurück, »das hier ist mein kleines Refugium, ich bin gern allein hier.«

»Tut mir leid, dass ich so reinplatze.«

»Ach, Quatsch.« Ich stelle zwei dampfende Tassen auf den Couchtisch. Meine Schwester steht vor den Skizzen, die ich vor ein paar Tagen gekritzelt und an die Wand gehängt habe. Ich tue so, als würde ich es nicht bemerken, und hoffe, dass sie nicht nachfragt.

»Hast du die gemacht?«

»Ja«, gebe ich zu. Meine Wangen werden knallrot. Liebe. Respekt. Schuld. Die groß geschriebenen Wörter springen mir von den Blättern entgegen.

»Die sind wunderschön«, sagt Lara dann.

»Danke«, murmele ich. Ein Smartphone vibriert in der

Diele, was es wahrscheinlich schon die ganze Nacht über getan hat.

»Scheiße.« Mit nackten Füßen springt Lara auf und bringt ihr Handy mit.

Für den Bruchteil eines Augenblicks sehe ich, dass darauf knapp hundert Anrufe in Abwesenheit angezeigt werden. Der Bildschirm wirft ihr zahllose rote Benachrichtigungssymbole entgegen. Tausende Mails, unbeantwortete Nachrichten. Lara tippt mit zitternden Händen darauf herum und wirft ihr Handy dann aufs Sofa.

Sie schnappt sich ihren Kaffee und kauert sich in der Ecke des Sofas zusammen. Oskar beschnuppert misstrauisch ihre Zehen.

»Ich dachte wirklich, du wärst glücklich«, sage ich leise und puste über meinen eigenen Kaffee, als könnte das irgendwelche Lebensgeister zurückholen, die mich schon vor Jahren verlassen haben.

»Das war ich auch«, gibt sie zurück und stockt dann für einen Moment. »Und dann war ich's nicht mehr.«

Ich hatte immer geglaubt, es würde nur mir so gehen.

»Ich dachte, ich komme irgendwann an«, fährt Lara leise fort. »Aber sobald ich da bin, am Ziel meiner Reise, will ich wieder etwas völlig anderes.«

»Das verstehe ich.«

Sie hebt die Augenbrauen. »Aber du bist doch schon seit Jahren hier.«

Ich presse die Lippen zusammen. »Touché«, sage ich. »Irgendwie komme ich nicht mehr weg, ich stecke fest in meinem Leben. Aber immerhin habe ich eine Therapie angefangen. Und …« Ich beende meinen Satz nicht.

Sie mustert mich. »Emmi, das ist gut, aber was verschweigst du mir?«

Ich ziehe die Schultern hoch, bis mein Kopf fast vollständig zwischen ihnen versinkt. Doch Lara kennt meine Schwachstelle. Sie springt auf und schnappt meinen Fuß, hält ihn mit ihren durchtrainierten Armen fest und kitzelt mich, bis ich japsend auf dem Boden lege.

»Okay!«, ächze ich, zwischen zwei Kicheranfällen. »Okay, es ist alles ein bisschen anders gekommen als gedacht.«

Lara lässt von mir ab und streicht sich die Haare aus dem Gesicht. »Gut, du erzählst mir, was los ist, und ich mache uns Pancakes.«

Ich sträube mich. »Aber es geht doch gerade um dich.«

»Spar dir das, Emmi, ich weiß, dass du nur nicht über dich reden willst und das als Selbstlosigkeit tarnst. Und mir tut es gut, mal für ein paar Minuten nicht in meinen eigenen Problemen zu versinken.«

Ich ziehe die Augenbrauen zusammen. So scharfzüngig habe ich Lara schon lange nicht mehr erlebt. Aber das Lächeln bleibt auf meinem Gesicht, als ich aufstehe und ihr in die Küche folge. Es gefällt mir.

Ich habe mir schon oft vorgestellt, wie ich Lara alles erzählen würde. Von der Verwechslung bei der Therapie, von Jack, der Beerdigung, meinen Schuldgefühlen. Aber dann fällt mir immer ein, dass ich ihr noch nicht einmal gestanden habe, was damals mit Merle passiert ist. Ich habe es einfach nicht über mich gebracht.

»Also …«, versuche ich abzulenken. »Mein Therapeut ist toll. Er trägt manchmal Batikhemden, hat lange graue Haare, und obwohl ich es am Anfang nicht erkannt habe, muss ich zugeben, dass er mich durchschaut. Ich fühl mich wohl bei ihm, mehr gibt es eigentlich nicht zu erzählen.«

Lara dreht sich zu mir um. »Wie viel davon ist gelogen?«

Ich hebe die Augenbrauen. »Nichts?«

Sie wendet die Pancakes und dreht sich noch einmal zu mir um. »Und wie viel von der Wahrheit hast du weggelassen?«

Ich seufze. »Alles.«

Lara häuft mir die Pancakes auf den Teller. »Du vergisst, dass ich dich kenne, Emmi.«

Sie setzt sich mir gegenüber, und auf einmal haben sich die Rollen umgedreht. Ich bestreiche meine Pancakes mit Himbeermarmelade. »Irgendwie hatte ich das Gefühl, dass alles in letzter Zeit anders geworden ist, zwischen uns. Schon vor deiner Hochzeit.«

Lara seufzt. »Das habe ich auch gemerkt. Ich wollte unbedingt an meinem Leben festhalten, weißt du? Und du … du hast mich in dieser Hinsicht einfach provoziert.«

Ich verschlucke mich an meinem Bissen und beginne zu husten. »Wie … wie bitte?«

Lara zuckt die Achseln und stopft sich einen ganzen Pancake auf einmal in den Mund. »Ich weiß, du hast Probleme«, quetscht sie kauend heraus, »und die ganze Hochzeitsgemeinde weiß das jetzt auch, aber …«, sie schluckt hörbar, »du hast auch nie dieses perfekte Leben *gewollt,* oder?« Ich antworte nicht. »Manchmal fühle ich mich wie gebrainwashed von der Gesellschaft, was alle meine Wünsche angeht. Als wären sie gar nicht meine eigenen, sondern nur das, was andere von mir erwarten. Aber gleichzeitig sind sie so tief in mir drin, dass ich nichts dagegen tun kann.«

Ich schiebe meinen letzten Pancake auf dem Teller hin und her. »Ich glaube, dass ich diese Wünsche nie hatte, liegt daran, dass ich von Anfang an nicht reingepasst habe. In diese Gesellschaft. In unsere Familie.«

»Erinnerst du dich nicht daran, wie Mama und Papa immer gesagt haben, ich solle mir ein Beispiel an dir nehmen? Daran, wie außergewöhnlich und kreativ du bist?«

»Das haben sie wirklich gesagt?« Ich erinnere mich kein bisschen daran.

Lara will gerade einen Schluck aus ihrer Tasse nehmen, da fällt mir ein, dass sie schwanger ist. »Her mit dem Kaffee!«, brülle ich. Vor Schreck lässt sie ihn fallen und ertränkt den ganzen Tisch in der Brühe.

»Beruhig dich, Schwesterchen«, grinst sie und steht hastig auf. Auf Höhe ihres Bauches ist ein triefender dunkelbrauner Fleck. »Eine Tasse pro Tag ist überhaupt kein Problem.« Ich werfe Geschirrtücher auf den Tisch, um die Ausbreitung des Kaffees einzudämmen.

»Ich würde dann mal duschen gehen, okay?«

»Mach das. Handtücher sind unter dem Waschbecken.«

Lara trottet ins Badezimmer und zieht eine Kaffeetropfenspur hinter sich her. Oskar ist das höchst suspekt, er hat die Augen weit aufgerissen, die Ohren angelegt. Lara schließt die Badezimmertür hinter sich, dann öffnet sie sie noch einmal und streckt ihren Kopf heraus.

»Emmi?«

»Ja?«

»Denkst du manchmal auch, dass dieses ganze Leben, das wir uns als Kinder vorgestellt haben, ein verdammter Betrug ist?«

»Jeden Tag«, gebe ich zurück, während ich die Kaffeeflecken aufwische, »jeden Tag.«

***

Während Lara duscht, stehe ich im Schlafzimmer vor der Wand mit meinen Skizzen und Notizen. Je länger ich sie anstarre, desto mehr merke ich, dass sich aus ihnen ein roter Faden zu spinnen beginnt, eine Art Geschichte. Was würde Margarete Leopold sagen, wenn ich ihr einfach das, was daraus entsteht, als Buch abgebe? Ich bin ohnehin immer mehr unter Zeitdruck, ihr etwas zu schicken …

Ich lege meinen Kopf auf die Seite und betrachte die Wand aus einer anderen Perspektive. Alle Erfahrungen, die ich mit dem Thema Liebe gemacht habe, enthielten immer eine gewisse Unfreiwilligkeit. Das ist mir allerdings erst klar geworden, als ich mit Lara gesprochen habe. Ich konnte damals nicht anders, als Jack zu küssen, oder? Als Teenagerin sah ich mich gezwungen, mein erstes Mal Sex möglichst schnell hinter mich zu bringen. Lara kann nicht anders, als sich unsterblich in ihre Hebamme zu verlieben, obwohl sie gerade von ihrer Hochzeitsreise kommt. Entweder, wir verarschen uns alle und wollen keine Verantwortung für unsere eigenen Taten übernehmen – oder verliebt sein setzt uns unter einen Zauber, dem wir nicht entkommen können, egal wie sehr wir es versuchen. Hatte ich Jack darum in den letzten vier Jahren nicht vergessen können?

Ich setze mich aufs Sofa, schnappe mir mein Notizbuch und schreibe mit meiner krakeligen Kinderhandschrift:

Liebe ist, wenn du keine Chance hast zu entkommen.

»Was schreibst du da?« Lara steht in Unterwäsche im Türrahmen, ich habe sie gar nicht kommen hören.

»Nichts.«

Aber sie hechtet so schnell vor, dass ihr der Handtuchturban vom Kopf rutscht, und reißt mir das Notizbuch aus der Hand. »Liebe ist, wenn du keine Chance hast zu entkommen«, liest sie vor.

»Gib das zurück!«, quietsche ich und springe hoch.

»Ist das für dein neues Buch?«, fragt sie.

»Ja, aber …«

»Dann möchtest du sicher meine Meinung dazu hören. Das hier ist nämlich nur die halbe Wahrheit. *Liebe ist, wenn du keine Chance hast zu entkommen … aber du es auch gar nicht möchtest, egal welche Konsequenzen es hat.*«

Erst als sie sich zur Seite dreht, sehe ich die kleine feste Kugel, die über dem Rand ihrer Unterhose hinauswächst, und fühle einen Stich. Lara hat alles richtig gemacht, und trotzdem hat es nichts gebracht, oder?

»Was hast du jetzt vor?«, frage ich sie.

Sie seufzt. »Ich will nicht darüber nachdenken.«

»Willst du etwa für immer hierbleiben?«

»Warum nicht, das hast du doch auch gemacht.«

»Autsch.«

»Ist doch wahr.«

»Ja, ist es.« Wir müssen beide lachen. »Liebst du diese Hebamme wirklich?«, frage ich. »Ich meine nur … Manchmal ändert sich so etwas ja bei Tageslicht.«

Lara verdreht die Augen und wringt ihre nassen Haare aus. »Du klingst schon wie Mama.«

»Das ist so eine fette Beleidigung.« Ich hebe abwehrend die Hände.

»Ich weiß, aber stimmt doch. Und wir reden hier nicht von einer Spinnerei, die ich mir gestern spontan ausgedacht habe.«

»Also hast du mit Mama schon darüber geredet?«

Lara wendet den Blick ab. »Nein, natürlich nicht. Aber das muss ich gar nicht. Ich weiß auch so, dass sie mir raten würde, keine vorschnelle Entscheidung zu treffen. Manchmal habe ich das Gefühl, ich weiß ich gar nicht mehr, was meine eigenen Gedanken sind und welche ich von anderen übernommen habe. Dieses sichere Gespür, wer man ist und was man will, ist irgendwie über all die Jahre zugeschüttet worden.« Sie blickt nachdenklich ins Leere.

»Manchmal frage ich mich auch, wie wir überhaupt bis hierher gekommen sind«, sage ich leise. »Als wäre ich nie richtig erwachsen geworden, hätte nie gelernt, was zu tun ist, und jetzt ist es zu spät. Aber wie macht man das, erwachsen werden, sein Leben im Griff haben? Warum stelle ich mir solche Fragen mit fast dreißig immer noch?«

Lara lässt sich neben mir auf das Sofa fallen.

»Ich dachte wirklich, ich mache alles richtig«, flüstert sie, »Karriere, Kind, Mann, das ist es doch, was mich, verdammt noch mal, glücklich machen sollte.«

»Wolltest du das Kind?«, frage ich sie jetzt, kaum hörbar. »Oder war es ein Unfall?«

Laras Lippen beginnen zu zittern. Sie streicht wie geistesabwesend über ihren Bauch. »Ich wollte es, ich wollte es so unbedingt, Emmi.« Ihre Stimme bricht.

Ich schlucke. Wenn ich nun anfange zu heulen, helfe ich ihr auch nicht. »Und jetzt sitzt du auf der Couch deiner noch viel abgefuckteren Schwester und hast das Gefühl, auf einen Versicherungsbetrug reingefallen zu sein?«

Lara gluckst bei diesen Worten. »Genau das ist es! Versicherungsbetrug. Warum schreibst du darüber nicht dein Buch!«

In diesem Moment setzt sich etwas in meinem Kopf in Bewegung. Die kleinen Rädchen greifen zum ersten Mal seit Ewigkeiten ineinander. »Lara Annette Vierling, du bist genial.«

Sie beugt sich vor und gibt mir einen Kuss auf die Wange. »Danke, ich weiß, aber da bist du ganz allein draufgekommen.«

Ich springe auf. »Ist es okay, wenn ich eine Runde schreiben gehe?«

»Aber natürlich.«

»Kommst du solange alleine klar? Nimm dir aus dem Kühlschrank einfach alles, was du brauchst.«

Lara nickt. »Wenn ich hierbleiben darf, ist alles gut.«

»Solange du willst«, bekräftige ich.

»So lange, bis wir uns zerfleischen, meinst du.« Sie lächelt sanft.

»Genau das.«

Ich laufe in mein Wohn-Schlaf-Zimmer.

»Emmi?«

»Ja?«

»Wenn alles schiefgeht, kümmerst du dich dann mit mir um das Baby?«

Die Frage fühlt sich an wie ein Schlag in die Magengrube.

Eine Hochzeit ist bescheuert, wenn man eigentlich schon weiß, dass man sich gleich danach trennen will, das stimmt. Aber so richtig gibt es nur eine Sache, für die man verantwortlich ist. Das eigene Kind.

Ich kann Lara nicht beruhigen. Selbst wenn sich alle meine Probleme theoretisch von einem auf den anderen Tag in Luft auflösten, wenn mein Hirn auf einmal entscheiden sollte, ein bisschen besser zu funktionieren, wenn meine Hormone sich beruhigten und man ein Mittel finden könnte, die Vergangenheit umzuschreiben. Selbst dann könnte ich ihr vielleicht ein bisschen Arbeit, aber nicht die Verantwortung abnehmen. Wir wissen beide, dass sie selbst die Entscheidungen für sich und ihr Baby treffen muss.

»Aber natürlich«, sage ich, und ich hoffe, dass sie nicht merkt, wie meine Stimme zittert.

***

Die nächsten Tage verbringe ich größtenteils mit meiner Schwester auf dem Sofa. Wir glotzen uns durch die komplette Filmsammlung unserer Kindheit: *Ein Zwilling kommt selten allein, Der König der Löwen, Der Herr der Ringe, Ice Age.* Wenn wir keine Filme schauen, schreibe ich wie eine Verrückte. Manchmal stehe ich noch vor dem Morgengrauen auf. Zum ersten Mal in meinem Leben lese ich nicht, was ich geschrieben habe, ich schreibe einfach, lasse es laufen. Ich denke nicht mehr darüber nach, ob es cool genug ist oder welchen Kritikerinnen diese oder jene Szene gefallen würde, ob mein Buch unbedingt in Berlin spielen und welche Drogen meine Protagonistin nehmen muss. Wenn ich nicht weiterweiß,

dann zeichne ich, was ich sagen will. Skizzen und Buchstaben gehen ineinander über. Nur manchmal, wenn ich kurz den Stift absetze, merke ich, dass mein Text ganz und gar nichts mit den Vorgaben zu tun hat, die Margarete Leopold mir für das neue Buch gestellt hat …

***

Plötzlich setzt Lara sich auf und weckt mich dadurch.

»Oh, scheiße.«

Wir sind auf dem Sofa eingeschlafen, sie mit einer Kuscheldecke und ich mit Oskar als Wärmepolster auf dem Schoß. Das DVD-Menü von *Harry & Sally* flimmert in Endlosschleife über den Bildschirm.

»Was ist los?«, krächze ich und blinzele gegen das grelle Morgenlicht an, das sich schon durch die Vorhänge ins Zimmer drängt wie ein ungebetener Gast.

»Was … was für ein Tag ist heute?«

Ich taste nach meinem Handy, das irgendwo unter mir liegt. »Samstag?«

Eine Nachricht blinkt auf meinem Display auf.

Jack: Hast du Lust, heute ins Museum zu gehen?

Ins Museum? Ist das sein Ernst? Ich war jahrelang nicht im Museum. Gut, ich war auch sonst kaum irgendwo, aber schon gar nicht im *Museum.* Alles daran erinnert mich an Merle, das muss er doch wissen! War das seine Vorstellung davon, was *Freunde* eben so taten?

Ich: Gerne, wann?

Jack: Um zwölf an der Kunsthalle?

Mein Blick huscht zur Zeitanzeige in der oberen Ecke des Displays. Mir bleibt noch eine gute Stunde.

Ich: Bis dann!

»Scheiße, scheiße, scheiße«, murmelt Lara vor sich hin.

»Hey, was ist denn los?«, wiederhole ich, während sie das Sofa ebenfalls panisch nach ihrem Smartphone absucht.

»Ich bin heute bei Mama und Papa zum Essen.«

»Wieso das denn? Unser nächstes Familienessen ist doch erst nächste Woche.«

»Ich hab ihnen versprochen, ihnen die Ultraschallbilder des Babys zu zeigen.«

»Sag doch ab, wenn du nicht gehen willst.«

Lara lacht auf. »Du hast gut reden. Wenn ich jetzt absage, wissen die doch gleich, dass was im Busch ist.«

»Tatsächlich?«

Sie nickt. »O ja. Mamas berühmter *Instinkt einer Mutter.*«

»Du hast recht.« Wir müssen beide lachen, dann wird Laras Blick wieder verzweifelt.

»Emmi, ich kann da nicht allein hingehen, das ist mein voller Ernst.«

»Moment, du willst, dass ich mitkomme?«

»Bitte, bitte, bitte, bitte.« Sie faltet ihre Hände und beugt sich zu mir rüber, um mich mit ihren großen Rehaugen anzuflehen. Das sind unfaire Methoden.

»Warum sagst du ihnen nicht einfach, was los ist?«, versuche ich es halbherzig.

Für einen Moment kann Lara das Flehen noch aufrechterhalten – dann brechen wir beide in schallendes Gelächter aus.

»Es tut mir so leid, dass du gerade keinen Alkohol trinken kannst«, bringe ich zwischen zwei Lachern hervor. »Anders wird das kaum zu ertragen sein.«

»Also kommst du mit?«

Ich verdrehe die Augen. »Natürlich. Als könnte ich dir etwas abschlagen.«

Lara springt auf und vollführt einen Freudentanz in meinem Zimmer. »Auf dich ist Verlass, Emmi.«

Ihre Verrenkungen bringen mich schon wieder zum Lachen – und Lara stimmt mit ein. Wir wissen beide, dass nichts der Wahrheit ferner liegen könne.

Dann halte ich inne: »Moment: Ich wollte eigentlich heute mit einem Freund ins Museum gehen.«

Lara erstarrt, in völligem Schock. »Wie bitte? Ein Freund? Was für ein Freund?«

»Du klingst, als würde es sich dabei um ein mafiöses Netzwerk handeln.«

»Na ja, du bist eben normalerweise nicht die Person, die *mit einem Freund ins Museum geht.*«

Ich hebe die Augenbrauen. »Vielleicht bin ich das aber ab heute?«

Wieder starrt Lara mich an. Wieder brechen wir in Lachen aus. Aller guten Dinge sind drei.

***

Als hätte die Situation nicht noch verzwickter werden können, stehe ich eine Stunde später mit Lara vor der Tür meines Elternhauses – und mit Jack.

»Ich kann nicht glauben, dass du dich bereit erklärt hast, mitzukommen«, sprudelt es zum tausendsten Mal aus Lara heraus.

»Pscht!«, zische ich.

Jack grinst mich schief an. »Nervös?«

Ich trete ihm ans Schienbein.

Lara beugt sich gerade vor, um zu klingeln, da wird die Tür aufgerissen.

»Was für eine Überraschung!«, gurrt meine Mutter. »Lara, du hast deine Schwester mitgebracht!«

»Und ihren *Freund*«, sagt Lara mit der Betonung auf Freund.

Worauf habe ich mich da eingelassen? Ich komme mir vor wie in einer Highschool-Komödie.

Laras erstes Ablenkungsmanöver funktioniert allerdings nicht. »Wo hast du Tom versteckt?«, fragt meine Mutter und guckt hinter uns in die Richtung des Autos. »Kommt er später?«

»Er kann heute leider nicht. Ihm kam auf der Arbeit was dazwischen.«

»Oh, was für eine Schande«, sagt meine Mutter, »es sollte verboten sein, samstags zu arbeiten.«

Ich drücke ihr einen Karton mit Eiern in die Hand. »Wenn niemand arbeiten könnte, gäb's heute auch keinen Kuchen.«

Meine Mutter sieht mich verwirrt an. »Aber ich habe doch gar keine Eier bestellt.«

»Ich wollte dir nur zeigen, dass du dich auf mich verlassen kannst.«

Meine Mutter sieht mich verdattert an. Das war Laras Idee gewesen, die mir jetzt ziemlich genial vorkommt.

Etwas verdattert wendet sie sich dem zweiten Überraschungsgast zu.

»Ich bin Jack«, stellt er sich vor und schüttelt ihre Hand.

Ich ziehe ihn hinter mir her ins Haus und grinse ihn schief an. »Ich dachte, das ist unser geheimer Spitzname?«

»Bist du etwa eifersüchtig auf deine Mutter?«, gibt er zurück, und ich muss kichern.

Durchs Esszimmerfenster sehe ich meinen Stiefvater, wie er mit dem Rasenmäher im Garten seine Kreise dreht. Manchmal glaube ich, dass das Grundstück nur so gut in Schuss ist, weil er dann weniger Zeit mit meiner Mutter verbringen muss. Wie oft kann man einen Rasen überhaupt mähen?

Wie immer versucht meine Mutter durch üppiges Essen Harmonie zu versprühen. Es gibt Bœuf bourguignon. (»Ich hatte ja keine Ahnung, dass du mitkommst, Schatz, sonst hätte ich natürlich vegetarisch gekocht. Essen Sie Fleisch, Jack? Nein? Das ist wohl heute so bei den jungen Menschen üblich, nicht wahr? Lara, Liebes, willst du noch ein Stück? Du musst jetzt ja doppelt essen.«)

Mein Stiefvater kaut still vor sich hin, tunkt sein Brot in die dunkle Soße und starrt Jack an. »Jack? Was ist das eigentlich für ein Name?«, bricht es plötzlich aus ihm heraus.

Mir fällt vor Schreck fast der Löffel aus der Hand. Ich höre an der Stimme meines Stiefvaters, dass er ganz genau merkt, dass hier etwas nicht mit rechten Dingen zugeht.

Aber Jack scheint sich nicht aus der Ruhe bringen zu lassen. »Ich bin nach meinem Großvater benannt«, gibt er schlicht zurück.

»Und was machen Sie beruflich?«

Ich will mein Gesicht am liebsten in der puren Soße versenken.

»Ich bin Schauspieler.«

Ich verschlucke mich und huste, bis mir Lara ihr volles Glas Wasser über den Tisch reicht.

»Oh, Lara-Schatz, schmeckt es dir denn nicht?« Meine Mutter deutet auf Laras fast unangetasteten Teller.

»Mir ist nicht so gut«, gibt diese ausweichend zurück.

Meine Mutter und mein Stiefvater tauschen alarmierte Blicke, aber ich bin froh, dass sie Jack für einen Moment in Ruhe lassen. Er sollte hier sein, um die Aufmerksamkeit von Lara abzulenken, aber sehr viel weiter haben wir nicht gedacht.

»Ist was mit dem Baby?«, fragt meine Mutter schockiert und zerknüllt ihre blütenweiße Serviette in den Fingern. Ihr Gesicht hat mittlerweile die gleiche Farbe. »Ralph, wir müssen sofort einen Krankenwagen rufen.« Meine Mutter schiebt energisch ihren Stuhl zurück.

»Nein, nein, alles gut«, protestiert Lara, aber ihre Stimme zittert. Sie greift nach der Hand unserer Mutter und zieht sie zurück auf den Stuhl.

»Aber Kind, was ist denn los?«

Ich spüre, dass Lara es nicht mehr lange aushält. Sie blinzelt schnell, um die Tränen zurück in ihre Augen zu drängen, ein aussichtsloses Unterfangen, das weiß ich aus eigener Erfahrung nur allzu gut. Hilfe suchend schießt ihr Blick zu mir hoch.

»Schatz?«, fragt meine Mutter besorgt und legt meiner Schwester die Hand auf die Stirn, um ihre Temperatur zu fühlen.

Ein unterdrücktes Schluchzen entweicht Laras Mund, sie presst sich die Hand aufs Gesicht. Ich spüre, wie mein Körper auf dieses Bild reagiert, wie er davon unter Strom gesetzt wird. Ich schieße von meinem Platz hoch: »Tom hat eine Affäre!«, plärre ich hervor, noch bevor ich einen Gedanken daran verschwendet habe, ob das eine gute Idee ist. Natürlich nicht. Aber wahrscheinlich hätte ich es trotzdem getan, einfach nur, um dieser schrecklichen Anspannung am Esstisch ein Ende zu setzen.

»Oh, Grundgütiger«, flüstert meine Mutter.

***

Lara hat sich im Bad eingeschlossen und will mit niemandem von uns reden, während meine Mutter ihr von der anderen Seite der Tür aus erzählt, wie es war, als ihr Ex-Mann (mein biologischer Vater) fremdgegangen ist. Ich sehe es kommen, aber ich kann es nicht verhindern: Nach ein paar Minuten hat sich meine Mutter in Gedanken völlig von der aktuellen Situation losgelöst und schüttet uns ihre verwundete Seele vor die Füße, wie sie es schon oft getan hat. Ich kenne die Geschichte fast auswendig. Zum ersten Mal hat sie mir davon erzählt, als sie eines Tages mit tränenüberströmtem Gesicht in die Wohnung kam, nachdem sie stundenlang fort gewesen war. Ich war gerade fünf Jahre alt, aber erinnere mich noch genau an den Hunger im Bauch und an die Langeweile. Angst hatte ich keine. Die kam später.

»Wenn ich deinen Vater nicht gefunden hätte, Lara, dann … weiß ich wirklich nicht, was ich gemacht hätte oder ob es mich heute noch gäbe«, sagt sie und schüttelt langsam den Kopf. Sie sitzt mit dem Rücken an der Badezimmertür, in einer Hand die Flasche Wein, die sie zum Kochen benutzt hat. Ich höre, wie mein Stiefvater vor dem Gartenhaus Holz hackt.

Jack streift zum Glück außer Sichtweite durchs Wohnzimmer. In diesem Zustand könnten ihn sonst die Blicke meiner Mutter treffen, und ihr ganzer Schmerz könnte sich auf ihn entladen. Das ist schon öfter passiert. In einer solchen Situation musste man meiner Mutter nur irgendeine unbeteiligte Person vorsetzen, und sie würde sie zusammenbrüllen. Ganz gleich, ob es ein Supermarktverkäufer oder die Busfahrerin war.

Meine Mutter kennt nur zwei Modi: Harmonie oder Krieg. Und sosehr ich die Harmonie auch hasse – niemand will, dass meine Mutter durchdreht. Die einzige Taktik, die ich kenne, ist die, zu warten, bis sie endlich müde wird. Bis sie jeden Teil ihrer Geschichte auserzählt hat. Am nächsten Tag ist sie dann einfach wieder die Alte, steht in der Küche und bewirtet ihre Gäste, als sei nie etwas davon geschehen.

Das Geräusch des zersplitternden Holzes bricht irgendwann ab, und ich glaube schon, dass mein Stiefvater zu uns kommen und wenigstens ein einziges Mal die Situation in die Hand nehmen wird. Aber kurz darauf heult die Kettensäge auf. Jacks Schritte sind nicht mehr zu hören. Dann sehe ich draußen seinen Haarschopf durch das Fenster im Eingangsbereich. Ich kann es ihm nicht verdenken, dass er abhaut. Ja, seine Familie war vielleicht kalt, aber meine ist manchmal glutheiß, was nicht viel besser ist.

Einen kleinen Stich versetzt es mir dennoch. Ich will mich gerade neben meine Mutter gegen die Tür sinken lassen und mit ihr die Welt beheulen, da schlüpft Jack durch die halb geöffnete Terrassentür wieder zu uns herein.

Ich geh zu ihm, außer Hörweite meiner Mutter, die mittlerweile darüber spricht, wie schlimm es war, geschieden zu sein. Und dann noch mit Kind. Welcher Mann will denn so was? Wie einfühlsam von ihr …

»Lara ist abgehauen«, flüstert Jack mir zu.

»Was?«

»Das Badfenster steht offen, das Auto ist weg.«

»Scheiße.« Sofort versuche ich, meine Schwester anzurufen, aber sie geht nichts ans Handy. Trotzdem sage ich zu meiner Mutter, ohne mit der Wimper zu zucken: »Lara hat mich gerade aus dem Auto angerufen, sie fährt zurück in die Stadt.«

Anstatt etwas zu erwidern, bricht meine Mutter in Tränen aus.

»Komm, wir gehen.« Ich nehme Jacks Hand und ziehe ihn durch die Haustür nach draußen. »Papa!«, brülle ich in Richtung Gartenhaus. »Sie gehört jetzt dir!« Nur für ein paar Sekunden bricht das Heulen der Kettensäge ab, dann jault sie wieder auf.

Kopfschüttelnd verlasse ich das Grundstück meiner Eltern. Was habe ich nur diesmal wieder angerichtet? Immerhin ist Laras tatsächliches Geheimnis nicht rausgekommen, versuche ich mich selbst zu beruhigen. Aber unkomplizierter habe ich ihre

Situation mit meiner Lüge von Toms Seitensprung nicht gerade gemacht.

Jack fragt nicht, wo wir hingehen, er läuft einfach neben mir her, die Hände hinter dem Rücken verschränkt. Ich hoffe, dass wir den Bahnhof erreichen, bevor es anfängt zu regnen.

»Ziemliches Chaos, meine Familie, oder?«, frage ich, ohne ihn anzusehen.

Er zuckt die Achseln. »Ich glaube, solche Szenen spielen sich in den meisten Familien ab. Nur dass man sie normalerweise nicht beim ersten Besuch mitkriegt.«

»Mich macht das *wahnsinnig.*«

»Hast du eigentlich schon mal überlegt, nicht mehr zu diesen Samstagsessen zu gehen?«

»Überhaupt nicht mehr, meinst du? Aber … das kann ich doch nicht.«

»Warum nicht?«, fragt er.

»Ich kann Lara nicht alleinlassen«, gebe ich zurück.

Er sieht mich mit hochgezogenen Augenbrauen an.

»Was?«, gebe ich zurück.

Er reagiert nicht. Der Bahnhof ist schon in Sichtweite, als der Regen anfängt. Wir rennen quer über den Vorplatz und sind trotzdem klatschnass, als wir endlich im Zug sitzen. Während der Fahrt lege ich meinen Kopf auf Jacks Schulter, und er lässt es geschehen, ohne sich zu rühren.

Ich hatte gehofft, dass Lara vor meiner Wohnung auf mich wartet. Dass sie mir auch diesen Fehltritt verzeiht. Aber das Treppenhaus ist leer, als ich nach Hause komme.

Ich schließe die Tür auf, schalte nicht einmal das Licht an und lasse mich mit Mantel und Schuhen auf mein Bett fallen. Das wird langsam zu einer unrühmlichen Tradition.

Ich erinnere mich schon gar nicht mehr, wie oft ich in letzter Zeit das Haus verlassen habe. Ein winziger Keim des Stolzes sprießt in mir – aber schon beim nächsten Gedanken frage ich mich, wann sich das rächen wird, wann mein Hirn zurückschlägt und mich vollends in Schutt und Asche legt. Jedes Mal, wenn ich einen Fuß vor die Tür setze, scheint alles noch viel komplizierter zu werden.

»Machst du das immer so?«

Erschrocken richte ich mich auf, nur um Lara im Türrahmen lehnen zu sehen.

»Wie bist du denn hier reingekommen?«

»Ich hab mir deinen Ersatzschlüssel geangelt, bevor wir gegangen sind.« Sie lässt sich neben mich aufs Bett fallen und starrt an die Decke. »Tut mir leid, dass ich einfach abgehauen bin«, sagt Lara leise.

»Ach, Quatsch, mir tut es leid, dass ich so was Dummes gesagt habe. Ich weiß nicht, wie das passieren konnte.« Stumm starren wir eine Weile vor uns hin. »Aber kannst du mir bitte sagen, wie viel du von Mamas Monolog noch mitbekommen hast? Bist du gegangen, bevor oder nachdem sie in ihrer Geschichte meinen Samenspender vor die Tür gesetzt hat?«

Lara kichert. »Ich kenn sie doch. Ich bin direkt zur Badtür rein und hinten wieder rausgeklettert.«

»Was?« Ich werfe ein Kissen nach ihr. »Du hast mich eine Stunde allein bei ihr rumsitzen lassen?«

Lara wirft das Kissen zurück. »Ich wusste ja nicht, wie lange du brauchst, um das zu checken. Außerdem … na ja, du hattest es verdient.«

»Stimmt schon«, gebe ich gespielt grummelig zurück.

Eine Stille folgt, in der sich in mir eine Erleichterung breitmacht, die sich über den ganzen Raum ausdehnt.

»So … Tom hat mich also betrogen …?« Ich knirsche mit den Zähnen. »Eigentlich eine ziemlich geniale Idee. Auch wenn er Mama nie wieder begegnen darf, sonst reißt sie ihm den Kopf ab.«

Ich lache auf. »Ich glaube, sie würde ihm mit zwei scharfen Kuchengabeln präzise in die Augen stechen.«

»Oder ihn in den großen Pizzaofen schieben!«

»Vergiften?«

»Nein, dazu ist sie in solchen Momenten viel zu aggressiv. Ich wünschte, ich hätte das ein bisschen mehr von ihr geerbt.«

»Aber früher war das doch so. Ich erinnere mich an deinen Wutanfall in der zehnten Klasse, als dein Mathelehrer ein Mädchen nach Hause geschickt hat, weil sie angeblich einen zu kurzen Rock getragen hat. Das war eine Legende in der ganzen Schule.«

Ich seufze. »Ehrlich gesagt kann ich mich daran gar nicht mehr richtig erinnern. Gab es eine solche Emmi jemals? Heute will ich einfach nur weglaufen.«

»Emmi, was ist … was ist passiert?« Lara blickt mich von der Seite an.

Ich zucke die Achseln. »Ist eine lange Geschichte.«

»Glücklicherweise verstecke ich mich gerade vor dem ganzen Internet, insofern habe ich viel Zeit.«

Ich verziehe das Gesicht.

Lara setzt sich auf. »Okay, ich habe eine viel bessere Idee.«

»Und die wäre?«

»Was, wenn du es einfach aufschreibst?«

***

»Sie sehen zufrieden aus«, sagt Dr. Struwe, legt die Finger in einer Merkel-Raute zusammen und beobachtet mich mit seinen scharfen, warmen Augen.

»Mir geht es besser«, gebe ich zu.

»Ihrer Nase auch, wie ich sehe.« Ein Lächeln umspielt seine

Lippen. »Nun, wie ist Ihnen die letzte Aufgabe bekommen?«, fragt er, diesmal an uns beide gerichtet.

Jack wirft mir ein verschwörerisches Grinsen zu und kratzt sich an der Augenbraue. »Es war auf jeden Fall … aufschlussreich.«

»Genau darüber wollen wir jetzt sprechen.« Dr. Struwe zieht seinen Stuhl näher an den Tisch heran. »Ich habe Ihnen beiden ja unterschiedliche Aufgaben gegeben. Wie hat sich das für Sie angefühlt?«

»Sie meinen, wie es sich angefühlt hat, die klassischen heteronormativen Rollen zu übernehmen?«, frage ich.

»Was meinen Sie?«, fragt Dr. Struwe angriffslustig zurück.

»Na ja, er sollte ein Date organisieren, ein romantisches noch dazu, und ich mir über Gefühle klar werden.«

»Interessant, dass Sie das so einordnen.«

»Also haben Sie es gar nicht so gemeint?«

»Das ist unerheblich«, antwortet er, ohne sich verunsichern zu lassen.

»Für mich nicht.«

»Wollen wir nicht lieber darüber sprechen, warum Sie sich solche Gedanken machen? Ich glaube, Sie versuchen hier von etwas abzulenken.« Er lehnt sich zurück und mustert mich eingehend. »Ich glaube, dass Sie Angst haben, verletzt zu werden.«

Ich lache auf. »Hat das nicht jeder?«

Dr. Struwe schüttelt den Kopf. »Könnte man meinen, oder? Ist aber nicht so. Ein gesundes Selbstbewusstsein schafft die nötige Basis, um mit Verletzungen umzugehen.«

»Sagen Sie mir gerade durch die Blume, dass ich mich selbst hasse?« Ich kann nicht anders, als bei diesen Worten trocken zu lachen. »Ich dachte, es würde momentan alles ein bisschen besser für mich laufen.«

Dr. Struwe hebt eine Augenbraue. »Ich habe den Eindruck,

dass Sie unter enormem Druck stehen. Sie wirken hin- und hergerissen auf mich. Deswegen habe ich Ihnen die Aufgabe gegeben, diese Wörter für sich zu klären und sich damit selbst zu verdeutlichen, wo Sie stehen und was Sie wollen.«

»Okay«, sage ich und meine es auch so. »Das leuchtet ein.«

»Zu welchem Schluss sind Sie gekommen?«, fragt Dr. Struwe mich noch einmal.

Ich stocke und bemühe mich, Jack nicht anzusehen. »Dass … dass ich es nicht weiß. Dass ich das noch herausfinden muss.«

Dr. Struwe schlägt mit der flachen Hand auf den Tisch. »Na, sehen Sie mal, das ist doch großartig.«

»Ist es das?«, frage ich mit gerunzelter Stirn.

»Sie wissen jetzt schon mal, wo Sie stehen. Wie sieht es bei Ihnen aus?«, fragt er an Jack gewandt. »Was verstehen Sie unter Liebe?«

So schnell, wie Jack antwortet, muss die Antwort griffbereit in seinem Kopf gelegen haben. »Einen Ausweg?«

»Okay.« Dr. Struwe lehnt sich erneut zurück und wippt in seinem Stuhl auf und ab. »Das ist sehr interessant«, sagt er und blickt nachdenklich durch das Fenster in die Baumwipfel, die sich von Therapiestunde zu Therapiestunde immer mehr lichten.

Für einen Moment herrscht völlige Stille, nur das Quietschen von Dr. Struwes Stuhl ist zu hören. »Ich finde es sehr interessant, dass Sie beide einen so negativen Blick auf das Gefühl haben, das Sie als Liebe bezeichnen. Woher, meinen Sie, kommt das?«

Ich tausche mit Jack einen schnellen Blick.

»Wollen wir nicht noch über meine Aufgabe sprechen?«, fragt er. Er klingt nicht halb so nervös, wie meine schweißnassen Hände sich anfühlen.

Dr. Struwe tippt mit den Fingerspitzen aufeinander. »Lassen Sie mich eine andere Frage stellen«, sagt er, anstatt eine Antwort zu geben. »Warum sind Sie hierhergekommen?«

»Weil wir hoffen, dass unser Leben besser wird«, sage ich. Und das war nicht mal gelogen.

»Was empfinden Sie denn als problematisch?«, fragt Dr. Struwe weiter. Mein Herz schlägt schneller.

Für einen Moment herrscht Stille. Ich rutsche auf dem Samtsofa hin und her, schlage meine Beine übereinander und entwirre sie wieder. Alles, um nicht antworten zu müssen.

»Dass Liebe manchmal nicht reicht«, sagt Jack.

Dr. Struwe macht eine auffordernde Handbewegung. »Führen Sie aus.«

»Dass die Liebe von anderen Gefühlen erstickt wird.«

»Zum Beispiel?«

»Schuld.«

Dr. Struwe blickt einen Moment lang nachdenklich in die Ferne. »Warum erwarten Sie, dass die Liebe alles regeln soll?«, fragt er schließlich. Wir starren ihn an. »Ja, man kann Liebe über alles drübergießen, aber dadurch ändern sich die Lebensumstände nicht. Es geht darum, das eigene Leben in die Hand zu nehmen, nicht darum, sich zurückzulehnen und von der Liebe zu erwarten, dass sie alle Probleme löst.« Er blickt von mir zu Jack und wieder zurück.

»So … so hab ich das noch nie gesehen«, sagt Jack leise.

Dr. Struwe nickt, dann beugt er sich vor, um in seinen Akten zu blättern. »Wie steht es um Ihr Sexleben?«

***

Jack und ich sitzen in einem Bushaltestellenhäuschen und warten darauf, dass der Regen nachlässt, der seit Samstag fast ohne Pause vom Himmel fällt. In meinem Kopf laufen Dr. Struwes Worte in Dauerschleife ab.

»Was halten Sie davon, wenn Sie sich im Privaten den körperlichen Aspekten Ihrer Beziehung widmen, während wir hier in den Sitzungen weiter Ihre Wünsche und Bedürfnisse erarbeiten?«

»Sie wollen, dass wir Sex haben?«, fragte ich, der Schock in meiner Stimme war deutlich zu hören.

»Wollen Sie damit sagen, dass Sie derzeit keinen haben?«, schoss er zurück. »Wie lange schon?«

»Vier Jahre«, antwortete Jack, ohne mit der Wimper zu zucken.

Und jetzt sitzen wir hier, in diesem hässlichen Buswartehäuschen. Die Wände sind mit getrockneten Kaugummis ausgekleidet, ein Kassenzettel für Kondome klebt an meinem Schuh. Könnte schlimmer sein, zum Beispiel ein schon benutztes Kondom. Funktioniert so positives Denken?

»Was hältst du von der Sitzung eben?«, fragt Jack mich wie beiläufig.

Ich sehe ihn von der Seite an. »Fragst du mich gerade, ob ich Sex mit dir haben will?«

Er dreht sich zu mir um. In seinem Gesicht ein verlegenes Grinsen. »Scheint so.«

»Willst *du* denn?«, frage ich.

In diesem Moment fährt der Bus direkt vor unserer Nase vorbei und bespritzt uns mit Dreckwasser aus der Rinne neben dem Gehweg. Ich wische mir die braune Brühe aus dem Gesicht und muss lachen. »Wenn das mal keine sexy Situation ist.«

»Die Frage ist doch«, sagt Jack, als der Bus weitergefahren ist, »ob wir Sex haben könnten, obwohl wir Freunde sind.«

»Machst du dir etwa Sorgen, dass ich mich in dich verliebe?«, frage ich zurück, aber er lacht nicht mehr. Stattdessen verschränkt er die Arme vor der Brust.

»Ich weiß einfach nicht, ob das eine gute oder eine bescheuerte Idee wäre«, fährt er fort. »Ich neige meistens dazu, alles auszuprobieren.«

»Und?«

»Na ja«, er hebt die Hand mit dem Abdruck seines Ringfingers vor mein Gesicht. »Das hat zu solchen Entscheidungen geführt.«

»Aber was ist denn davon Schlimmes übrig geblieben, außer einer richtig guten Story? Ich hingegen muss mich fragen, warum ich die ganze Zeit viel zu viel Angst habe, um irgendwas zu probieren. Als würde ich erwarten, direkt kaputtzugehen, wenn das kleinste Unglück passiert. Aber macht es das besser?«

Jetzt grinst Jack mich wieder an. »Würdest du unseren Sex denn als Unglück bezeichnen? Es ist ja nicht so, als hätten wir noch nie miteinander geschlafen.«

Ich starre ihn an. Regungslos, als könnte ich damit seinen letzten Satz aus dem Universum löschen. Ich habe die ganze Zeit mit aller Kraft versucht zu verdrängen, wie sehr wir Merle hintergangen haben, dass mich diese nonchalante Formulierung trifft wie ein Schlag ins Gesicht.

»Em, ist alles …?«

»Lass es uns einfach machen.«

Jack blinzelt. »Ernsthaft?«

Ich nicke. »Ja, ernsthaft. Dann kriegst du ein bisschen was von meiner Angst ab und ich was von deiner Waghalsigkeit.« Noch während ich diese Worte ausspreche, weiß ich, dass ich es später bereuen werde.

»Bist du dir sicher?«

»Frag mich doch so was nicht«, gebe ich zurück. »Ich bin mir bei nichts in meinem Leben wirklich sicher. Es ist nur gerade so ein Gefühl.«

Jetzt dreht er sich zu mir um und nimmt mein Gesicht in seine Hände, sodass ich ihn direkt angucken muss. »Emilia Vierling, willst du mit mir Sex haben?«

Seine Augen sind so dunkel, dass die Pupille mit der Iris verschwimmt. Wir sind uns so nah, dass ich nicht erkennen kann, welchen Gesichtsausdruck er hat. Aber ich spüre seinen Atem auf der Wange und schließe die Augen.

»Em, alles okay bei dir?«

Ich reiße die Augen wieder auf. »'tschuldigung, ja, ja.«

»Also willst du?«

»Ob ich mit dir schlafen will?«, wiederhole ich.

Jack verdreht die Augen.

»Ja!«, sage ich schnell. »Ja, ich will!«

Er lässt mich wieder los und grinst.

Eine alte Frau mit Rollator ist direkt vor uns stehen geblieben. Jetzt läuft sie kopfschüttelnd weiter.

»Das ist der beste Antrag, den ich je bekommen habe«, sage ich.

»Danke. Ist auch der beste, den ich je gemacht hab.« Jack verzieht das Gesicht. »Worauf warten wir dann noch?«, fragt er schließlich, nachdem wir einige Minuten lang einfach wieder nebeneinandergesessen und der Welt beim Untergehen zugesehen haben.

»Wir sind so seltsam«, entgegne ich.

»Klingt, als wärst du stolz darauf.«

»Bin ich.« Ich stehe auf und sehe ihn herausfordernd an. »Heute Abend um acht bei mir?«, frage ich.

»Dir ist schon klar, dass deine Schwester momentan bei dir wohnt und deine Wohnung nicht gerade geräumig ist?«

»Die kann ich loswerden. Bringst du Kondome mit?«, frage ich, während ich mich rückwärts entferne. Es regnet zwar immer noch in Strömen, aber wenn ich heute Abend Sex haben will mit jemandem, der nicht Robert ist, brauche ich noch ein Weilchen, um mich darauf vorzubereiten.

***

»Lara, was machst du heute Abend?«, frage ich möglichst beiläufig, als ich vorgebe, die blitzblanke Arbeitsfläche in der Küche zu wischen.

»Nichts Besonderes, wieso?«

»Na ja, ich wollte mal fragen … ob du … vielleicht ein paar Stündchen verschwinden könntest.«

Mit einem lauten Knall schlägt meine Schwester ihren Laptop zu, an dem sie gerade gearbeitet hat. Vorhin habe ich gesehen, dass sie sich selbst gegoogelt und alle Artikel durchgelesen hat, die es über ihre plötzliche Abwesenheit im Netz zu finden gibt.

»Emmiiii?«, fragt sie, und in dieser Frage steckt alles, was ich wissen muss. Sie ist mir auf die Schliche gekommen.

»Was?« Ich drehe ihr direkt den Rücken zu, damit sie meine roten Wangen nicht sieht.

»Bekommst du Besuuuuch?«, fragt Lara.

Ich verziehe das Gesicht auf der Suche nach einer Antwort, die möglichst schnell vom Thema ablenkt.

Aber Lara kommt mir zuvor: »Ich wusste es!«, kreischt sie. »Jack kommt vorbei, oder?«

»Psst, nicht so laut! Der Typ unter mir könnte dich hören, und er glaubt, dass Jack mein Schwager ist.«

»Du hast ein ziemlich geniales Netz der Lügen um dich gesponnen, das muss ich dir schon lassen«, stellt Lara fest. »Vielleicht habe ich mir ein Beispiel an dir genommen?«, stichele ich zurück und suche in ihrem Gesicht nach einem Hinweis darauf, wie es in ihrem Kopf aussieht. »Wie geht's dir denn mit der Gesamtsituation?«

Lara lässt sich wieder auf ihren Stuhl fallen und vergräbt ihr Gesicht in den Händen. Ich setze mich ihr gegenüber. »Weißt du, was das Schlimmste ist?«, flüstert sie.

»Was?«

»Dass ich mich fast ein bisschen gefreut habe, als du das mit Toms Affäre gesagt hast.«

»Oh«, sage ich.

»Ich bin so ein schrecklicher Mensch. Aber für einen winzigen Augenblick kam mir das wie die perfekte Lösung vor.«

»Oh.«

Lara hebt ihr Gesicht aus den Händen. »Ich habe mir gewünscht, dass Tom tatsächlich eine Affäre hat, verstehst du? Dann könnte ich ausrasten, mich trennen, würde mir keine schweren Fragen stellen müssen.«

Ich strecke meine Hand aus und ergreife ihre. Das Metall ihres Eherings fühlt sich kalt an unter meinen Fingerspitzen.

»Ja«, sage ich, »ich verstehe ganz genau, was du meinst.«

***

Lara beschließt, heute Abend ins Kino zu gehen. In einen Actionfilm, möglichst nichts, was mit Liebe zu tun hat. Ich bewundere sie dafür. Zwei Stunden in einem dunklen Raum sitzen, ohne ihn verlassen zu können, ist meine absolute Horrorvorstellung. Und dann auch noch allein. Niemand, der einem die Hand halten kann. Manchmal vergesse ich, dass nicht alle so denken wie ich, von Ängsten gesteuert.

Als ich unter der Dusche stehe und das heiße Wasser auf meinen Nacken prasselt, wird mir allmählich schlecht. Ich rasiere mir die Beine, beziehe das Bett neu, lackiere meine Fußnägel. Das fühlt sich alles ziemlich seltsam an, wie das Anlegen einer Kampfmontur. Jede Schicht aus Bodylotion ein neuer Schutzwall. Aber immerhin hilft es ein bisschen gegen meine Nervosität, vor allem als Lara ins Kino aufbricht und ich mich nicht mehr durch Gespräche mit ihr ablenken kann. Ich sehe der Sonne beim Untergehen zu und drücke mein Gesicht in Oskars flauschigen Bauch, doch das gefällt ihm gar nicht. Er mag es nicht, dass ich Parfüm trage, fast so, als wüsste er, dass ich das nicht für ihn tue. Kurz vor acht komme ich auf die Idee, meinen alten Plattenspieler neu zu beleben, und richte in kürzester Zeit ein Kabelchaos auf dem Zimmerboden an. Oskar ist nicht unbedingt hilfreich dabei, er jagt die Kabel und knabbert auf losen Enden herum. Schließlich gebe ich auf und höre Françoise Hardy stattdessen auf dem Smartphone. *Tous les garçons et les filles* ist mein Lieblingslied, seit ich sechzehn bin. Es ist auch das Lieblingslied der Hauptfigur aus Margarete Leopolds Roman *Spatzenruf*, der damals erschien. Mit sechzehn glaubte ich noch daran, dass ich ebenfalls nach Paris ziehen und dort irgendetwas Künstlerisches machen würde, vielleicht schreiben, vielleicht singen, vielleicht malen, das war eigentlich unerheblich.

Ich habe vergessen, dass ich von diesem Lied traurig werde, so lange habe ich es schon nicht mehr gehört. Es erinnert mich an alles, was nicht so gekommen ist, wie ich es mir gewünscht habe. Nicht gerade die perfekten Voraussetzungen, um Dr. Struwes Aufgabe zu erfüllen. Wie konnte ich auch nur eine Sekunde lang der Auffassung gewesen sein, dass das mit dem Sex eine gute Idee sei? Irgendwas in Jacks Gegenwart bringt mich dazu. Das ist es, was ich zuvor als seine Waghalsigkeit bezeichnet habe – und sie ist irgendwie ansteckend.

Als es schließlich kurz nach acht klingelt, sind die Mascara-Striemen auf meinen Wangen gut sichtbar. Ich versuche noch, sie mit den Fingern wegzuwischen, aber das macht alles noch schlimmer. Als Jack mit leisen Fingern gegen die Tür klopft, öffne ich sie einfach, ohne noch länger darüber nachzudenken, sonst würde ich es nie tun.

»Hey …« Er stockt, als er mein Gesicht sieht. »Alles okay bei dir?«

Ich schlucke. »Ich freu mich einfach so auf dich«, würge ich hervor. Was ein Witz sein soll, scheitert kläglich. Jack beugt sich vor und umarmt mich, ich drücke ihn fest und muss schon wieder aufschluchzen.

»Em, was ist los?«

Widerwillig löse ich mich von ihm. Er riecht verdammt gut, und er weiß es auch. Ich kapiere nicht, warum es allen immer ums Aussehen zu gehen scheint. Jack hat den schönsten Geruch, den ich kenne.

»Ich bin einfach nur ein bisschen melancholisch«, sage ich und wische mir die frisch aus den Augen quellenden Tränen weg. »Willst du reinkommen?«

Ich trete zur Seite und schließe die Tür hinter ihm. Er geht direkt in die Küche, und ich erinnere mich daran, dass er schon mal hier war.

Er setzt sich an den Esstisch.

»Willst du was trinken?«, frage ich. Er greift zu der Tasche, die er neben dem Stuhl abgelegt hat. Erst zieht er eine Flasche

Gin und anschließend zwei Flaschen Rhabarberlimo hervor. Ich muss kurz lächeln und stehe auf, um einen Flaschenöffner zu holen. Wir mischen die Getränke, stoßen an und nehmen einen tiefen Schluck.

Ich verziehe das Gesicht. »Warum dachten wir jemals, diese Gin-Rhabarber-Kombination wäre eine gute Idee?«

»Ich glaube, das ist nicht das Einzige, in dem wir uns geirrt haben …« Jack klopft seine Jackentaschen ab. »Warte, ich hab noch was für dich.« Er zieht ein unförmiges kleines Päckchen heraus, eingeschlagen in mit Dinos bedrucktem Geschenkpapier. »Mein Kumpel hatte kein anderes Papier, das ist vom Geburtstag seines Sohnes«, fügt er entschuldigend an.

»Du hättest mir nichts mitbringen müssen«, sage ich leise. »Aber danke.«

Meine Finger erfühlen etwas aus Plastik. Vorsichtig löse ich die Schnur, mit der er das Geschenkpapier umwickelt hat. Als ich es hervorziehe, trifft es mich eiskalt. Jack hat mir ein Sexspielzeug geschenkt. Das war nun wirklich das Letzte, womit ich gerechnet habe. Hätte es nicht auch eine Schachtel Pralinen getan? Es sieht ein bisschen aus wie ein grünes Kreuz, ein bisschen wie ein Christbaumständer, in der Mitte auf einem Stab aus Silikon ist ein Schmetterling aufgesetzt. Ich habe keine Ahnung, wie man das Ding benutzen soll, aber Jack hat es sicherlich bei seinen Reisen um die ganze Welt entdeckt. Ich spüre, wie meine Ohren rot werden.

»Äääh … danke«, sage ich schließlich. »Aber wie funktioniert das, wenn ich fragen darf? Ist da eine Batterie drin?«

Er schüttelt den Kopf. »Du musst es einfach nur aufstellen, das funktioniert über Berührung.«

»Okay …« Kurz ist es völlig still in meiner Wohnung. »Sollen wir es gleich mal ausprobieren?«, sage ich dann, um das unangenehme Schweigen möglichst schnell zu beenden.

»Warum nicht?« Jack krempelt sich die Ärmel hoch, ich ziehe meinen Pullover aus.

»Moment, was machst du?«, fragt er mich. Ich halte mitten in der Bewegung inne, den Pullover bis zum Hals hochgezogen, darunter trage ich nur einen BH. Jacks Augen huschen an meinem Körper hinunter.

»Ich dachte …«

»Dachtest du, das wäre ein Sextoy?« Seine Augen funkeln amüsiert.

»Nein?«, entgegne ich. »Mir ist nur heiß.«

Also sitze ich jetzt im BH vor ihm, als wäre es das Normalste der Welt, und überlege, was es sonst sein könnte.

»Ich durchschaue deine Lügen«, erinnert er mich, und ich spüre, wie ich rot anlaufe.

»Gut, wenn dich das zufrieden macht, dachte ich eben, es wäre ein Sexspielzeug, dabei ist es natürlich … ein …«

»Ein Katzenspielzeug«, beendet er meinen Satz.

Ich verziehe das Gesicht. Jack grinst.

»Knapp daneben, würde ich sagen«, murmele ich.

Jacks Gesicht wird auf einmal ernst. »Ich habe mir das vorhin noch einmal überlegt, Em. Lass uns heute einfach einen entspannten Abend haben.«

Ich hebe die Augenbrauen. »Ohne Sex?«, frage ich und denke an die Schönheitsprozedur, die ich extra dafür auf mich genommen habe. Es wäre ja eine Schande, das zu verschwenden. »Okay … Ich werde dich nicht dazu zwingen.«

Ich stehe auf und ziehe Oskar unter einem Regal hervor. Er wehrt sich ein bisschen, aber dann schnurrt er und kuschelt sich an mich. Währenddessen platziert Jack das Katzenspielzeug in der Mitte der Küche auf dem Boden und stupst den Schmetterling an, sodass er sich an der biegsamen Stange hin- und herbewegt. Oskar springt direkt darauf an und von meinem Arm, wobei er mit seinen Hinterpfoten eine Kratzspur auf meinem Bauch hinterlässt.

»Autsch.«

»Ist alles okay?«

Ich nicke. »Ach, das bin ich gewohnt.«

Der Kratzer brennt wie verrückt. Normalerweise ebbt der scharfe Schmerz nach ein paar Minuten ab.

»Em, du blutest.«

»Oh. Ich geh kurz ins Bad.«

Dort drücke ich ein Stück Klopapier auf die Wunde, bis sie aufhört zu bluten. Langsam wird das Brennen weniger. Mein winziges Badezimmer kommt mir vor wie eine Weltraumkapsel, irgendwo da draußen im Nichts schwimmt Jack umher, aber mein Gehirn kann nicht fassen, dass uns nur eine Wand trennt. Ich betrachte mich im Spiegel und puste mir eine Haarsträhne aus der Stirn. Was zur Hölle machst du hier eigentlich, Emilia Vierling?

Ich werfe das Klopapier in den Badmülleimer und verlasse das Zimmer. Jack spielt mit Oskar auf dem Küchenboden, doch als er mich im Türrahmen sieht, steht er langsam auf. Einen Moment lang sagen wir beide nichts, aber mein Herz beginnt schneller zu schlagen. Ich sehe ihm an, dass er weiß, was gleich passieren wird, und dass er es geschehen lassen wird, wenn ich das will.

Ich löse mich aus der Starre und gehe auf ihn zu. Mit zwei großen Schritten kommt er mir entgegen und umschlingt mich mit seinen Armen. Ich ziehe ihn an mich heran. Unsere Lippen finden sich – und auf einmal kann es nicht schnell genug gehen.

Mein ganzer Körper pulsiert, als wir ineinander verschlungen wie zwei Blinde ins Schlafzimmer stolpern. Mein Herz rast, aber trotzdem denke ich daran, mit dem Fuß die Tür zuzuschieben, bevor Oskar uns begleiten kann.

Ich kann nicht fassen, was hier gerade passiert, nach all den Jahren. Wir fallen aufs Bett, ich ziehe sein Hemd hoch, er setzt sich auf mich.

Doch dann hält er mitten in der Bewegung inne und verzieht das Gesicht. »Fuck.«

»Was ist los?« Kurz erschrecke ich.

»Hast du zufällig noch Kondome da?«

»Sag mir nicht, dass du sie vergessen hast.«

»Nicht unbedingt *vergessen,* ich hatte mir vorgenommen, heute doch keinen Sex mit dir zu haben, alles ein bisschen ruhiger anzugehen.« Er verzieht den Mund zu einem Grinsen. »Ups.«

Er dreht sich zur Seite, sodass er neben mir auf dem Bett liegt.

Mein Herz hört nicht auf zu rasen, es pumpt so viel Blut durch mein Hirn, dass es direkt auf den rettenden Einfall kommt.

»Ich hab eine Idee!«, rufe ich.

»Der Rewe um die Ecke hat schon zu«, gibt Jack zu bedenken, der sein Smartphone aus der Jeans gezogen hat.

»Ich habe eine bessere Idee.«

»Welche?«

»Warte kurz hier.« Ich werfe Jacks Jacke über, die glücklicherweise in Griffweite liegt, und schlüpfe in meine kuscheligen Hausschuhe. »Ich bin gleich wieder da. Mach's dir bequem.«

Ich will ihm lieber nicht sagen, wohin ich gehe, weil er das ganz bestimmt nicht für eine gute Idee halten würde. Aber ich weiß, dass ich diese Situation nicht verstreichen lassen darf. Etwas in mir gibt mir Mut, ob es der Gin ist oder Jack, kann ich nicht sagen. Aber ich will es nicht darauf ankommen lassen. Mit nackten Beinen marschiere ich die Treppe nach unten und klopfe an Roberts Wohnungstür.

Es dauert eine Ewigkeit, aber dann öffnet er sie. »Robert, hi, gut, dass ich dich noch erwische.«

Er trägt schon seine blaue Nachtwächter-Uniform und sieht aus, als wolle er gleich zu seiner Schicht aufbrechen.

»Emmi, hi.« Er starrt mich an. »Ich dachte, du wolltest nicht mehr herkommen?«

»Ich … ich bräuchte etwas von dir.«

»Oh, was denn?«

»Meine Schwester und ihr Freund sind zu Besuch … und sie … haben keine Kondome dabei.«

Roberts Augen weiten sich. »Aber deine Schwester ist doch schwanger«, merkt er an.

»Woher weißt du das denn?«

»Ich folge ihr auf Instagram.«

»Du hast Instagram?«

Er zuckt die Achseln. »Alle haben Instagram.«

»Er hat … eine üble Geschlechtskrankheit.«

Roberts Augen weiten sich noch mehr. »Oh.« Er blickt an mir herunter, meine nackten Beine entlang, ich verschränke die Arme vor der Brust. Einen Moment scheint er sich über mein Outfit zu wundern, aber er vertraut mir. Kurz habe ich ein schlechtes Gewissen. »Also, hättest du welche? Ich will ja nicht, dass meine Schwester das ungeborene Kind irgendwelchen Gefahren aussetzt.«

»Oh, natürlich, natürlich«, sagt Robert und verschwindet in der Wohnung. Kurz darauf kommt er mit zwei Kondomen in der Hand zurück. »Ich hab noch ein paar, falls du … falls du mal wieder vorbeikommen willst.«

Ich nicke und ringe mir ein Lächeln ab. »Danke, du bist der Beste.«

Ich will gerade umkehren, da hält Robert mich zurück. »Weißt du denn was Näheres über die … Geschlechtskrankheit? Ist es was Ernstes?«

In diesem Moment merke ich, dass ich einen Fehler begangen

habe. Ich sehe es quasi vor mir, wie Robert diese Neuigkeiten triumphierend in irgendein Online-Forum tippt.

»Leider nicht«, gebe ich zurück, »es ist ein ganz großes Familiengeheimnis. Also vertraulich, okay?«

»Oh, okay.« Er macht keinerlei Anstalten, die Tür hinter mir zu schließen.

Ich lasse mich also zu einem »Bis bald, Rob« hinreißen.

»Bis bald, Emmi.« Zufrieden schließt er endlich die Tür.

Ich springe die Stufen nach oben, als das Smartphone in Jacks Jackentasche klingelt.

Ich ziehe es hervor und halte mitten in der Bewegung inne. Auf dem Display pulsiert der Name von Dr. Struwe. Warum sollte unser Therapeut Jack um diese Uhrzeit anrufen? Mit klopfendem Herzen nehme ich den Anruf entgegen. Ich räuspere mich.

»Hallo?«, sage ich mit einer möglichst tiefen Stimme. Das Blut rauscht mir in den Ohren. Ich weiß, dass es falsch ist, was ich hier tue, aber ich kann nicht anders.

»Herr Mersfeld?«

»Mhm?« Ich versuche, möglichst wenig zu sagen, damit er mich nicht erkennt – oder merkt, dass hier definitiv nicht Jakob Mersfeld spricht.

Seiner Stimme kann ich nicht entnehmen, was passiert ist, er wirkt komplett ruhig. Im Hintergrund höre ich, dass er in Unterlagen blättert, vermutlich seine Patientenakten.

»Entschuldigen Sie bitte, dass ich so spät anrufe, aber ich bin gerade noch einmal meine Patientendaten für diesen Monat durchgegangen …«

»Okay?« Ich lasse mich auf die Treppenstufen sinken und spüre den kalten Stein an meinen nackten Beinen.

Dr. Struwe räuspert sich am anderen Ende der Leitung. »Hier gibt es ein paar Ungereimtheiten, und Sie könnten mir vielleicht dabei helfen, sie aufzuklären.«

O nein, o nein, o nein.

»Sind Sie noch dran?«

»Ja, ich … ja.«

»Meine Assistentin hat mir soeben alle Informationen geschickt, die Sie zur Anmeldung Ihres ersten Termins eingetragen haben, und … ich finde hier nirgends eine Anmeldung zur Paartherapie.«

Ich presse meine Augen zu. »Oh«, sage ich nur, um Zeit zu schinden.

»In Ihren Akten steht, dass Sie zu uns kommen möchten, um eine Frau aus Ihrer Vergangenheit loszuwerden. Ihre Worte, nicht meine, versteht sich.«

»Was?« Mein Herz läuft mir weg, ich versuche, langsam zu atmen, damit ich nicht hyperventiliere. Ganz ruhig, Emmi, ganz ruhig.

»Ja, hier steht, Sie hätten mit einer Frau zu kämpfen, an der Sie seit Jahren hängen, die Sie aber einfach nicht vergessen können«, sagt Dr. Struwe. »Klingelt es da bei Ihnen, oder handelt es sich schon wieder um ein Missverständnis?«

Je länger er spricht, desto mehr höre ich die Anspannung in seiner Stimme, die unterdrückte Wut.

»Sie können doch nicht einfach in meine Praxis kommen und so tun, als wollten Sie eine Paartherapie machen, wenn Sie überhaupt kein Paar sind!«

»Ich …«

»Ja, bitte? Ich verstehe Sie kaum, können Sie ein bisschen lauter sprechen?«

»Ich …«, stottere ich noch einmal.

Und dann lege ich einfach auf. Mein Daumen drückt den roten Knopf, noch bevor ich einmal darüber nachdenken kann. Mir ist schwindelig und auf einmal viel zu heiß, obwohl ich über meiner Unterwäsche nur Jacks Jacke trage.

Das ist also der Grund, warum Jack in die Therapie gekommen ist? Alles, was er hier mit mir veranstaltet, dient nur dem Zweck, *mich* loszuwerden? Nach dem Motto: Wenn man sie einmal geknackt hat, kann man sie vergessen?

Diese Erkenntnis tut weh. Sie sticht mir in die Brust und schnürt mir die Luft ab. Ich ziehe mich mit zitternden Gliedern am Treppengeländer hoch und stolpere die Treppe nach unten, an Roberts Wohnung vorbei und durch die Eingangstür nach draußen in die kalte Herbstluft. Ich laufe weiter, bis das Haus außer Sichtweite ist, und dann noch weiter, weil ich hier nicht irgendwo stehen bleiben will.

Feuchtes Laub bleibt an meinen Hausschuhen hängen und färbt sie braun, auf meinem ganzen Körper hat sich eine Gänsehaut gebildet, aber mir ist nicht kalt, im Gegenteil. Ich schlinge die Arme um meinen Brustkorb, als könne ich mich damit selbst umarmen. Ganz ruhig atmen, Emmi.

Ich hatte mich wirklich darauf eingelassen. Auf die Paartherapie, darauf, dass wir endlich diese Wunden heilen können – auf Jack. Ich habe ihm vertraut.

Wir beide waren auf der Suche nach einer Aufarbeitung unserer Vergangenheit – nur dass ein kleiner Teil von mir tatsächlich gehofft hat, dass wir das gemeinsam durchstehen würden. Er aber hatte die ganze Zeit das Ziel, wieder aus meinem Leben zu verschwinden. Ich meine: Vielleicht war sogar die Geschichte seiner kurzen Ehe eine komplette Lüge – woher soll ich das wissen?

Wahrscheinlich sollte ich ihn direkt darauf ansprechen, in die Wohnung zurückgehen und ihn darauf festnageln – aber ich kann es einfach nicht. Die Wahrheit aus seinem Mund zu hören würde mich brechen, das weiß ich genau. Eine Konfrontation ist etwas für starke Menschen, nicht für ein Jammerpaket wie mich.

Ich bleibe stehen, als ich das Kino erreicht habe, in dem Lara gerade sitzt. Tränen sprudeln aus meinen Augen. Der Wind wird stärker, und ich fröstele immer mehr. Meine Wut ist verschwunden, die Böen haben sie davongetragen, zurück bleibt nur die Angst. Ich öffne die goldene Eingangstür und setze mich auf einen der roten Samtsessel. Bis auf ein Pärchen auf der anderen Seite des Raumes bin ich die Einzige im Wartebereich. Ein Kino-Mitarbeiter beobachtet mich. Schließlich verlässt er seinen Posten an der Popcorn-Maschine und kommt zu mir herüber.

»Entschuldigung, Sie können hier nicht sitzen bleiben.«

»Wieso nicht, ich …?«

Er weicht meinem Blick aus und starrt stattdessen meine nackten Beine an.

Ich spüre, wie schon wieder die Tränen hochkommen.

»Wir haben auch minderjährige Gäste«, sagt er mit gesenkter Stimme.

»Ich … was?«

Ich lasse mich von ihm aus der Tür schieben, hinein in den beißenden Wind. Mir fehlt die Wut, um mich zu wärmen. Also wechsele ich die Straßenseite und setze mich in einen Hauseingang, von dem aus ich das Kino gut sehen kann.

Ich schlinge meine Arme um meine Knie und wippe vor und zurück, das hilft meist ein bisschen, um mich zu beruhigen. Ich werde mich nicht mehr von der Stelle bewegen, bis Lara endlich herauskommt.

Was, wenn Jack eigentlich nur zurückgekommen ist, um mich und alle Gedanken an mich endgültig loszuwerden? Was, wenn er genau das in den letzten Therapiestunden getan hat? Vielleicht ist er mir nur so nah gekommen, um sich selbst mit unserer Vergangenheit zu konfrontieren und dann für immer damit abzuschließen.

Doch dann kommt mir ein Gedanke, der noch viel schlimmer ist: Was, wenn gar nicht *ich* damit gemeint bin? Was, wenn es die ganze Zeit um Merle ging? Vielleicht trauerte er all die Jahre Merle hinterher und benutzt mich nur als Stellvertreterin, um sie zu vergessen?

Mir wird übel, und ich spüre einen heftigen Fluchtreflex in mir. Ich will damit nichts mehr zu tun haben, ich will damit nichts mehr zu tun haben, ich will *damit nichts mehr zu tun haben.*

Es ist ja nicht so, dass wir noch nie miteinander geschlafen hätten … Jacks Stimme geistert durch meinen Kopf. Natürlich konnte ich diesen Satz nicht vergessen, natürlich hatte er vorhin in der Situation in meinem Schlafzimmer laut in meinem Kopf gepocht. Weil es mir beinahe gelungen war, es zu vergessen.

Wenn du etwas nur lange genug verdrängst, dann wird die neue Wahrheit zur Realität. Ich habe das schon mit vielen Dingen ausprobiert: zum Beispiel damit, dass ich mit dem Ghostwriting für Margarete Leopold auf dem richtigen Weg zu einer eigenen Schriftstellerinnenkarriere bin. Oder damit, dass ich so etwas wie Nähe zu anderen Menschen überhaupt nicht brauche. Dass es nie mehr als dieses Gespräch zwischen Jack und mir auf Merles Geburtstagsparty gegeben hatte.

Dass ich Merle nicht wirklich hintergangen habe.

DAMALS

Jack war ein außerordentlich guter Orangenschäler. Das war eines der ersten Dinge, die mir an ihm auffielen, als ich versuchte, ihm nicht mehr ins Gesicht zu sehen – auch heute noch erinnert mich der Duft von Orangen sofort an ihn.

Wir saßen mal wieder in Merles WG zusammen, weil ich nicht stark genug gewesen war, Nein zu sagen. Nächste Woche hatte Merle Geburtstag, und sie versuchte schon die ganze Zeit, aus mir herauszukitzeln, was ich diesmal Tolles für sie geplant hatte. Ich machte ein großes Geheimnis daraus, aber eigentlich hatte ich noch gar keinen Nerv dazu gehabt, darüber nachzudenken. Immerhin verwendete ich meine gesamte Energie darauf, Jack und Merle nicht gemeinsam zu begegnen und möglichst wenig an ihn zu denken, was nicht sonderlich gut funktionierte, vor allem nicht seit diesem Moment zwischen uns in seinem alten Kinderzimmer.

Ich hatte inzwischen Nackenschmerzen davon, immer nur auf den Tisch oder den Boden zu starren, um seinem Blick auszuweichen. Merle schien das nicht sonderlich zu stören, sie wusste, dass ihre beste Freundin und ihr Seelenverwandter sich nicht besonders mochten, aber da wir beide sie sehr wohl mochten, ließen wir solche Treffen über uns ergehen. Und fast jedes Mal zog Jack früher oder später eine Orange aus der Tasche und schälte sie – in einem Stück und in winzigen Bahnen. Nach und nach verbreitete sich der frische Duft im ganzen Raum. Als er damit fertig war, drapierte er die Orange so mit der Schale auf

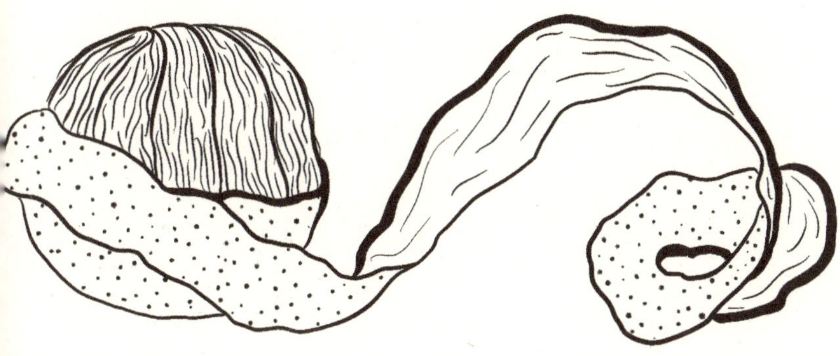

dem Tisch, dass sie aussah, als wäre sie wieder ganz. Ich sah seinen Händen dabei zu, wie sie die Orange anschließend auszogen, ganz langsam, schmerzhaft langsam.

»Emmi, hörst du mir überhaupt zu?« Merle wedelte mit ihrer Hand vor meinem Gesicht.

»Ich … ich werde dir nicht sagen, was das Motto deiner Party ist, vergiss es«, knurrte ich.

Merle verdrehte die Augen. »Darum geht es doch gar nicht, Emmi. Hörst du mir überhaupt zu? Jack und ich planen einen Urlaub, ich weiß nur noch nicht, ob wir zu Monets Garten fahren sollen oder lieber in die Provence.«

»Weißt du eigentlich, wie scheiße es für die Umwelt ist, im Sommer Orangen zu kaufen?«, fragte ich statt einer Antwort.

Noch Stunden später begleitete uns der Duft nach draußen. Jack und ich verabschiedeten uns von Merle und traten in den Sommerabend hinaus. Ich beschleunigte meinen Schritt, aber Jack schloss mühelos zu mir auf. Wir schwiegen, bis wir um die nächste Straßenecke bogen.

»Wir sollten es ihr sagen«, setzte Jack an.

Ich blieb nicht stehen, hielt meinen Blick auf das Kopfsteinpflaster vor mir gerichtet. Ich spürte den Alkohol in meinem Blut, aber ich hatte noch alles im Griff. »Ich weiß nicht, wovon du redest.«

Jack griff nach meiner Hand und zwang mich dazu, stehen zu bleiben. »Wenn du nicht mit mir sprichst, gehe ich jetzt auf der Stelle zurück und sage ihr alles.«

»Nein!«, zischte ich leise. »Bist du wahnsinnig?«

Er hob die Augenbrauen.

Ich wandte mich ab und ging weiter, die Schultern hochgezogen. »Sie ist gerade in einer verletzlichen Phase, wir können ihr das nicht antun.«

»Das sagst du schon die ganze Zeit.«

Darauf entgegnete ich nichts. Wir trotteten am Rheinufer entlang, das schwarze Wasser glitzerte uns entgegen. Mücken schwärmten um die Straßenlaternen.

»Kannst du aufhören, in meiner Gegenwart Orangen zu schälen?« Ich warf ihm einen schnellen Blick zu. Ein Lächeln umspielte Jacks Mundwinkel, aber seine Augen blieben traurig.

»Wie lange willst du noch so tun, als wäre nichts?«, fragte er.

Ein Kloß bildete sich in meinem Hals. »Die Situation ist ziemlich ausweglos, oder?«, sagte ich leise.

Jack schüttelte den Kopf. »Nein, wir sagen ihr einfach, was Sache ist, und dann sehen wir weiter.«

Ich schauderte und zog die Schultern hoch. »Ich kann dich ihr nicht wegnehmen.«

»Aber was willst du denn dann, Emmi? Dass ich mit Merle zusammenbleibe, nur um sie nicht zu verletzen? Weißt du, wie verrückt das klingt? Aber was ist mit dir? Warum darfst *du* nicht glücklich sein? Und was ist mit *mir?*«

»Ja, du tust mir wirklich leid«, stieß ich hervor. Im nächsten Moment verzog ich das Gesicht. »'tschuldigung.«

Wir bogen vom Rhein ab und liefen dunkle Altbauschluchten entlang. Fast überall waren die Lichter schon aus, es war ein Mittwochabend, und zu meiner Wohnung war es nicht mehr weit. Ich spürte, wie mein Herz schneller schlug, je näher wir meinem Haus kamen.

Wir schwiegen, bis wir direkt davorstanden. Ich hielt den Blick auf unsere Schuhspitzen gesenkt.

»Jack, ich …«

Aber er unterbrach mich mit einem Kuss. Sofort wich die Anspannung von mir, und alle Probleme verließen meinen Körper, als würde er mit diesem Kuss meinen Gedanken das Gift aussaugen.

»Weißt du was, Em?«, flüsterte er. »Ja, es kann sein, dass es ganz schrecklich wird, dass Merle uns niemals verzeiht und dass wir bis ans Lebensende unglücklich sind. Aber vielleicht …«

»Vielleicht was?«

Jacks Lippen streichelten mein Ohr. »Aber vielleicht wird auch alles gut«, flüsterte er.

***

Sofort fühlte ich mich zurückkatapuliert an den Nachmittag vor zwei Wochen. Den Nachmittag, an dem wir uns zum zweiten Mal das erste Mal geküsst hatten.

Ich traf Jack, weil er mich beim Kauf eines Kratzbaums für Oskar im Tiergroßhandel beraten sollte. Das war er mir schließlich schuldig, wenn ich Oskar schon nicht mehr zurückgeben konnte. Er holte mich mit einem Auto ab, das nicht so aussah, als könne man darin einen Kratzbaum transportieren, ohne Spuren zu hinterlassen. Außen glänzend, innen roch es nach Leder – und nach Orangen. Das war bestimmt das Auto seiner Eltern. Wir wechselten kein Wort miteinander, bis wir irgendwann vor den Aquarien standen und den Fischen dabei zusahen, wie sie um die Futterkrümel an der Oberfläche stritten.

»Wenn du ein Fisch wärst, welcher wärst du?«, fragte ich Jack schließlich, um die Stille zu brechen.

Aber er ließ sich nicht auf mein Ablenkungsmanöver ein.

»Warum hast du dich damals nicht mehr bei mir gemeldet?«, fragte er und tat, als würde er weiterhin die Fische beobachten.

Ich stellte mich auf die Zehenspitzen, um seine Spiegelung im frisch geputzten Aquariumglas zu sehen.

»Ich hab mich bei dir gemeldet«, sagte ich, »wir sind doch jetzt hier.«

»Du weißt, was ich meine.«

Ich zögerte einen Moment. »Ich … ich hatte Angst.«

»Du siehst nicht aus wie jemand, der Angst hat.«

»Es ist aber die Wahrheit.«

»Ich glaub's dir«, sagte er und legte den Kopf schief, weg von mir. »Aber hättest du mir geschrieben, wenn du keine Angst gehabt hättest?«

Ich schluckte. »Ja«, sagte ich leise. »Ich konnte es nicht fassen, als ich dich mit Merle gesehen habe.«

Jack fuhr sich durchs Haar, das dadurch noch strubbeliger wurde.

»Ja, ich weiß. Das ist einfach scheiße gelaufen. Ich war mir sicher gewesen, dass du dich melden würdest. Als dann über eine Woche lang nichts von dir kam, bin ich losgezogen. Ich war einfach verletzt, denke ich …«

»In die Galerie?«

Er schüttelte den Kopf, aber seine Mundwinkel zuckten. »Diese Geschichte erzählt Merle nur gerne. Die Geschichte unseres perfekten Kennenlernens. Eigentlich haben wir uns in einem Club kennengelernt, sie schlief morgens um sechs mit dem Kopf auf der Bar – ich habe sie angerempelt und dadurch geweckt. Das Gemälde habe ich erst gekauft, als sie mich am nächsten Tag mit in die Galerie nahm.«

»Liebe auf den ersten Blick?«, fragte ich, obwohl ich die Antwort gar nicht wissen wollte.

Jack schüttelt kaum erkennbar den Kopf. »Ich habe Merle gar keine faire Chance gegeben, schon gar nicht nach unserem Wiedersehen im Nepomuk.«

»Warum hast du nichts gesagt?«, fragte ich.

Er legte den Kopf auf die andere Seite. »Du hast nichts gesagt. Du hast mir die Hand geschüttelt, als hätten wir uns noch nie gesehen. Ich dachte für einen Moment tatsächlich, dass du dich nicht an mich erinnerst.«

Bei diesem Gedanken musste ich lachen. Er lachte mit mir. »O mein Gott, wir sind erledigt«, seufzte ich und drehte mich weg.

Aber dann berührte mich Jack an der Schulter und zog mich zu sich zurück. Ich kämpfte nicht dagegen an, auch wenn ich es mir danach immer wieder einreden wollte. Und dann war sein Gesicht direkt vor meinem, nur Millimeter entfernt.

Wer küsste wen zuerst? In wessen Gehirn sprangen die Funken zuerst über, die diese Bewegung in Gang setzten? Über diese Frage brütete ich stundenlang, während ich nachts wach lag und dem Abglanz des Straßenverkehrs auf meiner Zimmerdecke zusah.

Als wir uns küssten, zog sich die Welt um uns zusammen, legte sich wie ein Mantel über uns. Es gab nur noch ihn und mich.

Wir verließen den Tiergroßhandel an diesem Nachmittag, ohne einen Kratzbaum zu kaufen.

***

An dem Abend, als Jack und ich von Merle nach Hause spazierten und vor meiner Haustür landeten, umschlang ich ihn mit einer Hand, mit der anderen suchte ich in meiner Jackentasche nach meinem Schlüssel. Schweigend stiegen wir die Treppen zu meiner Wohnung empor, in kompletter Dunkelheit. Während ich die Tür aufschloss, begann er schon, mich auszuziehen. In meinem Schlafzimmer schälte er mich wie eine Orange, und ich riss die Kleider von ihm wie ein ungeduldiges Kind, das ein Geschenk öffnet.

Mit Jack zu schlafen fühlte sich an, als würde ich von einer Klippe stürzen und aus dem Nichts Millimeter über dem Boden aufgefangen werden. Unter seinen Berührungen wurde ich zu mir, nicht besser und nicht schlechter, aber er berührte mich, als würde er mich in diesem Moment zu dem formen, was ich war.

»Okay, wir sagen es ihr«, flüsterte ich danach.

»Wann?«, fragte er. »Wie lange willst du das noch rauszögern?«

»Nach ihrem Geburtstag.«

JETZT

»Meine Fresse, Emmi, was machst du denn hier?« Lara starrt auf mich herab.

»Hallo«, murmele ich.

Sie geht vor mir in die Knie. »Was zur Hölle ist passiert? War der Sex so schlimm?« Sie grinst, aber wird sofort ernst, als sie meine Tränen sieht. »O mein Gott, Emmi, ist jemandem was passiert?«

Sie streckt mir die Hand hin und zieht mich hoch.

Ich schüttele den Kopf. »Nur mir«, flüstere ich so leise, dass sie mich kaum hören kann. »Ich kann nicht mehr zurück.«

»Zu deiner Wohnung?«

»Ja.«

»Wieso?«

Ich schüttele den Kopf. »Ist eine lange Geschichte.«

»Aber du hast ja kaum etwas an.«

»Wir können trotzdem nicht dorthin zurück.«

Lara hebt die Augenbrauen. »Liegt seine Leiche in der Wohnung?«, flüstert sie.

Ich schüttele schnell den Kopf, ohne sicher sagen zu können, ob sie diese Frage ernst gemeint hat. »Was zur Hölle denkst du von mir?«

»'tschuldigung, 'tschuldigung, ich meine, solche Dinge passieren. Außerdem sitzt du hier, als hättest du gerade das Trauma deines Lebens durchgemacht.«

»Lara?« Ich sehe sie flehend an.

»Was?«

»Kannst du mich in den Arm nehmen?«

»Ach, Emmi ...« Meine Schwester umarmt mich fest und wiegt mich sanft hin und her.

»Manchmal glaube ich, dass meine Probleme überhaupt nicht schlimm genug sind, um darüber zu reden«, murmele ich.

Lara schüttelt den Kopf. »Du spinnst ja.«

»Das steht wohl außer Frage.«

»Jetzt spuck's schon aus, was ist passiert?«

Sie zieht mich auf die Füße, und wir laufen los durch die Nacht.

***

Nachdem Lara endlich die ganze Geschichte gehört hat, vom Poetry Slam, von Jack, von Merle und Jack, Dr. Struwes Anruf und allem, was dazwischen passiert ist, muss ich wiederum sie beruhigen. Tränen stehen in ihren Augen.

»Warum hast du mir nie davon erzählt, Emmi?«

Ich zucke die Achseln. »Ich wusste nicht, wie.«

Jetzt verdunkelt sich der Gesichtsausdruck meiner Schwester. »Der soll sich vor mir in Acht nehmen. Der benutzt dich, um seine Gefühle loszuwerden? Ich fasse es nicht! Ich marschiere da jetzt rein und werfe ihn raus.«

Ich ziehe Lara hinter die Hausecke zurück, von der man auf mein Wohnhaus blicken kann.

»Auf gar keinen Fall! Ich will diesen Kerl zwar nie wiedersehen, okay? Aber wir müssen jetzt auch unsere psychische Verfassung und du damit auch dein Baby schützen, kapiert?«

Doch Lara lässt sich nicht beirren. »Ich gehe vor und gucke, ob er noch da ist. Wenn wir noch lange warten, holst du dir hier am Ende noch eine fette Lungenentzündung.«

»Das ist mir egal.«

Lara hebt die Augenbrauen. »Und was ist, wenn du mich ansteckst? Und wo sollen wir denn heute sonst übernachten, hm?«

Ich verziehe das Gesicht. »Aber …«

Da ist Lara schon losmarschiert, mit geballten Fäusten direkt auf mein Haus zu.

»Lara!«, zische ich, aber sie dreht sich nicht zu mir um. Meine Schwester verschwindet im Haus.

Ich erwarte, dass irgendetwas Großes passiert, zum Beispiel dass sie Jack durch das Schlafzimmerfenster schleudert oder auf den Balkon sperrt. Aber es passiert … gar nichts. Ich hole Jacks Smartphone aus der Tasche, aber der Akku ist inzwischen leer, und es hat sich ausgeschaltet. Also schlinge ich meine Arme wieder um den Körper, es kommt mir mittlerweile vor wie eine altbekannte Handlung, als wäre ich schon immer auf den Straßen dieser Stadt unterwegs, nur mit einer Jacke und flauschigen Hausschuhen bekleidet.

Irgendwann öffnet sich die Haustür, Lara steht dort und winkt mich zu sich heran. Heißt das, er ist schon weg? Ich kann Jack nicht gegenübertreten. Ich fühle mich, als sei ich vor der ganzen Welt entblößt worden, als würde mich eine universelle Stimme auslachen, die die ganze Welt überblickt. Emilia Vierling hat sich mal wieder blamiert, sie hat *Gefühle* zugelassen und dabei voll und ganz vergessen, dass so etwas für sie nicht vorgesehen ist. Ist sie nicht süß, ist sie nicht naiv? Manche Menschen sind einfach dazu bestimmt, allein zu bleiben – und eigentlich weiß ich das ja.

Ich bin eine von diesen Personen, das habe ich in einem ziemlich jungen Alter schon gespürt. Ich suche mein Glück anderswo, im kuscheligen Bauch meines Katers oder den Büchern, die ich schreiben darf. Oder eher in denen, die ich schreiben sollte, bevor ich mich von Jack habe ablenken und ausnutzen lassen. Es ist fast zum Lachen, wenn es nicht so traurig wäre.

Bei Dr. Struwe kann ich mich auch nie wieder blicken lassen, am besten sollte ich aus der Stadt wegziehen, nur um auf Nummer sicher zu gehen, ihm und niemand anderem, der mich kennt, jemals wieder zu begegnen. Aber wir wissen alle, dass es viel wahrscheinlicher ist, dass ich einfach nur das Haus nicht mehr verlassen werde. Meine Wohnung ist mein Leuchtturm auf einer kleinen einsamen Insel. Heidekraut, meine Bücher und ich – mehr brauche ich doch gar nicht.

»Emmi!«, brüllt Lara quer über die Straße und reißt mich aus meinen Gedanken. »Er ist weg, jetzt komm endlich!«

Als ich über die Straße laufe, öffnet sich hinter mir ein Fenster. »Was wird hier so gebrüllt?«, beschwert sich ein alter Mann mit Raucherstimme.

»Ruhe!«, meldet sich eine Frauenstimme aus dem anderen Haus.

»Was soll das denn hier? Ich ruf gleich die Polizei!«, schaltet sich noch jemand ein. Mein persönlicher Walk of Shame bis zu meiner Haustür, wo Lara mich in den Arm nimmt.

»Ich hab nachgesehen, er ist weg.«

»Ist Oskar noch da?«, frage ich erschrocken.

»Oskar ist noch da.«

»Lebt er auch noch?«

Lara lacht auf und schüttelt den Kopf. »Er wird doch nicht gleich deine Katze umbringen.«

Ich spüre schon wieder, wie die Tränen aus meinen Augen quellen. »Wer weiß.«

Lara zieht mich die Treppen nach oben bis zu meiner Wohnungstür. Selbst als wir diese hinter uns schließen, hören wir noch, wie sich die Nachbarn quer über die Straße gegenseitig anbrüllen, auch wenn wir längst verschwunden sind.

***

Lara und ich bleiben noch lange wach und planen unsere Weltreise mit dem Bulli, den Lara sich kürzlich gekauft hat, um demnächst mit dem Baby und Tom ein bisschen durch Deutschland zu touren. Wir haben vor, damit abzuhauen, so wie früher, als wir Kinder waren. Ein Abenteuer erleben, frei sein, nur ein bisschen.

Sie würde das Kind gerne in den USA zur Welt bringen, damit es die amerikanische Staatsbürgerschaft bekommt, meint Lara. Wenn wir mit einem großen Schiff über den Atlantik fahren, sollte der Bulli ja eigentlich kein Problem sein. Ich stelle mir vor, wie ich meine Romane mit Blick auf die Rocky Mountains und kristallklare Seen schreibe, den letzten Satz auf dem Rückweg über den weißen Klippen der Normandie.

Wir schlafen ein, ohne uns die Zähne zu putzen, so wie früher eben. Wir denken nicht darüber nach, dass wir uns spätestens nach zwei Wochen zerfleischen würden, dass Lara Tom nicht einfach verlassen kann und ich wahrscheinlich einen riesigen Schuldenberg anhäufen würde, weil ich zwischen all diesen neuen Eindrücken nicht zum Schreiben käme. Zumindest ein paar Tage lang bin ich ja noch eine Frau in ihren Zwanzigern, den Jahren, in denen es darum geht, herumzuprobieren, sich selbst kennenzulernen, endlich zu wissen, was für ein Mensch man ist. Noch immer fühle ich mich davon weit entfernt, aber zumindest eine Sache weiß ich über mich, Emilia Vierling: Jack hat mich hintergangen, und ich werde ihm niemals verzeihen.

Als hätte er mich um Verzeihung gebeten, aber tun wir mal so, als ob.

***

Lara weckt mich am Morgen mit einem Kaffee in der einen und meinem Laptop in der anderen Hand. Ich reagiere mit einem tiefen Seufzen und will mich gerade wegdrehen, da tritt sie mir mit ihrem rechten Bein in den Po, so wie früher.

»Hey! Was soll das?«

»Emmi, ich habe nachgedacht.«

»Sag mir ja nicht, dass du zu Tom zurückgehst und so tust, als wäre nichts passiert.«

Sie verzieht das Gesicht. »Äh, nein? Auch wenn ich immer noch keine Ahnung habe, was ich stattdessen tun soll ... Aber ich habe über *dich* nachgedacht. Und ich finde, es reicht mit den Ausreden.«

»Wie bitte?«

»Du hast mir gestern quasi dein ganzes Buch erzählt, jetzt schreib es auch.«

»Wovon redest du?« Ich setze meine beste Engelsmiene auf.

»Du hast einfach nur Angst«, entgegnet sie.

»Hab nie was anderes behauptet«, gebe ich bockig zurück.

Lara knallt den Kaffee auf den Nachttisch. »Das ist deine Ausrede für alles, oder? Ich bin faul, ich hab Angst. Ja, schön für dich. Aber du bist meine Schwester, und ich habe ein Recht darauf, dass es dir gut geht.« Trotzig blickt sie mich an.

»Aha, steht das in der heiligen Schwestern-Verfassung von 1796?«

»Du bist so blöd.« Lara verdreht die Augen. »Aber glücklicherweise habe ich herausgefunden, dass man dieses Zimmer abschließen kann – und ich hab den einzigen Schlüssel.«

»Wag es nicht!«

»Zu spät, meine Liebe.« Sie tippt auf meine Kommode, wo mein Laptop, ein paar Blatt Papier und das Mäppchen mit meinen Zeichenstiften liegen. »Die brauchst du sicher auch, oder?«

Meine Augen huschen zur Tür. Lara lacht diabolisch. »Du hast keine Chance.«

Bevor ich auch nur einen Fuß auf den Teppich vor meinem Bett gesetzt habe, knallt sie die Tür zu.

»Aber ich muss doch Oskar füttern!«, rufe ich ihr hinterher.

»Schon geschehen«, trällert Lara.

»Und meine Schilddrüsentabletten?«

»Ich weiß genau, dass du die in der Nachttischschublade aufbewahrst, denkst du, ich bin eine Anfängerin? Wenn jemand deine Ausreden kennt, dann ja wohl ich.«

»Das ist meine Angststörung, keine Ausrede!«, brülle ich durch die Wand zurück.

Darauf antwortet Lara nicht mehr, aber diese Stille ist Antwort genug. Ich schimpfe noch ein bisschen vor mich hin und schließe mein Handy ans Ladekabel an, warte, bis das Display aufleuchtet. Ich habe fünf Anrufe in Abwesenheit, drei von Dr. Struwe, zwei von einer fremden Nummer. Ob Jack versucht hat, mich zu erreichen? Ich sollte ihm irgendwann seine Jacke und sein Handy zurückgeben, aber daran will ich gerade wirklich nicht denken. Schnaubend werfe ich mein Handy auf den Teppich.

Oskar beginnt vor meiner Tür zu heulen, zumindest er versteht mein Leid. Ich höre Laras nackte Füße zur Zimmertür wandern und hoffe schon, dass sie sich erweichen lässt, aber sie redet nur sanft auf Oskar ein, der sich sofort seiner neuen Liebhaberin zu widmen scheint. Verräter.

Irgendwann stelle ich fest, dass ich entweder schmollen oder die Zeit nutzen kann (eine Erkenntnis, die sich bei mir seit meiner Kindheit immer wieder neu einstellt, die ich dann aber auch immer wieder vergesse).

Ich setze mich auf mein Bett, ziehe den Laptop heran – und schreibe. Aber nach wenigen Sätzen höre ich wieder auf. Etwas stimmt nicht, etwas fehlt in diesem ganzen verrückten Projekt, das ich nicht gebacken kriege. Ich strecke mich nach den Zeichnungen, die Lara auf meine Kommode gelegt hat. Gefühle quellen mir daraus entgegen. Ich weiß nicht, was ich sagen will, aber irgendwie wissen es diese Bilder. Ich klemme eine der Skizzen vor den Bildschirm meines

Laptops, sodass ich das Textdokument nicht mehr sehen kann. Dann lege ich meine Finger auf die Tastatur. Ich starre die Linien an, höre tief in mich hinein – und dann beginne ich zu schreiben.

***

Ich höre erst mit dem Tippen auf, als es an der Tür klingelt. Und zwar nicht einmal, sondern gleich dreimal hintereinander. Unsanft reißt es mich aus meinem Tunnel, es fühlt sich tatsächlich schmerzhaft an. »Lara?«, brülle ich.

»Ich geh schon.«

Plötzlich finde ich es ganz gut, eingeschlossen zu sein. Eine Angst durchzuckt mich. Was, wenn es Jack ist?

Dann höre ich eine gedämpfte Stimme durch meine Wohnungstür. »Hallo, Polizei hier, machen Sie bitte auf.«

Mein Puls schnellt in die Höhe. Lara öffnet die Tür.

»Wir wurden verständigt, dass hier jemand vermisst wird. Sind Sie Emilia Vierling?«

»Nein, ich bin ihre Schwester. Aber ihr geht's ... okay.«

»Wir würden gerne persönlich mit ihr sprechen.«

»Sie ist hier drin.«

Ich strampele mich aus dem Bett und ziehe meinen Morgenmantel über mein Schlafshirt.

»Frau Vierling, sind Sie da?«, fragt eine tiefe Stimme. Energische Fingerknöchel klopfen an meine Zimmertür.

»Ja, ich bin da, mir geht's gut.«

»Ich möchte kurz hereinkommen, wenn das in Ordnung ist.«

»Ja, klar.«

Erst jetzt erinnere ich mich daran, dass Lara die Tür zugeschlossen hat.

Der Beamte drückt die Klinke runter.

»Oh, ich hole den Schlüssel.« Lara lacht übertrieben.

»Das Zimmer ist verschlossen?«, fragt der Polizist nun misstrauisch. »Hat Frau Vierling ebenfalls einen Schlüssel?«

»Dann müsste ich sie ja nicht einsperren, das wäre ja sinnlos.« Lara gluckst. Ich vergrabe mein Gesicht in den Händen.

Ein Klimpern ertönt, dann öffnet sich die Zimmertür. Ich setze mein entspanntestes Lächeln auf.

»Hallo«, sage ich, »alles gut hier.«

Die beiden Beamten wechseln zweifelnde Blicke. »Wie lange waren Sie hier eingeschlossen?«, fragt einer von ihnen.

»Ich habe Sie nur eingeschlossen, damit sie schreibt«, kommt mir Lara zuvor.

»Um was ging es da? Um eine Vertragsunterzeichnung?«

»Nein, um ein Buch ... ich ... ich bin Autorin.«

»Und dafür werden Sie eingeschlossen?«

»Ja ... ich glaube, das gehört tatsächlich zur Profession.«

»Also, Frau Vierling, ich bin ganz ehrlich, so etwas habe ich noch nie gehört. Und wir sind schließlich darauf aufmerksam gemacht worden, dass jemand sich um Ihr Wohlbefinden sorgt.«

»Können Sie mir sagen, wer das war?«

Der Polizist schüttelt den Kopf. »Darüber habe ich keine Informationen.«

»Hat er noch irgendwas gesagt?«, frage ich weiter.

Die Polizisten sehen einander zögernd an.

Der erste Beamte räuspert sich. »Sie sind die Schwester, haben Sie gesagt? Können Sie sich ausweisen?«

Lara verschwindet in der Küche, um ihr Portemonnaie zu holen. Der Polizist wendet sich an mich. »Geht es Ihnen wirklich gut?«, fragt er etwas leiser. »Oder werden Sie hier gegen Ihren Willen festgehalten?«

Auf einmal spüre ich den unwillkürlichen Drang zu lachen.

Diese ganze Situation ist so absurd. Wenn die Polizisten nur wüssten, wie oft ich mich schon so gefühlt habe, als würde ich gegen meinen Willen in meiner Wohnung festgehalten. Aber was soll ich ihnen denn sagen? Dass ich es selbst bin, die mich hier festhält? Dass es mir überhaupt nicht gut geht, aber dass das nichts mit Lara zu tun hat?

»Mir geht's gut, wirklich.«

Die Beamten wirken erleichtert. »Passen Sie auf sich auf«, sagt der Polizist. Sie prüfen Laras Ausweis, dann verschwinden sie wieder.

Eine Viertelstunde später klammert Lara sich an ihrer Teetasse fest. »Was für ein Morgen«, flüstert sie.

»Das kannst du wohl laut sagen. Ich habe das Gefühl, das Leben will uns mit allem, was es hat, aus dieser Wohnung befördern.«

Lara sieht mich an und holt tief Luft. »Vielleicht ist es zumindest für mich an der Zeit.«

Ich nehme sie in den Arm. »Soll ich mitkommen?«

Wie immer hofft ein großer Teil in mir, dass sie Nein sagt.

»Das wäre wunderbar«, murmelt Lara in meine Schulter. Ich spüre, dass sie Angst hat.

***

Ich halte Laras Hand, als wir mit der Straßenbahn zu ihrem Haus fahren. Tom und sie hatten es gerade erst renoviert, jede Ecke passte perfekt in Laras wunderschönes Leben.

Bei jedem Schritt den kurvigen Berg empor, an Apfelbäumen und Schrebergärten entlang, wird Lara langsamer. Ich schiebe sie ein bisschen den Berg hinauf. »Ich weiß, wie schwer das für dich ist.« Sie erschaudert. »Weißt du schon, was du ihm sagen wirst?«

Lara schüttelt den Kopf. »Ich muss ihn sehen. Dann weiß ich's … hoffentlich.«

Ich umarme Lara noch einmal, bevor ich sie allein das Grundstück betreten lasse. Sie ist ein bisschen grün im Gesicht. Als ich ihr dabei zusehe, wie sie die Einfahrt zu dem alten Fachwerkhaus überquert, das jetzt in neuem Glanz erstrahlt, merke ich, dass die Schwangerschaft ihren Gang verändert hat. Es ist nicht mehr zu übersehen, dass sie bald Mutter wird – und Tom Vater.

Ich setze mich auf die Bank der Bushaltestelle, die sich hinter der Sichtschutzhecke zum Grundstück befindet. Ich sehe nicht mehr, wie Tom die Tür öffnet, aber ich höre, wie er sie wieder schließt.

Ich finde es beeindruckend, wie meine Schwester ihr Leben in Angriff nimmt. Im Gegensatz zu mir hat sie sich keine vier Jahre vor der Welt versteckt. Sie hätte niemals zugelassen, dass sie sich selbst das Leben zerstört. Lara möchte noch so viel erleben, das ist mir in den letzten Tagen klar geworden. Und während sie sich in meiner Wohnung vor der Welt abkapselte, war ihr doch immer klar, dass dieser Zustand irgendwann enden muss. Sie hat die Zeit genutzt, um eine Entscheidung zu treffen. Sie wird zu Tom zurückkehren, da bin ich mir ganz sicher. Alles wird wieder okay – und bei mir? Aus einem kleinen Rückzug ist vor vier Jahren ein neuer Lifestyle geworden, gefüllt mit Angst und Selbstabweisung. Wenn ich darüber nachdenke, wie sehr mich die letzten Wochen aus meinem Schneckenhaus hervorgeholt haben, kann ich es kaum glauben. Ich habe gelernt, dass es mit jedem Mal leichter ist, das Haus zu verlassen, und dass man sich an neue Routinen gewöhnen kann. Aber dennoch – in diesem Moment weiß ich ganz genau, dass ich wieder in all meine alten Muster zurückfallen werde, ich spüre es förmlich. Ich bin es nach all den Jahren so gewöhnt, eine Mauer um mich herum hochzuziehen. Dass diese in den letzten Wochen gebröckelt ist, verunsichert mich, es macht mich verletzlich. Ohne diesen Schutzwall um mich herum fällt es mir viel schwerer, mich daran zu erinnern, was ich möchte und was ich nicht möchte. Das kann ich immer erst im Nachhinein beurteilen, wenn ich wieder in der Sicherheit meiner vier Schutzwände bin. Ich kapiere erst mit einigem zeitlichen Abstand, ob ich mir Gefühle eingebildet habe oder einfach auf mich gehört habe.

Ich ziehe mein Smartphone aus der Tasche. Jack hat nicht mehr angerufen. Hat er sein Therapieziel erreicht? Musste er endlich nicht mehr an mich denken?

Wahrscheinlich musste er sich einfach nur daran erinnern, was für eine Chaotin ich bin. Jetzt kann er wieder verschwinden und die Welt völlig frei von Altlasten erobern.

Ich tippe mich durch das Menü zur Liste der letzten Anrufe durch. Die fremde Nummer – Jack? – und ... Dr. Struwe. Meine Wangen werden sofort wieder heiß, wenn ich mich an unser letztes Gespräch erinnere. Ich Feigling habe einfach aufgelegt – und weg war dieses Fenster in ein freieres Leben. War ich nicht gerade auf einem guten Weg? Vielleicht hätte er mir tatsächlich helfen können. Ich weiß genau, wie tief sich diese Erfahrung in mich graben wird, wie sie in meinem Kopf Wurzeln schlagen, wie dieser Weg mir für alle Zeit versperrt sein wird – man kann mir nicht vorwerfen, dass ich mich selbst nicht einschätzen kann.

Außer ... mein Finger schwebt zitternd über Dr. Struwes Namen. Ich kann doch nicht ... ich kann ihn doch nicht einfach anrufen und um ein Gespräch bitten, oder doch? Ich hatte meine Chance, eine zweite wäre völlig unangemessen, völlig unverdient, völlig ausgeschlossen ... oder?

Mein Herz pumpt Energie in meinen Körper. Ich kann diese Kraft nutzen, um wieder einmal wegzulaufen ... oder ich kann endlich ehrlich sein und mir richtig Hilfe suchen. Hilfe, die ich auch annehme. Die letzten Wochen waren doch nichts anderes als ein Ablenkungsmanöver von meinen wahren Problemen.

Ich beiße die Zähne zusammen und wähle seine Nummer.

***

Es dauert eine Ewigkeit, bis Lara wieder auftaucht. Ich höre sie nicht kommen, der Dauerregen verschluckt jedes Geräusch. Als Lara plötzlich um die Ecke kommt, springe ich auf. Sie bleibt stehen.

»Du bist ja immer noch da«, sagt sie überrascht. Ich kann nicht sehen, ob sie geweint hat, der Regen hat ihr Gesicht längst benetzt.

»Ist alles wieder gut?«, frage ich.

Lara reagiert erst nicht, dann schüttelt sie langsam den Kopf.

»O nein.« Ich schlinge meine Arme um sie, während Lara an meiner Schulter in Tränen ausbricht. Sie sagt nicht mehr als das, sie heult einfach nur. Ich streichle ihren nassen Kopf – und in diesem Moment realisiere ich, dass es tatsächlich einen Weg gibt, sein Leben zu verändern.

***

Einen Monat nach meinem ersten Besuch stehe ich wieder vor Dr. Struwes Praxis und traue mich nicht, das Haus zu betreten. Mir ist übel, weil ich weiß, was ich heute alles auf den Tisch legen muss – und ich habe Angst, Dr. Struwe in die Praxis zu kotzen. Wenn er überhaupt noch mit mir reden will. Als ich seine Assistentin anrief, ließ sie sich nicht anmerken, ob mein Name ihr etwas sagte. Sie gab mir einen Termin, und hier stehe ich nun.

Heute ist nicht nur der Tag, an dem das Pflaster abgerissen wird – heute ist auch mein dreißigster Geburtstag. Aber nein, keine Glückwünsche, danke. Erstens fühlt sich das ziemlich beschissen an, und zweitens wird es erst heute Abend um zweiundzwanzig Uhr richtig ernst, denn da bin ich geboren. Lara, die nach dem Gespräch mit Tom gestern wieder mit zu mir nach Hause gekommen ist, hat schon den ganzen Morgen irgendwelchen Wohnungen hinterhertelefoniert. Sie hat mir einen Kuchen gebacken und das Foto davon auf Instagram geteilt – ihr erster Post seit einer Woche.

Plötzlich öffnet sich die Tür vor mir, und ein Paketbote in Uniform kommt heraus. »Wollen Sie rein?«, fragt er mich, und auf einmal stehe ich im Treppenhaus, so abrupt wie beim ersten Mal. In Zeitlupe steige ich die Stufen nach oben, und als ich vor der Praxistür stehe, bin ich mir sicher, dass ich es nicht tun kann. Ob er mich direkt wieder rauswerfen wird, wenn er mich sieht?

Ich schüttele den Kopf. Das war die dümmste Idee, die ich je hatte. Jemals. Also abgesehen von der, mich auf Jacks Paartherapie einzulassen – und die Eheringe meiner Schwester per Post zur Hochzeit zu schicken. Wobei sie vielleicht einfach nicht hätte heiraten sollen, das war womöglich einfach nur ein Zeichen des Himmels, an den ich nicht glaube.

»Kannst du die Geschichte mit den Eheringen und dem Vibrator bitte auch in dein Buch einbauen?«, bat Lara mich heute Morgen. »Dann war dieses ganze Drama wenigstens für eine Sache gut.« Ich versprach es ihr, obwohl ich genau wusste, dass Margarete solche Sätze direkt wieder aus dem Manuskript streichen würde. Nicht literarisch genug, nicht subtil genug und insgesamt grotesk vulgär. Margarete steht eher auf wehende Vorhänge und eine melancholische Erinnerung an den Lavendelduft in der Provence.

Ich drehe auf dem Absatz um und will gerade die Treppe hinuntersteigen, da öffnet sich die Tür hinter mir.

»Frau Vierling, wo wollen Sie denn hin?«

Ertappt fahre ich herum. Dr. Struwe steht im Türrahmen und streicht sich seinen mächtigen Schnurrbart zurecht. Heute trägt er ein Hemd mit Tropenprint.

»Ich … ich …«

»Jetzt kommen Sie schon rein. Ich habe Sie schon zwanzig Minuten vor dem Haus stehen sehen.«

»Wie … wie bitte?«

Er lacht und tritt zur Seite. »War nur ein Spaß. Aber ich vermute, ich habe recht damit, oder?«

Ich presse die Lippen aufeinander und nicke.

»Hereinspaziert, Madame.«

Dr. Struwe öffnet direkt die Tür zu seinem Behandlungszimmer. Ich setze mich auf das altbekannte Sofa, das mir allein leer und einschüchternd vorkommt, wie der ganze Raum.

Ich warte, bis er etwas sagt, mich rügt oder beschimpft oder mir alles vorwirft, was passiert ist. Aber er schweigt, sieht mich einfach nur an – und ich kann den Ausdruck in seinem Gesicht nicht lesen. Ob man bei der Psychotherapeuten-Ausbildung lernt, wie man ein Pokerface aufsetzt?

Ich wippe mit den Füßen auf und ab. Irgendwann wird die Stille unerträglich, also räuspere ich mich. Dr. Struwe hebt nur kurz die Augenbrauen, schweigt jedoch weiter.

»Ich … Sie werden nichts sagen, hab ich recht?«

Er lächelt ein bisschen und schüttelt den Kopf. »Aber ich kann Ihnen eine Frage stellen, wenn Sie möchten.«

Ich nicke heftig.

»Frau Vierling, was führt Sie zu mir?«

Ich hatte mir eine direkte Frage erhofft, zum Beispiel, wann ich geboren bin oder wann ich das letzte Mal Zitronenkuchen gebacken habe, wie viele Geschwister ich habe oder was meine Eltern beruflich machen. Irgendetwas Einfaches, Messbares.

»Ich bin hier aus … so vielen Gründen«, antworte ich.

»Mit welchem wollen Sie anfangen?«

Ich kann ihn immer noch nicht ansehen, aber ich glaube, genau dafür sind die hässlichen Kunstblumen auf seinem Schreibtisch da. Dass man die Blicke dort ein bisschen ausruht, bis man von dem Plastikpink genug bekommt und den Augenkontakt aufnehmen kann.

»Zunächst einmal möchte ich mich entschuldigen.« Mein Blick huscht kurz hoch, Dr. Struwes Blick verrät nur Güte und Zurückhaltung.

Als ich nicht weiterspreche, fragt er irgendwann: »Wofür?«

»Dafür, dass ... das so dumm gelaufen ist mit der Paartherapie.« Er will gerade etwas antworten, da sage ich schnell: »Halt, Moment. Ich möchte mich dafür entschuldigen, dass wir Sie belogen haben. Das war nicht mein Plan, und ich hätte es nicht so weiterlaufen lassen dürfen.«

Dr. Struwe nickt. »Ich nehme Ihre Entschuldigung an. Warum haben Sie das gemacht?«

Ich schlucke und blicke auf meine Finger, in denen ich ein Taschentuch zerpflücke. »Ich ... ich bin da irgendwie reingeraten und hab den Moment verpasst, Nein zu sagen.«

»Aber wie kam es dazu?«

»Ich war eigentlich ... aus einem anderen Grund hier. Und dann habe ich Jack ... Jakob Mersfeld im Wartezimmer getroffen. Wir kennen uns von früher ... er ist einer der Gründe, warum ich herkommen wollte.«

»Was ist damals passiert?«

Ich zögere. Mein Blick wandert zu seinen Augen. Dr. Struwe scheint so gelassen, als hätte er alle Zeit der Welt.

»Ich ... es ist schwer zu erklären. Wir ... also, ich hatte damals eine beste Freundin.«

»Wie war ihr Name?«

»Merle.« Ich schlucke noch einmal. »Ich habe Jakob kennengelernt, kurz bevor er mit ihr zusammenkam – am Anfang konnte ich ihm aus dem Weg gehen, aber dann … kam es zu einem Kuss zwischen uns. Und danach noch zu viel mehr. Wir wollten es Merle sagen, da hat sie uns erwischt. An ihrem Geburtstag.«

Dr. Struwe schweigt und streicht sich langsam über den Bart. Diese Bewegung wirkt fast hypnotisierend auf mich. »Wissen Sie, was ich interessant finde?«

»Nein«, presse ich zwischen geschlossenen Zähnen hindurch.

»Dass Sie alles, was mit Liebe zusammenhängt, immer so schildern, als wäre es etwas, was Ihnen passiert. Etwas, was Sie nicht im Griff haben.«

»So fühlt es sich auch an«, sage ich leise.

»Wie fühlt es sich noch an?«

Ich beiße mir auf die Unterlippe, um meine Tränen zu unterdrücken. »Wie etwas … was mir jede Sekunde weggenommen werden kann.«

»Warum sollte Ihnen das weggenommen werden?«

»Weil …«, ich hole tief Luft, »weil ich es nicht verdient habe.«

»Und warum nicht?«

»Das habe ich damals verspielt, vor vier Jahren.«

»Was ist mit Ihrer Freundin Merle passiert?«

Ich zucke die Achseln. »Das weiß ich nicht. Wir haben nie wieder miteinander geredet.«

»Tatsächlich?«

»Ja, das ist doch klar, oder? Wenn jemand so etwas macht wie ich.«

Dr. Struwe schlägt ein Bein über das andere. »Warum ist das klar? Sie hätten sich aussprechen können, sich versöhnen können, das Vertrauen zwischen Ihnen wiederaufbauen können. Und dass Sie glauben, damit Ihr Recht auf Liebe verspielt zu haben …«

Ich lache abschätzig auf. »Ich glaube nicht, dass so etwas funktionieren kann.«

Dr. Struwe lächelt mild. »Ich glaube schon.«

Ich seufze. »Na ja, das hilft mir jetzt auch nicht mehr weiter, so war es eben.«

Jetzt hebt er die Augenbrauen. »Aber Sie sind doch hier, um etwas an der Situation zu ändern, oder?«

Ich spüre, wie meine Mauern hochschnellen wie ein automatisches Raketenabwehrsystem. »Also, eigentlich bin ich nur hier, weil meine Schwester mich zwingt.«

»Wie macht Sie das denn? Hat sie Sie angekettet und vor der Praxis mit einer Waffe bedroht?«

Bei diesem Bild muss ich kurz grinsen. »Nein, sie hat gesagt, dass sie nicht mehr mit mir redet, wenn ich keine Therapie mache.«

»Also haben Sie sich dazu entschlossen, eine Therapie zu machen. Wenn Sie so ein schlechter Mensch und Ihnen alle anderen egal wären, hätten Sie ja auch einfach weitermachen können wie vorher.«

Ich hebe den Blick. »So habe ich das noch nie betrachtet.«

Dr. Struwe schmunzelt. »Ich habe sogar die Vermutung – und das ist natürlich nur meine Perspektive –, dass diese Selbstentwertung, mit der Sie Ihrer Person entgegentreten, erst dazu geführt hat, dass Sie Ihre Freundin hintergangen haben.«

»Wie meinen Sie das?«

Er blickt mich unbeirrt an. »Ich meine, Sie hätten auch einfach sagen können, dass Sie in Jakob verliebt waren. Sie hätten ihm das sagen können, bevor er mit Ihrer Freundin zusammenkam. Und Sie hätten es Ihrer Freundin sagen können.«

»Ich war nicht … verliebt.«

»Oh, was waren Sie dann?«

Ich verziehe das Gesicht.

»Ist Ihnen das peinlich? Verliebt zu sein?«

Ich verziehe mein Gesicht noch weiter. »Klingt, als wäre ich vierzehn, oder?«

Dr. Struwe schüttelt den Kopf. »Klingt, als wären Sie in einem Umfeld aufgewachsen, das Ihnen beigebracht hat, sich selbst zurückzunehmen. Das macht depressiv, wussten Sie das?«

Ich schüttele den Kopf.

»Vielleicht haben Sie Wut verspürt, auf Ihre Freundin – auf Ihre Schwester? Und vielleicht haben Sie, statt diese Wut auszutragen, sie gegen sich selbst gerichtet. Nach innen gerichtete Aggression wird irgendwann zu Depression und Angst.«

»Oh.«

Depression. Angst. Diese Wörter aus Dr. Struwes Mund treffen mich wie Ziegelsteine.

»Ich kann aber nicht depressiv sein, ich sitze doch hier bei Ihnen. Wäre ich *wirklich* depressiv, würde ich doch nur im Bett liegen.«

Dr. Struwe legt den Kopf zur Seite. »Jede Depression sieht anders aus. Und außerdem: Kann es sein, dass Sie sich nicht einmal zusprechen wollen, depressiv zu sein? Eine ernst zu nehmende Erkrankung zu haben, für die Ihnen Hilfe zusteht?«

»Ich ... also. Anderen geht es doch so viel schlechter als mir ...«

»Das ist vollkommen unerheblich. Hier geht es nur um Sie.«

»Ich ... ich habe Angst, dass das einfach wieder ein Weg meines Inneren ist, sich Aufmerksamkeit zu verschaffen.«

Er sieht mich lange und ruhig an. »Und was wäre falsch daran? Hier bekommen Sie die Aufmerksamkeit, die Sie brauchen. Und dann finden wir heraus, warum Sie gegen sich selbst arbeiten. Wie klingt das?«

Ich lächele, aber meine Mundwinkel zittern. Meine Nase

beginnt zu laufen. »Gut«, sage ich mit erstickter Stimme, »das klingt gut.«

Dr. Struwe öffnet so schwungvoll seinen Kalender, dass ich vor Schreck zusammenzucke. »Diesmal machen wir es aber richtig. Ich werde erst einmal zwölf Stunden Therapie für Sie bei der Krankenkasse beantragen, in Ordnung? Die übernimmt die Kosten.«

Ich nicke. »Und was ist mit der Paartherapie?«

»Jakob Mersfeld hat die Stunden doch schon bezahlt. Sie können Sie also gemeinsam nutzen oder nicht, wie es Ihnen beliebt.«

Ich lache freudlos. »Ich glaube nicht, dass das eine Option ist.«

Dr. Struwe blättert in seinem Kalender. »Wie Sie wollen, meine Tür steht offen«, sagt er, als wäre es das Beiläufigste auf der Welt.

Meine Sicht verschwimmt. Ich habe das Gefühl, als würde ein riesiges Gewicht von meinen Schultern genommen. »Danke«, krächze ich hervor.

»Ich danke Ihnen für Ihre Offenheit«, entgegnet Dr. Struwe. »Wie passt es Ihnen nächste Woche Mittwoch?«

***

Kaum habe ich Dr. Struwes Praxis verlassen, klingelt mein Handy.

»Hallo?«

»Hallo, mein Schatz, ich bin's, Mama«, sagt meine Mutter, die immer noch nicht verstanden hat, dass ich ihren Namen auf meinem Display sehen kann, wenn sie anruft.

»Hi, Mama.«

»Ach, mein lieber Schatz, ich wünsche dir alles, alles, alles

Gute zum Geburtstag!«, ruft sie. Im Hintergrund brüllt mein Stiefvater von seinem Rasenmäher: »Von mir auch alles Gute!«

Ich presse meine Zähne zusammen. »Danke, Mama.«

»Bist du draußen? Das klingt so?«, fragt sie neugierig.

»Nein«, lüge ich, »habe nur das Fenster offen.«

»Ach so.« Die Enttäuschung in ihrer Stimme, die mich früher immer wahnsinnig gemacht hat, ist jetzt seltsam vertraut und beruhigend.

»Ist Lara noch bei dir?«

»Ja, Mama.«

»Kannst du ihr was ausrichten?«

»Rufst du deswegen an?«

»Ja, also, nein, natürlich nicht«, sagt meine Mutter. »Ich gehe nur gleich zu Edeka und wollte fragen, was für einen Kuchen du dir nachher zum Kaffee wünschst. Wenn Lara bei dir ist, kaufe ich am besten einen ohne Alkohol, damit sie auch ein Stück davon essen kann.« Für einen Moment herrscht Stille, während ich mit mir hadere. »Emmi, bist du noch dran?«

»Ich …«, setze ich zu einer Ausrede an.

»Ja?«

Und dann sag ich es einfach. »Warum habe ich immer das Gefühl, dass es dir nur darum geht, Laras Leben wieder auf die richtige Bahn zu lenken? Dass du mich längst aufgegeben hast?«

Stille am anderen Ende des Apparats. Dann lacht sie auf, glockenhell und gespielt fröhlich, wie man es ihr beigebracht hat. »Ach, Emmi, was für ein Quatsch, du bist ja so süß! Vielleicht backe ich dir doch noch schnell selbst einen Kuchen, eine Apfel-Mandel-Tarte, in Ordnung?«

»Mama?« Ich bemühe mich, die nächsten Worte ganz langsam und deutlich zu sagen, damit sie sich in mein Hirn brennen und ich nachher nicht vergesse, dass ich diesen Schritt tatsächlich gewagt habe. »Mama, Lara und ich kommen heute nicht.«

Stille.

Also fahre ich fort.

»Ich hab keine Lust.«

Schweigen in der Leitung. Ich kann nicht glauben, dass ich die Wahrheit gesagt habe. Einen Satz, in dem so viel steckt, was ich seit Jahren unterdrücke.

Erst nach einer Ewigkeit merke ich, dass meine Mutter aufgelegt hat. Seufzend stecke ich mein Handy zurück in die Jackentasche. Ich fühle mich seltsam befreit und kann nicht glauben, was ich gerade getan habe. Ein paar Wörter, die alles verändern – ein paar Wörter, für die ich so viele Jahre gebraucht habe.

Es hat aufgehört zu regnen, die Wolken haben sich zurückgezogen, und die Sonne blinzelt mir entgegen, als wolle sie mich dafür loben, was ich gerade getan habe. »Ich bin genauso schockiert wie du«, sage ich ihr entgegen.

Eine Frau, die an mir vorbeiläuft, guckt mich irritiert an. Warum ist es für Leute immer noch das Seltsamste auf der Welt, wenn man mit sich selbst redet? Steuern hinterziehen, seine Frau schlagen, alles okay, findet ja hinter geschlossenen Türen statt. Aber in der Öffentlichkeit mit sich selbst reden? Eine Schande.

Ich werfe einen Blick auf die Uhr meines Smartphones. Eine knappe halbe Stunde habe ich noch Zeit – genug, um einmal durch die Innenstadt zu spazieren.

Es riecht nach Laub und Regen, das Wasser auf dem Kopfsteinpflaster ist noch nicht getrocknet, die Straßen glänzen im matten Sonnenlicht. Meine letzten vier Geburtstage habe ich in meiner Wohnung verbracht und so getan, als wäre nichts – bis meine Mutter mich mit ihrer penetranten Art zum gemeinsamen Kaffeetrinken gezwungen hat. Sie schenkten mir dann Reiseführer oder Romane, die an Orten spielten, die Lara bereist hatte. Wenn ich von einem dieser Geburtstagskaffees nach Hause kam, machte ich in der Regel einen Umweg zum nächsten Bücherschrank und wurde alle Geschenke wieder los. Dann kuschelte ich mich mit Oskar ins Bett, bestellte Pizza und rührte mich nicht mehr von der Stelle.

Überall in den Läden hängen Pullover und Jacken und an der einen oder anderen Stelle sogar schon Weihnachtsdekoration. Ich schlendere durch die Straßen, mein Mantel offen, sodass die Herbstsonne meinen Hals kitzelt, lasse mir Zeit, damit ich ja nicht zu früh komme und dort warten muss – das würde mich nur nervös machen.

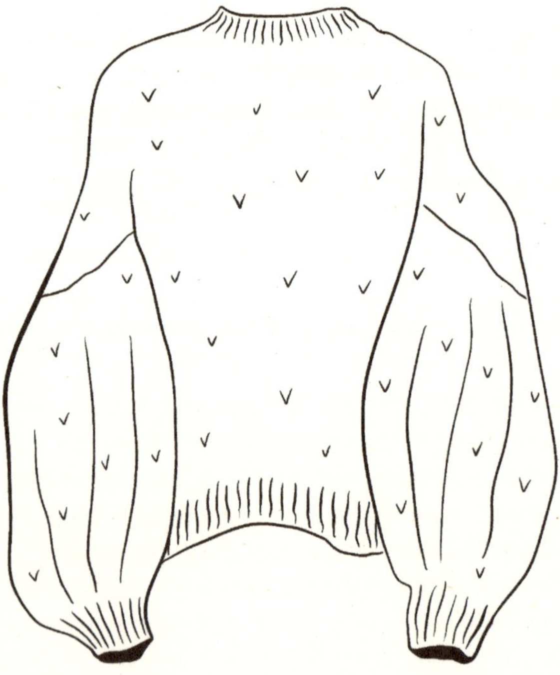

Tatsächlich bleibe ich an der Hausecke stehen und warte so lange, bis ich schließlich sogar ein paar Minuten zu spät dran bin.

Als ich das Café betrete, sitzt Margarete Leopold bereits an einem Tisch am Fenster, vor sich eine große Tasse mit grünem Tee, wie immer – nur dass sie noch nie vor mir da war.

Ich unterdrücke eine Entschuldigung. »Hallo«, sage ich, als ich auf den Platz ihr gegenüber rutsche.

Sie hebt ihre wunderschön geschwungenen, perfekten Augenbrauen. Ich wollte immer so aussehen wie sie, wenn ich älter bin – ganz ehrlich, ich will es immer noch. Aber das könnte sich gleich ändern, denn man will ja nicht aussehen wie jemand, der einem das Gesicht mit einer Tasse Grüntee verbrüht hat.

»Guten Tag, Emilia«, antwortet Margarete mit ihrer ruhigen, tiefen Stimme, die immer ein bisschen bedrohlich klingt. Eine Stimme, mit der man bekommt, was man will.

Sie merkt sofort, dass etwas nicht stimmt. Ihre Nasenflügel zucken immer wieder. Wirkt sie … nervös?

Ich überspringe das höfliche Geplänkel und ziehe die zusammengehefteten Seiten aus meiner Tasche, schiebe sie ihr über den Tisch, am Grüntee vorbei.

Margaretes Gesicht entspannt sich. »Und ich hatte mir schon Sorgen gemacht«, sagt sie mit einem anerkennenden Schmunzeln.

»Das ist natürlich nur der Anfang, zehn Seiten«, erkläre ich. »Ich habe ja noch ein bisschen Zeit.« Ich lache, aber sie lacht nicht mit, was mich daran erinnert, dass sie wirklich nicht mehr weiß, wie verdammt viel Arbeit es ist, ein Buch zu schreiben.

Margarete setzt ihre charakteristische schwarze Brille mit den runden Gläsern auf, zieht die Seiten zu sich heran, räuspert sich und beginnt langsam zu blättern. Ihre Augen huschen über die Zeilen, verweilen bei den Bildern – ich versuche, aus ihrer

Mimik abzulesen, was sie denkt. Es ist unmöglich, Margarete Leopold ist ein Vollprofi, und damit meine ich nicht ihren Geschäftssinn, sondern ihre komplette Lebenseinstellung.

Als ich ihr dabei zusehe, wie sie die Seiten liest, bin ich seltsamerweise nicht so nervös, wie ich dachte. Bei unserem letzten Buch bin ich immer tausend Tode gestorben, wenn ich ihr neue Kapitel vorgelegt habe, aber heute nicht.

Margarete klappt die letzte Seite um, legt die Blätter sorgsam auf dem Tisch zusammen und sieht zu mir auf. »Soll das ein Witz sein?«, fragt sie – nicht böse, sondern tatsächlich so, als würde sie sich fragen, ob das ein Witz sein könnte.

Ein Witz.

Ein Witz.

Ich schüttele den Kopf. »Nein«, sage ich, »das bin ich.«

In diesem Moment kommt eine Kellnerin an unserem Tisch vorbei. »Was darf ich Ihnen bringen?«

Ich sehe Margarete lange an, bis die Kellnerin nervös von einem Fuß auf den anderen tritt. »Nichts, danke, ich bleibe nicht lange«, sage ich.

Margarete hebt eine Augenbraue. »Emilia, das war nicht das, was wir abgemacht haben«, sagt sie leise. Sie fährt nicht aus ihrer Haut, sie schreit mich nicht an, sie bleibt völlig ruhig. »Das kann ich meinem Verlag so nicht vorlegen. Und die Lektorin hat schon zweimal nach dem ersten Kapitel gefragt.«

Während sie spricht, habe ich auf einmal eine Erkenntnis.

»Wie war das früher?«, frage ich.

Margaretes Auge zuckt, sonst kann ich keine Irritation erkennen. »Was meinst du?«

»Wie war das, als du früher deine Bücher geschrieben hast? *Lampenfieber, Kleine Siege* und *Der Spatzenruf,* zum Beispiel.«

Margarete bricht meinen Blick nur ganz kurz, aber das reicht mir.

In diesem Moment kapiere ich, dass sie ihre Bücher noch nie selbst geschrieben hat. Dass es vor mir andere Autorinnen oder Autoren gab, die genau in der gleichen Position waren wie ich. Deswegen waren ihre Bücher immer so anders, deswegen ist sie *das Chamäleon der zeitgenössischen Literatur.* Margarete Leopold ist die Autorin, die sich alle wünschen, eine *richtige* Autorin. Nicht so eine gerade dreißig gewordene Versagerin wie ich.

Margarete antwortet nicht auf meine Frage. »Wie gefällt dir das erste Kapitel?«, frage ich. »Ich habe gedacht, ich höre auf, immer wieder ein zweites *Spatzenruf* zu schreiben.«

Margarete presst die Lippen aufeinander. »Es ist scheußlich«, sagt sie fest. Diese direkte Art habe ich immer an ihr bewundert – und gefürchtet. Aber jetzt bestätigt sie mich nur.

»Und die Bilder? Was hältst du von den Bildern?«

Sie schiebt mit spitzen Fingern ihren Grüntee beiseite und lehnt sich zu mir vor. Ich muss alles geben, um nicht automatisch zurückzuweichen. »Das wird niemals jemand drucken, Emilia. So etwas verkauft sich nicht. So etwas will keiner lesen.«

Ich greife nach vorne und ziehe die Seiten zu mir heran. »Ich mag's«, sage ich. »Und immerhin habe ich es selbst geschrieben.«

Dann stehe ich auf, schiebe meinen Stuhl ordentlich an den Tisch heran – und gehe.

***

Draußen hat sich die Sonne wieder verzogen. Es tröpfelt. Ich wickele mir meinen Schal um den Kopf. »Bist du nicht stolz auf mich?«, frage ich die Sonne. Niemand reagiert. Aber das ist okay. Wieder klingelt mein Smartphone. »Lara, hi?«

»Emmi, wo bist du?«

Ich höre die Aufregung in ihrer Stimme. »Was, wieso, ist was passiert?« Sofort falle ich wieder in mich zusammen, mein Herz rast, mein Mund trocknet aus. »Lara?«

»Wo bist du?«, wiederholt sie.

»In der Altstadt, Kirschgartenstraße.«

»Wie lange brauchst du bis zum Synagogenplatz?«

»Lara, was ist los?«

»Beruhige dich, es ist alles in Ordnung. Ich hab nur eine Überraschung.«

»Ich hasse Überraschungen«, entgegne ich.

»Ich glaube, daran wirst du dich gewöhnen müssen.«

»Lara? Was soll das heißen?«

Aber dann hat sie schon aufgelegt.

Mit jedem hektischen Schritt, mit dem ich die Altstadt durchquere, werde ich panischer. Was führt sie nur im Schilde? Was soll ich bitte am Synagogenplatz? Ich versuche mich zu beruhigen, atme tief durch. Eine Überraschung von Lara bedeutet nicht gleich einen Weltuntergang, wahrscheinlich will sie mir eine Freude machen, mehr nicht. Mein Körper ist einfach nur daran gewöhnt, auf jede Spontanität panisch zu reagieren. Ich passe meine Schrittgeschwindigkeit meinen Atemzügen an. Ausatmen, einatmen, ich schaffe das!

Ich überquere die Kaiserstraße, am Horizont hinter den Platanen schält sich endlich die Synagoge aus der Dämmerung. Ich sehe Lara schon von Weitem. Sie trägt einen dunklen Mantel, der sich über ihren Babybauch spannt, und einen Regenschirm. Sie hat mir ihr Gesicht zugewandt. Mehr kann ich nicht erkennen, weil ich mal wieder meine Brille nicht trage. Ich habe ewig nach einer solchen Brille gesucht, wie Margarete Leopold sie trägt – und mich dann natürlich nie getraut, sie in ihrer Anwesenheit zu tragen.

Völlig außer Atem renne ich auf meine Schwester zu. »Was … was ist los?«, keuche ich.

Lara drückt mich. »Hey, Geburtstagskind.«

»Sag mir nicht, dass ich für diese Umarmung durch die halbe Stadt gerannt bin«, schnaufe ich in ihre Schulter.

»Doch, schon«, gibt sie zurück, »aber das ist nicht die Überraschung, denn eine Umarmung bekommst du ja auch so.«

»Wie überaus großzügig.«

»An deinem Zynismus müssen wir noch arbeiten«, entgegnet Lara.

»Untersteh dich. Das ist alles, was ich habe.«

Lara verdreht die Augen. »Willst du deine Überraschung jetzt?«

Ich drehe mich um und schaue, ob irgendwo ein Wagen mit Luftballons um die Ecke kommt, aber der Platz um uns herum bleibt menschenleer.

»Jetzt rück schon raus damit«, bettele ich.

Lara hakt sich bei mir unter. »Komm mit.«

»Wo gehen wir denn jetzt hin?«

»Ist gleich hier um die Ecke.«

Ich muss mich zusammenreißen, um nicht noch einmal nachzubohren. Also presse ich meine Lippen so fest zusammen, wie ich nur kann, und wir marschieren los.

Kurz darauf bleibt Lara vor einem rötlichen Altbau stehen, der aussieht, als wäre er schon einmal in Flammen aufgegangen. Schwarze Rußstreifen strecken sich aus den Fenstern über den alten Stein, aber es wurden offensichtlich neue Fenster eingesetzt.

»Du schleppst mich nicht zu einer Heilpraktikerin oder so was, oder?«, zische ich Lara ins Ohr, als sie die Eingangstür aufdrückt, die nicht abgeschlossen ist.

Sie kichert nur, sagt aber nichts. Ich überlege, was mir alles blühen könnte. Hypnose, Schlammbad-Behandlung – ein Orgasmus-Kurs?

Ich folge Lara die alte, geschwungene Treppe nach oben, die vom Feuer offensichtlich verschont worden war. Im zweiten Stock macht sie vor einer Tür halt, die halb aus graublau gestrichenem Holz und halb aus Milchglas besteht. Ich habe nie verstanden, warum Leute Türen in ihre Wohnungen bauen, bei denen man sehen kann, dass jemand dahinter steht. Kein heimliches Durch-den-Spion-Gucken möglich. Kein Bewegungslos-hinter-der-Tür-Stehen, bis der Mensch auf der anderen Seite sich wieder verzogen hat.

Lara zieht einen Schlüssel aus der Tasche und schließt auf.

»Lara?«

»Jetzt komm schon.« Sie hält mir die Tür auf, und ich folge ihr über die knarzenden Dielen.

Vor uns liegt ein völlig kahler Hausflur, nicht einmal Lampen hängen an den Kabeln aus der Decke.

»Lara?«, frage ich wieder. Sie geht mir voran den Flur entlang, der sich in einen großen, genauso leeren Raum öffnet. Der Boden ächzt unter unseren Schuhen, aber sonst höre ich gar nichts. »Lara, bitte sag, dass du mir kein spontanes Umstyling mit Fotoshooting geschenkt hast oder so was.«

Lara lacht, dreht sich zu mir um und packt mich an den Schultern. »Viel besser«, sagt sie und schüttelt mich. Ich runzele die Stirn. Dann tritt Lara ein paar Schritte zurück und dreht sich mit ausgestreckten Armen im Kreis. »Willkommen in unserer neuen Wohnung.«

***

»Moment mal – was?«

Lara beginnt zu quietschen und vor mir auf und ab zu springen. »Emmi«, sagt sie und nimmt meine Hände. »Willst du hier mit mir einziehen?«

»Ich … was? Wann hast du das denn alles organisiert?«

Sie zuckt die Achseln. »Vorhin?«

Ich löse mich von ihr und wandere durch die anderen leeren Räume. »Und wie viel kostet der Spaß? Du weißt doch, dass ich pleite bin.«

»Dafür bin ich ja da«, entgegnet sie und folgt mir. »Außerdem habe ich ein ziemlich sicheres Gefühl, dass du nicht mehr lange pleite sein wirst.«

»Aber Lara … du kannst doch nicht einfach …«

»Und warum nicht?«, fragt sie. Ihre Augen strahlen, ihre Wangen sind rot gefärbt. »Ich will nicht allein leben, Emmi, vor allem nicht mit dem Baby. Das Einzige, was du tun musst, ist, uns beide auszuhalten.« Sie streicht über ihren Bauch.

»Wir werden uns hassen«, entgegne ich.

Lara nickt und legt mir einen Arm um die Schulter. »Definitiv. Aber ich sag dir mal was: Ich werde nicht zulassen, dass du den Rest deines Lebens mit deinem Kater in deiner winzigen Wohnung verbringst. Du musst da raus, sonst verschanzt du dich wieder komplett und wachst irgendwann auf und merkst, dass du achtzig bist.«

Ich verziehe das Gesicht. »Das ist leider eine ziemlich akkurate Einschätzung, befürchte ich.«

Lara klopft mir auf den Rücken. »Siehst du.«

»Aber … aber ich kann doch nicht einfach …«

»Ich habe den Mietvertrag schon unterschrieben«, sagt Lara.

»Was? Bist du wahnsinnig?«

»Also ziehst du mit mir ein?« Mit hochgezogenen Augenbrauen lächelt sie mich erwartungsvoll an.

Ich bin so überrumpelt, dass mir kein Gegenargument einfällt. Also sage ich gar nichts.

Lara umarmt mich und drückt mir einen Kuss auf die Wange.

»Ich wusste es! Emmi, zusammen sind wir unbesiegbar, und das weißt du auch.«

»Ich hasse dich«, murmele ich.

»Genau das meine ich – nur du bist so ehrlich zu mir.«

»Aber das ist eine Lüge«, sage ich durch ein widerwilliges Grinsen. »Ich hasse dich ja gar nicht.«

Lara verdreht die Augen. »Ich will einfach nie wieder, dass so eine Schieflage in meinem Leben entsteht, weißt du? Da braucht man manchmal Leute, die einen wieder geraderücken. Ich habe die ganze Zeit gemerkt, dass du meine Hochzeit für keine gute Idee hieltst, aber ich war so auf meinem eigenen Trip zum perfekten Leben, dass ich nicht auf die Person gehört habe, die mich am besten kennt.«

Ich starre Lara an, aber sage nichts. Ich schlucke.

»Alles okay, Emmi? Weinst du etwa?« Besorgt greift sie nach meiner Hand. »Das wollte ich nicht, das sollte eine Geburtstagsüberraschung werden, ich ...«

Ich ziehe meine Schwester zu mir heran und schniefe in ihre Schulter. Lara umarmt mich zurück, und ich bemerke, wie auch ihr Körper auf einmal zu zucken anfängt. Ich streichele ihren Kopf. »Ich muss erst mal herausfinden, was meine eigenen Bedürfnisse sind, Lara.«

Sie lacht unter Tränen auf. »Hat dir dein Therapeut diese Formulierung beigebracht?«

»Ich muss erst wieder lernen, was ich will, weißt du? Was gut für mich ist. Das ist alles in den letzten Jahren ein bisschen durcheinandergeraten.«

»Gut, mach das.« Sie nickt. »Ich nehme die Wohnung sowieso. Und du bekommst ansonsten einfach ein Gästezimmer. Dann kannst du dir in Ruhe überlegen, ob du einziehen willst, okay?«

Ich halte sie eine Armlänge von mir entfernt und sehe ihr

ernst in die Augen. »Ich hatte noch nie ein solches Vertrauen in eine andere Person wie in dich. Du bist so, so stark, Lara.«

Die Tränen laufen ihre Wangen runter. »So fühlt es sich aber überhaupt nicht an, ehrlich gesagt.«

Ich nicke. »Ich glaube, das gehört dazu. Aber hey, wenn du Angst hast, bist du bei mir an der richtigen Adresse. Angst ist quasi mein Spezialgebiet.«

Lara lacht auf und wischt sich die Tränen aus den Augen. »Die letzten Wochen waren einfach so verrückt. Vielleicht sollte ich auch mal bei deinem Dr. Struwe vorbeischauen.«

Ich knuffe sie in den Oberarm. »Untersteh dich, such dir deinen eigenen Therapeuten.«

»Ist ja gut, ist ja gut.« Plötzlich rennt Lara los in einen anderen Raum. »Das hier ist mein Zimmer!«, ruft sie.

Ich laufe ihr hinterher. »Du hast dir das mit dem Kamin gesichert, ernsthaft?«

Sie zuckt die Achseln. »Ich bin ja wohl die Hauptmieterin, meine Liebe. Deine Schuld, wenn du hier nicht einziehen willst.« Sie zwinkert mir zu.

»Stimmt leider. Dann suche ich mir ein anderes. Wie viele Zimmer hat dieses Schloss überhaupt?«

»Fünf!«, ruft Lara mir hinterher.

»Wozu brauchen wir denn fünf? Wie viele Schuhe bringst du mit?«

»Sehr witzig. Ein Wohnzimmer, eins für mich, eins für dich, eins fürs Baby und …«

»Und?«

Ich öffne die Tür zum nächsten Zimmer und dann die zum nächsten. Am anderen Ende des Ganges bleibe ich stehen. »Das ist ja unglaublich«, flüstere ich. Vor mir erstreckt sich ein Zimmer … das in der rechten hinteren Ecke durch einen Erker abgeschlossen wird, durch einen verdammten Erker!

Ich höre, wie Lara hinter mich tritt. »Gefällt's dir?«, fragt sie.

»Diese Wohnung ist der Wahnsinn, Lara. Aber wofür ist das fünfte Zimmer?«

Sie grinst mich an. »Das ist natürlich dein Schreibzimmer.«

Ich hole tief Luft. »Das ist nicht dein Ernst, Lara. Das ist viel zu viel.«

»Wenn du unbedingt willst, können wir uns das Arbeitszimmer teilen«, sagt sie.

»Das ist … einfach alles … viel zu krass«, sage ich.

»Was heißt denn viel zu krass?«

»Womit hab ich das verdient?«, frage ich sie. »Ich bin doch gar nicht an einem Punkt, wo ich in so einer Wohnung wohnen kann.«

Lara hebt die Augenbrauen. »An diesem Punkt wirst du nie sein, wenn du so denkst.« Als ich sie einfach nur mit offenem Mund anstarre, fügt sie hinzu: »Wenn du genauer hinguckst, wirst du sehen, dass diese Wohnung schon seit mehreren Jahrzehnten nicht renoviert wurde. Sie ist also überhaupt nicht so perfekt, wie du denkst. Hier gibt's noch einiges zu tun, bevor wir einziehen können.«

»Irgendwie beruhigt mich das.«

Sie schüttelt lachend den Kopf. »Ich wusste es.«

»Das klingt, als hättest du absichtlich hier in der Ecke die Tapete von der Wand gezogen.«

Lara schüttelt den Kopf. »Nein, das war die Frau, die hier vorher gewohnt hat. Der Grund, warum die Wohnung so bezahlbar ist, ist nämlich der, dass die Vormieterin wohl etwas verrückt war, irgendwann hier verstorben ist und man sie drei Wochen lang nicht gefunden hat.«

»Was? Das ist ja wie bei meiner jetzigen Wohnung.«

»Tja, das nennt man dann wohl Schicksal.« Lara schlendert zufrieden zurück ins Wohnzimmer.

»Moment mal, hast du dir das nur ausgedacht, um mir das Gefühl zu geben, dass diese Wohnung sehr wohl für mich bestimmt ist?«

Sie hebt abwehrend die Hände. »Ich weiß doch, dass du einen Grund brauchst, um vor dir selbst das Gute in deinem Leben zu rechtfertigen.«

Ich stelle mich neben sie. »Findest du echt, ich habe diesen Neuanfang verdient?«

Lara sieht mich an. »Ich finde, dass das eine bescheuerte Frage ist.«

Ich hebe die Augenbrauen und spitze meinen Mund, wie es unsere Grundschullehrerin immer gemacht hat. »Werd nicht frech.«

Lara kichert wieder.

Ich atme einmal tief durch. Dann sage ich: »Ich kann nicht glauben, dass ich mit dreißig Jahren wieder mit meiner eigenen Schwester zusammenziehe.«

***

Der größte Trick meines Lebens ist es, nicht stehen zu bleiben. Wenn ich einmal innehalte, schaffe ich es nie wieder, loszugehen. Das ist das Problem, wenn man insgesamt eine in jeglicher Hinsicht bewegungsunwillige Persönlichkeit hat. Ich darf nie meinen Schwung verlieren, sonst bleibe ich hier sitzen, auf dieser Parkbank, für immer, wie dieses Meme von dem Skelett, das auf einer solchen Bank für immer auf irgendetwas wartet. Das könnte ich sein. Wenn ich es nicht schon längst bin. Ich sitze hier und starre. Starren ist die einzige aktive Tätigkeit, die ich ausführen kann, ohne mich zu bewegen. Und Starren ist unglaublich aktiv, versuche ich mir einzureden. Es fühlt sich an, als würden sich die Schleusen meiner Augen öffnen und alles einsaugen.

Ich muss nur aufpassen, dass ich mein Hirn damit nicht so sehr überfordere, dass ich mich nie wieder bewegen kann. So viele Eindrücke, so viele Reize, so viele Details – so viele Gefahren.

Immerhin bin ich gut ausgestattet. Mütze, Sonnenbrille, Mantel, dicker Schal. Ich sehe aus wie ein lebloser Kleiderhaufen, das hoffe ich zumindest. Unter meinem Mantel trage ich ein knöchellanges Kleid mit Rollkragen.

Ich habe keine Ahnung, wie ich das Museum betreten soll.

Das Museum. In den letzten Jahren habe ich einen großen Bogen darum gemacht, als wäre es eine atomare Gefahrenzone. *Merles* Museum. Sie hatte es zu ihrem eigenen Staatsgebiet erklärt, seit wir es zum ersten Mal betreten haben, in unserer ersten Woche in der Stadt. Merle ist sofort hier angekommen, mit dem ersten Schritt in den hohen weißen Hallen. Seitdem hatte sie darauf hingearbeitet, endlich hier ausstellen zu dürfen, ihre eigene Reihe, mit eigener Vernissage, versteht sich, mit Presse, Häppchen und dem Ruf der weiten Welt.

Als ich mit Lara ihre neue Wohnung verlassen hatte, war Merles Name an mir vorbeigefahren, so groß, dass mein Gehirn ihn erst nicht als Ganzes erfassen konnte.

M-E-R-L-E.

Darunter alle Infos zu der nach ihr benannten Ausstellung – heute Abend fand die Vernissage statt.

Ich lief nach Hause, um mich umzuziehen.

***

Als ich ein paar Stunden später meine Wohnung wieder verließ, klingelte ich bei Robert. Er machte zunächst nicht auf, und ich dachte schon, er wäre nicht zu Hause – da hörte ich das Rasseln der Sicherheitskette. Robert öffnete die Tür einen Spaltbreit, ohne herauszuschauen.

»Hallo?«, fragte er argwöhnisch ins Treppenhaus, als wüsste er nicht, wer geklingelt hatte.

»Hi, Robert, ich bin's, Emilia.«

»Oh.« Er öffnete die Tür weiter. Unter dem fusseligen Pullover trug er schon seine dunkelblaue Arbeitsuniform.

Ich wurde bei seinem Anblick von einer Welle verschiedenster Emotionen überflutet: Zuneigung, Traurigkeit … und Mitleid.

»Ich wusste, dass du zurückkommen würdest«, sagte Robert leise und mit einem kleinen Lächeln. Er begann schon damit, seinen Pullover auszuziehen, da trat ich schnell auf ihn zu.

»Halt, ich bin eigentlich nur hier, um mit dir zu reden.«

»Ach so.« Sofort verschloss sich sein rundes Gesicht, und er sah mich enttäuscht an.

Ich blickte auf meine Schuhspitzen hinab, um Kraft zu sammeln, aber dann sah ich ihm doch in die Augen. »Es ist aus, zwischen uns, meine ich.« Robert reagierte nicht. »Ich glaube, dass wir einander nicht guttun. Wir bestätigen uns nur gegenseitig in unseren Ängsten.«

»Wer oder was mir guttut, entscheide ja wohl immer noch ich«, entgegnete er schroff und sah mich mit glasigen Augen an. »Aber wenn du meinst«, sagte er dann dumpf. »Gibt es einen anderen?«

»Nein, ich … nein, darum geht es nicht. Ich bin keine Ware, die man einfach von Mann zu Mann weiterreicht.«

»Das weiß ich, so hab ich das nicht gemeint.«

»Ich weiß.«

Ich trat nervös von einem Fuß auf den anderen. »Es ist besser so, Rob, wirklich.«

»Wenn du das sagst«, entgegnete er tonlos.

Er wollte gerade die Tür vor mir zuschlagen, da schob ich flink meinen Schuh dazwischen. »Oh, und eine Sache noch.«

»Was gibt es denn noch zu sagen?«, blaffte Robert zurück.

»Ich, also … meine Schwester hat keine Geschlechtskrankheit. Das war gelogen …«

»Okay? Und?«

Ich räusperte mich. »Na, ich meine nur, das sollte keiner wissen. Weil es nicht stimmt. Und auch nicht, wenn es stimmen würde.«

Robert verzog das Gesicht. »Glaubst du ernsthaft, ich verbreite das im Internet oder so was? Für wie bescheuert hältst du mich?«

»Ich …«

Aber bevor ich ein weiteres Wort sagen konnte, schlug er mir die Tür vor der Nase zu. Ich wartete noch einen Moment, dann drehte ich um und stieg mit wackeligen Knien die Treppe runter. Ich fühlte mich schrecklich. Aber mit jedem Schritt, den ich tat, erlangte ich ein bisschen Kraft und Sicherheit zurück. Ich hatte mich lange genug vor meinen Fehlern versteckt. Es war an der Zeit, mich ihnen zu stellen.

***

Immer mehr Menschen strömen auf das Museumsgebäude zu. Der Glockenturm der Kirche um die Ecke schlägt zwanzig Uhr, ich springe auf. Es gibt nur wenige Dinge, die mich aus einer Position des Starrens wieder herausholen können. Wenn jemand mich berührt, wenn ein Hund an meinem Bein schnüffelt – oder wenn ich das Gefühl habe, Merle gesehen zu haben. Lärm tut es für gewöhnlich auch, aber ich hasse es fast so sehr, wie berührt zu werden, ein unerlaubtes Eingreifen in meine Privatsphäre.

Auf einmal habe ich es eilig. Was, wenn die Besucherzahl begrenzt ist und ich keine Karte mehr bekomme?

Völlig verschwitzt überquere ich die Straße, rutsche fast auf nassem Laub aus, schaffe es aber dennoch bis zum Eingang. An der Kasse stehen zwei Studienfreundinnen von Merle, ich erkenne sie sofort. Die eine hat in den letzten vier Jahren mehr Piercings bekommen, die andere hat überhaupt keine mehr. Als ich ihnen das Geld gebe und sie mir im Gegenzug eine Karte reichen, halte ich kurz die Luft an. Aber sie erkennen mich nicht, Mütze und Sonnenbrille erfüllen ihren Zweck.

Ich betrete den Raum und spüre sofort den Fluchtreflex – dabei habe ich Merle noch nicht einmal gesehen. Der Raum ist voller Menschen, die meisten in schicken schwarzen Outfits, die fünfmal so teuer sein müssen, wie sie aussehen. Sie stehen in Grüppchen zusammen, jeweils ein Glas Sekt in der Hand. Im Hintergrund läuft Jazz, wie könnte es anders sein. Niemand ist allein da, alle scheinen sich zu kennen. Ich beschließe, meinen Mantel und die Sonnenbrille einfach anzulassen, unter so vielen Menschen falle ich vielleicht nicht auf.

Ich habe mir einen genauen Schlachtplan überlegt. Zunächst werde ich mich auf die Toiletten zurückziehen, oder in einen Raum, der niemanden interessiert. Und dann werde ich warten, bis alle anderen gegangen sind. In Vorbereitung dafür habe ich drei Kaffees getrunken, und mein Herz flattert dementsprechend. *Der Kaffee ist der einzige Grund dafür,* rede ich mir ein. *Du hast das im Griff, Emmi.*

Ich nehme eines der Sektgläser vom Tisch und schütte es in mich hinein. Der Alkohol verfehlt seine Wirkung nicht, ich fühle mich schwummrig, und mir wird etwas übel. Ich darf das heute nicht versauen – und schon gar keinen Filmriss riskieren, auf die Gefahr hin, dass ich das Ganze dann noch einmal machen muss, damit es ganz tief in meinem Gehirn gespeichert ist. Das wäre mein größter Albtraum.

Ich halte nach Merle Ausschau, ihren Brüdern oder ihren Eltern, irgendwem, der mich erkennen könnte. Aber zu meiner Erleichterung sind mir alle Menschen in der Empfangshalle fremd. Ich habe einen sichtgeschützten Platz hinter einer Zimmerpalme gefunden, da entdecke ich Margarete Leopold, die sich, mit einer jungen Frau ins Gespräch vertieft, auf mich zubewegt. Ob sie sich gerade eine neue Auftragsschreiberin angelt? Die andere Frau sieht erheblich jünger aus als ich, bleich und rehäugig. Für einen Moment überlege ich wirklich, ob ich dazwischengrätschen und sie beschützen soll, was ich mir hoch anrechne. Aber dann ducke ich mich doch hinter die Palme und nehme Reißaus in den unbeleuchteten Nachbarsaal. Nur ein alter Mann mit Uniform und Namensschildchen zieht in den langen, miteinander durch hohe Durchgänge verbundenen Räumen seine Runden. Mir ist schwindelig, die Luft im Museum ist so viel schlechter, als ich sie in Erinnerung habe. Ich bewege mich außer Sichtweite und versuche, meine Atmung zu beruhigen. Ich halte mir das leere Sektglas vor den Mund wie eine

Paniktüte, das Glas beschlägt von meinem hektischen Atem. *Es kann nichts passieren,* sage ich mir immer wieder, aber im Gegensatz zu sonst stimmt das heute Abend nicht. Überhaupt nicht. *Alles* kann passieren.

Ich laufe im Schatten auf und ab, das helle Licht aus der Empfangshalle meidend. Ich fühlte mich wie als Kind, wenn die Erwachsenen miteinander irgendein Fest gefeiert haben, dessen Grund man nie verstanden hat, und sie einen für ein paar Stunden völlig vergaßen – als hätte man nie existiert.

Ich sehe auf, als draußen ein Auto wendet und grelle Lichter auf die Wand vor mir wirft. Ich bin umgeben von Merles Gemälden. Wunderschöne Frauen mit halb geöffneten Augen, Sommersprossen, grazilen Körpern. Kunstwerke in sich, aber wenn man genau hinsieht, entdeckt man die Pickel und den abgesplitterten Nagellack. Auf den ersten Blick perfekt, auf den zweiten zerbrechlich.

Sie starren genauso wie ich, in diesem einen Moment gefangen und nicht fähig, sich von selbst wieder daraus zu befreien. Ich drehe mich im Kreis – und stolpere fast zu Boden, als ich es sehe.

Da hängt es.

Auf einmal ist es mir egal, dass mich jemand sehen könnte, mein Herz rast, ich springe über den hellen Lichtstrahl, der aus der Eingangshalle in die Ausstellungsräume fällt. Im Halbdunkel starre ich mich selbst an, mit der Vase zwischen den Beinen, dem Buch auf dem Tisch neben mir, die Zigarette in der Hand. Bis auf den geblümten Morgenmantel gibt es nichts, was mich mit dieser Emilia noch verbindet. Ein anderes Leben, das eine völlig andere Richtung hätte einschlagen können. Der Anblick schnürt mir die Luft ab. Wie zur Hölle ist dieses Bild hierhergekommen? Ich habe es jahrelang nicht gesehen und nie herausgefunden, was mit ihm passiert ist … hat Jack es Merle zurückgegeben? Die Frauen an den Wänden verfolgen mich mit ihren Blicken, als ich mich dem Gemälde nähere. Und auf einmal fällt mir die Ähnlichkeit zwischen diesem Bild und allen anderen auf. Plötzlich habe ich das Gefühl, ich hänge hier überall, stecke in jedem Strich, jedem Farbtupfer. Eine Gänsehaut rollt über meinen Körper. Meine Knie beginnen zu zittern.

Und dann klopft jemand in der Eingangshalle ans Mikrofon.

»Herzlich willkommen!« Ich erkenne ihre Stimme sofort. »Schön, dass ihr alle gekommen seid«, sagt Merle so laut, als würde sie direkt neben mir stehen.

Panik wallt in mir auf, ich muss weg von hier. Ich laufe in die entgegengesetzte Richtung, durch die Ausstellungsräume, weg von der Eingangshalle. Das Blut pocht ohrenbetäubend laut in meinen Ohren, aber natürlich höre ich trotzdem jedes von Merles Worten.

»Hier geht für mich ein kleiner Traum in Erfüllung«, sagt sie und lacht ihr wunderschönes Lachen, das ich früher so gerne gehört habe. »Ach, ehrlich gesagt, ist das ein ziemlich großer Traum, ich will mal nicht so bescheiden sein.« Das Publikum lacht.

Merles Stimme ist überall. Es kommt mir vor, als wären die Wände um mich herum Merles Gliedmaßen, als würde ich an ihrer Wirbelsäule entlangrennen.

»Entschuldigung, was machen Sie denn hier?« Der alte Mann stellt sich mir in den Weg, mit geschwellter Brust, auf der sein Namensschild prangt wie ein Sheriffstern. Einen Moment lang überlege ich wirklich, ob es die schlauste Taktik wäre, ihn einfach zusammenzuschlagen.

»Wo … gibt es hier einen Ausgang?«, frage ich atemlos.

»Ist Ihnen nicht gut?« Er macht einen Schritt auf mich zu. Ich weiche zurück.

»Alles … alles okay. Wo ist der Ausgang?«

»Bei Sonderveranstaltungen gibt es nur einen Ausgang, den in der Empfangshalle. Und den Notausgang, aber der ist alarmgesichert.«

»Oh. Und Toiletten? Gibt es hier Toiletten?«

»Ja, einmal hier gleich um die Ecke und dann die Treppe runter«, sagt er.

»Danke«, antworte ich, »dann gehe ich mal. Bevor ein Unglück passiert.« Ich grinse ihm unsicher zu, und er sieht mir irritiert nach. Dabei ist das Unglück doch schon längst passiert. Eine Karriere als Undercover-Ermittlerin kann ich auf jeden Fall knicken.

Ich schließe mich in einer Kabine ein, klappe den Deckel runter, setze mich drauf und klemme den Kopf zwischen die Beine. Doch auch hier höre ich Merles Stimme, als würde der Lautsprecher direkt vor meiner Kabine stehen.

»In der heutigen Ausstellung sehen Sie zum ersten Mal meine gesammelten Werke, worüber ich mich wirklich sehr freue. Im Lauf der Jahre habe ich viele davon verkauft – eine Studentin muss ja auch von etwas leben.« Das Gelächter des Publikums kann ich im Gegensatz zu Merles Stimme nicht hören, aber ich bin mir sicher, dass es da ist. Merle ist bezaubernd, bestimmt auch vier Jahre später noch. »Glücklicherweise habe ich sämtliche Gemälde für diese Ausstellung zurückgewinnen können.«

Mein Fluchtweg ist versperrt, der alte Mann hat mich gesehen, und wenn ich durch den Notausgang gehe, wird er wissen, wer es war. Durch die Empfangshalle könnte ich mich zwar schlängeln, aber ich weiß, dass ich auffallen würde, allein schon, weil meine verdammten Beine zittern, als wäre ich sturzbesoffen. Und Merle darf mich nicht auf ihrer Vernissage erwischen, nach vier Jahren, volltrunken. Hierherzukommen war einfach eine verdammt schlechte Idee gewesen.

»Auf gar, gar keinen Fall«, flüstere ich. »Reiß dich zusammen, Emmi.« Ich klinge schon wie meine Mutter. *Reiß dich zusammen.* Lara konnte das immer so viel besser als ich.

Ich ziehe mein Handy aus der Tasche und öffne Instagram. Laras Gesicht blickt mir entgegen. Auf dem Foto sitzt sie zufrieden lächelnd in ihrer neuen, kahlen Wohnung. Unter dem Bild steht: *Ab jetzt werden sich hier ein paar Dinge ändern, gebt mir etwas Zeit, danke, dass ihr da seid.*

Eine Gänsehaut klettert mir über den Rücken, und ich merke, wie sich Stolz anfühlt. Ich bin so stolz auf meine Schwester, dass es mich fast zum Heulen bringt. Wenn sie das kann, warum kann ich es nicht auch? Ist es nicht auch für mich an der Zeit, ein paar Dinge zu ändern?

Es gibt nur einen Weg aus dieser bescheuerten Situation, das weiß ich genau: Ich muss mittenrein. Kein Fluchtversuch. Ich werde mich einfach in eine Ecke stellen und warten, bis Merle mich sieht.

Und dann vermutlich in Tränen ausbrechen oder so was, irgendwie die ganze Aufmerksamkeit an mich reißen, kennt man ja von mir. Aber egal. Es geht nicht anders.

»Scheiße, scheiße, scheiße, scheiße.«

Mein ganzer Körper vibriert, aber ich kann nicht starren, nicht stillsitzen, mich nicht ausschalten.

Ich bin verdammt wach.

Und ich halte das alles nicht mehr aus.

Schließlich verlasse ich die Kabine und spritze mir am Waschbecken kaltes Wasser ins Gesicht. Dann ziehe ich das Päckchen Zigaretten aus der Tasche, das ich mir vorhin an der Tanke gekauft habe. Ich zünde mir eine an und blase den Rauch direkt aus dem Schachtfenster, in dem sich zu dieser Jahreszeit modrige Blätter sammeln.

Die Zigarette schmeckt zum Kotzen.

Aber ich, Emilia Vierling, *dreißig,* werde nicht kotzen. Das sage ich mir immer und immer wieder, als ich mich wenige Augenblicke später Stufe für Stufe zurück in die Ausstellung kämpfe.

Plötzlich stehen überall Menschen, als wäre ein Ameisenhaufen über dem Museum gewachsen. Ja, vorhin waren auch schon viele Menschen hier, aber jetzt? Ich kann kaum einen Schritt geradeaus machen. Ich halte meine Sonnenbrille fest, mein einziges Schutzschild, und schlängele mich durch die Menge. Merle ist offensichtlich fertig mit ihrer Rede, auf den ersten Blick kann ich sie zwischen den Anwesenden nicht entdecken. Geradeaus, direkt vor mir, funkelt ein Stehtisch mit frisch gefüllten Sektgläsern. Das andere Glas habe ich auf der Toilette stehen lassen. Nur noch ein paar Schritte, und ich kann mich wieder an etwas festhalten.

Ich habe es gleich geschafft, nur noch …

»Emilia?«

Ich erstarre. Merle hat ihre engelsgleiche Stimme nicht von irgendwoher, sondern von ihrer Mutter, einer Opernsängerin, die generell nicht spricht, sondern nur trällert. Ich drehe mich nicht um, als würde sich das Ganze als Verwechslung herausstellen, wenn ich nur lang genug ausharre. Aber Merles Mutter umrundet mich prompt. Ich widme mich angestrengt dem Gemälde, das schräg vor mir an der Wand hängt, als wäre ich vollkommen in Gedanken versunken.

»Emilia!«, ruft sie wieder – und breitet die Arme aus, um mich darin zu empfangen. Sie sieht noch exakt aus, wie ich sie in Erinnerung habe, mit strahlend weißen Zähnen, bei denen ich mich immer gefragt habe, ob sie echt sind, und Augen, die so hell sind, dass man das Blau darin kaum erkennt. Merles Mutter ist die schönste Frau, die ich kenne. Wirklich.

»Sie müssen mich verwechseln«, sage ich mit betont ruhiger Stimme.

»Ach Quatsch, du bist es doch, Emmi! Ich habe dich so lange nicht gesehen.« Sie drückt mich an sich. Ehrlich gesagt hätte ich erwartet, dass sie mir eine Ohrfeige gibt und mich aus dem Museum wirft. Aber sie scheint nicht zu wissen, was ich ihrer Tochter angetan habe.

Ich rücke meine Sonnenbrille zurecht. »Wirklich, Sie irren sich. Mein Name ist Mia.«

»Oh.« Merles Mutter löst sich abrupt von mir. Ihr Blick gleitet an mir herab. »Entschuldigen Sie bitte die Verwechslung, das ist mir sehr unangenehm. Aber Sie haben recht, Emmi hatte immer einige Pfunde weniger auf den Rippen.« Sie blickt mich noch einmal kurz skeptisch an, dann lächelt sie ihr perlweißes Lächeln und macht auf dem Absatz kehrt.

Luft entweicht meinen Lungen. Ich atme tief durch. Gerade noch einmal gut gegangen, oder? Ich sehe ihr nach. Holt sie Merle, wird sie den Aufsehern Bescheid geben, um mich entfernen zu lassen? Angespannt beobachte ich jeden ihrer Schritte, jede ihrer noch so kleinen Bewegungen. Aber als nichts weiter passiert, beruhige ich mich wieder. Wahrscheinlich überschätze ich meine Bedeutung in dieser Situation vollkommen.

Nun war es wirklich dringend an der Zeit für das nächste Glas Sekt. Ich steuere erneut auf den Stehtisch zu und bin so darauf fixiert, dass ich nicht bemerke, wie ich geradewegs in die Falle tappe.

***

»Ich hatte mich gefragt, ob du kommst.«

Ich fahre herum und werfe dabei zwei Sektgläser um, die sich über meine Beine entleeren. Ich fühle mich, als hätte ich vor Angst in die Hose gemacht.

Merle sieht mich an. Die blonden Wellen hängen ihr tief über den Rücken, sie ist so viel schmaler und kleiner, als ich sie in Erinnerung hatte. Sie trägt ein Kleid aus fließendem schwarzem Stoff.

»Hi, Emmi«, sagt sie leise. Ich schlucke, kann nicht antworten. »Komm, wir holen dir ein paar Tücher.«

Wie in Trance folge ich ihr in den hinteren Bereich des Museums, durch eine Tür, auf der »Zutritt verboten« steht, in einen Raum, der halb Teeküche, halb Lager zu sein scheint. Zwischen Kisten, Bücherregalen und sorgfältig eingewickelten Skulpturen steht ein ramponiertes Sofa, daneben ein Wasserkocher auf einem Couchtisch. Hier ist nichts weiß und minimalistisch wie in den Ausstellungsräumen. Merle greift in ihre Handtasche, die in einer Ecke liegt, und zieht ein Päckchen Taschentücher hervor, das sie mir hinhält.

»Danke«, sage ich, und meine Stimme klingt rau, als hätte ich viel mehr geraucht als diese eine Zigarette. Ich verwende mehr Zeit als nötig darauf, den Sekt von meinem Kleid zu tupfen. Ab einem gewissen Punkt habe ich das Gefühl, ich zerreibe einfach nur noch den Stoff zwischen meinen Fingern und stehe bald nackt da. Irgendwann nimmt mir Merle das Tuch ab, ergreift meine Hand und zieht mich neben sich auf das ramponierte Sofa.

»Was machst du hier?«, fragt sie schließlich. Es ist unmöglich, in ihrem Gesicht zu lesen, was sie denkt.

Ich zögere. Schlucke. »Ich bin hergekommen, um mich zu entschuldigen.«

Merle lacht auf. »Mein Gott, Emmi, du hast Nerven.«

Ich presse die Lippen aufeinander. Sie sieht mich von der Seite an, und ich kann nicht glauben, dass Merle hier neben mir sitzt, nach all den Jahren, und dass die Welt nicht explodiert.

»Erst verschwindest du vier Jahre lang im Nichts, und dann tauchst du ausgerechnet heute hier auf?«

Ich erhebe mich. »Ich gehe am besten. Ich wollte mich nur entschuldigen – und dann wieder abhauen.«

Aber Merle zieht mich zurück aufs Sofa und nimmt mir die Sonnenbrille ab. An meiner statt steht sie nun auf, zieht aus ihrer Tasche ein Päckchen Zigaretten und geht hektisch vor mir auf und ab. So nervös kenne ich sie nicht. Und rauchend schon gar nicht.

»Willst du auch eine?«, fragt sie mich.

Ich schüttele den Kopf.

»Natürlich«, entgegnet sie, »du rauchst bestimmt nicht mehr.«

Ich runzele die Stirn. »Was meinst du damit?«

Aber Merle ignoriert meine Frage, zieht hektisch an ihrer Zigarette. »Eigentlich ist es ziemlich passend, dass du ausgerechnet heute hier auftauchst. Bist du da, um mich bloßzustellen und die Lorbeeren zu kassieren?« Sie bleibt stehen und starrt mich an, ihr Blick trifft mich hart.

Ich schlucke. »Was meinst du?«

Merle stützt sich auf einer Kiste ab und verdreht die Augen. »Tu nicht so unschuldig, du weißt genau, wovon ich rede.«

Ich schüttele den Kopf.

»Das Bild«, sagt sie. »Das auf deiner Zeichnung basiert.«

Ich schüttele den Kopf. »Ich ... ich wollte mich nur entschuldigen.«

Sie runzelt die Stirn. »Wofür?«

In diesem Moment fällt mir die Kinnlade runter. Bin ich im falschen Film? »Na ja, für das ...«, meine Stimme zittert unkontrollierbar, »... für das, was damals passiert ist.«

Sie hebt die Augenbrauen. »Dass du zu *cool* warst, um mit mir befreundet zu sein?«

»Bitte was?«

Sie pafft perfekte Ringe in die Luft. Offensichtlich ist Merle eine ziemlich regelmäßige Raucherin geworden.

Sie schüttelt den Kopf. »Ich habe mich lange gefragt, was ich falsch gemacht habe, Emmi. Warum du auf einmal nicht mehr mit mir befreundet sein wolltest.«

»Was bitte? W-was soll das, Merle?« Wovon zur Hölle sprach sie da? »*Du* wolltest nicht mehr mit *mir* befreundet sein!«, keuche ich.

Merle starrt mich noch immer mit glühenden Augen an – aber nun auch sichtlich irritiert. »Was?«

»Nach dem, was mit ... Jack ... Jakob passiert ist.«

Plötzlich wirft Merle den Kopf in den Nacken und beginnt schallend zu lachen. Ich entdecke ein neues Tattoo an ihrem Schlüsselbein. Ob sie unsere Geburtstagstradition ohne mich fortgeführt hat?

»Das mit Jakob, das war doch ... so klar, dass das so enden würde, das wussten wir doch alle.«

Ich fasse nicht, was hier passiert. »Was?«, frage ich nun wieder.

»Ich habe doch von Anfang an gespürt, dass da etwas war zwischen euch. Wie ihr euch angesehen habt, an dem ersten Abend im Nepomuk. Aber als ob ein Mann unsere Freundschaft hätte zerstören können«, sagt Merle, ihr Lachen ist verschwunden. »Nein, das waren wir selbst. Und es hat lange vorher angefangen.«

»Nein, nein, nein, nein, ich war das, Merle, sonst niemand.« Ich schüttele den Kopf. »Ich habe dich mit ihm hintergangen, ich habe alles kaputt gemacht!«

Sie mustert mich. Von der ausgeblichenen Mütze über die abgenagten Fingernägel bis zum fleckigen Mantel. »Ich war oft kurz davor, mich bei dir zu melden«, sagt Merle jetzt leise, »aber dann habe ich gemerkt, dass ich das alles nicht mehr kann.«

Ich bin den Tränen nahe, ich spüre, wie sie in mir aufsteigen. Ich senke den Blick und versuche, sie wegzublinzeln, so gut es geht. »Was kannst du nicht mehr?«

Merle verdreht die Augen. »Komm schon, Emmi, das weißt du doch genau. Willst du es wirklich hören von mir?«

»Ja«, sage ich mit brechender Stimme. »Ich habe nämlich keine Ahnung.«

Sie holt tief Luft. »Ich wollte mich nicht mehr ständig mit dir vergleichen. Ich wollte nicht mehr ständig die sein, die irgendetwas anfängt, weil du sie dazu gebracht hast. Und ich wollte ganz bestimmt keinen Freund, der sein Herz längst an dich gehängt hatte. Ich wollte mein eigenes Ding machen.«

Ich starre sie an. »Aber … aber die Kunst, alles, was du dir hier aufgebaut hast …«, stottere ich.

Merle zuckt die Achseln. »Erinnerst du dich wirklich nicht daran, wie das alles angefangen hat? Du hast mir meine ersten Wasserfarben geschenkt, du hast mir meine ganzen Kunsthausaufgaben gemacht, du warst doch die, der all das zugeflogen ist. Das Schreiben, das Zeichnen – ich habe immer nur darauf gewartet, dass du ein neues tolles Talent entdeckst. Und das konnte ich irgendwann nicht mehr.«

»Dann ging es gar nicht um Jack?«

»Das mit uns hätte doch niemals gehalten. Jakob …« Merle lacht auf. »Seid ihr mittlerweile eigentlich verheiratet oder so was?«

»Nein, natürlich nicht.« Ich blicke sie noch immer verwirrt an. »So war das alles nicht, Merle, ich habe ihn danach vier Jahre lang nicht gesehen.«

Sie mustert mich. »Ehrlich, du hättest früher zu mir kommen sollen, wenn du dir solche Sorgen gemacht hast«, sagt sie kühl.

Ich spüre, wie die Tränen aus meinen Augen schießen wie Kugeln, die nur mich selbst treffen. »Aber … aber wie hätte ich das tun sollen? Ich hab dein Vertrauen missbraucht, Merle, ich hab …«

Sie schüttelt den Kopf. »Nein, nein, nein, nein, nein, du hast mir den Schubs gegeben, den ich gebraucht habe, um mein eigenes Ding zu machen. Ohne das alles hätte ich es nie bis hierher geschafft.«

Ich kann nichts mehr sagen, nicht mehr sprechen. Alles in mir fühlt sich an, als würde es im nächsten Moment explodieren.

Merle sieht mich lange an. »Ich habe oft an dich gedacht, Emmi. Was du wohl machst, wie viele Bücher du inzwischen

wohl schon geschrieben hast, das hat mich immer angespornt, unterbewusst, weißt du?«

Ich schlucke. »Ich hab eine Therapie angefangen«, sage ich leise.

Merle nickt abgeklärt. »Hab ich auch schon hinter mir.«

»Gut«, sage ich. »Hätte ich schon früher machen sollen.«

Sie schüttelt den Kopf. »Es gibt nur einen richtigen Zeitpunkt dafür, und zwar den, wenn man die Praxis betritt.«

Ich will gerade den Mund öffnen und entgegenhalten, dass sie nicht falscher liegen könnte, da öffnet sich die Tür hinter uns, und die Frau mit den Piercings kommt herein. »Merle, wir brauchen dich.«

Merle drückt ihre Zigarette auf einer der Kisten aus. Ihre Freundin scheint mich auch jetzt, ohne Sonnenbrille, nicht wiederzuerkennen. Ihr Blick streift über mich hinweg, als wäre ich gar nicht da, und ich bin froh darüber.

Merle schlägt mit der Handfläche auf die Kiste, dann zieht sie mit einer flinken Bewegung meine Sonnenbrille über. »Ist es okay, wenn ich die behalte? Ich bin ehrlich gesagt noch ein bisschen verkatert …«

Sie wartet nicht ab, bis ich antworte, sondern folgt der anderen aus dem Raum, Tür zu, Stille.

Ich bin allein.

Meine Ohren rauschen. Mein Hirn fühlt sich kribbelig an, als würden die Synapsen gerade eine Diskussion darüber führen, ob es sich überhaupt noch lohnt, den Betrieb weiter aufrechtzuerhalten.

Ich kann nicht fassen, was Merle gerade zu mir gesagt hat. Ich muss an die vielen Momente denken, in denen ich sie anrufen wollte, zu ihrer Wohnung gehen wollte, zu ihr nach Hause fahren wollte – und es nicht getan habe. Die Wunde meiner Scham ist ganz frisch – anders als bei Merle. Ich bin schockiert und verletzt, wie abgeklärt sie auf mich reagiert hat. Und in diesem Moment kapiere ich, dass es nicht der Kuss mit Jack war, der mein Leben damals komplett in eine andere Bahn gelenkt hat. Sondern dass es meine tausend kleinen, darauf folgenden Entscheidungen waren, die ich selbst getroffen habe. Dass es immer ich selbst war. Die sechsundzwanzigjährige, siebenundzwanzigjährige, achtundzwanzigjährige, neunundzwanzigjährige, dreißigjährige Emilia. Ich bin die gleiche Person wie damals, es gibt kein Vorher und Nachher, keine trennscharfe Linie der Schuld, die ich jeden Tag nachgezogen habe wie einen perfekten Lidstrich.

Ich fühle mich auf einmal seltsam leer. Zum ersten Mal seit Jahren überkommt mich nicht das Gefühl der Reue, wenn ich an Merles Geburtstag vor vier Jahren denke.

»Fuck, wie viele Jahre habe ich verschwendet?«, frage ich in die Stille hinein.

Keine Antwort ist auch eine Antwort.

Ich weiß nicht, wie lange ich auf diesem Sofa sitze und meine Welt neu ordne. Wie sich die Erkenntnis Blutkörperchen für Blutkörperchen in mir ausbreitet. Ich spüre förmlich, wie erst mein Oberkörper begreift, dass ich frei bin, dann die Unterarme und sektnassen Oberschenkel und schließlich die Hände, Fingerspitzen und Zehen.

»Fuck«, wiederhole ich.

Irgendwann stehe ich auf. Ohne Geräusch, ohne Druck, ohne Panik, ich stehe einfach auf. Ich sehe mich noch einmal in dem Raum um, mache ein mentales Foto davon. Und dann öffne ich die Tür und kehre ins Museum zurück.

Es muss einige Zeit vergangen sein. Merle verabschiedet am Eingang Freunde, küsst einen mir völlig Fremden auf den Mund, ein seltsamer Anblick. Erst jetzt fällt mir der filigrane Ring an ihrer linken Hand auf. Merle hat in den letzten vier Jahren ein ganzes Leben gelebt, so kommt es mir vor, während ich in meinem Zimmer gesessen und darauf gewartet habe, dass das Universum mir verzeiht, damit ich es nicht selbst tun muss.

Ich laufe auf sie zu, doch dann bleibe ich stehen. Ich will dieses Gespräch nicht stören, ich will nicht dazugehören, stelle ich überrascht fest. Ich will einfach nichts mehr mit der Situation zu tun haben. Ich will nicht mehr über damals reden, und mit einem Mal tut diese Erkenntnis nicht mehr weh. Merles Worte haben mich getroffen, sie haben mich verletzt, aber sie haben keine neuen Wunden geöffnet, sondern die Pfeile aus den alten gezogen.

Ich blicke den langen Gang entlang, Merles Wirbelsäule, die die einzelnen nun hell erleuchteten Ausstellungsräume durchzieht. Der alte Mann ist verschwunden, wahrscheinlich auf dem Stuhl in der Ecke eingeschlafen.

Aber ich bin hellwach, das Leben pulsiert durch meinen Körper. Ich werfe Merle noch einen letzten Blick zu, aber niemand bemerkt mich. Dann biege ich ab und betrete den ersten Raum mit ihren neusten Werken, durchquere den zweiten und lande schließlich im dritten.

Mein Schritt verlangsamt sich, ich bleibe vor dem Gemälde stehen, mit dem alles begann. Das Gemälde, das Merles Karriere losgetreten hat, die Mutter aller anderen Bilder. Ich wünschte, ich könnte die Emilia in diesem Bild wissen lassen, dass sie nicht stehen bleiben darf, dass sie sich selbst nicht vergessen darf. Ich habe einen Kloß im Hals.

Um mich herum hört die Zeit auf zu existieren.

»Ich habe mich lange gefragt, warum mich genau dieses Bild so angezogen hat«, sagt eine Stimme hinter mir. Ich drehe mich nicht um, aber die Gänsehaut ist wieder da, ich fühle mich, als würde ich unwillkürlich Stacheln bekommen.

Jack tritt neben mich, und mein Herz schlägt schneller. Aber ich wundere mich nicht, dass auch er hier ist, ich fühle mich ohnehin wie in einem Traum.

»Und was war es?«, frage ich, ohne ihn anzusehen.

»Das weißt du genau«, sagt er und blickt mich an. Ich muss lächeln, als ich mich zu ihm drehe. Seine Augen huschen über mein Gesicht, und meine Brust flattert. Er registriert meine Tränen, doch er sagt nichts. »Aber ich glaube, Merle hat es mittlerweile vergessen«, fährt er dann fort.

»Was hat sie vergessen?«, frage ich. Mein Mund ist trocken.

Jack schmunzelt. »Na, dass du dieses Bild gemalt hast.«

Ich beiße mir auf die Lippen. »Das stimmt nicht.« Er hebt die Augenbrauen, aber sagt nichts. »Was machst du hier, Jack?«

»Ich bin hier, um dieses Bild abzuholen.«

»Was, wieso?«

»Na ja, es hing nun lange genug hier, ohne dass es etwas gebracht hätte. Vier Jahre, so viel Zeit habe ich ihm gegeben.«

»Dieses Bild hängt schon seit vier Jahren hier?« Er nickt. »Und was hätte es hier bringen sollen?«

Er sieht mich ruhig an, antwortet nicht. Er steht so nah bei mir, dass sich unsere Hände beinahe berühren, und ich will nichts mehr als das, aber dann erinnere ich mich daran, was passiert ist. An das Telefonat mit Dr. Struwe.

»Ich habe Rhabarberlimo immer gehasst«, sage ich dann und wende meinen Blick wieder dem Bild zu.

Sogar aus den Augenwinkeln sehe ich, wie sein Mund sich zu einem Grinsen verzieht. »Und ich hasse Gin.«

»Wie bitte?« Ich verliere kurz meine Haltung und sehe ihn fragend an.

Er zuckt die Achseln. »Es kommt auf die Kombination an«, sagt er und sieht mich vielsagend an.

Ich runzele die Stirn. »Soll das irgendeine übergeordnete Bedeutung haben?«

Jetzt wendet er sich von mir ab. »Das musst du mir sagen.«

Die Erinnerung sticht. »Dr. Struwe hat mir erzählt, warum du in Therapie gegangen bist.«

Jack senkt den Blick. »Ich hab's mir schon gedacht. Ich habe letzte Woche, nachdem du mich in deiner Wohnung hast sitzen lassen, mit ihm telefoniert und mir den Rest zusammengereimt.«

»Du wolltest mich loswerden in der Therapie, oder?«

»Ja, aber … Ich wusste doch nicht, dass ich dich noch einmal sehen würde.«

Ich nicke. »Ich dachte auch nicht, dass ich dich noch einmal sehen würde.« Wir schweigen und betrachten für einen Moment das Gemälde. Dann platzt plötzlich ein Lachen aus mir heraus. »Ich habe mit Merle geredet, und sie hat tatsächlich fast vergessen, was damals passiert ist.«

Jack wirkt nicht überrascht. Er seufzt. »Ich weiß, dass sie das alles ganz anders wahrgenommen hat. Ich habe schon vor Jahren mit ihr darüber geredet.«

»Wie bitte? Warum hast du mir nichts davon gesagt?«

Er zuckte die Achseln. »Nur weil sie mir damals verziehen hat, heißt das ja nicht, dass ich deswegen keine Schuld verspürt hätte. Und es ging doch die ganze Zeit nicht darum, dass Merle dir verzeiht – sondern dass *du* dir verzeihst.«

Ich lache kurz auf. »Warum bin ich eigentlich die Einzige, die vier Jahre braucht, um das alles zu verstehen?«

Jack grinst mich an. »Das frage ich mich auch.« Wieder huschen seine Augen suchend über mein Gesicht, und ich merke, wie nervös er ist. Das macht mich noch nervöser.

»Was machst du damit?«, frage ich.

Er sieht ungläubig zu mir herüber. »Warst du in all den Jahren wirklich kein einziges Mal in diesem Museum?«

»Was? Natürlich nicht.«

Jetzt lacht Jack auf. »Ich bin so ein Idiot. Ich war mir sicher, du würdest es sehen.«

»Was meinst du?«

Er atmet tief ein und aus. »Ich habe dieses Bild dem Museum gespendet, vor genau vier Jahren.«

»Auf den Tag genau?«

Er nickt. »Alles Gute, übrigens.«

»Danke«, sage ich und klinge unwillkürlich gequält.

»Und ich habe mir damals gesagt, ich gebe dir ein Jahr. Und dann wurden es zwei, dann drei – und schließlich vier. Aber jetzt bin ich hier, um es zurückzuholen.«

»Ich verstehe nicht … Du willst das Bild klauen?«, flüstere ich.

Er sieht mich an. Seine Augen funkeln. »Du warst wirklich nie hier?«, fragt er noch einmal.

»Nein, wieso sollte ich herkommen?«, sage ich. »Ich habe in den letzten Jahren kaum meine Wohnung verlassen.«

Jack senkt den Kopf. »Dann war mein Plan natürlich völlig sinnlos.«

»Welcher Plan?« Noch immer begreife ich nicht, wovon er spricht.

Jack deutet auf das kleine Schild neben dem Bild. »Guck mal.«

Darauf steht das Datum der Spende – mein sechsundzwanzigster Geburtstag –, *Spender: Anonym,* und in kursiven Buchstaben der Titel: *Vielleicht wird auch alles gut?*

Mir wird schwindelig.

»Dieser Titel war meine Bedingung, als ich es gespendet habe.«

»W…warum … warum hast du dich nicht einfach bei mir gemeldet?«, frage ich, meine Stimme zittert.

»Vermutlich aus dem gleichen Grund, aus dem du nie mit Merle geredet hast.«

Ich schlucke. Mein Kopf dreht sich.

In der Ferne beginnen die Kirchenglocken zu läuten. »Mitternacht«, sagt er leise, »das ist mein Stichwort.« Er beugt sich kurzerhand vor und nimmt das Bild samt Rahmen von der Wand.

»Bist du wahnsinnig?«, zische ich.

»Keine Sorge, hier ist keiner mehr.«

»Das ist eine Lüge«, widerspreche ich ihm. »Vergiss nie, dass ich weiß, wie du klingst, wenn du lügst.«

Jack klemmt sich das Gemälde unter den Arm und sieht mich ernst an. »Es war wunderschön, dich noch einmal wiederzusehen, Em«, sagt er. Mein Hals ist komplett zugeschnürt. »Mach's gut.«

Er beugt sich vor und gibt mir einen Kuss auf die Wange, dann dreht er sich weg und geht zurück in Richtung Foyer.

Einen Moment stehe ich regungslos da.

»Jack!«, rufe ich ihm dann hinterher. »Jack, warte!« Ich laufe ihm nach und schnappe nach Luft, als ich ihn im letzten Ausstellungssaal erreiche. »Der Notausgang ist dahinten. Merle ist noch am Eingang.«

Jack legt den Kopf schief. »Bist du mir ernsthaft hinterhergerannt, um mir das zu sagen?«

Ich schüttele den Kopf. »Nein«, sage ich, »ich will mit dir kommen!«

»Dir ist klar, dass wir ein Leben als gesetzlose Verbrecher leben werden, unsere Identitäten ändern müssen und fortan als Kunsthehler unser Geld verdienen werden?«, fragt er grinsend.

»Ehrlich gesagt ist es genau das, was ich will«, gebe ich zurück. Mein Herz springt mir gleich aus dem Mund, ich bin mir ganz sicher.

»Hallo? Was machen Sie hier?« Eine Stimme aus dem Foyer lässt uns erstarren. Es ist Merles Mutter.

»Wir müssen hier weg«, sage ich. »Folge mir!«

Doch Jack hält mich zurück und sieht mir fest in die Augen. »Bist du dir sicher?«, fragt er.

Ich beuge mich vor und küsse ihn.

Laute Stimmen und Schritte nähern sich, aber er lässt das Gemälde aus der Hand gleiten, umfasst meinen Kopf, und ich wünsche mir, dass er mich nie wieder loslässt.

Jack zu küssen fühlt sich an, als wäre ich ganz knapp dem Tod entkommen. Erleichterung, Befreiung und ein übermütiges Gefühl der Freude lassen meinen ganzen Körper prickeln.

»Treten Sie sofort von dem Gemälde zurück!«, ruft ein Mann.

»Wir haben Sie umzingelt!«, fügt ein anderer hinzu.

Widerwillig lösen Jack und ich uns voneinander. Um uns steht eine Gruppe Menschen, völlig entgeistert. Merles Mutter, ein paar Typen, die mich mit einer Faust k. o. schlagen könnten – und Merle höchstpersönlich.

Aber ich habe nur Augen für Jack. Ich sehe ihn eindringlich an. »Eins«, flüstere ich.

»Zwei«, flüstert er.

»Drei!«, brülle ich.

Und dann rennen wir.